Alice Munro, née en 1931 au Canada, s'est lancée dans l'écriture en 1968, après un bref passage à l'université. Son premier recueil de nouvelles, *La Danse des ombres heureuses*, a remporté le Governor's General Literary Award, le plus prestigieux prix littéraire canadien. Elle a depuis publié une dizaine de livres, notamment *Les Lunes de Jupiter*, *Du côté de Castle Rock*, *Fugitives*… L'une de ses nouvelles, « Loin d'elle », a été adaptée au cinéma par Sarah Polley en 2007. Son dernier recueil de nouvelles, *Trop de bonheur*, a paru aux Éditions de l'Olivier en 2013. Unanimement admirée par ses pairs (notamment Joyce Carol Oates, Cynthia Ozick et Richard Ford), lauréate du Man Booker International Prize 2009, Alice Munro est l'un des plus grands écrivains contemporains. Elle a reçu le prix Nobel de littérature 2013.

DU MÊME AUTEUR

Les Lunes de Jupiter
Albin Michel, 1989
et « Points », n° P3021

Miles City, Montana
Deuxtemps tierce, 1991

Secrets de Polichinelle
Rivages, 1995
et « Points », n° P2874

L'Amour d'une honnête femme
Rivages, 2001
et « Points Signatures », n° P2873

La Danse des ombres heureuses
Rivages, 2002
et « Rivages poche », n° 483

Un peu, beaucoup, pas du tout
Rivages, 2004
et « Rivages poche », n° 2006

Loin d'elle
« Rivages poche », n° 571, 2007

Fugitives
Éditions de l'Olivier, 2008
et « Points », n° P2205

Du côté de Castle Rock
Éditions de l'Olivier, 2009
et « Points », n° P2441

Trop de bonheur
Éditions de l'Olivier, 2013

Alice Munro

PRIX NOBEL DE LITTÉRATURE

AMIE DE MA JEUNESSE

NOUVELLES

Traduites de l'anglais (Canada)
par Marie-Odile Fortier-Masek

Éditions de l'Olivier

TEXTE INTÉGRAL

ÉDITEUR ORIGINAL
Alfred A. Knopf, New York
TITRE ORIGINAL
Friend of my Youth

ISBN 978-2-7578-4119-8

À la mémoire de ma mère

Amie de ma jeunesse[1]

Ma mère revenait souvent dans mes rêves et, même si les détails variaient, la surprise n'en restait pas moins la même. Le rêve s'arrêtait, sans doute parce qu'il était trop limpide dans ses espoirs, trop simpliste dans ses pardons.

Dans le rêve j'avais mon âge réel, je menais ma vie réelle, et je découvrais que ma mère était encore en vie. (À vrai dire, elle était morte lorsque j'avais une vingtaine d'années et elle, une timide cinquantaine.) Il m'arrivait de me retrouver dans notre vieille cuisine où ma mère étalait de la pâte sur la table ou faisait la vaisselle dans la cuvette de couleur crème liserée de rouge qui en avait vu de rudes. D'autres fois, je me trouvais nez à nez avec elle dans la rue, dans des endroits où je ne me serais jamais attendue à la voir. Elle déambulait dans un élégant hall d'hôtel, ou faisait la queue à l'aéroport. Elle avait l'air en assez bonne forme, pas exactement jeune, ni vraiment oubliée par la maladie paralysante qui la tenailla pendant une bonne dizaine d'années avant sa mort, mais tellement mieux que je ne pouvais me la rappeler que j'en étais tout étonnée. Oh ! j'ai juste ce petit tremblement dans le bras, me disait-elle, et

1. Avec mes remerciements à R.J.T.

aussi ce côté du visage un peu raide, c'est agaçant mais je m'en accommode.

Je recouvrais ainsi ce que j'avais perdu dans ma vie éveillée, la vivacité du visage et de la voix de ma mère avant que les muscles de sa gorge ne se raidissent et qu'un masque douloureux, impersonnel, ne vienne figer ses traits. Comment avais-je pu oublier son humeur désinvolte, non pas ironique mais joyeuse, sa gaieté, son impatience, sa confiance, pensais-je dans mon rêve ? Je lui demandais pardon de ne pas être allée la trouver depuis si longtemps, non que je me sente en faute, mais parce que je regrettais d'avoir gardé dans mon esprit l'image d'un croquemitaine, plutôt que cette réalité – et ce qu'il y avait pour moi de plus étrange, de plus merveilleux c'était sa réponse si terre à terre.

Oh ! que veux-tu, me disait-elle, mieux vaut tard que jamais… Je savais que je te reverrai un jour.

Au temps où ma mère était une jeune femme au visage doux et espiègle dont les bas de soie opaques moiraient les jambes dodues (j'ai vu une photo d'elle au milieu de ses élèves), elle prit un poste d'institutrice dans une école à classe unique, l'école Grieves, dans la vallée d'Ottawa. Cette école était située dans un coin de la ferme appartenant à la famille Grieves – une ferme de bon rapport pour la région : des champs bien drainés, sans ces épaulements précambriens fréquents dans les environs, qu'ourlait une petite rivière bordée de saules, un bosquet d'érables, des cabanes en rondins et une grande maison sans prétention dont les murs en planches n'avaient jamais été peints afin que l'air les patine. Et dans la vallée d'Ottawa, disait ma mère, quand le bois se patine, je ne sais pas pourquoi, il ne devient jamais gris, il devient noir. Il doit y avoir quelque chose dans l'air, disait-elle. Elle parlait souvent de la vallée d'Ottawa qui était son pays – elle avait grandi à une trentaine de kilomètres de l'école Grieves –, d'une façon dogmatique, mystique, soulignant bien tout ce qui la rendait unique. Les maisons devenaient noires, le sirop d'érable avait un goût qu'aucun autre sirop d'érable ne pouvait égaler et, de votre ferme, vous pouviez voir des ours se promener. Je fus, bien entendu, déçue le jour où je finis par connaître cette région. Cela n'avait rien d'une vallée, si vous entendez par là un creux entre des collines. C'était un assemblage de terres plates, de roches à ras du sol, de buissons épais et de petits lacs, un paysage sens dessus dessous, un fouillis sans facile harmonie, ne se prêtant pas d'emblée à une description.

Les cabanes en rondins et cette maison qui n'avait pas été peinte, chose assez courante dans les fermes pauvres, n'étaient pas, dans le cas des Grieves, signe de pauvreté mais plutôt une politique. Ils avaient de l'argent mais ne le dépensaient pas. C'est ce qu'on raconta à ma mère. Durs à la besogne et loin d'être incultes, les Grieves étaient pourtant très rétrogrades. Ils ne possédaient ni voiture ni tracteur, n'avaient ni l'électricité ni le téléphone. Certains racontaient que c'était parce qu'ils étaient caméroniens. Ils étaient les seuls du district à appartenir à cette religion, mais en fait, leur église, l'Église presbytérienne réformée, n'interdisait ni les moteurs, ni l'électricité, ni les inventions de ce genre, elle interdisait juste de jouer aux cartes, de danser, et, le dimanche, elle proscrivait toute activité non religieuse ou non indispensable.

Ma mère ne sut jamais qui étaient les caméroniens ni d'où ils tiraient leur nom. Quelque religion de pacotille venue d'Écosse, disait-elle du haut de son anglicanisme docile et enjoué. L'instituteur logeait toujours chez les Grieves, et ma mère était un peu effrayée à l'idée d'aller vivre derrière ces planches noires, avec ces dimanches paralytiques, ces lampes à charbon et ces idées primitives. Mais elle était fiancée à cette époque et préférait s'affairer à son trousseau plutôt que de courir la prétentaine, elle se disait aussi qu'elle devrait pouvoir rentrer chez elle un dimanche sur trois. (Le dimanche, chez les Grieves, vous aviez le droit de faire du feu pour vous réchauffer mais pas pour faire la cuisine, pas question non plus de faire bouillir de l'eau pour faire du thé, ni d'écrire une lettre, ni de tuer une mouche… Ma mère fut dispensée de ces interdits. « Non, non, disait Flora Grieves en se moquant d'elle. Ça ne vous concerne pas. Continuez à vivre comme avant. » Au bout d'un moment, Flora et ma mère étaient devenues si bonnes amies que cette dernière ne rentrait même plus les dimanches où elle avait prévu de rentrer.)

Flora et Ellie Grieves, les deux sœurs, étaient tout ce qui restait de la famille. Ellie avait épousé un certain Robert Deal, qui habitait là et travaillait à la ferme, mais pour autant la ferme n'avait pas changé de nom. À entendre les gens, ma mère avait cru que les sœurs Grieves et Robert Deal avaient la cinquantaine bien sonnée alors qu'Ellie, la jeune sœur, n'avait qu'une trentaine d'années et Flora sept ou huit ans de plus. Robert Deal devait être entre les deux.

La maison était divisée d'une manière inattendue. Le ménage ne vivait pas avec Flora. Au moment de leur mariage, celle-ci leur avait donné le salon et la salle à manger, les chambres du devant, la cage d'escalier et la cuisine d'hiver. Point n'avait été besoin de décider du sort de la salle de bains pour la simple raison qu'il n'y en avait pas. À Flora revenaient la cuisine d'été, avec ses chevrons apparents, ses murs de briques non crépis, le vieil office exigu promu salle à manger et salon, et les deux chambres de derrière, dont l'une était celle de ma mère. L'institutrice partageait les quartiers de Flora, la partie la plus humble de la maison. Mais cela importait peu à ma mère qui préféra d'emblée Flora et sa gaieté au silence et à l'atmosphère de chambre de malade des pièces de devant. Au royaume de Flora, on ne pouvait même pas dire que toute distraction était interdite. Elle possédait un jeu de dames – ma mère apprit à y jouer.

La maison avait été ainsi divisée, bien sûr, dans l'idée qu'un jour Robert et Ellie auraient une famille et qu'ils auraient besoin de place. Ce ne fut pas le cas. En plus d'une douzaine d'années de mariage, ils n'avaient pas mis au monde un seul enfant vivant. À diverses reprises Ellie avait été enceinte, mais deux bébés étaient mort-nés et les autres fois elle avait fait des fausses couches. Pendant la première année que ma mère passa là-bas, Ellie restait au lit de plus en plus longtemps et ma mère en déduisit qu'elle devait être enceinte, mais personne ne mentionna quoi que ce soit. Dans ce genre de milieu, c'étaient des choses dont on ne parlait pas. Regarder Ellie se lever ou marcher ne vous aurait pas appris grand-chose, car elle avait une silhouette distendue, ravagée et le sein flasque. Elle traînait avec elle une odeur de lit d'hôpital, et elle s'affolait pour tout, comme une gamine. Flora prenait soin d'elle et la remplaçait dans toutes ses tâches. Elle faisait la lessive, le ménage, préparait les repas que l'on servait des deux côtés de la maison, tout en aidant Robert à traire et à écrémer le lait. Debout avant l'aube, elle ne semblait jamais se fatiguer. Au cours de cette première année, on s'embarqua dans le grand ménage de printemps, au cours duquel Flora grimpa aux échelles, démonta les doubles fenêtres, les nettoya, les rangea, transporta tous les meubles d'une pièce à l'autre afin de décaper et vernir les planchers. Elle lava chaque assiette et chaque verre qui était dans les placards et donc, en principe, propre. Elle passa à l'eau bouillante la moindre marmite, la moindre cuillère. Elle était possédée par une telle force, par une si farouche énergie qu'elle en dormait à peine – et ma mère de se réveiller au bruit des tuyaux de poêle qu'on désassemblait, ou du balai coiffé d'un torchon pourchassant les toiles d'araignées fuligineuses… Par les fenêtres impeccables et nues déferlait un torrent de lumière sans pitié. La propreté était dévastatrice. Voici que ma mère dormait dans des draps javellisés, ami-donnés, qui lui donnaient des démangeaisons. Ellie, la valétudinaire, se plaignait de l'odeur de vernis et de poudre à récurer. Les mains de Flora étaient à vif, mais sa bonne humeur n'était en rien altérée. Avec son fichu, son sarrau et la vaste cotte de Robert dont elle s'affublait pour ses escalades domestiques, elle avait tout l'air d'un baladin… Folâtre, imprévisible Flora…

Ma mère l'appela un derviche tourneur.

« Tu es un vrai derviche tourneur, Flora », lui dit-elle, et Flora s'arrêta. Elle voulait savoir ce que ça signifiait. Ma mère le lui expliqua, tout en craignant un peu de froisser sa piété. (Pas exactement sa piété – on ne pouvait donner à cela le nom de piété. Son rigorisme.) Bien sûr, il n'en fut rien. Il n'y avait pas la moindre trace de méchanceté ni d'arrogante vigilance dans la façon dont Flora observait sa religion. Elle ne craignait pas les païens, elle avait toujours vécu parmi eux. L'idée d'être un derviche lui plut, elle alla en faire part à sa sœur.

« Tu sais ce que la maîtresse a dit que j'étais ? »

Flora et Ellie avait toutes deux les cheveux noirs et les yeux noirs. Elles étaient grandes, étroites de carrure et hautes sur pattes. Ellie était une loque, on le sait, mais Flora avait encore une superbe silhouette, bien droite et gracieuse. Elle avait un port de reine, disait ma mère – même quand elle partait à la ville dans leur carriole. Ils se rendaient à l'église en chariot ou en traîneau, mais lorsqu'ils allaient à la ville il leur fallait souvent transporter des sacs de laine – ils élevaient quelques moutons – ou des fruits et légumes à vendre, et rapporter des provisions. Ce voyage de quelques kilomètres n'était pas de ceux qu'on fait tous les jours. Robert montait devant, il menait le cheval – Flora était tout aussi capable de mener la bête, mais c'était à l'homme que cela incombait. Flora se tenait donc derrière, cramponnée aux sacs. Elle faisait l'aller et le retour debout, gardant sans peine son équilibre, coiffée de son chapeau noir. Presque ridicule, mais pas tout à fait quand même… Une reine gitane, pensait ma mère, avec sa chevelure noire, sa peau mordorée, sa sérénité agile et hardie. Bien entendu, il lui manquait les bracelets en or et les nippes bariolées. Ma mère enviait sa minceur et ses pommettes…

En rentrant à l'automne pour entreprendre sa deuxième année, ma mère apprit ce qui se passait avec Ellie.

« Ma sœur a une grosseur », dit Flora. Personne ne parla de cancer.

Ma mère avait déjà entendu ça. C'était ce qu'on soupçonnait. Elle connaissait maintenant beaucoup de gens dans le district. Elle était surtout liée avec une jeune employée du bureau de poste, qui serait demoiselle d'honneur à son mariage. L'histoire de Flora, d'Ellie et de Robert – du moins ce que les gens en savaient – avait été racontée en diverses versions. Ma mère ne pensait pas que c'étaient là des ragots. Attentive à la moindre remarque désagréable au sujet de Flora, elle ne l'aurait jamais admis ; d'ailleurs, personne n'aurait osé. Tous disaient que Flora s'était conduite comme une sainte. Même lorsqu'elle était tombée dans des extrêmes – partager la maison, par exemple – elle s'était comportée comme une sainte.

Robert vint travailler chez les Grieves quelques mois avant la mort du père des jeunes filles. Ils le connaissaient déjà, par l'église. (Oh, cette église, disait ma mère, qui s'y était rendue une fois, par curiosité – cette bâtisse sinistre, à l'autre bout de la ville, sans orgue ni piano, avec des fenêtres aux carreaux tout simples, un vieux pasteur dodelinant dont les sermons duraient des heures et un brave homme dont le diapason rappelait les chants à l'ordre.) Robert arrivait d'Écosse, il était en route vers l'ouest. Il s'était arrêté chez des parents ou chez des connaissances qui étaient membres de la petite congrégation. Sans doute est-ce pour gagner un peu d'argent qu'il se rendit chez les Grieves. Peu de temps après, Flora et lui étaient fiancés. Ne pouvant ni aller au bal ni jouer aux cartes comme les autres couples, ils faisaient de longues promenades. Ellie servait de chaperon officieux. Crinière au vent, effrontée, Ellie était une fieffée taquine, une grande gamine débordante d'énergie. Elle courait par monts et par vaux, pourfendait les tiges de molène avec un bâton, hurlant, caracolant, prétendant qu'elle était un guerrier sur sa monture... et parfois même la monture... Elle avait alors quinze ou seize ans. En dehors de Flora, personne n'avait barre sur elle. D'ordinaire, Flora se contentait de se moquer d'elle, trop habituée à sa sœur pour se demander si elle n'avait pas un grain. Une merveilleuse affection les unissait. Ellie, grand échalas au teint pâle, était la copie conforme de Flora – du genre de celle que vous rencontrez souvent dans les familles –, une copie dans laquelle, en raison de certain laisser-aller ou de certaine exagération des traits ou du teint, ce qui fait la beauté de l'un se retrouve dans la fadeur, ou quasi-fadeur, de l'autre. Mais Ellie n'en était pas jalouse. Elle adorait peigner les cheveux de Flora et les lui relever en chignon. Elles passaient de bons moments à se laver mutuellement les cheveux. Ellie blottissait son museau contre la gorge de Flora, comme un poulain se blottit contre sa mère. Aussi, lorsque Robert jeta son dévolu sur Flora, ou lorsque Flora jeta le sien sur lui, personne ne sut au juste ce qui s'était passé, il fallut inclure Ellie. Oh, elle ne montra certes aucune malveillance à l'égard de Robert, mais elle les pourchassait, les guettait au cours de leurs promenades ; tapie derrière les buissons, elle bondissait sur eux ou se glissait si sournoisement derrière eux qu'elle aurait pu leur souffler dans le cou. On la voyait faire ça. On entendait ses plaisanteries. Elle avait la réputation d'avoir la plaisanterie féroce, ce qui lui avait parfois valu d'avoir maille à partir avec son père, mais Flora la protégeait. Voici qu'elle en était à glisser des chardons dans le lit de Robert. Elle mettait son couvert en intervertissant couteau et fourchette. Elle échangeait les seaux de lait pour qu'il se retrouve avec le vieux, celui qui était percé. Par égard pour Flora, peut-être, Robert prenait ça avec le sourire.

Le père avait demandé à Flora et Robert de choisir la date de la noce un an à l'avance. À sa mort, ils ne la rapprochèrent pas. Robert continua à vivre dans la maison. Personne ne savait comment dire à Flora que c'était là objet de scandale, ou du moins que cela apparaissait tel : Flora se serait contentée de demander pourquoi. Au lieu d'avancer la date de la noce, elle la reporta du printemps au début de l'automne, pour qu'une année complète se soit écoulée entre la cérémonie et la mort de son père. Une année entre noces et funérailles, cela lui semblait convenable. Elle avait pleine confiance en la patience de Robert et en sa propre honnêteté.

C'était donc ce qu'elle avait prévu. Mais pendant l'hiver, coup de théâtre. Voilà Ellie qui se met à vomir, à pleurer, qui va se réfugier dans le grenier à foin. On l'y découvre, elle se met à hurler, s'élance de sa cachette haut perchée, avant de se mettre à virevolter et à se rouler dans la neige. Quelque chose ne tourne pas rond. Flora fait venir le médecin. Elle lui dit que les règles de sa sœur se sont arrêtées – le retard du flux menstruel peut-il l'avoir mise dans cet état ? Robert est contraint de l'attraper et de l'attacher avant de la mettre au lit avec l'aide de Flora. Elle refuse toute nourriture, se contentant d'agiter vivement la tête en hurlant. C'était à croire qu'elle mourrait sans mot dire. Enfin, sans que l'on sache trop comment, la vérité finit par se faire jour, pas par l'intermédiaire du docteur, qui n'arriva pas à s'approcher suffisamment d'elle pour l'examiner, vu les comédies qu'elle fait. Sans doute il confessa Robert. Flora eut vent de la vérité. Il fallut à celle-ci toute sa magnanimité. Il y aurait un mariage, mais pas celui qui était prévu.

Adieu pièce montée, parures neuves, voyage de noces, félicitations… Une visite en catimini chez le pasteur. En lisant les noms dans le journal, certains pensèrent que le rédacteur avait confondu les deux sœurs. Bien sûr que c'était de Flora qu'il s'agissait. Pensez donc, un mariage précipité pour Flora ! Mais non – ce fut, ou ce dut être, Flora qui repassa le costume de Robert, qui tira Ellie du lit, l'astiqua et la rendit présentable. Ce dut être Flora qui subtilisa une fleur au géranium qui ornait la fenêtre et l'épingla à la robe de sa sœur, qui ne l'arracha pas. Ellie était redevenue douce comme un agneau, elle ne se démenait plus, elle ne pleurait plus. Elle laissa Flora la pomponner, elle se laissa marier, jamais on ne la revit en proie à pareille agitation.

Flora fit diviser la maison. Elle aida Robert à poser les cloisons nécessaires. Le bébé arriva à terme – personne ne prétendit seulement qu'il était prématuré – mais il était mort-né, après un accouchement interminable et mutilant. Peut-être Ellie avait-elle tout gâté en sautant depuis la poutre de la grange ou en se roulant dans la neige et en se malmenant. Et même si elle n'avait pas fait ça, les gens se seraient attendus à ce que quelque chose n'aille pas, soit avec cet enfant, soit avec un des suivants. Dieu châtiait pour des noces trop vite expédiées, les presbytériens n'étaient pas les seuls à le croire… Dieu rétribuait les appétits de la chair par des enfants mort-nés, des idiots, des becs-de-lièvre, des membres atrophiés ou des pieds bots.

Et le châtiment continua. Ellie fit fausse couche sur fausse couche, mit au monde un enfant mort puis recommença sa série de fausses couches. Elle était enceinte à longueur d'années, des grossesses accompagnées de vomissements qui duraient des journées entières, de maux de tête, de crampes, d'étourdissements. Ses fausses couches étaient aussi pénibles que des naissances menées à terme. Ellie était incapable de vaquer à ses occupations. Elle se déplaçait en se cramponnant aux chaises. Son silence stupide céda la place à des instincts geignards. Un visiteur arrivait-il qu'elle s'étendait aussitôt sur les particularités de ses maux de tête, décrivait le moindre évanouissement ou même – devant des hommes, des femmes non mariées ou des enfants – rentrait dans chaque infime détail de ce que Flora appelait ses « déceptions ». Si l'on changeait de sujet ou si l'on éloignait les enfants, elle se renfrognait. Elle réclamait de nouveaux médicaments, envoyait son docteur à tous les diables, s'en prenait à Flora. Elle accusait cette malheureuse de se venger en faisant trop de bruit lorsqu'elle lavait la vaisselle, elle lui reprochait de lui tirer les cheveux lorsqu'elle la coiffait, de lui donner, par ladrerie, un mélange d'eau et de mélasse au lieu de son médicament. Quoi qu'elle dise, Flora la calmait. Tous ceux qui venaient à la maison en ressortaient avec une histoire de Flora qui disait : « Où est ma gentille petite fille ? Où est ma petite Ellie ? Non, ce n'est pas mon Ellie, c'est une petite fille grognon qui a pris la place de mon Ellie ! »

Les soirs d'hiver, après avoir aidé Robert à la grange, Flora se lavait, se changeait et allait faire la lecture à Ellie jusqu'à ce qu'elle s'endorme. Parfois ma mère s'invitait, prenait avec elle son ouvrage, et avançait ainsi son trousseau. Ellie avait son lit dans la grande salle à manger, où il y avait une lampe à alcool sur la table. Assise d'un côté de la table, ma mère cousait, en face d'elle Flora lisait à haute voix. De temps en temps, Ellie disait : « Je ne t'entends pas », et, dès que Flora s'arrêtait pour se reposer, Ellie remarquait : « Je ne dors toujours pas. »

Que lisait Flora ? Des récits sur la vie en Écosse – pas des classiques. Des récits dans lesquels on parlait de bambins et de grands-mères loufoques. Le seul titre dont ma mère se souvenait était *Le Petit Macgregor*. Elle avait du mal à suivre, à rire quand Flora gloussait ou quand Ellie poussait ses petits cris, car presque tout le récit était en dialecte écossais ou, sinon, il était lu avec cet accent à couper au couteau. Ma mère était étonnée que Flora y arrive, car ce n'était pas sa façon de parler habituelle.

(Mais n'était-ce pas ainsi que Robert parlait ? Sans doute est-ce pour cette raison que ma mère ne rapporta jamais ce qu'aurait pu dire Robert, ne le fit jamais entrer en scène. Il doit avoir été là, il doit avoir été assis dans un coin de la pièce. On ne chauffait que la pièce principale de la maison. Je le vois, toison noire, épaules carrées, fort comme un cheval de trait et doté de ce même genre de beauté ténébreuse, entravée.) Alors Flora disait : « Assez de ça pour ce soir. » Elle prenait un autre livre, un vieux bouquin écrit par un de leurs pasteurs. Il y était question de choses dont ma mère n'avait jamais entendu parler. Quelles choses ? Elle n'aurait su le dire. De tout ce qu'il pouvait y avoir dans leur religion désuète et effarante. Deux pages suffisaient à aider Ellie à s'endormir, ou, du moins, à faire semblant de dormir.

Ma mère devait entendre par là tout ce système d'élus et de damnés, tous ces arguments sur l'illusion et la nécessité du libre arbitre. Sentence et périlleuse rédemption. L'accumulation torturante, déroutante, mais pour certains irrésistible, de concepts embrouillés et contradictoires. Ma mère arrivait à y résister… Sa foi était simple, sa façon de voir les choses solide. Les grandes idées, ce n'était pas ça qui la préoccupait, ni ne la préoccuperait jamais…

Mais, demandait-elle en silence, était-ce bien le genre de lecture qui convenait à une mourante ? Et c'est ce qui s'approcha le plus d'une critique de sa part à l'égard de Flora.

Il semblerait que la réponse – à savoir que c'était la seule chose, si vous y croyiez – ne lui soit jamais venue à l'esprit.

Au printemps on fit appel à une garde-malade. C'était comme ça qu'on agissait à l'époque. Les gens mouraient chez eux, une garde-malade prenait la situation en main.

Elle s'appelait Audrey Atkinson. C'était une solide matrone, aussi rigidement corsetée qu'une barrique, à la tignasse frisottante couleur chandelier de cuivre, à la lippe rougie au-delà de ses contours peu généreux par nature. Elle arriva en voiture dans la cour – *sa* voiture, un coupé vert bouteille, reluisant et élégant. La nouvelle d'Audrey Atkinson et de sa voiture se répandit vite. On se posait des questions. Où avait-elle déniché cet argent ? Quelque riche idiot aurait-il modifié son testament en sa faveur ? Avait-elle profité de son influence ? Ou aurait-elle tout simplement fait main basse sur un magot dissimulé sous un matelas ? Comment pouvait-on lui faire confiance ?

Sa voiture était la première à passer la nuit dans la cour des Grieves.

Audrey Atkinson prétendait qu'on n'avait jamais fait appel à ses services dans une maison aussi primitive. Que l'on pût vivre dans de pareilles conditions la dépassait, grognait-elle.

« On ne peut même pas dire qu'ils soient pauvres, disait-elle à ma mère. Non, c'est pas ça, n'est-ce pas ?

Ça, je pourrais encore comprendre. On ne peut pas dire non plus que ce soit leur religion. Alors, vous voulez savoir ? Eh bien, c'est qu'ils s'en foutent ! »

Elle essaya d'abord de se mettre bien avec ma mère, comme si, chez ces rustres, elles étaient alliées de naissance. À les entendre parler on leur aurait donné à peu près le même âge, deux femmes ayant de la classe, quelque chose dans le crâne, qui ne passaient pas à côté d'un bon moment et avaient des idées modernes. Elle proposa d'apprendre à ma mère à conduire la voiture. Elle lui offrit des cigarettes. Ma mère était davantage tentée par le volant que par les cigarettes. Elle refusa toutefois ; non, elle attendrait que son époux lui apprenne. Audrey Atkinson fronça ses sourcils saumon, ce qui rendit furieuse ma mère qui s'abritait derrière Flora. Elle détestait la garde-malade bien plus encore que Flora…

« Moi je la connaissais, mais Flora, elle, elle ne la connaissait pas », expliquait ma mère. Elle voulait dire qu'elle avait subodoré une vie minable, peut-être même des relents de caboulot, d'individus bizarres, d'affaires louches, que Flora, trop peu de ce monde, ne remarqua pas.

Flora se lança une nouvelle fois dans ses grands nettoyages. Elle vous étendait les rideaux sur des tréteaux, vous battait les tapis accrochés à la corde à linge, s'élançait sur l'escabeau et fondait sur la poussière des chambranles, entravée dans ses ébats par les sempiternelles jérémiades de la garde-malade.

« Je me demandais simplement si nous pourrions avoir un peu moins de cette sarabande et de ce tintamarre par égard pour ma patiente ! » Elle disait toujours « ma patiente » lorsqu'elle parlait d'Ellie, prétendant qu'elle était la seule à la protéger et à exiger qu'on la respecte. On ne saurait pourtant dire qu'elle-même ait été si respectueuse d'Ellie… « Allez, hop ! » ordonnait-elle en remettant la pauvre créature sur ses oreillers. Elle avait averti Ellie qu'elle ne supportait ni les caprices ni les pleurnicheries. « Ça ne vous fait aucun bien, et ce n'est pas ça qui me fera venir plus vite. Autant que vous appreniez à vous dominer. » Elle faisait des simagrées devant les escarres d'Ellie, avec l'air de lui en tenir grief comme si c'était là une honte de plus pour la maison. Elle exigeait lotions, pommades, savons onéreux, surtout, bien sûr, pour protéger sa propre peau qui, à l'en croire, souffrait de l'eau trop calcaire. (Comment pouvait-elle être calcaire, lui demanda ma mère au nom de toute la maisonnée puisque personne n'osait le faire, oui, comment pouvait-elle être calcaire alors qu'elle sortait tout droit de la citerne ?)

Mademoiselle Atkinson exigea de la crème, elle leur dit qu'ils feraient mieux d'en garder plutôt que de tout vendre à la laiterie. Elle voulait préparer de bonnes soupes bien nourrissantes pour sa patiente. Elle faisait des flans, des gelées, à partir de ces préparations en sachets qui n'avaient jamais encore pénétré dans cette maison. C'est la garde-malade qui les engloutissait, ma mère en était convaincue.

Flora continuait à faire la lecture à Ellie, mais ce n'était plus que de courts passages de la Bible. Une fois qu'elle avait fini, Ellie s'accrochait à elle en pleurant et en se plaignant de choses ahurissantes. Elle prétendait qu'il y avait dehors une vache à cornes qui essayait d'entrer dans la pièce pour la tuer.

« Ça arrive souvent qu'ils se fourrent ce genre d'idées dans le crâne, disait Mademoiselle Atkinson. Vous ne devez surtout pas vous y laisser prendre, sinon vous l'aurez sur le dos nuit et jour. Ils sont tous comme ça, ils ne pensent qu'à eux. Regardez, quand je suis seule avec elle, elle se tient à carreau, je n'ai pas le moindre problème, mais sitôt que vous sortez de votre coin, ça recommence, parce qu'elle vous a vue et que ça l'a mise dans tous ses états. Vous ne voulez pas me compliquer la tâche, n'est-ce pas ? Après tout, vous m'avez fait venir pour que je prenne la situation en main, non ? »

« Ellie, écoute, ma petite Ellie, disait Flora, il faut que je m'en aille », puis, se tournant vers l'infirmière : « Je comprends… Je comprends qu'il faut que vous soyez maître de la situation et je vous admire, je vous admire pour le travail que vous faites. Et Dieu sait qu'il faut que vous en ayez, de la patience et de la douceur ! »

Ma mère se demandait si Flora était aussi aveugle que ça ou si elle espérait, par ces louanges non méritées, susciter en la chère demoiselle une patience et une douceur plutôt absentes. La peau de rhinocéros et l'arrogance de la garde-malade faisaient échouer d'emblée ce genre de stratagème.

« C'est pas un boulot facile, je peux vous l'assurer, il n'y en a pas beaucoup qui pourraient le faire, disait-elle. C'est pas comme les infirmières des hôpitaux ; à elles, ça leur tombe tout cuit. » Elle n'avait pas de temps à perdre en palabres, elle cherchait à capter *Make-Believe Ballroon* sur sa radio à piles.

Entre les examens, les célébrations de fin d'année scolaire et les préparatifs de son mariage prévu pour juillet, ma mère était très prise. Des amis arrivaient en voiture et l'embarquaient chez la couturière, à une réception, choisir des faire-part ou commander la pièce montée. Les lilas firent leur apparition, les soirées s'allongèrent, les oiseaux revinrent nicher. Prête à s'embarquer pour l'aventure délicieusement solennelle du mariage, ma mère s'épanouissait grâce aux soins attentifs de tous. Sa robe serait ornée de roses en soie, son voile serait retenu par une coiffe en semence de perles. Elle appartenait à la première génération de ces jeunes femmes qui avaient économisé pour payer les frais des noces, des noces beaucoup plus raffinées que celles que leurs parents auraient jamais pu leur offrir.

Le dernier soir, l'amie employée à la poste vint la chercher avec ses atours, ses livres, son trousseau, sans oublier les cadeaux de ses élèves et connaissances. Et l'on s'agita, et l'on se mit à rire lorsqu'il fallut tout faire entrer dans la voiture. Flora vint aider. Cette histoire de mariage est encore plus absurde que je ne l'aurais cru, gloussait Flora. Elle offrit à ma mère, pour orner sa coiffeuse, un jeté qu'elle avait fait au crochet et en secret… Mademoiselle Atkinson ne pouvait rester à l'écart en une telle occasion, elle y alla de son vaporisateur d'eau de Cologne. Sur l'allée en pente qui longeait la maison, Flora faisait de grands signes d'adieu. Invitée à la noce, elle avait, bien entendu, répondu qu'elle ne pourrait s'y rendre : elle ne pouvait pas « sortir » en de pareils moments. Le dernier souvenir que ma mère garderait d'elle serait cette silhouette énergique, solitaire, en sarrau et fichu, qui, dans la lumière vespérale, agitait les bras sur la pente verdoyante, près de la maison aux murs noirs.

« Enfin… P't-être qu'elle va finir par avoir ce qui aurait dû lui revenir au premier tour, remarqua l'amie de la poste. P't-être qu'elle va pouvoir se marier. Elle est trop vieille pour commencer une famille, non ? D'ailleurs, quel âge qu'elle a au juste ? »

Ma mère trouva que c'était une façon bien cavalière de parler de Flora. Elle répliqua qu'elle n'en savait rien, tout en s'avouant qu'elle avait tenu le même raisonnement…

Une fois mariée et installée chez elle, à plus de quatre cents kilomètres de là, ma mère reçut une lettre de Flora. Ellie était morte, impeccable dans sa foi, reconnaissante de cette libération, disait Flora. Mademoiselle Atkinson resterait encore un peu, jusqu'à ce qu'il soit temps pour elle de se rendre au chevet d'un autre malade. On était à la fin de l'été.

Ce n'est pas par Flora qu'elle eut vent de ce qui arriva par la suite. Lorsque celle-ci lui écrivit au moment de Noël, elle semblait assurée que la rumeur avait devancé sa carte de vœux.

« Vous avez certainement appris, écrivait Flora, que Robert et Mademoiselle Atkinson se sont mariés. Ils vivent ici, dans la partie de la maison qui appartient à Robert. Ils font faire des transformations. Il est très impoli de ma part de l'appeler Mademoiselle Atkinson comme je me surprends à le faire. Je devrais l'appeler Audrey. »

Bien entendu, l'amie employée des postes avait écrit. D'autres aussi. Cela avait causé une véritable commotion, un véritable scandale, on ne parlait que de ça dans le canton, le mariage avait été tout aussi secret et surprenant que les premières noces de Robert (quoique sûrement pas pour les mêmes raisons). Voilà donc Mademoiselle Atkinson installée en permanence dans la communauté ; quant à Flora, elle se retrouvait perdante pour la deuxième fois. Personne n'avait flairé la moindre cour, on se demandait par quel subterfuge la femme avait pu le séduire. Aurait-elle promis des enfants en trichant sur son âge ?

Les surprises allaient continuer après le mariage. La nouvelle épousée procéda sur-le-champ à ces « transformations » que Flora avait mentionnées. L'électricité fit son apparition, le téléphone suivit. Maintenant, sur la ligne partagée, on entendait Mademoiselle Atkinson – qui se ferait toujours appeler Mademoiselle Atkinson – menacer de ses foudres peintres, tapissiers et livreurs. Elle faisait tout refaire. Elle achetait une cuisinière électrique, installait une salle de bains, mais qui diable savait d'où venait cet argent ? Était-il tout à elle ? Provenait-il de tractations sur les lits de mort ? De legs douteux ? Appartenait-il à Robert ? Prétendait-il que c'était sa part ? La part d'Ellie, qui leur revenait, et dont lui et Mademoiselle Atkinson, ce couple abject, n'avaient plus qu'à profiter ?

Toutes ces améliorations ne concernèrent qu'une seule partie de la maison. Celle de Flora resta comme avant. Ni électricité, ni papier peint neuf, ni nouveaux stores. Lorsqu'on repeignit la façade – couleur crème avec une bordure vert bouteille – on ne toucha pas au côté de Flora. Cette étrange attitude fut accueillie avec un mélange de pitié et de réprobation, puis les marques de sympathie diminuèrent, car on se mit à voir là un signe de l'entêtement et de l'excentricité de Flora (elle aurait tout de même pu acheter sa peinture et faire en sorte que ça ait l'air décent), puis une plaisanterie. On faisait le détour pour voir ça.

La coutume voulait que l'on donne un bal en l'honneur des nouveaux mariés à l'école du village. Le produit d'une collecte, la « bourse », leur était alors remis. Mademoiselle Atkinson fit savoir qu'elle ne serait pas hostile à l'observance de cette coutume, même s'il se trouvait que la famille dans laquelle elle entrait était contre les bals. Certains estimèrent que ce serait une honte d'abonder dans son sens, une paire de claques pour Flora. D'autres se sentirent trop curieux pour rester à l'écart. Robert danserait-il ? Que porterait la mariée ? Ils attendirent un peu, mais le bal finit par avoir lieu, et ma mère eut droit à un compte rendu.

La mariée apparut dans la robe qu'elle avait portée pour son mariage, c'est du moins ce qu'elle raconta. Mais qui irait s'affubler de ce genre de robe pour aller se marier chez le pasteur ? Il est plus que probable que cette tenue avait été achetée pour son apparition au bal. Satin blanc, décolleté en cœur, niaisement jeune rosière… Le marié allait déguisé dans un costume bleu sombre tout neuf, elle lui avait fourré une fleur à la boutonnière. Ça valait le coup d'œil ! Elle s'était fait coiffer de façon à vous éblouir de reflets cuivrés, et l'on aurait pu craindre que son visage restât plaqué sur la veste de l'un de ses cavaliers au cas où elle l'aurait posé contre son épaule en dansant… Et bien sûr, elle dansa. Elle dansa avec chacun des hommes qui étaient là, à l'exception du marié, aplati derrière l'un des pupitres alignés contre le mur. Elle dansa avec chacun des hommes qui étaient là – ils prétendaient qu'il le fallait, ainsi le voulait la coutume – puis elle traîna Robert dehors pour recevoir l'argent et les remercier tous de leurs bons vœux. Aux dames du vestiaire elle alla jusqu'à laisser croire qu'elle n'était pas bien, pour la raison habituelle aux jeunes mariées… Personne ne la crut et bien entendu cet espoir ne se matérialisa pas, si tant est qu'il fût authentique… Certaines de ces dames pensèrent qu'elle leur mentait par malice, pour les insulter, pour les faire passer pour des femmes crédules, mais personne ne lui lança de défi, personne ne l'envoya promener, sans doute parce qu'il était clair qu'elle avait la riposte leste et violente.

Flora n'était pas au bal.

« Ma belle-sœur ne danse pas, expliquait Mademoiselle Atkinson. Elle est vieux jeu. » Elle les invitait à rire de Flora, qu'elle appelait toujours sa belle-sœur, même si elle n'avait aucun droit de l'appeler ainsi.

Ayant eu écho de tout cela, ma mère écrivit à Flora. Étant loin, et faisant peut-être l'importante en raison de son nouvel état de femme mariée, elle avait sans doute oublié à quel genre de personne elle écrivait. Elle comprenait, elle s'indignait, ne mâchant pas ses mots au sujet de la femme qui avait – à l'en croire – porté un coup pareil à Flora. Une réponse arriva : Flora lui disait qu'elle ignorait d'où ma mère pouvait tirer ses renseignements, mais qu'elle avait dû mal comprendre ou écouter les mauvaises langues et sauter à des conclusions injustifiées. D'ailleurs, ce qui se passait dans la famille de Flora ne regardait personne et, une chose était sûre, personne n'avait besoin de la plaindre ni de prendre fait et cause pour elle. Flora ajouta qu'elle était heureuse et satisfaite de son existence, comme elle l'avait toujours été, et qu'elle ne tenait pas compte de ce que les autres pouvaient dire ou faire, parce que ça ne la regardait pas. Elle souhaitait à ma mère tout le bonheur du monde et espérait qu'elle aurait de quoi s'occuper avec ses propres affaires sans avoir à s'inquiéter de la vie de gens qu'elle avait connus jadis.

Cette missive, si bien tournée fût-elle, « fendit le cœur » de ma mère, je reprends là son expression. Flora et elle cessèrent de correspondre. Ma mère se laissa prendre par le tourbillon de sa propre vie et finit par en devenir prisonnière.

Elle pensait cependant à Flora… Des années plus tard, parlant de ce qu'elle aurait pu être ou pu faire, elle disait : « Si j'avais pu devenir écrivain – et je pense honnêtement que j'aurais pu, que j'aurais pu devenir écrivain – j'aurais écrit l'histoire de Flora. Et sais-tu comment je l'aurais appelée ? « La dame vierge ». »

La dame vierge. Elle disait ces mots sur un ton solennel et sentimental dont je n'avais que faire. Je savais, ou croyais savoir, ce qu'elle y trouvait exactement. Majesté et mystère. La pointe de dérision devenant révérence. J'avais alors quinze ou seize ans et je croyais lire les pensées de ma mère. J'y voyais ce qu'elle ferait de Flora, ce qu'elle en avait déjà fait. Elle en ferait une figure noble, elle en ferait celle qui accepte la faiblesse, la perfidie, celle qui pardonne et reste à vos côtés pas une fois mais deux. Sans jamais se plaindre. Flora, celle qui accomplit sa joyeuse besogne, qui nettoie la maison, balaie l'étable, enlève les cochonneries du lit de sa sœur, et puis, le jour où l'avenir semble enfin lui sourire – Ellie mourra, Robert la suppliera de lui pardonner et Flora lui imposera silence par le noble don d'elle-même –, il est temps pour Audrey Atkinson de faire son entrée dans la cour au volant de sa voiture et de mettre Flora dehors de façon encore plus inexplicable et plus inexorable que la première fois. Elle doit subir la peinture de la maison, les lumières électriques, toute l'activité florissante de la porte à côté. *Make-Believe Ballroon, Amos 'n'Andy*. Finies les comédies à l'écossaise, finis les sermons du temps jadis. Il faut qu'ils partent au bal, sous ses yeux, lui son ancien amoureux et elle cette femme insensible, stupide, qui n'a rien d'aguichant dans sa robe de mariée de satin blanc. Elle est bafouée. (Et, bien sûr, elle a cédé la ferme à Ellie et Robert qui, bien sûr, en a hérité, tout appartient donc maintenant à Audrey Atkinson.) Aux mécréants les mains pleines… Mais peu importe – les élus sont nimbés de patience et d'humilité, ils sont éclairés par une certitude que les événements ne sauraient ébranler.

C'était ainsi que j'imaginais la façon dont ma mère présenterait les choses. Dans sa détresse, sa manière de voir était devenue mystique, et l'on percevait parfois dans sa voix un silence, un frisson solennel, qui m'agaçait et m'alertait de ce qui me semblait un danger personnel. Je sentais un grand brouillard de vagues platitudes et de dévotions, un incontestable pouvoir de mère infirme, susceptible de me capturer et de m'étouffer. Et cela n'aurait pas de fin. Il me fallait garder la langue alerte et cynique, tour à tour argumenter et m'aplatir. Je finis même par renoncer à cette récognition, me contentant de la contrecarrer sans mot dire.

Une façon élégante de dire que je ne lui fus d'aucun réconfort, juste une piètre compagnie lorsqu'elle n'eut plus personne ou presque vers qui se tourner…

J'avais mes idées sur l'histoire de Flora. Je ne pensais pas que j'aurais pu écrire un roman, mais plutôt que j'en écrirais un. Je prendrais une approche différente. Je lirais entre les lignes du récit de ma mère, ajoutant ce qu'elle avait passé sous silence. Ma Flora serait aussi noire que la sienne était blanche. Elle prendrait plaisir à se voir jouer des mauvais tours et à pardonner, elle épierait le désordre de la vie de sa sœur. Une sorcière presbytérienne, lisant à haute voix son livre maléfique. Pour la refouler, pour prospérer dans son ombre, il faut une cruauté rivalisant avec la sienne, il faut la brutalité, par comparaison innocente, de l'infirmière au cœur de granit. Mais elle est refoulée, la puissance du sexe et la simple cupidité la relèguent dans sa partie de la maison, au royaume des lampes à pétrole. Elle se ratatine, elle s'effondre, ses os durcissent, ses articulations enflent et – oh ! ça y est, ça y est ! J'entrevois la beauté dépouillée de la fin que je vais concocter ! Voici qu'elle devient infirme, percluse d'arthrite. Audrey Atkinson arrive au pouvoir – elle exige toute la maison. Elle veut faire tomber ces cloisons que Robert a posées avec l'aide de Flora lorsqu'il a épousé Ellie. Elle donnera une chambre à Flora, elle s'occupera d'elle. (Audrey Atkinson n'a aucune envie de passer pour un monstre, peut-être d'ailleurs n'en est-elle pas vraiment un.) Un jour Robert transporte Flora – c'est la première et dernière fois qu'il la porte dans ses bras – jusqu'à la chambre que sa femme Audrey lui a préparée. À peine Flora est-elle installée dans son recoin bien éclairé, bien chauffé, qu'Audrey Atkinson entreprend de nettoyer les pièces qui viennent d'être libérées. Les pièces qu'occupait Flora. Elle porte un tas de vieux bouquins dans le jardin. Le printemps est revenu. C'est l'époque des grands nettoyages, la saison pendant laquelle Flora accomplissait ce genre d'exploits, et voici que le visage blême de Flora apparaît derrière les rideaux de tulle neufs. Elle s'est traînée depuis son recoin, elle voit le ciel bleu clair dont les nuages élevés glissent au-dessus des champs humides, les corbeaux qui se disputent, les ruisseaux en crue, les branches rougissantes. Elle voit de la fumée s'élever de l'incinérateur du jardin dans lequel ses livres sont en train de se consumer. Ces vieux bouquins qui puent, les appelait Audrey… Des mots, des pages, de sinistres dos noirs. Élus, damnés, petits espoirs, grands tourments – tout ça part en fumée. Là, c'était la fin.

Pour moi, dans cette histoire telle que la racontait ma mère, le personnage vraiment mystérieux, c'est Robert. Il n'a jamais son mot à dire. On le fiance à Flora. Il se promène à ses côtés au bord de la rivière quand Ellie leur saute dessus. Dans son lit, il découvre les chardons d'Ellie. Il fait les travaux de menuiserie rendus nécessaires par son mariage avec Ellie. Il écoute ou n'écoute pas quand Flora lit. Enfin c'est lui qui se retrouve coincé derrière le pupitre tandis que son épousée à la toilette tapageuse virevolte devant lui au bras de tous les hommes…

Assez pour ses faits et gestes au vu et au su de tous. Rappelons-nous que c'est lui qui a commencé. En secret. Oui, il a fait ça à Ellie. Oui, il lui a fait ça, à cette sauvageonne décharnée, au temps où il était fiancé à sa sœur. Oui, il lui a fait ça et refait ça quand elle n'était qu'un pauvre corps couvert de pustules, une porteuse d'enfants ratée, qui gisait sur sa couche.

Il doit l'avoir fait aussi à Audrey Atkinson, mais avec des résultats moins désastreux.

Ces mots, *l'avoir fait* – des mots que ni ma mère ni Flora n'arrivèrent jamais à dire –, me paraissaient tout simplement excitants. Je n'éprouvais ni décente répugnance ni raisonnable indignation. Je refusais l'avertissement. Même le sort d'Ellie n'aurait su me rebuter. Il me suffisait de penser à cette première rencontre – à son côté désespéré, à ce déchirement, à cette lutte. À l'époque, je glissais aux hommes des regards langoureux. J'admirais leurs poignets, leurs cous, le coin de poitrail qu'un bouton mal attaché laissait entrevoir, j'admirais leurs oreilles et leurs pieds dans leurs chaussures. Je n'attendais rien de raisonnable d'eux, juste de les voir sombrer dans leur passion. J'avais des pensées semblables au sujet de Robert.

Ce qui, dans mon histoire, noircissait Flora, la rendait précisément admirable dans celle de ma mère : elle se détournait du sexe. Je luttais contre tout ce que ma mère voulait me dire à ce sujet. Je méprisais jusqu'à sa façon de baisser la voix, et la sinistre précaution avec laquelle elle s'en approchait. Ma mère avait grandi en un temps et en un lieu où le sexe était pour la femme une sombre aventure. Elle savait que vous pouviez en mourir. Aussi révérait-elle la décence, la pruderie, la frigidité susceptibles de vous protéger. Et je grandis avec une sainte horreur de cette protection, de cette coquette tyrannie qui me semblait s'étendre à tous les domaines, préconiser les thés, les gants blancs et toutes sortes d'argentines inepties. Je préférais les gros mots et la solution forte, la témérité et l'autorité masculines m'excitaient. Le plus curieux, c'est que les idées de ma mère étaient dans la ligne de certaines idées progressistes de son époque et que les miennes faisaient écho aux idées en vogue à la mienne. Cela malgré le fait que nous nous croyions toutes deux indépendantes et vivions dans des eaux stagnantes que les changements n'affectaient pas. On aurait dit que les tendances qui paraissaient les plus enracinées dans nos esprits, les plus intimes, les plus inhabituelles, avaient pénétré comme spores au gré du vent qui prévalait, en quête d'un endroit où se poser, d'une terre d'accueil.

Peu avant sa mort, alors que j'étais encore à la maison, ma mère reçut une lettre de la vraie Flora. Elle provenait de cette ville près de la ferme, cette ville où Flora se rendait en voiture à cheval, accompagnée de Robert qui se cramponnait aux sacs de laine ou de pommes de terre.

Flora écrivait qu'elle ne vivait plus à la ferme.

« Robert et Audrey y vivent encore, écrivait-elle. Robert a eu quelques ennuis avec son dos, mais à part ça il va très bien. Audrey a une mauvaise circulation, elle s'essouffle facilement. Le docteur dit qu'il faut qu'elle maigrisse mais aucun régime ne semble faire d'effet. À la ferme tout va bien. Ils ont complètement laissé tomber les moutons pour se consacrer aux vaches laitières. Comme vous avez dû l'entendre, de nos jours l'essentiel c'est d'obtenir votre quota de lait du gouvernement, après ça plus besoin de vous inquiéter. La vieille étable est pourvue de trayeuses électriques et de l'équipement le plus moderne qui soit, c'est une merveille. Quand je vais faire un tour par là-bas c'est à peine si je m'y reconnais. »

Elle continuait en disant qu'elle vivait en ville depuis quelques années et qu'elle était employée dans un magasin. Elle doit avoir dit dans quel genre de magasin c'était, mais je n'arrive pas à me le rappeler. Elle ne disait rien, bien entendu, de ce qui l'avait amenée à prendre cette décision – si en fait elle avait été chassée de sa propre ferme, ou avait vendu sa part, sans grand profit apparemment. Elle insistait sur la relation amicale qu'elle entretenait avec Robert et Audrey. Elle ajoutait que sa santé était bonne.

« J'ai appris que vous aviez eu moins de chance de ce côté-là, écrivait-elle. J'ai rencontré Cleta Barnes (l'ex-Cleta Stapleton qui travaillait à la poste), elle m'a dit que vous aviez un problème musculaire et que cela affectait votre diction. J'ai été peinée de l'apprendre, mais de nos jours on arrive à faire de tels miracles que j'espère que les docteurs pourront vous aider. »

Une lettre troublante, qui laissait tant de choses de côté. Pas un mot sur la volonté de Dieu ni sur son rôle dans notre détresse. Elle ne disait pas non plus si Flora continuait à fréquenter cette église. Je ne pense pas que ma mère y répondit. Sa belle écriture bien lisible, son écriture de maîtresse d'école, s'était déformée, elle avait du mal à tenir une plume. Elle ne cessait de commencer des lettres qu'elle n'achevait pas. J'en trouvais dans toute la maison : *Ma très chère Mary, Ruth chérie, Ma chère petite Joanne (même si tu n'es plus si petite que ça !), Ma chère et vieille amie, Ma jolie Margaret*. Ces femmes étaient des amies du temps où elle enseignait, des jours de l'École normale et du lycée. Certaines étaient d'anciennes élèves. J'ai des amies dans tout le pays, disait-elle comme par défi. J'ai de bonnes, de très bonnes amies.

Je me rappelle avoir vu une lettre qui commençait par : *Amie de ma jeunesse*. J'ignore à qui elle était destinée : elles étaient toutes des amies de sa jeunesse. Je ne me souviens pas d'une seule commençant par *Ma chère Flora, que j'admire tant*. Je les regardais toujours, essayant de deviner à qui étaient adressées les quelques phrases qu'elle avait écrites. Démunie devant la tristesse, je m'impatientais devant le langage fleuri, cette sollicitation ouverte à l'amour et à la pitié. Elle en aurait davantage (de mon côté, je veux dire) si elle savait se retirer avec dignité au lieu de chercher sans cesse à projeter son ombre blessée.

Désormais je ne m'intéressais plus à Flora. Je continuais à concocter des histoires, sans doute en avais-je une en tête.

Depuis, j'ai pensé à elle. Je me suis demandé de quel genre de magasin il s'agissait. Une quincaillerie ou un bazar, où elle serait en salopette ? Une pharmacie où elle porterait une blouse d'infirmière ? Une boutique de vêtements de femmes où l'on attendrait d'elle qu'elle soit mise bien comme il faut ? Elle pourrait avoir eu à se familiariser avec les mixers ou les tronçonneuses, les négligés, les cosmétiques et, qui sait, les préservatifs. Il lui faudrait travailler toute la journée à la lumière artificielle et faire fonctionner une caisse enregistreuse. Se faisait-elle faire des permanentes, vernissait-elle ses ongles, se mettait-elle du rouge à lèvres ? Elle avait dû trouver un logement, un petit appartement avec une cuisinette, donnant sur la grand-rue, ou une chambre dans une pension de famille. Comment pouvait-elle continuer à être caméronienne ? Comment pourrait-elle se rendre à cette église au diable vauvert si elle ne se débrouillait pas pour acheter une voiture et apprendre à conduire ? Et si elle faisait ça, elle pourrait se rendre non seulement à l'église, mais à d'autres endroits. Elle pourrait partir en vacances. Elle pourrait louer une petite maison au bord d'un lac pendant une semaine, apprendre à nager, visiter une ville. Elle pourrait manger au restaurant, probablement dans un restaurant où l'on servait des boissons alcoolisées. Elle pourrait se faire des amies parmi des femmes qui étaient divorcées.

Elle pourrait rencontrer un homme. Peut-être le frère veuf d'une amie. Un homme qui ignorait qu'elle était caméronienne et ce qu'étaient les caméroniens. Qui ignorait tout de son histoire. Un homme qui n'avait jamais rien su de l'histoire de la maison à moitié peinte, qui n'avait rien su des deux trahisons, un homme qui ignorait qu'il lui fallait toute sa dignité, toute son innocence, pour ne pas être la risée du village. Il voudrait peut-être l'emmener au bal et elle devrait lui expliquer qu'elle ne pouvait s'y rendre. Il serait étonné mais ne se laisserait pas décourager – toutes ces histoires caméroniennes pourraient même lui paraître baroques, presque charmantes. Aux autres aussi. Elle a été élevée dans une drôle de religion, diraient les gens. Elle a vécu des années dans une ferme perdue dans la campagne. Elle est peut-être bizarre sur les bords mais, en fait, elle est gentille comme tout. Et mignonne par-dessus le marché. Surtout depuis qu'elle est allée chez le coiffeur.

Je pourrais entrer dans un magasin et la trouver.

Non, non. Elle serait morte depuis longtemps.

Mais supposez que je sois entrée dans un magasin, peut-être même un grand magasin. Imaginez l'atmosphère animée, les étalages agressifs, le style moderne à l'ancienne des années cinquante. Supposez qu'une grande et belle femme, bien mise, soit venue s'occuper de moi et que j'aie su, d'une façon ou d'une autre – malgré cette crinière laquée et gonflée, malgré ces lèvres et ces ongles roses ou corail – que c'était Flora. J'aurais voulu lui dire moi-même que je savais, que je connaissais son histoire, même si nous ne nous étions jamais rencontrées. Je me vois en train de le lui dire. (C'est un rêve maintenant, je le comprends comme un rêve.) Je l'imagine en train d'écouter avec un aimable recueillement. Mais elle secoue la tête. Elle me sourit et dans son sourire passe une pointe de moquerie, un soupçon de vaine malice. Et de lassitude. Elle n'est pas étonnée que je lui dise tout ça, mais elle en est lasse, comme elle est lasse de moi et de l'idée que je me fais d'elle, lasse de tout ce que je peux savoir sur elle, lasse que je me dise que je peux tout savoir à son sujet.

Bien entendu, c'est à ma mère que je pense, à ma mère telle qu'elle était dans ces rêves, ma mère me disant : Ce n'est rien, juste ce léger tremblement ; ou me disant encore, avec une indulgence badine et combien saisissante : Oh ! je savais bien que tu viendrais un de ces jours. Ma mère me surprenant, et le faisant presque avec indifférence. Ma mère affranchie de son masque, de son destin, ma mère en grande partie libérée de sa souffrance. Comme j'étais soulagée, et heureuse. Mais je me rappelle que j'étais aussi déconcertée. Je devrais dire que je me sentais un peu lésée. Oui. Offensée. Refaite. Lésée par ce retournement de situation opportun. Par ce sursis. En quittant plutôt nonchalamment sa vieille prison, en révélant des options et des pouvoirs que je n'aurais jamais imaginé qu'elle possédât, ma mère change plus encore qu'elle-même : elle change en un fantôme – cette cruelle bosse d'amour que j'ai portée tout ce temps – elle la change en quelque chose d'inutile, d'injustifié, une grossesse fantôme…

Les caméroniens, ai-je découvert, sont ou étaient d'intraitables survivants des covenantaires – ces Écossais qui, au XVIIe siècle, firent alliance avec Dieu afin de résister aux livres de prières, aux évêques, à toute trace de papisme, à toute interférence du roi. Ils doivent leur nom à Richard Cameron, un prédicateur proscrit, « de choc », dirions-nous, bientôt sabré. Les caméroniens – ils ont longtemps préféré se faire appeler presbytériens réformés – allaient au combat en chantant le Psaume soixante-quatorze ou le Psaume soixante-dix-huit. Ce sont eux qui massacrèrent à coups de pioche, sur la grand-route, l'arrogant évêque de Saint-Andrew et passèrent à cheval sur son corps. Un de leurs ministres, que sa propre pendaison mettait vraiment d'humeur à se réjouir, excommunia tous les autres prédicateurs – sans exception.

Five Points

Dans le terrain de camping situé sur les collines qui dominent le lac Huron, Neil Bauer raconte une histoire à Brenda tout en buvant vodka et jus d'orange. Ça s'est passé très loin de là, à Victoria, en Colombie britannique, où Neil a grandi. Neil n'est pas beaucoup plus jeune que Brenda – moins de trois ans –, mais cette dernière a parfois l'impression qu'il y a entre eux une génération d'écart, car elle a été élevée ici, elle a vécu ici, elle a épousé Cornelius Zendt quand elle avait vingt ans, tandis que Neil a grandi sur la côte Ouest, où les choses étaient différentes ; à seize ans, il est parti voyager et travailler un peu partout

Ce que Brenda a vu de Victoria, sur des photos, ce sont des fleurs et des chevaux. Des fleurs qui débordent de corbeilles suspendues à de vieux becs de gaz, qui envahissent les grottes et agrémentent les parcs, des chevaux qui trimbalent des fournées de touristes désireux de voir ce qu'il y a à voir.

« De la merde pour touristes, c'est bien tout ce que c'est, déclare Neil. La moitié ou presque de l'endroit, c'est que de la merde pour touristes. C'est pas de cet endroit que je parle. »

Il parle de Five Points qui était – qui est – un quartier, peut-être même un coin de la ville, où il y avait une école, une pharmacie, une épicerie chinoise et une confiserie. Quand Neil était au lycée, la confiserie appartenait à une vieille grincheuse aux sourcils peinturlurés qui laissait son chat se prélasser au soleil contre la fenêtre. À sa mort, ses successeurs, des Européens, ni des Polonais ni des Tchèques, mais des ressortissants d'un plus petit pays – la Croatie, est-ce seulement un pays ? – reprirent le magasin et le transformèrent. Ils liquidèrent les vieux bonbons, les ballons qui refusaient de se laisser gonfler, les stylos à bille qui faisaient la grève et les haricots sauteurs qui avaient rendu l'âme. Ils repeignirent de fond en comble, ajoutèrent quelques tables et des chaises. Ils vendaient encore des bonbons – dans des bocaux tout propres, et non plus dans des cartons contre lesquels pissait le chat – auxquels s'ajoutaient des règles et des gommes. Ils commencèrent également à exploiter une espèce de buvette de quartier, où l'on servait café, limonades et gâteaux faits maison.

L'épouse, qui faisait les gâteaux, était très timide et tout aussi maniaque. Si vous vouliez la payer, il fallait qu'elle appelle son mari en serbo-croate, ou je ne sais quelle langue – disons que c'était du serbo-croate – avec un air tellement ahuri que vous aviez l'impression d'avoir fait irruption chez elle en interrompant sa vie privée. Le mari baragouinait l'anglais. C'était un petit bonhomme chauve, poli et nerveux, un fumeur invétéré, et elle une solide matrone, voûtée, toujours en tablier et cardigan. Il lavait les carreaux, balayait le trottoir et recevait l'argent, elle fabriquait les petits pains, les gâteaux et des choses que vous n'aviez jamais vues avant mais qui devinrent vite populaires, comme des pierogi et du pain à la graine de pavot.

Leurs deux filles parlaient l'anglais comme des Canadiennes, elles allaient en classe chez les religieuses. En fin d'après-midi, elles apparaissaient dans leur uniforme d'écolière et se mettaient aussitôt à la tâche. La benjamine lavait les tasses, les verres, et essuyait les tables. L'aînée faisait tout le reste. Elle servait les clients, s'occupait de la caisse, préparait les plateaux, flanquait à la porte les gosses qui traînassaient sans rien acheter. La vaisselle achevée, la plus jeune allait s'installer dans la pièce de derrière pour faire ses devoirs ; l'aînée, elle, ne s'asseyait jamais. S'il n'y avait rien à faire, elle restait là, à côté de la caisse, à regarder ce qui se passait.

La plus jeune s'appelait Lisa, l'aînée Maria. Lisa était petite et assez mignonne, encore une gamine. Mais Maria, qui devait avoir à peu près treize ans, avait une grosse poitrine flasque, un estomac protubérant et de grosses jambes. Elle portait des lunettes et coiffait ses cheveux en nattes autour de la tête. On lui aurait donné la cinquantaine.

Et elle se comportait en conséquence, il n'y avait qu'à voir la façon dont elle vous menait le magasin. Les parents semblaient désireux de lui laisser les rênes. La mère se retira dans la pièce à l'arrière du magasin, et le père devint l'homme à tout faire auxiliaire. Maria comprenait l'anglais, l'argent, et ne se laissait démonter par rien. Les gosses disaient : « Pouah ! cette Maria – c'est quelque chose, tu trouves pas ? » Mais ils avaient peur d'elle. On aurait dit qu'elle savait déjà tout sur la façon de tenir un commerce.

Brenda et son époux ont eux aussi un commerce. Ils ont acheté une ferme juste au sud de Logan et ils ont rempli la grange d'appareils électroménagers usagés (que Cornelius sait réparer), de vieux meubles et de tous ces machins – assiettes, tableaux, couteaux, fourchettes, ornements et bijoux – dans lesquels les gens adorent farfouiller en se disant qu'ils font des affaires. On appelle ça La Grange aux meubles de Zendt ; beaucoup de gens des environs vous parlent des Vieux Meubles sur la grand-route.

Ils n'ont pas toujours fait ça. Brenda avait une classe de maternelle et Cornelius, de douze ans son aîné, travaillait à la mine de sel de Walley, au bord du lac. Après son accident, il leur a fallu penser à quelque chose qu'il pourrait faire assis la plupart du temps. Ils se sont donc servis de l'argent qu'ils avaient pour acheter une vieille ferme dont les bâtiments étaient en bon état. Brenda a dû quitter son travail, parce que Cornelius ne s'en tirait pas tout seul. Pendant des heures et parfois des journées entières, il est forcé de s'allonger pour regarder la télévision, ou même de se coucher par terre, dans la salle de séjour, tellement il souffre.

Le soir, Cornelius aime se rendre à Walley. Brenda n'offre jamais de prendre le volant – elle attend qu'il lui dise : « Pourquoi ne conduis-tu pas ? » s'il désire éviter de bouger bras et jambes pour ne pas souffrir du dos. Avant, les gosses étaient de la partie, mais maintenant qu'ils sont au lycée – Lorna est en première et Mark en troisième –, ils n'en ont pas souvent envie. Assis dans la camionnette à l'arrêt, Brenda et Cornelius regardent les mouettes alignées sur le rivage, les silos, les grands puits et les rampes illuminés en vert de la mine où travaillait Cornelius, les pyramides de gros sel gris. On aperçoit parfois dans le port un de ces longs bateaux qui sillonnent le lac. En été, il y a, bien sûr, des bateaux de plaisance, des amateurs de surf en train de glisser sur l'eau, des pêcheurs sur la jetée. Chaque jour, en cette saison, l'heure du coucher du soleil est affichée sur la plage ; en effet, certains viennent à seule fin de contempler ce spectacle. Nous sommes en octobre, le panneau est nu, le long de la jetée les phares sont allumés – un ou deux enragés s'acharnent encore à pêcher –, l'eau est agitée, elle paraît glaciale, le port a pris son air affairé.

Sur la plage, on continue à travailler. Depuis le début du printemps, on a, par-ci par-là, entassé des moellons ou déversé du sable, on a aussi érigé une immense levée de galets, obtenant ainsi une plage abritée, lovée dans le littoral, bordée d'une route raboteuse sur laquelle ils conduisent. Qu'importe son dos : Cornelius veut voir. Camions, pelles mécaniques, bulldozers ont trimé toute la journée, ils sont là, au repos pour la soirée, monstres momentanément apprivoisés et bons à rien. C'est là que Neil travaille. Il conduit ces engins, transporte les pierres, déblaie le terrain et fait la route sur laquelle Brenda et Cornelius conduisent. Il est employé par la Fordyce Construction, de Logan, compagnie qui détient le contrat.

Cornelius regarde tout. Il sait ce que l'on est en train de charger sur les bateaux (du blé tendre, du sel, du maïs), il sait où ils vont. Il sait comment on s'y prend pour creuser le port et il faut toujours qu'il jette un coup d'œil sur l'énorme tuyau qui débouche sur la plage, la traverse et va décharger de l'eau, de la vase et des pierres provenant du fond du lac qui n'a jamais vu la lumière du jour. Debout à côté de ce tuyau, il écoute le vacarme des galets qui se heurtent et gémissent, et celui de l'eau qui les entraîne. Il se demande ce qu'un hiver rigoureux fera de tous ces changements et réaménagements si le lac, décidant de s'en prendre aux galets et à la plage, les rejette et se remet à dévorer les falaises d'argile.

Brenda écoute Cornelius et pense à Neil. Elle prend plaisir à se trouver là où Neil passe ses journées. Elle aime penser à ce bruit, à la force obstinée de ces machines, à ces hommes bras nus dans leurs cabines, nullement intimidés par cette énergie, comme s'ils savaient d'instinct à quoi aboutiront ces grondements et cette mutilation du rivage. Elle aime leur autorité désinvolte, joviale. Elle aime l'odeur de travail sur leur corps, elle aime ce travail dont ils parlent le jargon, elle aime la façon dont il les absorbe, elle aime leur indifférence vis-à-vis d'elle. Elle aime avoir un homme qui fleure encore tout ça.

Quand elle est là avec Cornelius et qu'elle n'a pas vu Neil depuis quelque temps, elle se sent anxieuse, délaissée, comme si ce pouvait être un monde susceptible de se fermer à elle. À peine a-t-elle retrouvé Neil que ce monde redevient son royaume – mais qu'est-ce qui ne le serait pas ? Le soir qui précède leurs retrouvailles – hier, par exemple – elle devrait se sentir heureuse, dans l'expectative, mais à vrai dire, les deux ou trois derniers jours, surtout les dernières vingt-quatre heures, semblent par trop semés d'embûches, trop importants pour qu'elle éprouve autre chose que prudence et inquiétude. C'est un compte à rebours : elle compte bel et bien les heures. Elle a tendance à les bourrer de bonnes actions : effectuer ces tâches ménagères qu'elle a tendance à remettre à plus tard, tondre la pelouse, réarranger la Grange aux meubles, désherber le jardin de rocaille. C'est le matin du jour J que les heures paressent le plus et semblent truffées de dangers. Elle a toujours une histoire pour expliquer son escapade de l'après-midi, qui, d'ailleurs, ne saurait être absolument nécessaire – cela pourrait attirer l'attention –, il y a donc le risque, à chaque fois, que survienne quelque chose qui fasse dire à Cornelius : « Tu ne peux pas remettre ça à plus tard dans la semaine ? Tu ne peux pas faire ça un autre jour ? » Ce qui l'inquiète, ce n'est pas tant de ne pouvoir avertir Neil – après tout, il attendrait disons une heure et devinerait ce qui s'est passé – que de se dire qu'elle ne pourrait pas le supporter. Être arrivée si près de voir ses espoirs réalisés et devoir s'en passer ! Elle n'éprouve pourtant aucun désir physique au cours de la torture des dernières heures, même les ultimes et intimes préparatifs – se laver, se raser les jambes, se passer de l'huile sur le corps, se parfumer – ne la stimulent pas. Elle est là, hébétée, harassée par les détails, mensonges, arrangements, jusqu'au moment où elle aperçoit pour de bon la voiture de Neil. À la peur de ne pouvoir s'échapper a succédé, pendant le quart d'heure de route, la peur qu'il ne vienne pas dans cet endroit isolé, perdu dans les marais, où ils ont rendez-vous. Ce à quoi elle aspire au cours de ces dernières heures devient de moins en moins une satisfaction physique : manquer ce rendez-vous reviendrait à manquer non pas un repas qui vous a mis en appétit mais plutôt une cérémonie dont dépendraient votre vie, votre salut.

Le temps que Neil devienne un grand adolescent – mais pas encore d'âge à fréquenter les bars, se contentant de traîner à la Confiserie de Five Points (les Croates avaient conservé le vieux nom) –, les choses avaient changé, ceux qui ont vécu cette époque s'en souviennent. (C'est du moins ce que pense Neil. « Mais, dit Brenda, je n'en sais rien, moi je croyais que tout ça se passait ailleurs. ») Personne ne savait comment y faire face, personne n'était prêt. Certaines écoles étaient intraitables quant aux cheveux longs (pour les garçons), d'autres préféraient fermer les yeux et se concentrer sur des choses plus sérieuses. Vous n'aviez qu'à les attacher avec un élastique, c'était tout ce qu'on demandait. Et les vêtements ? Chaînes et colliers de graines, sandales tressées, coton indien, motifs africains, voici que soudain il fallait que tout soit doux, décontracté, riche en couleurs. À Victoria, le changement n'avait peut-être pas été aussi bien canalisé qu'en d'autres endroits. Ça débordait. Sans doute le climat adoucit-il les mœurs, et pas seulement celles des jeunes. Il y eut une grosse éclosion de fleurs en papier, accompagnées de volutes de marijuana et de musique (ces machins qui semblaient alors si osés, dit Neil, et qui font aujourd'hui si rangés). Cette musique cascadait des fenêtres du centre-ville d'où pendaient des drapeaux déshonorés, elle titillait les fleurs des massifs du parc de Beacon Hill, allait taquiner les genêts des falaises ou émoustiller ces plages joyeuses face aux sommets magiques des Olympiques. Tout le monde voulait être dans le vent. Les professeurs d'université se baladaient avec des fleurs derrière les oreilles, les mères des copains allaient bizarrement accoutrées. Bien entendu, Neil et ses amis méprisaient ces gens, ces croulants soi-disant branchés, qui étaient en fait de vrais touristes de la vie. Neil et ses amis, eux, prenaient le monde de la drogue et de la musique au sérieux.

Lorsqu'ils voulaient se droguer, ils sortaient de la Confiserie. Parfois ils allaient jusqu'au cimetière s'asseoir sur la digue. Parfois ils s'asseyaient à côté de la remise à l'arrière du magasin. Impossible d'entrer : elle était fermée à clef. Ils retournaient donc à la Confiserie, buvaient du Coca-Cola et assouvissaient leur fringale à coup de hamburgers, de cheeseburgers et de beignets à la cannelle. Renversés sur leur chaise, ils regardaient se tortiller les motifs du vieux plafond de tôle ondulée que les Croates avaient peint en blanc. Fleurs, tours, oiseaux et monstres surgissaient et dansaient au-dessus de leur tête.

« Que preniez-vous ? demande Brenda.

– De la bonne came, sauf quand on nous en refilait de la pourrie. Du hasch, de l'acide ou de la mescaline.

Quelquefois on faisait des mélanges, mais rien de bien méchant.

– Le pire que j'aie jamais fait ça a été de fumer le tiers d'un joint sur la plage. Au départ je ne savais pas trop de quoi il s'agissait, et puis quand je me suis ramenée à la maison, mon père m'a flanqué une claque. »

(Ce n'est pas vrai. C'est Cornelius. C'est Cornelius qui l'a giflée. C'était avant leur mariage, quand Cornelius travaillait de nuit à la mine et qu'à la tombée de la nuit elle traînaillait sur la plage en compagnie de copains de son âge. Elle le lui avait avoué le lendemain et il l'avait giflée.)

À la Confiserie, ils passaient leur temps à manger, à ne rien faire ; joyeusement défoncés, ils s'amusaient à des jeux stupides du genre courses de petites voitures sur les nappes. Un jour, ils avaient aspergé de ketchup un gars allongé par terre. Personne ne s'en était offusqué. Les clients de la journée – les ménagères venues acheter pains ou petits gâteaux ou les retraités qui se distrayaient en prenant une tasse de café – ne venaient jamais le soir. La mère et Lisa étaient reparties en bus là où elles habitaient. À la longue, même le père se mit à rentrer à la maison un peu après l'heure du dîner. Maria assumait la responsabilité du magasin. Peu lui importait ce qu'ils faisaient, du moment qu'ils ne cassaient rien et qu'ils payaient.

C'était ça, le monde de la drogue, le monde des grands adolescents, un monde dont ils tenaient les plus jeunes à l'écart. Il leur fallut un moment avant de se rendre compte que les plus jeunes avaient quelque chose qui ne tournait pas rond. Qu'ils avaient un secret bien à eux. Ils devenaient insolents, se prenaient pour Dieu sait quoi. Certains ne cessaient de harceler leurs aînés pour qu'ils leur permettent d'acheter de la drogue.

Il devint donc évident qu'ils disposaient de sommes d'argent dont on ignorait la provenance.

Neil avait – et a toujours – un jeune frère du nom de Jonathan. Aujourd'hui marié, enseignant, il est tout ce qu'il y a de rangé. Jonathan se mit à faire des allusions, d'autres garçons firent de même, incapables de garder leur secret, qui devint vite un secret de polichinelle. C'était de Maria qu'ils tenaient leur argent. Maria les payait pour faire l'amour avec elle, le soir, dans la remise, sitôt qu'elle avait fermé la boutique. Elle détenait la clef de la remise.

C'était elle également qui contrôlait au jour le jour les allées et venues d'argent. À la fin de la journée, elle vidait la caisse et arrêtait les comptes. Elle en avait été chargée par ses parents. Pourquoi pas ? Elle était bonne en calcul et toute dévouée à la cause de l'affaire familiale. Elle comprenait mieux qu'eux le processus d'ensemble. Apparemment, ils étaient restés des plus méfiants et même superstitieux vis-à-vis de l'argent, refusant de le déposer à la banque. Ils le gardaient dans un coffre-fort, ou peut-être seulement dans une caisse, et se servaient selon leurs besoins. Ils s'imaginaient qu'ils ne pouvaient faire confiance ni aux banques ni à personne, seulement à la famille. Stable et intelligente comme elle l'était, pas assez dotée des Grâces pour être tentée de placer ses espoirs et énergies dans autre chose que ce commerce, quel cadeau du ciel Maria devait représenter pour eux ! Un roc, cette Maria…

Elle dépassait d'une tête ces gamins qu'elle payait et elle pesait aussi quelque vingt kilos de plus qu'eux.

Il y a toujours quelques moments difficiles à passer lorsque Brenda quitte la grand-route – qu'elle s'est d'ailleurs trouvé un prétexte pour emprunter, au cas où on la verrait – et qu'elle prend la route secondaire.

La camionnette est aisément reconnaissable. Mais une fois que Brenda s'est décidée, une fois qu'elle roule là où elle n'est pas censée rouler, elle se sent plus forte. Et lorsqu'elle s'engage dans la voie sans issue qui mène au marais, il n'y a plus aucune excuse valable. Aperçue là, elle est fichue. Il lui reste encore huit cents mètres à découvert avant d'arriver aux arbres. Elle avait espéré qu'on planterait du maïs qui, en poussant, l'aurait dissimulée, mais hélas, on a planté des haricots… Heureusement on n'a pas pulvérisé de pesticide à cet endroit, ce qui fait que l'herbe, les broussailles et les mûriers sauvages ont grandi, mais tout de même pas assez pour cacher une camionnette. Il y a des gerbes d'or, des latterons dont les siliques ont éclaté, des grappes ballottantes de fruits vénéneux de couleur vive ; sauvage, la vigne vierge envahit tout et va ramper sur la route. Brenda est enfin là, elle pénètre dans le tunnel d'arbres. Des cèdres, des sapins ; au loin, là où le sol devient plus humide, des mélèzes ébouriffés, beaucoup d'érables aux feuilles tigrées de jaune et de brun. Pas de mares, pas de nappes d'eau noire, même là-bas, sous les arbres. Ils ont eu de la chance, l'été et l'arrière-saison ont été secs. Neil et elle ont eu de la chance, pas les agriculteurs. Si l'année avait été humide, ils n'auraient jamais pu venir là. Les ornières durcies à travers lesquelles elle mène précautionneusement la camionnette n'auraient été qu'une gadoue glissante, et là où ils font demi-tour un bas-fond encaissé et marécageux.

Il reste encore près de deux kilomètres. Certains passages sont difficiles, en particulier deux ou trois petites bosses émergeant du marais et un pont de rondins étroit au-dessus d'un ruisseau apparemment sans eau, et dont la boue desséchée repaît des orties et des cressons jaunissants au bord de l'asphyxie.

Neil conduit une vieille Mercury bleue, un bleu foncé qui, sous cette frondaison, peut se transformer en une mare ou en une tache sombre, marécageuse. Elle doit faire un effort pour la voir. Ça lui est égal d'arriver quelques minutes avant lui, de reprendre ses esprits, de se redonner un coup de peigne, de vérifier son maquillage, de se vaporiser un peu d'eau de Cologne dans le cou (ou entre les jambes, le cas échéant). Plus de quelques minutes d'avance la rendent nerveuse. Ce ne sont ni les chiens sauvages, ni les violeurs, ni les yeux qui l'observent de derrière les taillis qui lui font peur – elle allait cueillir des mûres par là quand elle était enfant. Ce qui lui fait peur, c'est ce qui pourrait ne pas être là plutôt que ce qui y est. L'absence de Neil, la possibilité qu'il lui fasse faux bond, ou que, tout à coup, il la renie. C'est assez pour rendre n'importe quel objet, n'importe quel endroit, atroce, menaçant, absurde. Arbres ou jardins, parcmètres ou tables basses, aucune importance. Un jour, il n'est pas venu, il était souffrant. Il avait une indigestion ou la pire gueule de bois de sa vie. Bref, quelque chose d'épouvantable, lui avait-il dit au téléphone ce soir-là, et elle avait dû prétendre que quelqu'un l'appelait pour lui vendre un canapé. Elle n'avait jamais oublié cette attente, l'espoir qui allait s'amenuisant, la chaleur, les insectes – on était en juillet –, elle se revoyait dégoulinante de sueur, là, sur la banquette de la camionnette, semblant admettre à contrecœur sa défaite.

Il est là. Il est là le premier. Dans l'ombre épaisse des cèdres, elle entrevoit un œil de la Mercury. C'est comme plonger dans l'eau quand vous crevez de chaud et que vous êtes tout égratigné, piqué de partout après avoir ramassé des baies dans les fourrés – cette douceur clapotante, cette bienveillance rafraîchissante qui absorbe votre mal en ses profondeurs soudaines. Elle gare la camionnette, fait bouffer ses cheveux, descend lestement, s'assure qu'elle a fermé la portière à clef, sinon il la renverra vérifier en courant, tout comme Cornelius… Es-tu sûre d'avoir fermé la camionnette à clef ? Elle traverse la petite clairière ensoleillée, le sol jonché de feuilles, et se voit en train de marcher avec son pantalon blanc moulant, son corsage turquoise, sa ceinture blanche au-dessous de la taille, ses hauts talons et son sac en bandoulière. Une jolie femme, à la peau claire, criblée de taches de rousseur, dont les yeux bleus soulignés de crayon et d'ombre à paupières bleus se plissent, charmeurs, à la moindre lumière. Ses cheveux d'un blond cuivré – la veille, elle en a fait raviver la teinte – sur lesquels le soleil se joue comme sur une couronne de pétales. Elle porte de hauts talons uniquement pour ce court trajet, pour cet instant où elle traverse la route tandis qu'il la regarde, pour ce déhanchement souple qu'ils accentuent et parce qu'ils allongent ses jambes.

Souvent, très souvent, ils ont fait l'amour dans sa voiture, à l'endroit même de leurs retrouvailles, bien qu'ils se répètent toujours qu'ils devraient attendre. Arrête, attends que nous arrivions à la caravane. Au bout d'un moment, « attends » veut dire le contraire. Une fois, ils ont commencé tout en conduisant. Brenda a quitté son slip, elle a remonté sa jupe d'été qui flotte au vent, sans dire un mot, en regardant droit devant elle, et ils ont fini par se garer près de la grand-route, prenant ainsi un risque démesuré. Chaque fois qu'ils passent près de cet endroit, elle ne manque pas de dire quelque chose comme « Ne quitte pas la route ici », ou encore : « Il faudrait mettre un panneau de signalisation. »

« Site historique », propose Neil.

Leur passion a une histoire, tout comme les familles ont une histoire, tout comme ceux qui sont allés à l'école ensemble ont une histoire. Ils n'ont pas grand-chose d'autre. Ils n'ont jamais pris un repas ensemble. Ils ne sont jamais allés au cinéma ensemble. Mais ils ont vécu ensemble des aventures compliquées, des dangers, pas seulement du genre petit-arrêt-sur-la-grand-route. Ils ont pris des risques, s'étonnant mutuellement, et à juste titre. Dans les rêves on a parfois la sensation d'avoir déjà fait ce rêve, de le revivre maintes et maintes fois tout en sachant que ce n'est pas si simple. Vous savez qu'il existe tout un système souterrain qu'on appelle « rêves » faute de mieux, et que ce système n'a rien à voir avec des routes ou avec des tunnels, mais rappelle plutôt un réseau corporel bien vivant, qui s'étire et qui se rétracte, imprévisible et familier tout à la fois, dont vous faites partie, dont vous avez toujours fait partie. Il en était de même pour eux et le sexe – d'où le choix d'un endroit du genre de celui-ci –, ils le comprenaient de la même manière et se faisaient jusqu'à présent confiance à ce sujet.

Une fois, sur la grand-route, Brenda vit s'approcher une décapotable blanche, une vieille Mustang blanche décapotable et, ce jour-là, décapotée – on était en été. Brenda disparut sous le tableau de bord.

« Qui y a-t-il dans cette voiture ? demanda-t-elle. Regarde ! Dépêche-toi ! Dis-moi vite !

– Des filles, répondit Neil. Quatre ou cinq filles en quête de garçons.

– Ma fille ! s'exclama Brenda, refaisant surface. Heureusement que je n'avais pas ma ceinture de sécurité.

– Tu as une fille en âge d'avoir son permis ? Ta fille a une décapotable ?

– Sa copine en a une. Lorna ne conduit pas encore. Mais elle pourrait, elle a seize ans. »

Elle sentit qu'il y avait dans l'air des choses qu'il aurait pu dire, mais qu'elle espérait qu'il ne dirait pas.

Ces choses que les hommes se sentent obligés de dire à propos des adolescentes.

« Tu pourrais en avoir une de cet âge, toi aussi, dit-elle. Peut-être que tu en as une et que tu n'en sais rien. Elle m'a menti. Elle m'a dit qu'elle allait jouer au tennis. »

Là non plus il ne dit rien qu'elle n'eût pas souhaité entendre, pas la moindre petite remarque sur les mensonges. Ouf, encore un danger d'évité…

Tout ce qu'il dit fut : « Du calme, du calme, tout va bien. »

Elle n'avait aucun moyen de savoir ce qu'il comprenait de ses sentiments à ce moment, ni même s'il y comprenait quelque chose d'une façon générale… C'était une partie de leur vie qu'ils ne mentionnaient jamais ou presque. Pas plus qu'ils ne mentionnaient Cornelius, même si c'était à lui que Neil avait eu affaire lors de sa première visite à la Grange aux meubles. Il cherchait un vélo, un vélo bon marché pour routes de campagne. Ils n'avaient pas de vélo à ce moment-là, mais il était resté à bavarder avec Cornelius, il lui avait expliqué ce qu'il recherchait, lui avait dit comment remettre en état ou même améliorer l'engin, ce qu'il fallait faire pour s'en procurer un. Il ajouta qu'il repasserait. Et il repassa, mais cette fois Brenda était seule. Cornelius était rentré chez eux se reposer, c'était un de ses mauvais jours. Neil et Brenda se comprirent parfaitement bien, sans toutefois préciser les choses. Lorsqu'il appela pour lui proposer de prendre un verre avec lui dans une taverne sur la route qui longe le lac, elle savait ce qu'il demanderait, elle savait ce qu'elle répondrait.

Elle lui dit qu'elle n'avait jamais fait ce genre de choses. Un demi-mensonge…

Pendant les heures d'ouverture du magasin, Maria veillait à ne pas laisser une sorte de transaction interférer avec l'autre. Tout le monde payait comme à l'habitude. Elle ne se comportait pas de manière différente ; elle était toujours responsable de la boutique. Les garçons savaient qu'ils pouvaient plus ou moins marchander, mais ils ne savaient jamais dans quelle mesure. Un dollar ? Deux dollars ? Cinq dollars ? Ce n'était pas comme si elle devait dépendre d'un ou deux d'entre eux : ils étaient toujours plusieurs copains à attendre dehors, tout prêts à la suivre dans la remise avant qu'elle ne saute dans l'autobus qui la ramènerait chez elle. Elle les prévint qu'elle n'aurait plus rien à faire avec eux s'ils parlaient, et pendant quelque temps ils la crurent. Au commencement, elle ne fit pas régulièrement appel à leurs services, ou disons qu'elle n'y fit pas très souvent appel.

Il en fut donc ainsi au début. En l'espace de quelques mois, les choses se mirent à changer. Les besoins de Maria augmentèrent. Le commerce devint moins clandestin, moins discret. Les langues commencèrent à se délier. On se raillait des talents de Maria, on les démolissait.

Vas-y Maria, donne-moi dix balles. À moi aussi. Maria, donne m'en dix. Voyons, Maria, je suis un de tes copains…

Allons, vingt balles, Maria. Donne-m'en vingt. Tu m'dois bien ça. Allons, tu aboules ? Tu veux quand même pas que j'aille le raconter. Allons, vas-y, Maria.

Vingt balles par-ci, vingt balles par-là, Maria aboule. Chaque soir elle va à la remise. Et voilà que par-dessus le marché, certains garçons se mettent à refuser. Ils veulent d'abord l'argent. Ils empochent et puis plus rien à faire : ils prétendent qu'elle ne les a jamais payés. Elle les a pourtant payés. Elle a des témoins.

Mais les témoins nient qu'elle a payé. Ils font non de la tête, ils se fichent d'elle. *Non, ce n'est pas vrai, tu ne l'as jamais payé. Je ne t'ai jamais vu le payer. Tu me paies maintenant et je m'en vais, promis juré. Je m'en irai. Refile-moi vingt balles, Maria.*

Et les aînés, qui ont appris de leurs jeunes frères ce qui se passe, viennent la trouver quand elle est à la caisse et lui disent : « Et moi, Maria ? Tu me connais, non ? Allons, Maria, vingt balles ! » Ces garçons ne l'ont jamais suivie dans la remise. Jamais. Allait-elle s'imaginer qu'ils iraient ? Jamais ils n'ont seulement promis de l'y retrouver et pourtant ils lui réclament de l'argent. *Maria, ça fait si longtemps que tu me connais…* Ils la menacent, ils la cajolent. *Et moi, Maria, alors j'suis pas ton copain ?*

Personne n'était le copain de Maria.

C'en fut fait de ce roc de calme vigilant qu'était Maria. Elle prit un air sauvage, renfrogné, méchant. Elle leur décochait des regards hargneux tout en continuant à leur donner de l'argent. Elle continuait ses distributions de billets, n'essayant plus ni de marchander, ni de discuter, ni même de refuser. Elle faisait ça par rage. Une rage silencieuse. Plus ils l'accablaient de sarcasmes, plus les billets de vingt dollars s'envolaient de la caisse. Maintenant, il n'y avait pas à se donner beaucoup de mal pour les gagner, parfois même aucun…

Neil et ses copains se défoncent à longueur de journée. À longueur de journée, maintenant qu'ils ont cet argent. Ils voient glisser sur les tables de Formica de merveilleuses ribambelles d'atomes dont l'âme colorée jaillit sous leurs ongles. Maria a perdu la tête, le magasin est saigné à blanc. Comment se fait-il que ça continue ? Comment cela va-t-il finir ? Maria doit en être au coffre : à la fin de la journée, le tiroir-caisse ne suffisait pas. Et dire que pendant ce temps sa pauvre mère s'escrime à faire des beignets et des pierogi tandis que son père balaie et rebalaie le trottoir en saluant les clients. Personne ne leur a dit quoi que ce soit. Pour eux, la vie se poursuit tout comme avant.

Il fallait qu'ils découvrent eux-mêmes le pot aux roses. Un beau jour, ils ont trouvé une facture que Maria n'avait pas payée – ou quelque chose de ce genre, quelqu'un arrivant avec une facture impayée. Ils sont vite allés chercher de quoi la régler et ils se sont aperçus qu'il n'y avait pas d'argent. Pas d'argent là où ils le gardaient, rien dans le coffre, rien dans la caisse ni où que ce soit. Évaporé, l'argent. C'est ainsi qu'ils ont découvert le pot aux roses.

Maria avait réussi à tout donner. Toutes leurs économies, tous leurs profits accumulés à la petite semaine. Tout ce qui leur servait à faire tourner l'affaire. Tout. Tout. Tout. Impossible de payer le loyer, impossible de payer l'éléctricité, impossible de payer les fournisseurs. Impossible de continuer à faire tourner la Confiserie. C'est du moins ce qu'ils pensaient. Ou, tout simplement, peut-être n'avaient-ils plus le cœur à le faire...

On ferma boutique. On apposa sur la porte une pancarte : « FERMÉ JUSQU'À NOUVEL ORDRE ». Près d'une année s'écoula avant que l'on rouvre le magasin. On l'avait transformé en laverie automatique.

Les gens racontèrent que c'était la mère de Maria, cette grosse dame douce comme un agneau, toute bossue, qui insistait pour poursuivre sa fille en justice. Elle qui avait une peur bleue de la langue anglaise et des tiroirs-caisses traînait Maria devant les tribunaux. Bien entendu, Maria ne pouvait comparaître que devant un tribunal pour enfants, de même qu'elle ne pouvait qu'être envoyée dans une maison de correction pour mineures ; quant aux garçons, on ne pouvait rien faire.

D'ailleurs ils mentirent tous, prétendant qu'ils n'y étaient pour rien. Les parents de Maria ont dû retrouver du travail, ils sont sans doute restés à Victoria, car Lisa y est restée. Elle a continué à nager au Centre pour les jeunes et, quelques années plus tard, elle a travaillé chez Eaton, au rayon des produits de beauté. À l'époque, elle était aussi belle qu'arrogante.

Neil a toujours de la vodka et du jus d'orange en réserve. C'est le choix de Brenda. Elle a lu quelque part que le jus d'orange remplaçait la vitamine C absorbée par l'alcool, et elle ose espérer qu'il n'est pas si facile de détecter la vodka dans votre haleine. Neil range la caravane, lui – c'est du moins ce qu'elle s'imagine en voyant le sac en papier bourré de canettes de bière posé là, contre le placard, tous ces journaux empilés dans un coin, on ne saurait dire pliés, une paire de chaussettes qui traîne. Après tout, peut-être est-ce le fait du copain avec lequel il vit… Un dénommé Gary, un gars que Brenda n'a jamais vu ni d'Ève ni d'Adam, un gars qu'elle ne reconnaîtrait pas si elle le croisait dans la rue. Et lui, la reconnaîtrait-il ? Il sait qu'elle vient ici, il sait quand elle vient ici. Connaît-il seulement son nom ? Reconnaît-il son parfum, reconnaît-il l'odeur de son sexe quand il rentre le soir ? Elle aime la caravane, la façon dont rien de ce qui est à l'intérieur n'a été conçu dans une optique de logique ou de permanence. Les choses vont là où elles seront le plus pratiques. Ni rideaux ni napperons, ni salière ni poivrière, juste la boîte à sel, juste la boîte à poivre, telles qu'elles sortent du magasin. Elle aime le spectacle qu'offre le lit de Neil. Mal fait, avec sa couverture écossaise toute rêche et son oreiller essoufflé. Ni lit de noces ni lit de douleur, rien de confortable, rien de bien compliqué. Le lit de son désir, le lit de son sommeil, aussi énergiques, aussi insouciants l'un que l'autre. Elle aime la vie de ce corps si sûr de ses droits. De cet homme elle veut des ordres, jamais des requêtes. Elle veut être *son* territoire.

Il n'y a que dans la salle de bains que la saleté la gêne un peu, comme la saleté de quelqu'un d'autre, et elle apprécierait qu'ils se donnent un peu plus de mal pour nettoyer toilettes et lavabo.

Ils s'asseyent à la table pour boire en regardant par la fenêtre de la caravane les eaux gris d'acier, étincelantes et frémissantes. Exposés aux vents du lac, les arbres sont presque nus. Des carcasses de bouleaux et des peupliers aussi raides et brillants que des brins de paille bordent l'eau. Il pourrait y avoir de la neige dans un mois. Certainement d'ici deux mois. La voie maritime fermera, les bateaux du lac seront amarrés pour l'hiver, un farouche paysage glaciaire surgira entre le rivage et le large. Neil dit qu'il ne sait pas ce qu'il fera, une fois que c'en sera fini de son travail sur la plage. Peut-être restera-t-il et essaiera-t-il d'en trouver un autre. Il pourrait aussi percevoir l'assurance chômage pendant quelque temps, se trouver une moto-neige et profiter ainsi de l'hiver. À moins qu'il ne décide d'aller chercher du travail ailleurs ou de rendre visite à des amis. Il a des amis par tout le continent nord-américain. En dehors aussi. Il a des amis au Pérou.

« Alors, que s'est-il passé ? demande Brenda. Tu n'as aucune idée de ce qui a pu arriver à Maria ? »

Neil répond que non, il n'en a pas la moindre idée.

Cette histoire hante Brenda. Elle lui colle à la langue. Elle lui donne mauvaise bouche.

« Oh ! peut-être qu'elle s'est mariée, dit-elle. Une fois sortie de taule. Après tout, y a des tas de filles qui se marient et qui ne sont pas des beautés. C'est sûr. Peut-être qu'elle a maigri et qu'elle n'est pas si moche que ça.

– Sûr, dit Neil. Et peut-être que cette fois ce sont les gars qui payent et non plus l'inverse.

– Ou elle attend peut-être dans un de ces endroits, tu sais, un de ces endroits où l'on vous fiche les gens. »

Elle a mal entre les jambes. Rien d'étonnant après ce genre de séances. S'il lui fallait se lever, elle sentirait une espèce d'élancement, elle sentirait le sang se précipiter dans ces innombrables petites veines et artérioles écrasées et meurtries, elle se sentirait palpiter comme une grosse ampoule toute gonflée.

Elle boit un bon coup et se lance : « Combien de fric lui as-tu extorqué ?

– Pas un sou, répond Neil. J'ai simplement connu des gars qui eux l'ont fait. C'est mon frère Jonathan qui s'en est fait du fric sur son dos. Je me demande ce qu'il dirait si je le lui rappelais.

– D'autres gars plus âgés aussi, tu m'as dit, d'autres gars plus âgés aussi. Ne va pas me raconter que tu te contentais de rester bien sagement assis là, à regarder, et que tu n'as jamais eu ta part du gâteau.

– C'est pourtant ce que je suis en train de t'expliquer. Je te le répète, je n'en ai jamais eu un sou. »

Brenda fait claquer sa langue, tat-tat-tat, et elle vide son verre et le déplace sur la table en suivant les traces humides d'un œil sceptique.

« Un autre ? » propose Neil. Il lui prend son verre.

« Il va falloir que je reparte, dit-elle. Bientôt. » On peut faire l'amour à la va-vite, si besoin est, mais pour une bonne dispute il faut avoir tout son temps. Une dispute ? Serait-ce ce dans quoi ils sont en train de s'embarquer ? Elle se sent nerveuse mais heureuse. Son bonheur est étriqué et intime, rien à voir avec ce flou délicieux qui émane de vous et vous rend gentiment inconscient de ce que vous dites. C'est précisément l'opposé. Elle se sent toute légère, alerte, détachée. Lorsque Neil revient avec un verre plein, elle se dépêche d'en boire une gorgée pour préserver cette impression.

« Tu portes le même nom que mon mari, dit-elle. C'est drôle, je ne l'avais pas remarqué. »

Elle l'a déjà remarqué, bien sûr. Simplement, elle ne l'a pas mentionné, sachant que Neil n'apprécierait pas.

« Cornelius et Neil, ce n'est pas la même chose, précise-t-il.

– C'est un prénom hollandais. Il y a des Hollandais qui le raccourcissent en Neil.

– Ouais, mais je ne suis pas plus hollandais que je ne m'appelle Cornelius. Je m'appelle Neil, un point c'est tout.

– Comme tu voudras, mais si son prénom avait été raccourci, vous porteriez le même.

– Personne ne le lui a raccourci.

– Je n'ai jamais dit le contraire. J'ai dit que si…

– Alors pourquoi dire ça si ce n'est pas le cas ? »

Il doit éprouver la même chose qu'elle, il doit sentir monter en lui, progressivement mais irrésistiblement, une nouvelle envie, celle de dire, d'entendre des choses monstrueuses. Quel vif plaisir, quelle libération il y a dans le premier coup, quelle étourdissante tentation vous attend : la destruction. Vous ne vous arrêtez pas pour vous demander pourquoi vous la voulez, cette destruction. Vous y allez. Carrément.

« Pourquoi faut-il que nous buvions à chaque fois ? demande Neil tout de go. Voulons-nous nous transformer en alcooliques ou je ne sais trop quoi ? »

Brenda trempe les lèvres et repousse son verre. « Qui se sent forcé de boire ? » demande-t-elle.

Elle pense qu'il entend par là qu'ils devraient boire du café ou du Coca-Cola, mais il se lève, se dirige vers la commode où il range ses vêtements, ouvre un des tiroirs et dit : « Viens voir ça.

– Je ne veux pas voir ces machins-là, dit-elle.

– Tu ne sais même pas ce dont il s'agit.

– Tu parles… »

Bien sûr qu'elle n'en a aucune idée, ou du moins pas une idée précise.

« Ça va pas te mordre… »

Brenda se remet à boire sans détourner son regard de la fenêtre. Le soleil est déjà en train de décliner, il étire ses rayons jusque de l'autre côté de la table pour lui réchauffer les mains.

« Tu n'es pas d'accord, dit Neil.

– Ce n'est pas que je sois ou non d'accord, reprend-elle, consciente qu'elle se contrôle moins bien, qu'elle n'est plus aussi heureuse qu'elle l'était. Je me fiche de ce que tu fais. Ça te regarde.

– Ce n'est pas que je sois d'accord ou non, minaude Neil. Je me fiche de ce que tu fais. »

C'est le signal que l'un ou l'autre se devait de donner. Un éclair de haine, de pure méchanceté, le reflet d'une lame. Le signal qui indique que la querelle est prête à éclater. Brenda boit un bon coup, comme si elle méritait bien ça. Elle en éprouve une satisfaction affligée. Elle se lève et dit : « Il est temps que je parte.

– Et si je ne suis pas prêt à partir ? dit Neil.

– Je disais ça pour moi, pas pour toi.

– Ah, bon ! Tu as une voiture par ici ?

– Je suis tout à fait capable de marcher.

– Ça fait plus de sept kilomètres jusqu'à la camionnette…

– Y a des gens qui ont déjà fait ça…

– Dans des chaussures comme ça ? » reprend Neil. Ils regardent tous les deux ses chaussures jaunes assorties aux oiseaux en satin qui ornent son tricot turquoise.

Dire que chaussures et veste ont été achetés, et portés, pour ses beaux yeux !

« Tu n'as pas mis ces escarpins pour faire de la randonnée, dit-il. Tu les as mis pour qu'à chaque pas on voie bien ton gros cul. »

Elle a pris la route qui longe le lac, les gravillons traversent ses semelles et lui blessent les pieds. À chaque pas elle doit veiller à ne pas se faire une entorse. L'après-midi est maintenant trop fraîche pour un simple tricot. Le vent du lac la prend de côté, et chaque fois que passe un véhicule, surtout un camion, un impitoyable tourbillon la happe et lui sable le visage. Quelques camions ralentissent, bien sûr, quelques voitures aussi, les hommes lui braillent quelque chose par les fenêtres. Une voiture dérape sur le gravier et s'arrête un peu plus loin. Elle s'immobilise, elle ne voit pas que faire d'autre, au bout d'un moment la voiture repart en arrachant la chaussée, elle se remet en route.

Tout va bien, elle n'est pas vraiment en danger. Elle ne s'inquiète même pas à l'idée que quelqu'un qui la connaît puisse l'apercevoir. Elle se sent trop libre pour s'en inquiéter. Elle pense à la première visite de Neil à la Grange aux meubles, à la façon dont il a passé son bras autour du cou de Samson en disant : « Pour un chien de garde vaut mieux chercher ailleurs, M'dame… » Elle avait trouvé le « M'dame » impudent, sonnant faux, droit sorti d'un vieux film d'Elvis Presley. Quant à ce qu'il avait ajouté, c'était encore pire. Elle a regardé Samson en disant : « Il est en meilleure forme le soir. » Et Neil d'ajouter : « Comme moi. » Impudent, crâneur, prétentieux, s'est-elle dit. Et il n'est pas si jeune qu'il puisse s'en tirer si facilement. La fois suivante, son opinion n'avait guère changé. Ce qui se passait, c'est que tout ça c'était juste une mise en scène pour aller plus loin, une de ces choses inutiles, elle pouvait le lui faire comprendre. C'était son boulot à elle de prendre au sérieux les cadeaux qu'il lui faisait. Pour lui donner à son tour une chance d'être sérieux, d'être naturel, reconnaissant. Comment était-elle certaine aussi vite que ce qu'elle n'aimait pas à son sujet n'était que simple frime ?

Au troisième kilomètre, peut-être même seulement à la fin du premier kilomètre, la Mercury la rattrape. La voiture freine sur les gravillons, de l'autre côté de la route. Elle traverse et monte. Après tout, pourquoi pas ? Ça ne veut pas dire qu'elle va lui parler, ni être avec lui plus que les quelques minutes qu'il faudra pour rejoindre le chemin qui mène au marais et à la camionnette. La présence de Neil ne devrait pas plus l'importuner que le sable projeté par le vent au bord de la route.

Elle baisse la vitre pour qu'une bouffée d'air glacé fige tout ce qu'il aura à dire.

« Je voulais te demander pardon pour les remarques personnelles, dit-il.

– Pourquoi ? dit-elle. C'est vrai, il est gros.

– Non.

– Il l'est », dit-elle du ton las de qui veut vraiment en finir. Cela a pour effet de lui clore le bec pendant quelques centaines de mètres, jusqu'à ce qu'ils aient pris la route du marais et roulent sous les arbres.

« Si tu t'es imaginé qu'il y avait une seringue dans le tiroir, je peux te dire qu'il n'y en avait pas.

– Ce qu'il y avait ou non dedans ne me regarde pas, rétorque-t-elle.

– Tout ce qu'il y avait c'était deux ou trois pillules et un peu de hasch. »

Elle se souvient d'une querelle avec Cornelius qui a failli leur faire rompre leurs fiançailles. Ce n'est pas la fois où il l'a giflée parce qu'elle avait fumé de la marijuana. Ce jour-là, ils se sont vite rabibochés. Cela n'avait rien à voir avec ça. Il s'agissait d'un gars qui travaillait avec Cornelius à la mine, ils parlaient de lui, de sa femme et de leur enfant attardé. Ce dernier, aux dires de Cornelius, menait une existence végétative, tout ce qu'il faisait c'était baragouiner des trucs incompréhensibles dans une espèce de parc placé dans un coin de la salle de séjour et faire dans sa culotte. Il devait avoir six ou sept ans, et ce serait tout ce qu'il serait jamais capable de faire. Cornelius soutenait que quand on avait un enfant comme ça on avait le droit de s'en débarrasser, pour sa part il agirait ainsi, sans aucune question. Il y avait des tas de façons dont vous pouviez le faire sans que personne le sache, et il aurait parié que des tas de gens le faisaient. Cela fut à l'origine d'une terrible querelle entre Brenda et lui. Mais, au cours de cette discussion échauffée, Brenda ne se résolut jamais à croire que Cornelius serait vraiment capable de le faire. Ça faisait partie de ces choses qu'il se devait de dire qu'il ferait. De lui dire, à elle : il fallait, devant elle, qu'il insiste sur le fait qu'il en serait capable. Ce qui, en réalité, l'exaspérait encore davantage que si elle avait cru qu'il était entièrement sincère. Brutalement sincère. Il espérait trouver là matière à provocation. Il voulait l'entendre protester, pousser des cris d'horreur, et pourquoi ? Les hommes voulaient que vous vous mettiez dans tous vos états lorsqu'il était question de se débarrasser de bébés menant une existence végétative, de se droguer ou de conduire une voiture comme un bolide, pourquoi diable ? Pour qu'ils puissent ridiculiser votre sentimentalité de poule mouillée au cœur de guimauve avec leurs airs de dur à cuire grand-guignolesque ? Pour qu'ils puissent en fin de compte se rendre à vous en râlant, sans plus avoir à jouer les gros méchants ou les casse-cou ? Quoi qu'il en soit, vous vous en lassiez à la longue.

Lors de l'accident survenu dans la mine, Cornelius aurait pu mourir broyé. Il était de l'équipe de nuit lorsque cela s'était passé. On sape les grandes parois de sel gemme, puis on fore des trous dans lesquels on insère les charges d'explosif. Chaque soir à minuit moins cinq, il se produit une explosion. L'énorme tranche de sel se détache, prête à être acheminée vers la surface. Cornelius était dans une cage au bout du bras du piqueur. Il devait détacher ce qui risquait de tomber de la voûte et fixer les chevilles qui la maintiendraient lors de l'explosion. Il y a eu un problème avec les contrôles hydrauliques qu'il actionnait, il a calé, il a essayé de redonner un peu de puissance, il s'est senti soulevé et il a vu soudain la voûte rocheuse se refermer sur lui comme un couvercle. Il s'est baissé, la cage s'est arrêtée, un filon affleurant lui est rentré dans le dos.

Depuis sept ans qu'il travaillait à la mine, il n'avait pratiquement jamais parlé à Brenda de ce genre de travail, et voici qu'il s'y met : c'est un monde en soi, dit-il, des kilomètres de chambres et de piliers, sous le lac. Si tu te retrouves dans une galerie où il n'y a pas de machine pour éclairer les murs gris et l'air poussiéreux de sel, et que tu éteignes ton fanal, tu apprendras ce qu'est la véritable obscurité. L'obscurité que les gens qui vivent à la surface de la terre ne voient jamais. Les machines sont pour toujours en bas. Certaines sont assemblées en bas, on les a descendues en pièces détachées. C'est en bas qu'elles sont réparées, en bas aussi qu'on les démontera un jour pour récupérer les pièces utilisables, avant de les envoyer rejoindre le tas de ferraille dans une galerie sans issue et bien fermée – la tombe des machines de ce monde souterrain. Elles font un bruit terrible dès qu'elles sont en marche, leur bruit et celui des ventilateurs couvrent toute voix humaine. Maintenant il existe une machine capable de faire ce que Cornelius était monté faire dans la cage. Elle peut le faire seule, sans homme.

Brenda ne sait pas si la mine manque à Cornelius. Il prétend que non. Il dit qu'il ne peut tout simplement pas regarder la surface du lac sans voir ce qui est au-dessous, et que celui qui n'a jamais vu ça ne saurait l'imaginer.

Neil et Brenda roulent sous les arbres où, soudain, on ne sent pratiquement plus le vent.

« Et puis j'ai pris un peu d'argent, dit Neil. Quarante dollars, ce qui, comparé à d'autres gars, est trois fois rien. Je te jure que c'est tout, quarante dollars, pas un sou de plus. »

Elle ne dit rien.

« Je ne cherchais pas à le confesser, reprend-il. J'avais juste envie d'en parler. Ce qui me fout en rogne, c'est que j'ai tout de même menti. »

Maintenant qu'elle l'entend mieux, elle remarque que sa voix est presque aussi plate et lasse que la sienne. Elle voit ses mains sur le volant et elle pense qu'elle aurait bien du mal à le décrire ! De loin – quand il l'attend dans la voiture – il a toujours été tache de lumière et sa présence soulagement, promesse. De près, la pochade se précise : peau soyeuse ou peau rugueuse, cheveux raides ou poil dur, odeurs particulières ou communes à d'autres hommes. Mais ce qu'elle voit dans ces doigts courtauds, dans ce front bombé et basané, c'est avant tout une énergie, une qualité de son être. On ne saurait appeler cela énergie : c'est plutôt comme sa sève, une sève limpide et fluide, qui monte des racines et le gonfle au point de le faire éclater. Et cette sève, ce courant, sous la peau, c'est ce qu'elle a décidé de suivre, comme s'il n'y avait que ça de vrai…

Si elle se tournait sur le côté, elle le verrait pour ce qu'il est, ce front bombé et basané, la frange fuyante de cheveux bruns frisés, ces sourcils épais clairsemés de gris, des yeux clairs, enfoncés, et la lippe jouisseuse, un tantinet boudeuse et fière. Un homme encore gamin mais qui commence à prendre de l'âge, même s'il paraît léger et fougueux au-dessus d'elle comparé à la masse de Cornelius qui s'affale, possessif, comme une tonne de couvertures. Une responsabilité, se dit alors Brenda. Va-t-elle éprouver la même chose avec celui-ci ?

Neil fait faire demi-tour à la voiture pour qu'elle soit prête à repartir. Il est temps pour Brenda de descendre et de retrouver la camionnette, de l'autre côté de la route. Il lâche le volant tout en laissant tourner le moteur, serre les doigts puis reprend le volant d'une main ferme, si ferme qu'on croirait qu'il va le mettre en bouillie. « Nom de Dieu ! mais ne file pas si vite ! s'exclame-t-il. Ne sors pas de cette voiture ! »

Elle n'a même pas la main sur la portière, elle n'a même pas fait mine de partir. Ne sait-il pas ce qui se passe ? Sans doute faut-il avoir derrière soi l'expérience de maintes querelles de ménage pour le savoir. Savoir que ce que vous pensez – et pendant quelque temps osez espérer – être pour vous la fin absolue peut se révéler n'être que le début d'une nouvelle étape, une continuation. C'est ce qui se passe, c'est ce qui s'est passé. À ses yeux à elle, il a perdu de son lustre ; sans doute ne le retrouvera-t-il jamais. À ses yeux à lui, il en est probablement de même en ce qui la concerne. Elle sent sa lassitude, sa colère, son étonnement. Elle les sent en lui autant qu'en elle-même. Elle pense que jusqu'ici c'était facile…

Meneseteung

I

Sanguinaire, Colombine,
Bergamote des collines,
Allons en folâtrant
À brassées cueillir.

L'ouvrage a pour titre *Offrandes*. Lettres d'or sur couverture bleu triste. Au-dessous, le nom de l'auteur, en entier : Almeda Joynt Roth. Le journal local, la *Vidette*, l'a appelée « notre poétesse ». On y perçoit un mélange de respect et de mépris, tant pour sa profession que pour son sexe – ou pour leur prévisible conjoncture. En première page, on voit une photo et, dans un coin, le nom du photographe et la date, 1865. Le livre a été publié plus tard, en 1873.

La poétesse a le visage allongé ; le nez plutôt long, de gros yeux noirs ténébreux, prêts, semble-t-il, à lui rouler sur les joues comme des larmes géantes ; une masse de cheveux sombres encadre son visage de frisettes mal en point et d'une frange. Une mèche grise, fort évidente, bien qu'elle n'ait que vingt-cinq ans sur cette photo. Pas une beauté mais une de ces femmes qui vieillissent bien et qui ne prendront sans doute jamais d'embonpoint. Elle porte une robe ou une veste sombre, plissée, agrémentée d'un galon, un arrangement vaporeux et souple de tissu blanc – des ruches ou un nœud – emplit le généreux décolleté en V. Elle est coiffée d'un chapeau qui pourrait être de velours, d'une couleur sombre assortie à la robe. C'est le chapeau sans garniture, informe, rappel du béret mou, qui me laisse entrevoir des penchants artistiques ou, tout au moins, une excentricité timide et entêtée chez la jeune femme dont le long cou et la tête inclinée en avant indiquent également qu'elle est grande, mince et un peu gauche. Au-dessus de la taille, elle ressemble à un nobliau d'un autre siècle. Sans doute était-ce la mode…

« En 1854, écrit-elle dans la préface de son livre, mon père nous emmena, ma mère, ma sœur Catherine, mon frère William et moi, dans le fin fond du Canada occidental (comme on l'appelait alors). Mon père était bourrelier de son métier ; homme cultivé, il pouvait vous citer de mémoire la Bible, Shakespeare et les œuvres d'Edmund Burke. Il fit fortune dans ces terres récemment défrichées, assez pour ouvrir une sellerie-bourrellerie et, au bout d'un an, faire bâtir une maison confortable dans laquelle je vis seule aujourd'hui. J'avais quatorze ans, j'étais l'aînée lorsque nous arrivâmes de Kingston, une ville dont je n'ai pas revu les belles rues mais à laquelle je pense souvent. Ma sœur avait onze ans, mon frère en avait neuf. Au cours du troisième été que nous passâmes là-bas, mon frère et ma sœur contractèrent une fièvre très courante dans ces régions et moururent à quelques jours d'intervalle. Ma chère mère ne se remit pas de ce coup porté à notre famille. Sa santé déclina. Trois ans plus tard, elle mourait. Je devins ainsi la gouvernante de mon père et fus heureuse de tenir sa maison pendant douze années, jusqu'à ce qu'il meure subitement un matin, dans son magasin.

« Dès mon plus jeune âge j'ai trouvé mon bonheur dans la poésie, aussi me suis-je mise – parfois pour alléger mes souffrances, qui n'ont pas été plus lourdes, j'en suis sûre, que celles auxquelles doit faire face tout être de passage sur cette terre –, au prix de bien des efforts maladroits, à en écrire. Mes doigts, bien sûr, étaient trop malhabiles pour le travail au crochet et ces exploits de broderie éblouissants comme on en voit souvent de nos jours – corbeilles regorgeant de fruits et de fleurs, petits Hollandais, demoiselles embéguinées tenant un arrosoir – se montrèrent également au-delà de mes talents. C'est pourquoi je préfère offrir, comme produit de mes temps de loisir, ces petits bouquets frustes, ces ballades, ces couplets, ces réflexions. »

Titres de quelques-uns des poèmes : « Enfants au jeu », « La foire aux romanichels », « Visite à ma famille », « Anges dans la neige », « Champlain à l'embouchure du Meneseteung », « Le trépas de la vieille forêt » et « Un pot-pourri horticole ». Il y a d'autres poèmes plus courts, sur les oiseaux et les fleurs sauvages et les tempêtes de neige. Il y a des vers qui se veulent de mirliton sur ce à quoi pensent les gens en écoutant le sermon.

« Enfants au jeu » : L'auteur, une enfant, joue avec son frère et sa sœur – un de ces jeux où les enfants, répartis en deux camps, essayent de s'attirer et de s'attraper les uns les autres. Elle joue et joue dans le crépuscule qui va s'assombrissant jusqu'à ce qu'elle finisse par comprendre qu'elle est maintenant seule et beaucoup plus âgée. Elle entend les voix (d'outre-tombe) de son frère et de sa sœur : *Viens, viens, laissez venir Meda.* (Peut-être était-ce ainsi qu'en famille on appelait Almeda, à moins qu'elle n'ait abrégé son nom pour qu'il entre dans le poème…)

« La foire aux romanichels » : Les romanichels avaient un terrain près de la ville, « une foire », où ils vendaient vêtements et babioles, l'auteur, enfant, redoute d'être enlevée par eux, emmenée loin de sa famille. Tout au contraire, c'est sa famille qui a été emmenée, enlevée par des romanichels qu'elle ne peut retrouver et avec lesquels elle ne peut négocier.

« Visite à ma famille » : Une visite au cimetière, conversation a une voix.

« Anges dans la neige » : L'écrivain a jadis montré à son frère et à sa sœur comment on faisait des « anges » en s'allongeant dans la neige et en remuant les bras pour tracer des formes d'ailes. Son frère avait le chic pour se relever d'un bond, sans faire attention, laissant un ange à l'aile estropiée. Une fois au ciel, l'aile sera-t-elle devenue parfaite ou sera-t-il forcé de voler en cercles, avec cette aile de fortune ?

« Champlain à l'embouchure du Meneseteung » : Ce poème célèbre la croyance populaire erronée, selon laquelle l'explorateur aurait descendu à la voile la rive orientale du lac Huron jusqu'à l'embouchure de ce grand fleuve.

« Le trépas de la vieille forêt » : Une liste d'arbres – nom, aspect, utilisation – qui ont été coupés dans la forêt originelle, suivie d'une description des ours, loups, aigles, cerfs et du gibier d'eau.

« Un pot-pourri horticole » : Sans doute pressenti comme compagnon pour le poème de la forêt. Catalogue de plantes rapportées de pays européens, agrémenté de bribes d'histoire et de légendes, et le produit canadien résultant de ce mélange.

Les poèmes sont écrits en quatrains ou en couplets. On note une ou deux tentatives de sonnets mais, en général, la rime est simple, *a b a b* ou *a b c b*. La rime employée est celle appelée autrefois « pauvre » (rivage/visage), même si elle est parfois « riche » (cordelière/dentellière). Ces termes sont-ils encore familiers ? Aucun poème n'est sans rime.

II

Fraîches comme neige, blanches roses
Qui fleurissent où ces « anges » reposent
De patienter à leur ombre se contentent-elles
Ou Dieu les a-t-il dotées d'ailes ?

En 1879, Almeda Roth habitait encore la maison située à l'angle des rues Pearl et Dufferin, la maison que son père avait construite pour sa famille. Cette maison est toujours là ; c'est là que vit le gérant du magasin de liqueurs. Elle est recouverte de tôle d'aluminium. Un porche enclos a remplacé la véranda. Le bûcher, la clôture, les portails, les lieux d'aisances, la grange – tout est parti. Une photographie prise dans les années 1880 les montre en bonne et due place. Maison et clôture ont l'air un peu délabré, en mal d'un coup de peinture, mais n'est-ce pas la mine décolorée de la photo brunâtre qui cause cette impression ? Les fenêtres aux rideaux de dentelle ressemblent à des yeux blancs. On n'y voit aucun de ces gros arbres qui donnent de l'ombre, et, en fait, les grands ormes qui ombrageaient la ville jusqu'aux années 1950, autant que les érables qui, de nos jours, la préservent du soleil, sont de jeunes arbres malingres entourés de barrières grossières pour les protéger des vaches. Sans ces arbres, on est très exposé – cours, cordes à linge, tas de bois, hangars, granges et lieux d'aisance grossièrement rapetassés –, tout est à nu, à découvert, tout semble provisoire. Peu de maisons ont quelque chose qui ressemble à une pelouse, on se contente d'un lopin de plantain, de fourmilières et de terre ratissée. Peut-être de quelques pétunias poussant au-dessus d'un tronc d'arbre, dans une boîte ronde. Seule la grand-rue est recouverte de gravier ; les autres sont des chemins de terre battue, bourbeux ou poussiéreux selon la saison. Il faut enclore les jardins si l'on veut les interdire aux animaux. Les vaches sont attachées dans des terrains vagues, parfois elles paissent dans les cours et il leur arrive de s'échapper. Les porcs s'évadent aussi ; quant aux chiens, ils vagabondent ou font majestueusement la sieste sur les trottoirs. La ville a pris racine, elle ne va pas disparaître, même si elle a encore un peu l'air d'un campement. Et, comme un campement, ça s'active tout le temps – tous ces gens qui, en ville, se déplacent généralement à pied, tous ces animaux qui laissent du crottin, de la bouse, des crottes forçant ces dames à relever leurs jupes, tout ce boucan avec les chantiers, les cochers qui braillent des ordres à leurs chevaux et les trains qui passent plusieurs fois par jour…

J'ai appris quelque chose sur cette vie en lisant la *Vidette*.

La population y est plus jeune qu'aujourd'hui, plus jeune qu'elle ne le sera jamais. D'ordinaire, les gens de plus de cinquante ans ne viennent pas s'installer dans un endroit aussi primitif, aussi neuf. Il y a déjà pas mal de monde au cimetière, mais la plupart sont morts jeunes, accidents, accouchements, épidémies… Ce sont les jeunes que l'on remarque avant tout dans la ville. Des enfants, des garçons errent dans les rues, en bandes. L'école n'est obligatoire que quatre mois par an et il y a des tas de petits travaux temporaires qu'un gamin de huit ou neuf ans est capable de faire : arracher le chanvre, retenir les chevaux, livrer l'épicerie, balayer le trottoir devant les magasins. Ils passent une bonne partie de leur temps en quête d'aventures.

Un jour, ils suivent une vieille femme, une ivrogne surnommée Reine Aggie. Ils la flanquent dans une brouette et la baladent à travers la ville avant de s'en débarrasser dans un fossé pour lui faire cuver son vin. Ils passent tous beaucoup de temps du côté de la gare. Ils sautent sur les wagons en train de se garer, se précipitent entre eux et se lancent des défis dans lesquels il leur arrive de perdre un bras, une jambe ou même la vie. Ils sont à l'affût de tout étranger débarquant en ville. Ils le suivent, proposent de lui porter ses bagages et le dirigent (pour une pièce de cinq sous) vers un hôtel. Quant aux étrangers qui n'ont pas l'air rupins, on s'en gausse, on les tourmente. La spéculation est là qui s'abat sur eux – comme une nuée de mouches. Débarquent-ils en ville pour y lancer une nouvelle affaire, persuader les gens d'investir dans tel ou tel projet, vendre de la poudre de perlimpinpin ou quelque autre machin, prêcher aux coins des rues ? N'importe quoi peut arriver n'importe quel jour de la semaine… Soyez sur vos gardes, recommande la *Vidette*. L'occasion est là, mais le danger guette. Vagabonds, truands, colporteurs, arnaqueurs ou simples voleurs voyagent par tous les chemins, et plus encore par chemin de fer. On signale les vols : de l'argent investi que l'on n'a jamais revu, un pantalon qui a disparu de la corde à linge, le tas de bois qui a diminué, des œufs qui se sont volatilisés du poulailler. Ce genre d'incidents devient plus fréquent dès qu'il fait chaud.

Il faut reconnaître que la chaleur favorise les accidents. Davantage de chevaux courent ainsi les rues, renversant les carrioles. Et ces mains coincées dans l'essoreuse pendant la lessive, cet homme coupé en deux à la scierie, ce gamin écrasé par des planches au chantier… On ne dort pas bien. Les bébés souffrent de tous les malaises saisonniers. Ceux qui sont trop corpulents ont du mal à reprendre leur souffle. Mieux vaut se dépêcher d'enterrer les corps. Un jour, un homme se promène dans les rues en faisant tinter une clarine et en criant : « Repentez-vous ! Repentez-vous ! » Cette fois, il ne s'agit pas d'un étranger, mais d'un jeune garçon qui travaille à la boucherie. Emmenez-le chez lui, enveloppez-le dans des draps humides et bien frais, donnez-lui une potion pour les nerfs, gardez-le au lit, priez pour ses esprits. S'il ne se remet pas, mettez-le à l'asile…

La maison d'Almeda Roth a pignon sur Dufferin Street, rue des plus respectables. C'est là que des commerçants, un minotier, un saunier, ont élu domicile. Mais Pearl Street, sur laquelle donnent les fenêtres de derrière et le portail de la cour, c'est autre chose. La maison voisine avec celles d'ouvriers, bien alignées, petites mais convenables – ça peut aller. C'est vers la fin du pâté de maisons que les choses se gâtent, et au suivant et dernier, il y a vraiment de quoi avoir le cafard. Qui d'autre que les plus pauvres, ces pauvres méprisables, indignes, accepterait de vivre là, au bord de cette tourbière (aujourd'hui asséchée), qu'on appelle le Marais de Pearl Street ? Des herbes folles l'embroussaillent à cœur joie, on y a érigé des cabanes de fortune, on y aperçoit des monceaux d'ordures et de détritus, des ribambelles de gosses rabougris, on vous balance les eaux ménagères sur le pas de la porte. La ville essaye de forcer ces gens à construire des lieux d'aisances, mais ils préfèrent les broussailles… Si une bande de gamins à l'esprit aventureux fait une descente par là-bas, il est à parier qu'ils en auront plus que leur soûl. On raconte que même le commissaire de police ne se risquerait pas sur Pearl Street un samedi soir. Almeda Roth n'est jamais allée plus loin que la rangée de maisons. Dans l'une de celles-ci habite la jeune Annie, qui l'aide à faire son ménage. Jeune fille comme il faut, Annie n'est jamais descendue jusqu'au dernier pâté de maisons ni jusqu'au marais. Aucune femme comme il faut ne s'y rendrait.

Et pourtant, à l'aube, ce marais qui s'étend à l'est de chez Almeda Roth offre un admirable spectacle. Almeda dort à l'arrière de la maison. Elle a gardé la chambre qu'elle partageait jadis avec sa sœur Catherine, elle n'envisagerait même pas d'emménager dans la grande chambre de devant, celle où sa mère passait ses journées au lit, et qui devint plus tard la retraite de son père. De sa fenêtre, elle voit le soleil levant, la brume du marais qui s'imprègne de lumière, les gros arbres les plus proches flottant sur cette brume tandis que ceux qui sont à l'arrière-plan deviennent transparents. Chênes des marais, érables, mélèzes, noyers blancs…

III

Ici le fleuve rejoint la mer dans les terres blottie
Hors des bois solennels il drape ses ondes bleuies
Je songe aux oiseaux, aux bêtes, et aux hommes d'hier,
Dont les demeures pointues sur ces sables mornes s'élevèrent.

Un des étrangers qui arrivèrent à la gare il y a quelques années s'appelait Jarvis Poulter, c'est lui qui occupe la maison à côté de celle d'Almeda Roth – un terrain vague donnant sur Dufferin Street, et qu'il a acheté, l'en sépare. Cette maison est plus modeste que celle des Roth, elle n'a ni arbres fruitiers ni fleurs. On accepte cela comme une conséquence normale du veuvage de Jarvis Poulter et du fait qu'il vit seul. Un homme veillera à ce que sa maison soit convenable, mais s'il s'agit d'un homme comme il faut, il ne fera jamais de grands efforts de décoration. Le mariage le forcera à vivre avec plus d'apparat, en y mettant plus de sentiment, il le protégera aussi des extrêmes de sa propre nature, d'une parcimonie glaciale ou d'une indolence débridée, de la crasse, d'excès de sommeil, de lecture, de boisson, de tabac ou de libertinage.

Par souci d'économie, croit-on, un monsieur fort respectable de notre ville s'entête à aller chercher de l'eau à la fontaine publique et à compléter ses réserves de combustible en récupérant le charbon tombé le long de la voie ferrée. A-t-il pensé à dédommager la ville ou la compagnie de chemin de fer en l'approvisionnant gratuitement en sel ?

C'est la *Vidette*, pleine de plaisanteries timides, d'insinuations, d'accusations ouvertes qu'on ne tolérerait aujourd'hui d'aucun journal. C'est de Jarvis Poulter que l'on parle, même si par ailleurs on parle de lui avec force respect en tant que magistrat, employeur ou membre de son église. Il est trop près, c'est tout… Excentrique jusqu'à un certain point. On peut mettre tout ça sur le compte de sa condition d'homme seul, de son veuvage ; même le fait de rapporter son eau de la fontaine publique ou de remplir son seau à charbon le long de la voie ferrée. C'est un citoyen tout ce qu'il y a de plus convenable, quelqu'un qui a réussi : un grand diable un peu pansu, en complet sombre et bottes cirées. Une barbe ? Des cheveux noirs avec des mèches grises. L'air sévère, calme, une grosse verrue pâle au milieu d'un sourcil en bataille. On parle d'une jeune épousée, jolie et chérie, morte en couches ou dans quelque horrible accident. Il n'y a rien qui confirme cela, mais ça épice la légende. Tout ce qu'il leur a dit, c'est que sa femme est morte.

Il est venu dans ce coin du pays pour y chercher du pétrole. C'est dans le comté de Lambton, au sud de là, qu'a été foré, pendant les années 1850, le premier puits de pétrole de l'histoire du monde. En cherchant du pétrole, Jarvis a découvert du sel. Il s'est décidé à essayer d'en tirer le meilleur parti. Quand il revient du service religieux avec Almeda Roth, il lui parle de ses puits de sel. Ils ont quatre cents mètres de profondeur. On y envoie de l'eau chaude, ce qui dissout le sel. On pompe alors la saumure, que l'on fait évaporer dans de grands récipients chauffés à feu doux et constant pour que l'eau s'évapore et qu'il ne reste qu'un sel pur, d'excellente qualité. Une denrée qui sera toujours en demande.

« Le sel de la terre, dit Almeda.

– Oui », dit-il en fronçant les sourcils. Peut-être trouve-t-il cela irrespectueux. Elle n'avait pas l'intention de l'offenser… Il parle de concurrents dans d'autres villes qui suivent ses traces et essayent de s'approprier le marché. Heureusement leurs puits ne sont pas aussi profonds que les siens et l'évaporation n'en est pas aussi efficace. Il y a du sel partout dans le sous-sol de ce pays, mais en trouver n'est pas aussi facile qu'on pourrait le croire.

Cela voudrait-il dire, s'enquiert Almeda, que jadis une immense mer recouvrait tout ?

C'est probable, répond Jarvis Poulter. Et même à peu près sûr. Voilà qu'il se met à lui parler de ses autres entreprises, une briqueterie, un four à chaux. Il lui explique comment ça fonctionne, où l'on trouve de la bonne argile. Il possède également deux fermes, dont les bois lui fournissent le combustible nécessaire à ses entreprises.

Récemment, parmi les couples rentrant du service du sabbat, on remarquait un monsieur qui n'avait certes rien de fade et une dame aux inclinations littéraires, qui, si elle n'est pas dans sa prime jeunesse, n'est en rien flétrie par les frimas de l'âge. Nous laisserons-nous aller à quelques conjectures ?

Ce genre de choses surgit sans cesse dans la *Vidette*. Nous laisserons-nous aller à quelques conjectures… Pourrait-on appeler ça une cour ? Almeda Roth a un peu d'argent que son père lui a laissé, elle a sa maison. Elle n'est pas trop âgée pour avoir un ou deux enfants. Comme maîtresse de maison, elle est capable de se débrouiller, on trouve chez elle certaine tendance aux beaux gâteaux bien glacés et aux tartes décorées commune aux vieilles demoiselles. (Mention honorable à la Foire d'automne.) Côté présentation, rien à lui reprocher, elle est évidemment en meilleure forme que la plupart des femmes mariées de son âge, puisqu'elle n'a eu ni à se surcharger de travail ni à se démener avec des enfants. Alors pourquoi l'a-t-on laissée de côté en ses jeunes années, quand elle était mariable, quand par ici on a grand besoin de femmes susceptibles de faire de bonnes épouses et d'assurer la descendance ? Disons qu'elle était d'humeur plutôt mélancolique, c'était peut-être ça le problème. La mort de son frère, celle de sa sœur puis celle de sa mère, qui, en fait, perdit la raison un an avant sa disparition, et gisait sur son lit en racontant des choses qui ne voulaient rien dire, tout cela avait fini par la marquer, de sorte que sa compagnie n'était plus très joyeuse. Et cette passion pour les livres, pour la poésie, apparaissait davantage comme une difficulté, un obstacle, une obsession chez la jeune fille que chez la femme d'un certain âge qui, après tout, avait besoin de s'occuper. Bref, ça fait cinq ans que son bouquin a été publié, elle a quand même dû finir par s'en remettre. Peut-être était-ce son heureux père, épris de lecture, qui lui prodiguait ses encouragements ?

Tout le monde est persuadé qu'Almeda Roth a des vues sur Jarvis Poulter et qu'elle dirait oui s'il se proposait. Et elle pense à lui. Oh ! elle ne veut pas se faire trop d'illusions, elle ne veut pas se ridiculiser. Elle aimerait un signe. S'il se rendait au service du dimanche soir, ils auraient une chance, pendant quelques mois de l'année, de faire un bout de chemin tous les deux, la nuit tombée. Il porterait une lanterne. (Il n'y a pas encore d'éclairage public en ville.) Il balancerait la lanterne pour éclairer la chaussée devant les pieds de la dame dont il pourrait ainsi admirer la forme étroite et délicate. Il lui prendrait le bras quand ils descendraient du trottoir. Mais il ne va pas à l'église le dimanche soir…

Pas plus qu'il ne vient la chercher pour l'accompagner à l'église le dimanche matin. Ce serait une déclaration. Il la ramène chez elle. Il passe même devant son portail à lui pour aller jusqu'à celui de la dame. Il soulève alors son chapeau et prend congé d'elle. Elle ne l'invite pas à entrer : une femme qui vit seule ne ferait jamais ça. Dès qu'un homme et une femme, peu importe l'âge, se retrouvent seuls entre quatre murs, on admet que tout peut arriver. Combustion spontanée, fornication instantanée, attaque de passion, instinct animal, triomphe des sens. Quelles possibilités hommes et femmes doivent-ils mutuellement se reconnaître pour accepter de tels dangers ?

Ou, s'ils croient aux dangers, leur faut-il souvent repenser aux possibilités ?

Lorsqu'ils marchent l'un à côté de l'autre, elle sent sa mousse à raser, la crème du barbier, le tabac de sa pipe, la laine, la toile ou le cuir de ses vêtements virils. Ces vêtements corrects, bien taillés, épais, rappellent ceux qu'elle brossait, amidonnait et repassait pour son père. Cette besogne lui manque – la reconnaissance de son père, son autorité ténébreuse et bienveillante. Les habits de Jarvis Poulter, son odeur, ses mouvements lui donnent des démangeaisons pleines d'espoir, du côté qui frôle presque son corps, tandis qu'un timide frisson hérisse les poils de ses bras. Faut-il y voir un signe d'amour ? Elle l'imagine pénétrant dans sa – *leur* – chambre, en caleçons longs et en chapeau. Elle sait bien que c'est là un accoutrement ridicule mais, dans son esprit, il n'a pas l'air ridicule ; il a la morgue impudente d'un personnage sorti d'un rêve. Il entre dans la chambre et vient s'allonger sur le lit près d'elle, s'apprêtant à la prendre dans ses bras. Il doit sûrement enlever son chapeau, non ? Elle n'en a pas idée, car à ce moment un élan d'accueil et de soumission l'envahit, un sursaut retenu. Il devrait être son mari.

Une chose qu'elle a remarquée au sujet des femmes mariées, c'est le nombre d'entre elles qui se croient obligées de créer de toutes pièces leur mari. Il leur faut commencer par lui attribuer préférences, opinions, manières dictatoriales. Que voulez-vous, disent-elles, mon mari a ses manies… Vous ne le verrez jamais toucher à de la viande passée à la poêle. (Ou bien, il ne supporte que la viande passée à la poêle.) Il ne m'aime qu'en bleu (ou en marron). Il ne peut pas souffrir l'orgue. Il a horreur de voir une femme sortir nu-tête. Il me tuerait si je tirais une bouffée de tabac. Et c'est ainsi que de ces hommes hébétés, qui n'osent même pas vous regarder en face, on vous fait des maris et des chefs de famille. Almeda Roth ne s'imagine pas en train de faire ça. Il lui faut un homme tout fait, un gars établi, qui a ses idées et qui demeure pour elle un mystère. Elle ne recherche pas la compagnie. Les hommes, exception faite de son père, semblent privés de quelque chose, dépourvus de curiosité. Il est évident qu'elle leur est nécessaire pour faire ce qu'ils ont à faire. Elle-même, sachant qu'il y a du sel dans la terre, découvrirait-elle comment l'extraire et le vendre ? Ce n'est pas si sûr… Elle penserait à la mer des temps jadis. Ce genre de spéculation, voilà ce dont Jarvis n'a, c'est clair, nul besoin.

Au lieu de passer la prendre et de l'accompagner à l'église, Jarvis Poulter pourrait faire une autre déclaration plus osée. Par exemple louer un cheval et l'emmener pour une promenade dans la campagne. Elle se réjouirait de cette initiative tout en la regrettant. Elle se réjouirait de se tenir à ses côtés, de se laisser ainsi mener par lui, d'être l'objet de son attention au vu et au su du monde. Elle regretterait pourtant de sentir sa campagne éloignée d'elle – refilmée, en quelque sorte, par le bavardage et les préoccupations de son galant. En fait, pour la voir, cette campagne qu'elle a décrite dans ses poèmes, il faut se donner du mal, il faut être vraiment déterminé. On doit fermer les yeux sur certaines choses. Les tas de fumier, bien sûr, les champs d'épandage avec toutes ces grosses souches calcinées, ces énormes tas de broussailles qui attendent une belle journée pour qu'on les brûle. On a remis dans le droit chemin les ruisseaux qui louvoyaient, on en a fait des douves encaissées entre deux talus bourbeux. Ici et là, des champs et pâturages sont enclos par de gros chicots mal déracinés. D'autres sont limités par un grossier surjet de clôtures à barres horizontales.

On a défriché jusqu'aux sous-bois, qui sont tous de deuxième génération. Pas d'arbres au bord des routes, ni au bord des allées, ni autour des fermes, à part quelques-uns tout juste plantés et qui sont encore étiques. Des granges en rondins, blotties les unes contre les autres – les grandes, celles qui doivent s'imposer au paysage pour les cent prochaines années, sont en voie de construction – et de misérables cabanes et, tous les six ou sept kilomètres, un hameau pitoyable avec une église, une école, une échoppe et un maréchal-ferrant. Une campagne à l'état sauvage, à peine arrachée à la forêt, mais qui grouille d'êtres bien vivants. Cinquante hectares ça veut dire une ferme, et chaque ferme ça veut dire une famille, et le plus souvent, une famille ça veut dire dix à douze enfants. (C'est cette région qui enverra des vagues successives de colons – ça commence déjà – dans le nord de l'Ontario et dans l'Ouest.) Il est exact que vous pouvez ramasser des fleurs sauvages au printemps dans les sous-bois, mais il vous faudra traverser des troupeaux de vaches cornues pour arriver jusqu'à elles.

IV

Ils sont partis, les Fils du Vent,
Leur campement est désert
Oh ! que j'aimerais marchander hardiment
À la foire aux gitans.

Almeda souffre d'insomnies. Le docteur lui donne des bromures, ainsi que quelque chose pour les nerfs. Si elle prend les bromures, elle a des rêves trop réels qui la perturbent, du coup elle a mis le flacon de côté en cas d'urgence. Elle a dit au docteur que ses pupilles sont sèches, on dirait du verre brûlant, que ses articulations lui font mal. Ne lisez pas tant, a-t-il dit, n'étudiez pas. Rien ne vaut la bonne et saine fatigue du ménage, faites de l'exercice. Il est persuadé que ses ennuis disparaîtraient si elle se mariait. Il y croit, même si c'est aux femmes mariées qu'il prescrit presque toutes ses potions pour les nerfs.

Almeda manie donc le balai chez elle, aide à astiquer l'église, donne un coup de main à des amies occupées à retapisser leurs murs ou à préparer leur mariage, fait un de ses célèbres gâteaux pour le pique-nique de l'école du dimanche. Par un samedi torride du mois d'août, voici qu'elle se lance dans de la gelée de raisin. De petits pots de gelée de raisin feront de merveilleux cadeaux de Noël et seront également parfaits pour des malades. Comme elle s'y est prise un peu tard, la gelée n'est pas terminée quand arrive la nuit. En fait, elle vient à peine de verser la pulpe encore chaude dans le sac d'étamine pour en filtrer le jus. Almeda prend une tasse de thé, mange une tranche de gâteau bien beurrée (un caprice de gamine), et c'est tout ce qu'elle voudra pour son dîner. Elle se lave les cheveux au-dessus de l'évier, s'éponge le corps pour être bien propre pour dimanche. Elle n'allume pas. Elle va s'allonger sur le lit avec la fenêtre grande ouverte, se couvre d'un drap au-dessous de la taille et une merveilleuse lassitude l'envahit. Elle sent même une légère brise.

Lorsqu'elle s'éveille, la nuit lui semble une vraie fournaise pleine de menaces. Allongée en sueur sur son lit, elle croit entendre des couteaux, des scies, des haches – des outils en folie qui coupent, piquent, forent à l'intérieur de son crâne. Mais ce n'est pas vrai. Au fur et à mesure qu'elle sort de sa torpeur, elle reconnaît les bruits qu'elle a entendus il y a quelque temps, le chahut d'un samedi soir sur Pearl Street. D'habitude, le bruit provient d'une bagarre. Les gens sont ivres, la bagarre suscite protestations et encouragements, quelqu'un crie : « À l'assassin ! » Un jour, il y a eu un crime. Mais ça n'avait rien à voir avec une bagarre. Un vieillard avait été assassiné à coups de poignard dans sa cabane, sans doute pour une poignée de dollars qu'il cachait sous son matelas.

Elle sort de son lit et va jusqu'à la fenêtre. Le ciel est clair, pas de lune, des étoiles brillantes. Pégase est accrochée juste là devant, au-dessus du marécage. Son père lui a montré cette constellation – automatiquement, elle en compte les étoiles. Elle peut distinguer des voix, des contributions individuelles au vacarme. Des gens comme elle ont été réveillés. « Fermez-la ! braillent-ils. Arrêtez ce boucan ou je descends vous tanner le cul ! »

Mais personne ne s'arrête. On dirait qu'une boule de feu dévale Pearl Street, envoyant des étincelles à tous les diables – avec cette différence que le feu, c'est du bruit, des cris, des rires, des hurlements, des jurons, et que les étincelles ce sont des voix qui fusent. On finit par distinguer deux voix – un hurlement qui s'élève puis retombe et un flot d'injures régulier, lancinant, grave, renfermant tous ces mots qu'Almeda associe au danger, aux mœurs dépravées, aux odeurs fétides, aux spectacles révoltants. Quelqu'un – la personne qui hurle « Tue-moi ! Tue-moi maintenant ! » – est en train d'être battu. Une femme. Elle continue à hurler : « Tue-moi ! Tue-moi ! », donnant parfois l'impression qu'elle a tellement de sang dans la bouche qu'elle en suffoque. Il y a pourtant un je-ne-sais-quoi de méprisant et de triomphant dans son cri, quelque chose de théâtral. Et les badauds qui crient « Arrête ! Arrête ! » ou « Tue-la ! Tue-la ! » dans un accès de délire, comme s'ils étaient au théâtre, à une rencontre sportive ou à un match de boxe. Oui, pense Almeda, elle l'a déjà remarqué – avec ces gens-là ça tient toujours un peu de la charade ; il y a une espèce de parodie maladroite, une exagération, un maillon qui manque. Comme s'ils ne croyaient pas vraiment à ce qu'il étaient en train de faire, quoi que ce fût, même un crime, mais n'étaient pas pour autant capables de s'arrêter.

À cela vient s'ajouter le bruit de quelque chose que l'on vient de lancer – une chaise, une planche ? –, suivi de celui d'un tas de bois ou d'un pan de clôture qui s'effondre. Beaucoup de cris sous l'effet de la surprise, le bruit de gens qui courent, de gens qui s'écartent, l'agitation s'est bien rapprochée. Almeda voit une silhouette en robe légère, toute biscornue, qui détale. Ça doit être la femme. Elle s'est emparée de quelque chose qui ressemble à un bâton ou à un bardeau, elle se retourne et en menace la forme sombre qui la poursuit.

« Vas-y, attrape-la ! crient les voix. Flanque-lui une bonne rossée ! »

Beaucoup reculent. Restées seules les deux ombres s'avancent, en viennent aux mains, lâchent prise et vont s'écrouler devant la barrière d'Almeda. Le fond sonore devient très confus – gargouillis, vomissements, grognements, chocs sourds. Suit un cri de douleur interminable, vibrant, étranglé, un cri d'anéantissement, d'abandon, qui pourrait provenir de l'un ou de l'autre ou même des deux…

Almeda s'est éloignée de la fenêtre, elle s'est assise sur le lit. Ce qu'elle a entendu, seraient-ce les échos d'un crime ? Que faire, que doit-elle faire ? Elle doit allumer une lanterne, elle doit descendre allumer une lanterne, elle doit aller dans la cour, elle doit descendre l'escalier. Dans la cour. La lanterne. Elle s'écroule sur son lit, s'enfouit le visage dans l'oreiller. Qu'on lui donne une minute… L'escalier, la lanterne. Elle se voit déjà en bas, dans l'entrée de service, en train de tirer le verrou. Elle s'endort.

Elle se réveille, éberluée, au petit jour. Elle s'imagine que, posé sur le rebord de sa fenêtre, un énorme corbeau, l'air désapprobateur mais non pas étonné, ressasse en croassant les événements de la veille. « Bonté, réveille-toi et amène ta brouette ! » gronde-t-il, et elle comprend que « brouette » veut dire autre chose, quelque chose d'odieux, de lugubre. Elle s'éveille alors et s'aperçoit qu'il n'y a pas d'oiseau. Elle bondit de son lit et regarde par la fenêtre.

En bas, aplatie contre la clôture, une masse terne : un corps.

Brouette.

Elle passe une robe de chambre sur sa chemise de nuit et descend. Les pièces de devant sont encore dans la pénombre, les stores de la cuisine sont baissés. Quelque chose fait flic, flac. Un flic-flac désœuvré, réprobateur, qui lui rappelle la conversation du corbeau. C'est tout simplement le jus de raisin que l'on filtre pendant la nuit. Elle tire le verrou, sort par la porte de service. Pendant la nuit, les araignées ont drapé l'entrée. Lourdes de rosée, les roses trémières inclinent la tête. Arrivée à la clôture, elle écarte ces fleurs qui lui collent aux mains, puis elle regarde et elle voit.

Le corps d'une femme gît là, sur le flanc, la face écrasée contre le sol. Almeda ne peut voir son visage. Il y a un sein nu qui pendouille, un téton brun distendu comme un trayon de vache, une hanche nue, une jambe nue, la hanche exhibant un bleu de la taille d'un tournesol. La peau intacte est grisâtre, on dirait un pilon de volaille plumé et cru. La femme est vêtue d'une espèce de chemise de nuit ou de tenue passe-partout. Odeur de vomi. Urine, boisson, vomi.

Pieds nus, en chemise de nuit et peignoir bien mince, Almeda s'enfuit. Elle longe en courant la maison, passe entre les pommiers et la véranda, ouvre le portail, dégringole Dufferin Street et aboutit chez Jarvis Poulter, son voisin le plus proche. De nombreuses fois, elle frappe, à pleines paumes, à sa porte.

« Il y a le corps d'une femme… » halète-t-elle quand Jarvis Poulter finit par se montrer. Il porte un pantalon foncé, retenu par des bretelles, et sa chemise est à demi boutonnée, il n'est pas rasé, il est tout ébouriffé. « Monsieur Poulter, excusez-moi. Un corps de femme. Devant le portail au fond de la cour. » Il lui lance un regard furieux. « Est-elle morte ? »

Son souffle est pénible, son visage fripé, ses yeux injectés de sang.

« Oui. Assassinée, je pense », dit Almeda. Elle peut entrevoir un bout de son entrée qui paraît lugubre. Son chapeau est posé sur une chaise. « Dans la nuit, je me suis réveillée. J'ai entendu un vacarme de tous les diables sur Pearl Street, dit-elle en s'efforçant de ne pas élever la voix et de ne pas s'emballer. Je l'entendais, cette… paire. Oui, j'entendais un homme et une femme en train de se battre. »

Il ramasse son chapeau, le met sur son crâne. Il ferme et verrouille la porte d'entrée, met la clef dans sa poche. Ils marchent sur le trottoir et elle s'aperçoit qu'elle est nu-pieds. Elle garde pour elle ce qui lui démange la langue, à savoir qu'elle est responsable, qu'elle aurait dû se précipiter avec une lanterne, qu'elle aurait dû crier (mais avait-on besoin d'autres cris ?), qu'elle aurait dû faire déguerpir l'homme. C'était alors qu'elle aurait dû courir chercher du renfort, pas maintenant.

Ils prennent Pearl Street au lieu d'entrer par la cour des Roth. Bien sûr, le corps est toujours là, recroquevillé, à demi nu, comme tout à l'heure.

Jarvis Poulter ne se presse ni ne s'arrête. Il va droit vers le corps, le regarde, il lui donne un petit coup dans la jambe, de la pointe de sa botte, comme vous le feriez à un chien ou à une truie. « Vous », dit-il, pas trop fort mais fermement, et il redonne un coup.

Almeda en a un haut-le-cœur.

« En vie », dit Jarvis Poulter et la femme confirme cela. Elle remue, elle émet un faible grognement.

Almeda dit : « Je vais chercher le docteur. » Si elle avait touché la femme, si elle s'était forcée à la toucher, jamais elle n'aurait commis pareille erreur.

« Attendez, dit Jarvis Poulter. Attendez. On va voir si elle peut se relever. Allons, relevez-vous, ordonne-t-il à la femme. Allons-y. Debout. Debout. »

Et voici qu'il se produit une chose ahurissante : le cadavre se soulève et se met à quatre pattes, la tête se redresse, les cheveux gluants de sang et de vomi, et la femme commence à cogner cette tête – des coups forts, rythmés – contre la palissade en bois d'Almeda Roth. Ce faisant, elle retrouve sa voix et pousse un jappement bruyant, vigoureux, empreint de ce qui ressemble à un plaisir tourmenté.

« Loin d'être morte, déclare Jarvis. Je n'ennuierais pas le docteur avec ça.

– Il y a du sang, dit Almeda tandis que la femme tourne vers eux un visage barbouillé.

– Ça vient du nez, dit-il. C'est pas du frais. » Il se baisse, l'attrape au ras de son horrible crinière pour l'empêcher de se cogner la tête.

« Vous arrêtez ça tout de suite, dit-il. Vous m'entendez, arrêtez ça. Filez chez vous. Oui, filez chez vous, là où vous devez être. » Le son qui s'échappait de la bouche de la femme s'est arrêté. Il lui secoue légèrement la tête, et lui redit, avant de lâcher ses cheveux : « Filez chez vous ! »

Libre, la femme plonge en avant, se remet sur ses pieds. Elle peut marcher. Elle zigzague en trébuchant dans la rue, émet des petits cris timides de protestation. Jarvis Poulter la suit des yeux pour être sûr qu'elle rentre bien chez elle, puis il cueille une grande feuille de bardane à laquelle il s'essuie la main. « Le voilà donc votre cadavre ! » dit-il.

Comme le portail de la cour est fermé, ils doivent faire le tour. Celui de devant est ouvert. Almeda se sent toujours aussi mal en point. Elle a des ballonnements d'estomac. Elle a des vapeurs, la tête lui tourne.

« La porte d'entrée est fermée à clef, dit-elle faiblement. Je suis sortie par la porte de la cuisine. » Ah ! si seulement il pouvait la laisser là, elle pourrait aller droit aux cabinets. Mais il faut qu'il la suive ! Il la suit jusqu'à la porte de service et il entre dans la pièce à l'arrière de la maison. Il lui parle avec une jovialité bourrue qu'elle ne lui a jamais entendue. « Pas besoin de s'affoler, dit-il. Que voulez-vous, c'est la boisson… Une dame comme vous ne devrait pas vivre seule dans un voisinage aussi mal fréquenté. » Il lui prend le bras, juste au-dessus du coude. Elle ne peut pas ouvrir la bouche pour lui parler, pour dire merci. Si elle ouvrait la bouche, elle vomirait.

Ce que Jarvis Poulter éprouve en ce moment à l'égard d'Almeda Roth, c'est précisément ce qu'il n'a pas éprouvé au long de ces promenades bien sages ou dans ces moments où il se livrait à tous ces calculs quant à la valeur probable, la respectabilité incontestable, la mine adéquate de la dame. Il n'a pas été capable de l'imaginer comme épouse. Maintenant c'est possible. Il est suffisamment remué par sa chevelure défaite – prématurément grise mais épaisse et douce –, par son visage empourpré, sa mise légère, que seul un mari remarquerait. Et par son inconséquence, son agitation, son absurdité, son besoin…

« Je vous appellerai tout à l'heure, lui dit-il. Je vous accompagnerai à l'église. »

À l'angle de Pearl Street et de Dufferin Street, dimanche dernier, une résidente a découvert le corps d'une habitante de Pearl Street. On l'a d'abord crue morte mais, en fin de compte, elle était ivre morte. Elle a été tirée de sa céleste – ou appelez-la comme vous voudrez – stupeur par la force de persuasion de Mr Poulter, un voisin et magistrat appelé sur les lieux par la résidente. Ce genre d'incidents malséants, gênants et déshonorants pour notre ville sont devenus par trop fréquents ces temps derniers.

V

Je repose au creux du sommeil
Comme sur le sable des grands fonds
Des citoyens des profondeurs sans pareil
M'accueillent avec considération.

Dès que Jarvis Poulter s'en est allé et qu'elle a entendu le portail se refermer, Almeda se précipite aux toilettes. Son soulagement reste cependant incomplet : elle comprend que cette douleur et cette impression de lourdeur dans la partie inférieure de son corps proviennent d'une accumulation du flux menstruel qui n'a pas commencé à s'écouler. Elle referme et verrouille la porte de la cour. Se rappelant ensuite ce qu'a dit Jarvis au sujet de l'église, elle écrit sur un bout de papier : « Je ne suis pas bien, je préfère me reposer aujourd'hui. » Elle plaque ça sur le cadre extérieur de la lucarne de la porte d'entrée, qu'elle verrouille également. Elle tremble comme si elle se remettait d'un grand choc ou venait d'entrevoir un danger. Elle allume le feu pour se faire du thé, met de l'eau à bouillir, mesure les feuilles de thé et se prépare une grande théière, dont l'odeur et la vapeur ne font qu'accroître son mal au cœur. Elle s'en sert une tasse tandis que le thé est encore faible et y ajoute plusieurs gouttes d'une potion pour les nerfs. Elle s'assied pour la boire, sans même relever le store de la cuisine. Et là, au beau milieu de la pièce, entre deux dossiers de chaises, accroché au manche à balai, pend le sac de gaze que la pulpe et le jus de raisin ont teint en pourpre sombre. Flic, flac, dans la bassine. Elle ne peut pas rester assise à regarder ça. Elle prend sa tasse, la théière et la fiole et va s'installer dans la salle à manger.

Elle y est encore tandis que les chevaux se rendent à l'église en soulevant des nuages de poussière. Les routes deviendront aussi chaudes que tisons. Elle est là lorsque la porte s'ouvre et que le pas assuré d'un homme résonne sous la véranda. Elle a l'oreille si fine qu'on dirait qu'elle l'entend enlever le bout de papier placé contre la fenêtre, le déplier – elle l'entend presque le lire ; elle entend les mots résonner dans sa tête. Les pas s'éloignent, on redescend les marches. Le portail se referme. Il lui vient une image de pierres tombales – ça la fait rire. Les pierres tombales défilent dans la rue sur leurs petits pieds portant des bottes, elles ploient ce corps tout en longueur, elles ont l'air préoccupé, austère. Les cloches sonnent.

À son tour, l'horloge de l'entrée sonne douze coups, une heure a donc passé.

Dans la maison il commence à faire chaud. Elle reprend du thé et y rajoute d'autres gouttes. Elle sait que ce médicament l'affecte. Il est la cause de son extraordinaire indolence, de sa parfaite immobilité, de sa reddition docile à son environnement. C'est très bien. Cela paraît nécessaire.

Son environnement – du moins une partie de son environnement – dans la salle de séjour, ce sont ces murs tapissés de papier orné de guirlandes vert bouteille, ces rideaux de dentelle et ces tentures de velours cramoisi, cette table recouverte d'une nappe faite au crochet, cette coupe de fruits en cire, cette carpette gris-rose avec ses bouquets de roses bleues et roses, cette desserte aux napperons brodés sur laquelle sont posés des assiettes décorées, des pichets et un service à thé en argent. Que de choses à observer… Chacun de ces motifs, chacun de ces ornements semble empreint de vie, prêt à bouger, à couler, à se transformer. Ou, qui sait, à exploser. Almeda Roth occupe son temps à les surveiller. Moins pour empêcher leur transformation que pour les surprendre en pleine évolution, pour comprendre cette évolution, pour en être une partie. Tellement de choses se passent dans cette pièce que point n'est besoin de la quitter. L'idée de la quitter ne vous effleure même pas.

Bien sûr, dans ses observations, Almeda ne peut échapper aux mots. Elle s'imagine qu'elle y parvient, mais elle n'y parvient pas. Vite, cette lueur, ce renflement commencent à suggérer des mots – non pas des mots spécifiques mais un torrent de mots bouillonnant quelque part, tout juste prêt à se révéler à elle. Et même des poèmes. Oui, encore des poèmes. Ou serait-ce un seul poème ? N'est-ce pas ça l'idée – un très beau poème qui contiendrait tout – et, disons, à côté duquel tous les autres poèmes, les poèmes qu'elle a écrits, paraîtront absurdes, de simples tâtonnements, de simples torchons ? Et des étoiles et des fleurs et des arbres et des anges dans la neige et des enfants morts au crépuscule – et on n'en est pas à la moitié… Il vous faut encore pénétrer le cirque obscène de Pearl Street, la pointe cirée de la botte de Jarvis Poulter, la cuisse de poulet déplumé et sa fleur bleu foncé. Almeda est maintenant bien loin de toute pitié pour ses frères humains, bien loin de toute peur, bien loin des douillettes considérations ménagères. Elle ne pense pas à ce que l'on pourrait faire pour cette femme, pas plus qu'elle ne pense à garder le dîner de Jarvis Poulter au chaud ou à suspendre son caleçon long sur la corde à linge. La bassine de jus de raisin a débordé, le jus coule sur le plancher de la cuisine, des taches qui ne s'en iront pas.

C'est qu'il lui faut penser à tellement de choses à la fois… À Champlain et aux Indiens nus, au sel enfoui dans la terre, mais qui dit sel dit argent, et des têtes comme celles de Jarvis Poulter sont toujours à concocter des façons de gagner de l'argent. Sans oublier les brutales tempêtes hivernales et les forfaits maladroits quand la nuit descend sur Pearl Street. Les changements de climat sont souvent violents, et si vous y réfléchissez, il n'y a pas de paix, même dans les étoiles. Tout cela n'est supportable qu'à condition d'être canalisé dans un poème et il convient de dire « canalisé », car le nom du poème sera, et est, en fait, *Le Meneseteung*. Le poème porte le nom du fleuve. En fait, c'est plutôt le fleuve, le Meneseteung, qui est le poème – avec ses gouffres et ses rapides, ses mares sereines blotties sous les arbres, les blocs de glace crissante qu'il vomit à la fin de l'hiver et ses crues printanières qui consternent les riverains. Almeda regarde tout au fond, tout au fond du fleuve de son esprit, et voici que, sur la nappe de la table, elle voit flotter les roses au crochet. Elles paraissent rabougries, ridicules, ces roses que sa mère a faites au crochet – elles ne ressemblent guère à de vraies fleurs. Mais leur effort, leur indépendance flottante, le plaisir qu'elles éprouvent à être leur stupide petite personne lui paraissent vraiment admirables. Un signe plein d'espoir. *Meneseteung*.

Elle ne quitte pas la pièce avant la tombée de la nuit, lorsqu'elle retourne aux cabinets et découvre qu'elle saigne, ses règles ont commencé. Il va falloir qu'elle prenne une serviette, l'attache, se garnisse. Jamais encore, étant valide, elle n'a passé toute une journée en chemise de nuit. Elle ne s'en inquiète pas outre mesure. En allant à la cuisine, elle traverse la mare de jus de raisin. Elle sait qu'il va falloir l'éponger, mais pas tout de suite. Elle monte l'escalier en laissant des traces violettes et en respirant l'odeur de son sang qui s'échappe et de la sueur de son corps enfermé un jour entier dans cette étuve.

Pas de quoi s'affoler.

Elle n'a pas pensé, en effet, que des roses au crochet pouvaient s'en aller en flottant ni que des tombes pouvaient descendre la rue en courant. Elle n'a pas confondu cela avec la réalité, d'ailleurs, pas plus qu'elle ne confondrait quoi que ce soit d'autre avec la réalité, et c'est ainsi qu'elle sait qu'elle est saine d'esprit.

VI

Je rêve de vous la nuit,
Le jour vous rends visite,
Père, mère,
Sœur, frère,
N'avez-vous rien à dire ?

22 avril 1903. Une dame raffinée, femme de talent dont la plume enrichit, jadis, notre littérature locale d'un recueil de poèmes aussi délicats qu'éloquents, est morte chez elle, mardi dernier, entre trois et quatre heures de l'après-midi. Il est vraiment regrettable qu'au cours des dernières années l'esprit de cette personne distinguée se soit quelque peu embrumé et qu'en conséquence son comportement ait été légèrement impétueux et inhabituel. L'attention qu'elle prêtait à la bienséance, la façon dont elle veillait à être toujours soignée et bien mise en souffrirent à tel point qu'elle devint, aux yeux de ceux qui ne l'avaient pas connue fière et élégante, l'excentrique du quartier ou même, et c'est bien triste, un objet de railleries. On a maintenant oublié ces petites déficiences et l'on se souvient de son admirable recueil de poèmes, du mal qu'elle s'est donné pour l'école du dimanche, de son dévouement pour ses parents, de sa noblesse d'âme qui savait rester féminine, de ses bonnes œuvres et de sa foi à toute épreuve. Sa dernière maladie fut miséricordieusement brève. Trempée jusqu'aux os alors qu'elle était allée regarder l'échauffourée de Pearl Street, elle prit froid. (On a raconté que des galopins s'étaient mis à la poursuivre sous des trombes d'eau. Vu l'effronterie et la cruauté de certains de nos jeunes, vu aussi le fait, que l'on avait repéré, qu'ils persécutaient cette dame, on ne saurait complètement écarter ces on-dit.) Le refroidissement devint pneumonie, et elle mourut, veillée en ses derniers moments par une ancienne voisine, Mrs Bert (Annie) Friels, qui fut témoin de sa fin paisible et dans la foi.

Janvier 1904. L'un des fondateurs de notre communauté, un pionnier qui ne manquait pas de sel, nous a été subitement enlevé lundi matin, tandis qu'il faisait son courrier dans les bureaux de sa compagnie. Mr Jarvis Poulter avait un amour et un sens du commerce qui contribuèrent à la création non pas d'une seule mais de plusieurs entreprises locales, ce dont notre ville bénéficia, tant dans le domaine de l'industrie que dans celui de la productivité ou de l'emploi.

Ainsi la *Vidette* continue-t-elle, plantureuse et sûre d'elle. Il est rare qu'un décès ne soit pas mentionné, qu'une vie ne soit pas jaugée.

J'ai cherché Almeda Roth au cimetière. J'ai retrouvé la stèle de la famille. Un seul nom y était gravé, Roth. J'ai alors remarqué deux dalles, à un ou deux mètres de cette stèle. Sur l'une était gravé « Papa », sur l'autre « Maman ». Un peu plus loin, j'ai aperçu deux autres dalles aux noms de William et de Catherine. Après avoir arraché quelques mauvaises herbes et enlevé la poussière, j'ai pu lire « Catherine ». Aucune date, ni de naissance ni de décès, rien qui assure qu'ils avaient été tendrement aimés. En quelque sorte un rappel intime. Pas pour le monde. Pas de roses non plus, pas la moindre trace de rosier. Peut-être l'a-t-on enlevé ? Les gardiens de cimetière n'affectionnent pas ce genre de choses, ça vous détraque les tondeuses, aussi, dès qu'il n'y a plus personne pour faire objection, ils vous les font disparaître.

Je me suis dit qu'Almeda avait dû être enterrée ailleurs. Lorsque cette concession avait été achetée – à la mort des deux enfants – on pouvait encore penser qu'elle se marierait et viendrait un jour reposer à côté de son mari. On n'avait peut-être pas laissé de place pour elle. Je remarquai alors que les dalles formaient un éventail à partir de la stèle. D'abord celles des parents, puis celles des enfants, mais on voyait à la façon dont celles-ci étaient disposées qu'il y avait place pour une troisième qui compléterait l'éventail. Partant de « Catherine », je comptai le même nombre de pas qu'il m'en fallait pour aller jusqu'à « William » et, arrivée là, me mis à arracher l'herbe et à déblayer la terre, les mains nues, persuadée que je savais ce que je faisais. À force de m'acharner, je vis apparaître la dalle et je pus lire « Meda ». La tombe était bien là, avec les autres, elle contemplait le ciel.

Je m'assurai que j'étais parvenue au bord de la stèle. Meda, c'était tout ce qu'il y avait comme nom. Il était donc exact qu'on l'appelait ainsi en famille. Et pas juste dans le poème. À moins qu'elle ait choisi son nom à partir du poème, pour qu'on le grave sur sa dalle.

Je me dis que j'étais le seul être ici-bas à le savoir, le seul à pouvoir établir le lien. Et le dernier à le faire. Mais peut-être n'en est-il pas ainsi. Les gens sont curieux. Du moins certains le sont. Ils éprouveront le besoin d'aller au fond des choses, si banales soient-elles. Ils feront le rapprochement. Vous les voyez se promener avec des blocs-notes, gratter la terre qui recouvre les tombes, lire des microfilms, dans le seul espoir de voir qu'il en sortira un jour quelque chose, d'établir un lien, de sauver une chose du rebut.

Et ils peuvent se tromper. J'ai pu moi aussi me tromper. J'ignore si elle a jamais pris du laudanum. Beaucoup de dames très bien en prennent. J'ignore si elle a jamais fait de la gelée de raisin.

Serre-moi contre toi, ne me laisse pas aller

Ruines de l'« église de la forêt ». Vieux cimetière, c'est là que William Wallace se déclara Gardien de l'Écosse en 1298.

Palais de justice où sir Walter Scott siégea entre 1799 et 1832.

Philiphaugh ? 1945.

Ville grise. Vieilles pierres grises comme à Édimbourg. Et du stuc brun, pas si vieux que ça. La bibliothèque servit jadis de prison (geôle).

Environs très escarpés, comme des petites montagnes. Couleurs havane, lilas, gris. Des taches sombres, on dirait des pins. Reboisement ? Bois en bordure de la ville, chênes, hêtres, bouleaux, houx. Les feuilles ont viré au brun doré. Du soleil, mais vent sauvage, de l'humidité semble monter du sol. Charmante petite rivière toute propre.

Une tombe engloutie dans la terre, de guingois, nom, date, etc., plus rien : juste crâne et os en croix. Des filles aux cheveux roses passent en fumant.

Hazel raya le mot « siégea » et le remplaça par « rendit la justice ». Elle raya ensuite « lilas », qui lui parut trop fade pour ces collines aussi belles que ténébreuses. Elle ne sut quoi écrire à la place.

Elle avait pressé le bouton à côté de la cheminée dans l'espoir de se faire apporter quelque chose à boire, mais personne n'avait répondu.

Hazel avait froid dans cette pièce. Lorsqu'elle était descendue au Royal Hotel, cet après-midi, une femme à la tignasse bouffante et dorée, dont le visage lisse s'amincissait en triangle jusqu'au menton, l'avait regardée de haut en bas, elle lui avait dit à quelle heure le dîner était servi, elle lui avait signalé qu'elle était censée se rendre au salon situé à l'étage si elle voulait s'asseoir – une façon de mettre hors limites le bar étouffant et bruyant du rez-de-chaussée. Hazel se demanda si l'on estimait que les clientes étaient trop respectables pour s'asseoir au bar. À moins qu'elle ne soit pas assez respectable ? Elle était en pantalon de velours côtelé, chaussures de tennis et anorak. La femme à la tignasse dorée arborait un élégant petit tailleur aux boutons rutilants, des bas de dentelle blanche, des chaussures à talon haut qui auraient achevé Hazel en une demi-heure… En rentrant d'une promenade de deux heures, elle songea à passer une robe mais décida de ne pas se laisser intimider. Elle mit un pantalon de velours noir et un chemisier en soie pour montrer qu'elle y mettait de la bonne volonté, elle se recoiffa, réépingla ses cheveux, maintenant aussi gris que blonds, assez fins pour avoir eu maille à partir avec le vent.

Hazel était veuve. Âgée d'une cinquantaine d'années, elle enseignait la biologie au lycée de Walley, Ontario. Elle avait pris une année sabbatique. C'était une de ces personnes que vous n'auriez pas été étonné de retrouver assise, toute seule, dans un coin du monde auquel elle n'appartenait pas, en train de gribouiller des notes sur un carnet pour enrayer la montée de la panique. Elle avait découvert qu'elle était en général optimiste le matin, mais qu'à la tombée de la nuit la panique devenait un problème. Une panique qui n'avait rien à voir ni avec l'argent, ni avec les billets, ni avec les préparatifs, ni même avec les dangers auxquels elle pourrait se trouver confrontée dans un endroit non familier. Cela avait à voir avec un obscurcissement des objectifs et la question pourquoi suis-je ici ? On pourrait, et d'aussi bon droit, se poser la question sans sortir de chez soi, comme le font certains, mais il y a d'ordinaire assez d'agitation pour vous en empêcher.

Elle remarqua la date qu'elle avait écrite à côté de « Philiphaugh » : 1945. Au lieu de 1645. Elle se dit qu'elle avait dû être influencée par le style de cette pièce. Fenêtres de verre entourées de briques, tapis rouge foncé avec des volutes, rideaux de cretonne à fleurs rouges et vertes sur fond beige. Mobilier massif, recouvert d'une étoffe de couleur sombre. Lampadaires. Tout cela y était sans doute du temps où Jack, le mari de Hazel, descendait dans cet hôtel, pendant la guerre. À l'époque, il devait y avoir quelque chose dans la cheminée, un radiateur à gaz ou une vraie grille à charbon. Maintenant il n'y avait plus rien. Et l'on devait alors laisser le piano ouvert, accordé, pour danser. À moins qu'il n'y ait eu un gramophone et des 78 tours. La pièce devait être remplie de soldats et de filles. Elle voyait le rouge à lèvres foncé des filles, leurs cheveux en rouleaux, leurs robes de crêpe, leurs décolletés en forme de cœur ou leurs collerettes de dentelle blanche amovible. Les uniformes des hommes semblaient bien raides et rugueux aux bras et aux joues des demoiselles, ils exhalaient une odeur aigre de fumée. Hazel avait quinze ans à la fin de la guerre, elle ne fréquenta donc guère ce genre de soirées. Et s'il lui arriva de se rendre à l'une ou l'autre, elle était trop jeune pour qu'on la prenne au sérieux. Il lui fallait danser avec d'autres filles ou le frère aîné d'une amie. L'odeur de cet uniforme, l'impression que l'on éprouvait en le touchant semblait n'avoir été qu'imaginaires.

Walley est un port au bord d'un lac. C'est là que grandit Hazel. Jack aussi, mais elle ne le connaissait pas, du moins elle ne se rappelait pas l'avoir rencontré avant qu'il ne fasse son apparition à un bal du lycée où il escortait le professeur d'anglais qui était l'un des chaperons. Hazel avait dix-sept ans. Lorsque Jack dansa avec elle, cela la mit dans un tel état d'excitation qu'elle en tremblait. Il lui demanda ce qui lui arrivait, elle répondit qu'elle pensait qu'elle était en train d'attraper la grippe. Jack négocia avec le professeur d'anglais pour ramener Hazel chez elle.

Ils se marièrent quand Hazel eut dix-huit ans. Ils eurent trois enfants en quatre ans, puis ce fut tout. (Jack racontait aux gens que Hazel avait fini par découvrir ce qui causait ça…) Dès qu'il fut démobilisé de l'armée de l'air, Jack prit un travail dans une affaire de vente et de réparation d'appareils ménagers. Cette affaire appartenait à un ami qui n'avait pas servi en Europe. Jusqu'au jour de sa mort, Jack y travailla. Il y fit toujours plus ou moins la même chose, tout en se tenant, bien sûr, au courant des nouveautés, comme les fours à micro-ondes.

Après quinze années de mariage, Hazel décida de suivre des cours. Elle fit donc la navette entre la maison et une université située à soixante-quinze kilomètres, où elle était étudiante à plein temps. Elle obtint son diplôme et devint professeur, ce qu'elle avait souhaité faire avant de se marier.

Jack devait être entré dans cette pièce. Il avait probablement regardé ces rideaux, il s'était assis dans ce fauteuil.

Un homme finit par arriver, il lui demanda ce qu'elle voulait boire.

Un scotch, répondit-elle. Cela le fit sourire.

« Du *whisky* fera l'affaire. »

Évidemment… On ne demande pas du scotch en Écosse…

Jack était en garnison près de Wolverhampton, mais c'est ici qu'il passait ses permissions. Il était allé rendre visite à la seule parente qu'il avait en Grande-Bretagne, une cousine de sa mère, une femme du nom de Margaret Dobie, chez qui il descendit par la suite. Elle n'était pas mariée et vivait seule. Elle avait alors une cinquantaine d'années, elle était donc assez âgée aujourd'hui, si toutefois elle était encore en vie. De retour au Canada, Jack ne resta pas en contact avec elle, il n'avait pas la plume facile. Il continuait pourtant à en parler, et Hazel retrouva son nom et son adresse en rangeant les affaires de Jack. Elle envoya une lettre à Margaret Dobie pour lui annoncer la mort de Jack, elle lui dit également qu'il avait souvent mentionné ses visites en Écosse. La lettre resta sans réponse.

Jack et cette cousine semblaient bien s'entendre. Il faisait des séjours dans sa grande maison glaciale, mal entretenue, située dans un domaine escarpé où elle vivait en compagnie de ses chiens et de ses moutons. Il empruntait son vélomoteur et partait se promener dans la campagne. Il se rendait aussi en ville et s'arrêtait à cet hôtel pour y boire un verre, se faire des amis ou se quereller avec d'autres soldats ou chasser les filles. C'est là qu'il rencontra Antoinette, la fille de l'hôtelier.

Antoinette avait seize ans. Elle n'était pas d'âge à se rendre à des soirées ou à s'asseoir au bar. Il lui fallait filer en douce pour retrouver Jack derrière l'hôtel ou sur le chemin qui longeait la rivière. Une fille absolument délicieuse, étourdie, tendre, hurluberlue sur les bords. *Petite Antoinette*. Jack parlait d'elle devant Hazel ou en parlait à Hazel aussi aisément que s'il l'avait connue pas seulement dans un autre pays, mais dans un autre monde. Ta blondinette, l'appelait Hazel. Elle imaginait Antoinette dans un de ces pyjamas laineux de couleur pastel comme en ont les bébés et la voyait avec des cheveux soyeux de chérubin, les lèvres douces, talées...

Hazel était blonde, elle aussi, lorsque Jack l'avait rencontrée, mais ce n'était pas une hurluberlue. Timide et prude, c'était une fille intelligente. Jack avait triomphé sans mal de la timidité et de la pruderie, et l'intelligence ne l'exaspérait pas autant qu'elle exaspère la plupart des hommes. Il prenait ça comme une espèce de plaisanterie.

Maintenant l'homme était réapparu avec un plateau. Sur le plateau il y avait deux whiskies et un pichet d'eau.

Il tendit son verre à Hazel, prit l'autre et alla s'installer dans le fauteuil en face du sien.

Ce n'était donc pas le serveur. C'était un étranger qui lui avait offert à boire. Elle protesta.

« J'avais sonné, expliqua-t-elle. J'ai donc cru que vous aviez répondu à mon appel.

– Cette sonnette ne sert à rien, dit-il avec certaine satisfaction. Non. Antoinette m'a dit qu'elle vous avait mise ici, c'est pourquoi je suis venu voir si vous aviez soif. »

Antoinette.

« Antoinette, reprit Hazel. S'agirait-il de la dame à laquelle j'ai parlé cet après-midi ? » Elle sentit quelque chose la lâcher : son cœur, son estomac, son courage ? Peu importe, ce qui peut lâcher dans ces moments-là...

« Antoinette, dit-il. C'est la dame.

– Et c'est elle qui dirige l'hôtel ?

– C'est la propriétaire de l'hôtel. »

Le problème était précisément le contraire de ce à quoi elle s'attendait. Les gens n'avaient pas déménagé, les bâtiments n'avaient pas disparu sans laisser de trace. C'était précisément le contraire. La première personne à laquelle elle avait parlé cet après-midi avait été Antoinette.

Elle aurait dû se dire qu'une femme aussi méticuleuse qu'Antoinette n'emploierait jamais ce genre de type comme serveur. Regardez ce pantalon marron qui pochait de partout, le trou de cigarette sur le devant de son tricot en V, sous lequel on apercevait une chemise et une cravate d'une propreté douteuse. Il ne donnait pas pour autant l'impression qu'on ne s'occupait pas de lui ou qu'il n'avait pas le moral. En fait, il donnait plutôt l'impression d'un homme qui avait si bonne opinion de lui-même qu'il pouvait se permettre d'être un peu crasseux. Trapu et robuste, il avait le visage carré, le teint pâle, des cheveux blancs et flous qui encadraient son front d'un vigoureux ruché. Il était ravi qu'elle l'ait pris pour le serveur, comme si c'était là une espèce de tour qu'il lui avait joué. Dans la salle de classe, elle l'aurait repéré comme agitateur possible, mais elle ne l'aurait fiché ni comme le chahuteur stupide ni vraiment comme le ricaneur blasé, plutôt comme le genre de gars qui s'assoit au fond de la classe, intelligent et flemmard, qui vous fait des remarques que vous ne savez trop comment prendre. Qu'elle soit douce, subtile ou déterminée, la subversion est l'une des choses les plus difficiles à extirper d'une classe… Ce que vous devez faire en pareil cas, conseillait Hazel aux jeunes professeurs ou à ceux et celles qui avaient davantage tendance à se décourager qu'elle, oui, ce que vous devez faire, c'est trouver une façon d'attiser leur intelligence. Sachez en faire un outil plutôt qu'un jouet. L'intelligence de ce genre de personne est sous-employée.

Après tout, que lui importait cet homme ? Le monde n'est pas une salle de classe. Je le connais, ton numéro, se dit-elle, mais ce n'est pas mon affaire.

Elle pensait à lui pour éviter de penser à Antoinette.

Il lui dit qu'il s'appelait Dudley Brown et qu'il était notaire. Il précisa qu'il habitait là (elle en déduisit qu'il avait une chambre à l'hôtel) et que son bureau était à deux pas. Un pensionnaire, un veuf alors, ou un célibataire. Un célibataire, se dit-elle. En général, cet air de malicieuse et frétillante satisfaction ne survit pas au mariage...

Trop jeune malgré ses cheveux blancs, oui, de quelques années trop jeune pour avoir fait la guerre.

« Vous êtes donc venue par ici pour essayer de retrouver vos racines ? » dit-il. Il prononça ce dernier mot avec une prononciation américaine par trop exagérée.

« Je suis canadienne, précisa gentiment Hazel. Et ce n'est pas ce que j'appellerais mes « racines ».

– Oh ! Je vous demande pardon, dit-il. C'est vrai, nous faisons ça, nous avons tendance à vous mettre tous dans le même sac, les Américains et vous. »

Là-dessus elle commença à lui raconter ce qu'elle faisait là, après tout pourquoi pas ? Elle lui dit que c'était ici que son mari avait passé la guerre et qu'ils avaient prévu depuis toujours de faire ce voyage ensemble, hélas cela n'avait pas été possible, son mari était mort, aussi était-elle venue seule. Ce n'était qu'à moitié vrai. Elle avait souvent suggéré à Jack de faire ce voyage, mais il avait toujours refusé. Elle se disait que c'était à cause d'elle, qu'il ne voulait pas le faire avec elle. Elle avait pris les choses trop personnellement, et cela pendant longtemps. Il était probablement honnête avec lui-même quand il disait : « Non, ce ne sera pas la même chose. »

Il se trompait s'il s'imaginait que les gens ne seraient plus là, à l'endroit où il les avait connus. Et lorsque Dudley Brown s'enquit du nom de la cousine à la campagne et que Hazel lui répondit Margaret Dobie,

Miss Dobie, mais selon toute probabilité elle est morte, l'homme se mit à rire. À rire en secouant la tête et en disant *oh ! je vous garantis que non, bien sûr que non.*

« Maggie Dobie est loin d'être morte. C'est une très vieille dame, évidemment, mais je ne crois pas qu'elle ait la moindre intention de mourir. Elle vit toujours sur les mêmes terres, mais dans une maison différente. Elle est fichtrement alerte.

– Elle n'a pas répondu à ma lettre.

– C'est bien d'elle !

– Par conséquent, je suppose qu'elle n'aurait que faire d'une visite, vous ne croyez pas ? »

Elle aurait presque voulu qu'il lui dise : « Bien sûr que si. » *Je crains que Miss Dobie ne mène vraiment une vie de recluse. Non, aucune visite*. Pourquoi, alors qu'elle était venue de si loin ?

« Disons que si vous arriviez seule, je ne sais pas, ça serait une chose, reprit Dudley Brown. J'ignore comment elle réagirait. Mais si je l'appelle en lui expliquant qui vous êtes et que nous allons faire un tour là-bas, je pense qu'elle vous accueillera à bras ouverts. Aimeriez-vous ? La route est jolie. Choisissez un jour où il ne pleut pas.

– Ce serait très aimable à vous.

– Oh ! ce n'est pas bien loin. »

Dans la salle à manger, Dudley Brown dîna à une petite table, Hazel à une autre. C'était une pièce plaisante, aux murs bleus et aux fenêtres profondes donnant sur la grand-place. Antoinette les servit. Elle présenta les légumes dans des plats d'argent avec des ustensiles assez peu commodes. Elle était très correcte, presque dédaigneuse. Lorsqu'elle ne servait pas, elle se tenait près du buffet, vigilante, bien droite, les cheveux tout raides dans leur filet de laque, son uniforme impeccable, ses pieds menus dans ses escarpins à haut talon.

Dudley prévint qu'il ne voulait pas de poisson, Hazel le refusa elle aussi.

« Vous voyez, même les Américains, commenta Dudley. Oui, même les Américains ne veulent pas toucher à ces trucs surgelés. Et croyez-moi, ils devraient en avoir l'habitude, eux, ils congèlent tout.

– Je suis canadienne, dit Hazel. Elle pensa qu'il devrait s'excuser et se rappeler qu'on lui en avait déjà fait la remarque. Mais ni lui ni Antoinette ne prêtaient attention à elle. Ils s'étaient lancés dans une discussion dont l'acrimonie exercée donnait l'impression qu'ils étaient presque mariés.

« Pour ma part, je ne voudrais rien d'autre, disait Antoinette. Je ne toucherais jamais à du poisson qui n'a pas été congelé. Et je n'en servirais pas non plus. Autrefois, passe encore, nous n'avions pas tous ces produits chimiques dans l'eau ni toute cette pollution. Les poissons avalent maintenant tellement de ces cochonneries que nous sommes forcés de les congeler pour en anéantir les méfaits. C'est vrai, non ? dit-elle en se tournant vers Hazel pour l'inviter à participer à la discussion. Ils savent tout ce qu'il y a à savoir là-dessus, en Amérique.

– Je préfère simplement le rôti, dit Hazel.

– Par conséquent, votre seul poisson sûr c'est un congelé, dit Antoinette en l'ignorant. Autre chose : ils choisissent les meilleurs poissons pour les congeler. Les rebuts, c'est tout ce qu'il reste à vendre frais.

– Dans ce cas, refilez-moi vos rebuts, dit Dudley. Laissez-moi courir une chance avec les produits chimiques…

– Vous êtes encore plus ridicule que je ne l'aurais cru. Jamais je ne mettrais une bouchée de poisson frais dans ma bouche.

– Vous n'en auriez pas seulement la chance par ici ! »

Tandis que les conditions étaient ainsi posées pour ce qui est du poisson, Dudley Brown saisit une ou deux fois le regard de Hazel. Il avait gardé un visage impassible, ce qui révélait, mieux qu'une moue, un mélange à toute épreuve d'affection et de mépris. Hazel n'avait d'yeux que pour le tailleur d'Antoinette. Le tailleur d'Antoinette lui rappelait Joan Crawford. Moins le style du tailleur que sa parfaite condition. Elle avait lu le récit d'un entretien avec Joan Crawford, des années plus tôt, où l'on décrivait nombre de ces petites astuces qu'avait la star pour garder cheveux, vêtements, chaussures ou ongles en parfait état. Elle se rappelait quelque chose qui avait trait à la façon de repasser les coutures. Ne jamais les repasser ouvertes. Antoinette paraissait une de ces femmes chez qui tout est impeccable.

Après tout, elle ne s'était pas attendue à retrouver une Antoinette encore bébé sur les bords, pétulante et toute charmante. Loin de là. Hazel avait imaginé – non sans une certaine satisfaction – une femme boulotte qui portait dentier. (Jack se rappelait la manie qu'avait Antoinette de se fourrer des caramels dans la bouche entre deux baisers, et de le faire attendre jusqu'à ce qu'elle ait épuisé la douceur de l'ultime petit bout.) Une brave femme, à la langue bien pendue, popote, une petite mémé se dandinant comme un canard – voilà ce qu'elle s'imaginait rester d'Antoinette. Et voici cette femme bichonnée, vigilante, stupide et sagace, vaporisée, peinte et bien conservée à deux doigts de la fin de sa vie. Qui plus est, elle est grande. Il est peu probable qu'elle ait été un petit bout de chou tout minou, même à seize ans.

Mais que retrouveriez-vous dans Hazel, de la jeune fille que Jack avait raccompagnée après le bal ? Et dans Hazel Curtis, que reste-t-il de Hazel Joudry, cette adolescente pâlotte, à la petite voix piaillarde qui retenait ses cheveux en arrière à l'aide de deux nœuds en Celluloïd ? Hazel était mince, elle aussi – filiforme et non pas frêle comme Antoinette. Jardinage, randonnée et ski de fond l'avaient musclée, lui avaient desséché la peau, l'avaient ridée et rendue calleuse, à un certain moment elle avait cessé de s'en inquiéter. Elle jeta donc tous les emplâtres colorés, crayons et onguents magiques qu'elle avait achetés par bravade ou désespoir. Elle laissa pousser ses cheveux de la couleur qui leur plaisait, les attacha sur la nuque. Elle brisa la coquille d'un charme de plus en plus problématique et coûteux, et elle s'en extirpa. Elle avait fait ça des années avant la mort de Jack. C'était en accord avec la façon dont elle avait décidé de se prendre en charge. Elle a dit et pensé qu'il y a eu un temps où il lui a fallu se prendre en charge, et elle en a poussé d'autres à faire de même. Elle pousse à l'action, à l'exercice, à trouver sa voie. Ça lui est égal de dire aux gens que lorsqu'elle avait une trentaine d'années elle a fait ce qu'on appelait une dépression nerveuse. Pendant près de deux mois elle a été incapable de sortir de chez elle, passant au lit le plus clair de son temps à crayonner des images dans des albums de coloriages pour enfants. C'était tout ce qu'elle arrivait à faire pour dominer sa peur et son mal à l'âme. Et puis un beau jour, elle a réagi. Elle a écrit pour demander des catalogues d'universités. Qu'est-ce qui a bien pu lui redonner goût à la vie ? Elle l'ignore. Eh oui, elle doit avouer qu'elle l'ignore. Peut-être a-t-elle tout simplement fini par se lasser, doit-elle avouer. Peut-être a-t-elle tout simplement fini par se lasser de faire de la dépression.

Elle sentit qu'une fois sur pied (et c'est ce qu'elle ne dit pas), elle avait laissé une part d'elle-même à la traîne. Elle soupçonna que c'était une part qui avait quelque chose à voir avec Jack. Mais elle ne croyait pas alors que tout renoncement devait être permanent. De toute façon, il fallait en passer par là.

Son rôti et ses légumes terminés, Dudley se leva brusquement de table. Il salua Hazel d'un signe de tête et dit à Antoinette : « Je m'en vais, ma biche. » « Ma biche… » Avait-il vraiment dit ça ? Qu'importe, cela avait l'inflexion caustique seyant à un mot tendre entre Antoinette et lui. Peut-être avait-il dit « ma fille ». Par ici, les gens le disaient. Le chauffeur du car en provenance d'Édimbourg l'avait dit à Hazel, cette après-midi.

Antoinette servit à Hazel du flan à l'abricot et s'empressa de la mettre au courant au sujet de Dudley. Les gens étaient censés être si réservés en Grande-Bretagne… C'était du moins ce que Hazel avait fini par déduire de ses lectures, sinon de ce que Jack avait pu lui dire, mais cela ne semblait pas toujours le cas.

« Le voilà parti voir sa mère avant qu'elle s'apprête pour se coucher, dit Antoinette. Il rentre toujours chez lui de bonne heure le dimanche soir.

– Il n'habite pas ici ? s'enquit Hazel. Je veux dire, à l'hôtel ?

– Il n'a pas dit ça, non ? demanda Antoinette. Non, je suis sûre qu'il n'a pas dit ça. Il a sa maison à lui. Une jolie maison. Il la partage avec sa mère. Elle ne se lève plus de la journée, elle fait partie de ces gens pour qui l'on doit tout faire. Il a engagé deux infirmières, une pour le jour et une pour la nuit. Mais il faut toujours qu'il aille jeter un coup d'œil et faire un brin de causette avec elle le dimanche soir, même si elle ne le connaît plus ni d'Ève ni d'Adam. Il a dû vouloir dire qu'il prenait ses repas ici. Il ne peut pas demander à l'infirmière de lui préparer ses repas. D'ailleurs, elle refuserait. Vous savez, par les temps qui courent les gens ne font pas de zèle. Ils veulent savoir ce qu'ils sont censés faire, un point c'est tout, c'est la loi du moindre effort. C'est la même chose avec ce que je reçois ici. Si je leur dis : « Vous balayerez par terre » sans préciser : « Et vous rangerez le balai une fois que vous aurez fini », ils vous laisseront le balai au milieu de la pièce. »

C'est le moment, pensa Hazel. Elle ne pourrait plus le dire si elle le remettait à plus tard.

« Mon mari venait ici, dit-elle. Il venait ici pendant la guerre.

– Eh bien, ça en fait des années, n'est-ce pas ? Voulez-vous votre café maintenant ?

– Oui, s'il vous plaît, dit Hazel. Il est d'abord venu par ici à cause d'une parente. Une certaine Miss Dobie. Mr Brown semble savoir de qui il s'agit.

– C'est une personne qui n'est pas dans sa prime jeunesse, dit Antoinette – sur un ton désapprobateur, pensa Hazel. Elle vit là-bas, dans la vallée.

– Mon mari s'appelait Jack. » Hazel attendit, mais elle n'obtint aucune réponse. Le café était de la lavasse, ce qui était étonnant, vu la qualité du repas.

« Jack Curtis, précisa-t-elle. Sa mère était une Dobie. Il venait passer ses permissions chez sa cousine et allait faire un tour en ville le soir. Il fréquentait cet hôtel, le Royal Hotel.

– Vous savez, c'est qu'il y en avait, du mouvement, par ici pendant la guerre, dit Antoinette. Du moins à ce qu'on m'a dit...

– Il lui arrivait de parler du Royal Hotel et de vous mentionner, reprit Hazel. J'ai été surprise d'entendre votre nom. Je n'aurais jamais pensé que vous étiez encore ici.

– Je n'ai tout de même pas passé tout ce temps ici, dit Antoinette, comme si le supposer eût été l'insulter. J'ai été mariée et j'ai vécu en Angleterre. C'est pour ça que je ne parle pas comme les gens d'ici.

– Mon mari est mort, dit Hazel. Il vous a mentionnée. Il m'a dit que votre père possédait l'hôtel et que vous étiez blonde.

– Je le suis toujours, dit Antoinette. Mes cheveux sont toujours de la même couleur, je n'ai jamais rien eu à y faire. Je ne me rappelle pas très bien les années de guerre, j'étais une toute petite fille à l'époque. Je ne crois pas que j'étais née quand la guerre a commencé ? Quand la guerre a-t-elle commencé ? Je suis née en 1940. »

Deux mensonges en quelques phrases, guère de doute là-dessus. Des mensonges flagrants, sans ride, délibérés, égoïstes. Restait à savoir si Antoinette mentait quand elle prétendait ne pas avoir connu Jack. Antoinette n'avait pas le choix, elle ne pouvait dire autre chose, vu ses mensonges habituels au sujet de son âge.

Pendant les trois jours qui suivirent, il plut par intermittence. Lorsqu'il ne pleuvait pas, Hazel se promenait en ville, cherchant les choux éclatés dans les potagers, les rideaux de cuisine non doublés, ou même des choses du genre coupe à fruits en cire sur la table d'une salle à manger encombrée et bien astiquée. Elle devait se croire invisible, étant donné la façon dont elle ralentissait le pas et risquait un coup d'œil. Elle finit par s'accoutumer à ce que les maisons soient comme ficelées les unes aux autres. Au coin de la rue, elle aurait peut-être soudain une vue embrumée des collines ensorcelantes. Elle longea la rivière et pénétra dans un bois de hêtres, dont l'écorce ressemblait à de la peau d'éléphant et les bosses à des yeux gonflés. Ils teintaient l'air d'une sorte de lumière grise.

Lorsque les pluies arrivèrent, elle passa son temps en bibliothèque à lire des ouvrages d'histoire. Elle s'intéressa ainsi à ces vieux monastères qui étaient jadis dans le Selkirk County, aux rois et à leur forêt royale, et à tous ces combats avec les Anglais. Flodden Field. Elle savait déjà certaines choses, qu'elle avait lues dans l'*Encyclopædia Britannica* avant de partir. Elle savait qui était William Wallace et que Macbeth n'avait pas assassiné Duncan dans son lit, mais l'avait tué dans une bataille.

Maintenant, Dudley et Hazel prenaient un whisky au salon chaque soir avant le dîner. Un radiateur électrique avait fait son apparition, on l'avait installé en face de la cheminée. Après le dîner Antoinette venait se joindre à eux, et tous trois buvaient une tasse de café. Plus tard dans la soirée, Hazel et Dudley buvaient un autre whisky. Antoinette regardait la télévision.

« C'est vraiment une longue histoire », dit poliment Hazel. Elle fit part à Dudley de ce qu'elle avait lu et cherché à approfondir. « La première fois que j'ai vu le nom de Philiphaugh sur le bâtiment d'en face, je n'avais aucune idée de ce que cela voulait dire.

– C'est à Philiphaugh qu'a commencé la mêlée, dit Dudley – une citation, de toute évidence. Alors, vous savez maintenant ?

– Les covenantaires, répondit Hazel.

– Vous savez ce qui s'est passé après la bataille de Philiphaugh ? Les covenantaires ont pendu tous leurs prisonniers. Ici même, au beau milieu de la grand-place, sous les fenêtres de cette salle à manger. Après ça, ils ont massacré tous les femmes et les enfants sur le champ de bataille. Beaucoup de familles voyageaient avec l'armée de Montrose, car grand nombre d'entre eux étaient des mercenaires irlandais. Des catholiques, bien entendu. Non, ils ne les massacrèrent pas tous. Ils en firent marcher sur Édimbourg. Mais, chemin faisant, ils décidèrent de les faire... sauter d'un pont... »

Il lui raconta cela de la voix la plus douce qui soit, avec un sourire. Un sourire que Hazel avait déjà vu quelque part et dont elle n'avait jamais été trop sûre de ce qu'il voulait dire. Un homme qui souriait ainsi vous défiait-il de ne pas croire, de ne pas reconnaître, de ne pas accepter que c'est ainsi que les choses doivent être à jamais ?

Jack était un de ces êtres avec lesquels il était difficile de discuter. Il acceptait toutes sortes d'extravagances de la part de clients, d'enfants, peut-être même de Hazel. Mais chaque année, à l'occasion du jour du Souvenir, il se mettait dans tous ses états en voyant que le journal local publiait quelque lugubre article au sujet de la guerre.

« DANS UNE GUERRE, PERSONNE NE GAGNE », annonçait le titre de l'un de ces articles. Jack jeta le journal par terre.

« Nom de Dieu ! S'imaginent-ils que ce serait la même chose si Hitler avait gagné ? »

Voir défiler les pacifistes à la télévision l'exaspérait, même si, en général, il n'en disait rien, se contentant de pousser un sifflement désapprobateur en direction de l'écran, de l'air de quelqu'un qui se contrôle mais qui en a marre. Pour autant que Hazel pouvait en juger, ce qu'il pensait c'était que des tas de gens – des femmes, bien entendu, mais, avec le temps, de plus en plus d'hommes aussi – semblaient déterminés à détériorer l'image de la meilleure partie de sa vie. Ils la détérioraient à coups de pieux regrets, de reproches et d'une bonne dose de mensonges éhontés. Aucun ne voulait admettre qu'il y avait tout de même eu des moments drôles. Même à la Légion vous étiez censé faire une tête de six pieds de long dès qu'il s'agissait de la guerre ; vous n'étiez pas non plus censé dire que vous ne l'auriez ratée pour rien au monde.

Au début de leur mariage, Jack et Hazel allaient danser, soit à la Légion, soit chez d'autres ménages et, tôt ou tard, les hommes se mettaient à raconter leurs histoires de guerre. Jack n'était pas celui qui racontait le plus d'histoires ni les plus longues, et les siennes n'étaient jamais très fournies en hauts faits ni scandées de morts-vous-regardant-droit-dans-les-yeux. D'habitude il parlait de choses drôles. Mais il en imposait à ce moment-là, en tant que pilote de bombardier, ça fait partie de ces choses qui vous classent un homme. Il avait fait deux tours (« oh ! la ! la ! » s'exclamaient ces dames). C'est-à-dire qu'il avait participé à cinquante raids aériens.

Assise avec les autres épouses, Hazel écoutait, résignée et fière et – dans son cas, du moins – distraite par le désir. Ces maris leur arrivaient bardés d'un courage qui avait fait ses preuves. Hazel prenait en pitié ces femmes qui s'étaient données à des hommes de moindre envergure.

Dix ou quinze ans plus tard, vous les voyiez encore, ces dames, l'air contraint ou se faisant un clin d'œil, ou quittant carrément la pièce (Hazel le fit parfois) lorsque ces messieurs ressortaient leurs histoires. La bande de gars qui les racontaient avait diminué, mais Jack en était toujours le centre. Il devint plus descriptif, s'abandonnant à la réflexion au risque d'être prolixe, diraient certains. Il se rappelait maintenant le bruit des avions du terrain d'aviation américain proche, leur vrombissement lorsqu'on chauffait les moteurs au petit matin et qu'ils décollaient, trois par trois, survolant la mer du Nord en d'admirables formations. Les Forteresses volantes. Les Américains bombardaient de jour et leurs avions ne volaient jamais seuls. Pourquoi ?

« Ils ne savaient pas naviguer, disait Jack. Ou plutôt ils savaient, mais d'une façon différente de la nôtre. » Il était fier d'avoir de ce fait le privilège de certaine supériorité, ou peut-être témérité, qu'il n'allait pas se casser la tête à expliquer. Il racontait comment les avions de la RAF se perdaient mutuellement de vue dès le décollage et volaient, en solitaires, six à sept heures de suite. Parfois, la voix qui les dirigeait par radio était une voix allemande, dont l'accent anglais était parfait, et qui leur fournissait des renseignements faux, susceptibles de leur coûter la vie. Il racontait des histoires d'avions qui arrivaient de Dieu sait où, passaient au-dessus ou au-dessous de vous, et d'avions qui finissaient en gerbes d'éclairs comme on en aperçoit dans les rêves. Cela n'avait rien à voir avec le cinéma, rien d'aussi dense ni d'aussi organisé, rien non plus qui ait un sens. Il avait cru parfois entendre toutes sortes de voix, ou même de la musique instrumentale, repères sonores étranges mais familiers qui se superposaient ou s'intégraient aux bruits de l'avion.

Il semblait alors redescendre sur terre, et de plus d'une façon, et voilà qu'il se lançait dans ses histoires de permissions et de gars ivres, de bagarres dans le black-out à la sortie des bars, des blagues qu'on se jouait dans les baraques.

Le troisième soir, Hazel se dit qu'elle ferait bien de reparler à Dudley de leur promenade chez Miss Dobie. La semaine passait et l'idée de la visite ne l'affolait guère maintenant qu'elle s'était un peu accoutumée à être là.

« Je l'appellerai demain matin », dit Dudley. Il semblait heureux qu'on lui ait rafraîchi la mémoire. « Je lui demanderai si ça lui convient. Il y a des chances pour que le temps s'améliore. Nous irions soit demain, soit après-demain. »

Antoinette regardait une émission de télévision dans laquelle des couples se choisissaient sans se connaître, par le biais d'un rite compliqué, se retrouvaient à un rendez-vous et revenaient la semaine suivante pour raconter comment ça s'était passé. Elle riait de bon cœur des confessions désastreuses.

Antoinette courait rejoindre Jack avec juste sa chemise de nuit sous son manteau. Son papa lui aurait tanné les fesses, disait Jack. Les leur aurait tannées à tous deux.

« C'est moi qui vous emmènerai chez Miss Dobie, dit Antoinette à Hazel au petit déjeuner. Dudley a trop de choses à faire.

– Non, non, tant pis, laissons tomber, si Dudley est trop occupé, dit Hazel.

– Tout est arrangé maintenant, reprit Antoinette. Mais nous irons un peu plus tôt que Dudley ne l'avait prévu. J'ai pensé que nous irions ce matin, avant déjeuner. J'ai une ou deux choses à faire avant. »

Elles partirent donc dans la voiture d'Antoinette vers onze heures trente. La pluie avait cessé, les nuages avaient blanchi, les chênes et les hêtres, frissonnants et mordorés, ruisselaient de la pluie de la nuit. La route se faufilait entre les murettes de pierre. Elle traversait la petite rivière toute claire, au débit énergique.

« Miss Dobie a une jolie maison, reprit Antoinette. C'est un charmant petit pavillon, dans un coin de la vieille ferme. Lorsqu'elle a vendu la ferme, elle s'est réservé un bout de terrain sur lequel elle s'est fait construire ce petit pavillon. Sa vieille maison de jadis s'en était allée aux corbeaux. »

Dans son esprit, Hazel avait un tableau très précis de cette vieille maison. Elle voyait la grande cuisine, plâtrée d'un crépi grossier, le garde-manger, le fourneau, l'élégant canapé. Des tas de seaux, d'outils, de fusils, de cannes à pêche, de bidons, de lanternes et de paniers. Une radio à piles. Sur un siège sans dossier, une solide matrone, en pantalon, était assise en train de graisser un fusil ou de couper des pommes de terre ou encore de vider un poisson. Il n'y avait pas une chose qu'elle n'était capable de faire, avait dit Jack, contribuant ainsi à donner à Hazel cette image. Il s'y était mis lui aussi. Il s'était assis sur les marches menant à la cuisine, par des jours de clarté brumeuse comme aujourd'hui, si ce n'est que l'herbe et les arbres étaient verts, et il avait passé son temps à s'amuser avec les chiens ou à essayer de décrotter les chaussures empruntées à son hôtesse.

« Un jour, Jack a emprunté les chaussures de Miss Dobie, dit-elle à Antoinette. Elle avait, semble-t-il, de grands pieds. Elle portait toujours des chaussures d'homme. J'ignore ce qu'il était arrivé aux siennes. Peut-être n'avait-il que ses bottes. Bref, toujours est-il qu'il emprunta ses chaussures pour un bal et qu'il se rendit à la rivière, je ne sais pas pour quelle raison » – c'était pour retrouver une fille, bien entendu, sans doute même Antoinette – « et il trempa et crotta les fameuses chaussures. Il était tellement soûl qu'il ne se déshabilla pas avant de se mettre au lit, et alla s'évanouir sur l'édredon. Miss Dobie fit comme si de rien n'était. Le lendemain soir, il rentra tard à nouveau, se coucha dans le noir, et reçut un seau d'eau glacée en plein visage ! Elle avait élaboré tout un système de poids et de cordes de sorte que lorsque les ressorts du lit ploieraient sous lui, le seau se retournerait et lui déverserait son contenu, après tout il ne l'avait pas volé…

– Ça avait dû lui être bien égal de se donner tout ce mal », conclut Antoinette. Elle annonça qu'elles feraient une pause pour déjeuner. Hazel avait cru qu'en partant à l'heure où elles étaient parties Antoinette cherchait à terminer la visite relativement tôt, faute de temps de sa part, et voici que, maintenant, il était clair que cette dernière s'arrangeait afin de pas arriver trop tôt.

Elles s'arrêtèrent dans un bar qui portait un nom célèbre. Hazel avait lu quelque chose au sujet d'un duel qui s'y était déroulé et que mentionnait une ballade du temps jadis. Ce bar paraissait des plus ordinaires, il appartenait à un Anglais qui était en grands travaux de redécoration. Il fit réchauffer leurs sandwiches dans un four à micro-ondes.

« Même qu'on m'en donnerait un, j'en voudrais pas, de ces cochonneries-là, déclara Antoinette. Ça irradie votre nourriture. »

Elle se mit à parler de Miss Dobie et de la fille que celle-ci avait auprès d'elle.

« Disons qu'on peut plus bien parler d'une fille… Elle s'appelle Judy Armstrong. C'était une de ces – oh, comment dirais-je ? orphelines. Elle a commencé par travailler pour la mère de Dudley, elle y est restée quelque temps, puis elle a eu des ennuis. Résultat, elle s'est retrouvée avec un bébé, ce sont des choses qui arrivent souvent. Il ne lui était plus si facile de rester en ville après ça, c'est donc une chance que Miss Dobie ait commencé à avoir besoin de quelqu'un. Judy et son enfant y sont allées, et cet arrangement s'est révélé parfait. »

Elles s'attardèrent dans ce bar jusqu'à ce qu'Antoinette estime que Miss Dobie et Judy étaient prêtes à les recevoir.

La vallée se rétrécissait. La maison de Miss Dobie était près de la route, par-derrière s'élevaient des collines escarpées. Elle était ceinturée d'une haie de laurier étincelante et de quelques buissons humides dont les feuilles rouges étaient lourdes de baies. La maison était du style fantaisie banlieusarde.

Une jeune femme se tenait sur le seuil. Ses cheveux resplendissaient, moirant ses épaules d'un éventail roux et onduleux. Elle portait une tenue assez bizarre pour ce moment de la journée, – une espèce de robe de cocktail marron, d'un tissu fin et soyeux, zébré de fils d'or. Elle devait grelotter là-dedans – les bras croisés, elle se serrait la poitrine.

« Nous voilà enfin, Judy », dit Antoinette, exubérante, comme si elle s'adressait à une personne un peu dure d'oreille ou réticente. « Non, Dudley n'a pas pu venir, il était trop occupé. C'est la dame dont il vous a parlé par téléphone. »

Judy, rougissante, leur serra la main. Ses sourcils très blonds, presque invisibles, donnaient à ses yeux brun foncé un air vulnérable. Elle semblait effarée par quelque chose – était-ce la visite ou était-ce le flamboiement de ses cheveux défaits ? N'était-ce pourtant pas elle qui les avait brossés jusqu'à ce qu'ils prennent cet éclat et qui en faisait ainsi parade ?

Antoinette lui demanda si Miss Dobie allait bien.

Une glaire épaissit la voix de Judy alors qu'elle s'apprêtait à répondre. Elle se racla la gorge et dit : « Miss Dobie a passé une bonne année. »

Disons qu'il y eut certain embarras à les aider à enlever leur manteau, Judy ne sachant ni à quel moment les prendre ni comment montrer le chemin à Hazel et à Antoinette. Antoinette prit les opérations en main, elles traversèrent le couloir et se retrouvèrent au salon, encombré de meubles recouverts de tissu broché, de bibelots de cuivre et de porcelaine, d'herbe des pampas, de plumes de paon, de fleurs séchées, de pendules, de tableaux et de coussins. Au milieu, à contre-jour, une vieille femme assise sur une chaise à dossier haut les attendait. Malgré son âge, elle n'était pas du tout ratatinée. Elle avait de gros bras, de grosses jambes et une auréole touffue de cheveux blancs. Sa peau brune rappelait une pomme reinette, de grandes poches violacées pendaient sous ses yeux. Elle avait l'œil brillant et fuyant, comme si quelque intelligence était là, prête à fuser si l'envie lui en venait – comme si quelque chose d'aussi rapide et insouciant qu'un écureuil entrait et sortait derrière ce vieux visage lourd et verruqueux. « Vous êtes donc la dame du Canada », dit-elle à Antoinette. Elle parlait d'une voix forte et avait sur ses lèvres des taches qui ressemblaient à des raisins bleu-noir.

« Non, ce n'est pas moi, dit Antoinette. Je travaille au Royal Hotel et nous nous sommes déjà rencontrées. Je suis une amie de Dudley Brown. » Elle tira de son sac une bouteille de vin – du madère – et la lui tendit comme une lettre de créance. « C'est celui que vous aimez, n'est-ce pas ?

– Une sacré virée depuis le Canada ! » s'exclama Miss Dobie en s'appropriant la bouteille. Elle portait toujours des chaussures d'homme, elle en portait ce jour-là, et elles n'étaient pas lacées.

Antoinette répéta plus fort ce qu'elle venait de dire et présenta Hazel.

« Judy ! Judy, vous savez où sont les verres ! » dit Miss Dobie. Judy apparut avec un plateau chargé de tasses, de soucoupes, d'une théière, d'une assiette avec des tranches de cake, de lait et de sucre. Qu'on lui demande maintenant des verres semblait trop pour elle, et elle regardait tout autour, l'air égaré. Antoinette la libéra du plateau.

« Judy, je crois qu'elle aimerait commencer par goûter le vin, dit Antoinette. Comme c'est joliment préparé ! Vous avez fait le cake vous-même ? Si vous me permettez, j'en rapporterai une tranche à Dudley. Il adore les cakes. Il s'imaginera que vous l'avez fait pour lui. Ça ne peut pas être vrai, puisqu'il n'a appelé que ce matin et qu'il faut plus de temps que ça pour faire un cake, n'est-ce pas ? Bah ! il n'y verra que du feu…

– Je sais qui vous êtes maintenant, reprit Miss Dobie. Vous êtes la dame du Royal Hotel. Dites, Dudley et vous, vous avez fini par vous marier ?

– Je suis déjà mariée, répondit Antoinette agacée. Je divorcerais bien, mais le problème c'est que je ne sais pas où se trouve mon mari. » Sa voix se radoucit bien vite : elle parut à la fin rassurer Miss Dobie. « Peut-être qu'avec le temps…

– C'est donc pour ça que vous êtes allée au Canada », dit Miss Dobie.

Judy revint avec des verres à vin. N'importe qui pouvait voir que ses mains tremblaient trop pour verser à boire. Antoinette arracha la bouteille à Miss Dobie et regarda un verre par transparence.

« Si vous pouviez avoir la gentillesse d'aller me chercher une serviette, Judy, dit Antoinette. Ou une serviette à thé qui soit propre. Veillez surtout à ce que ce soit une serviette propre !

– Jack, mon mari, attaqua résolument Hazel, s'adressant à Miss Dobie – oui, mon mari, Jack Curtis, était dans l'armée de l'air, et il vous rendait visite pendant la guerre. »

Miss Dobie releva prestement.

« Pourquoi votre mari serait-il venu me voir ?

– Il n'était pas encore mon mari. À l'époque, il était très jeune. C'était un de vos cousins. Du Canada. Jack Curtis. Curtis. Mais je suis sûre que des armées de parents vous ont rendu visite au fil des années.

– Nous n'avions jamais de visites. Nous étions trop loin des sentiers battus, répliqua fermement Miss Dobie. J'ai d'abord vécu à la maison avec mon père et ma mère, après ça j'ai vécu avec ma mère, et ensuite j'ai vécu seule. J'ai renoncé aux moutons et je suis allée travailler en ville. À la poste.

– C'est tout à fait exact, dit Antoinette l'air songeur, en faisant passer le vin.

– Mais je n'ai jamais habité la ville, reprit Miss Dobie avec une mystérieuse fierté, sentant la revanche. Non, je faisais chaque jour le trajet en vélomoteur.

– Jack a mentionné votre vélomoteur, dit Hazel, pour l'encourager à parler.

– J'habitais alors la vieille maison. Ils sont épouvantables, ceux qui y habitent maintenant. »

Elle tendit son verre pour qu'on la resserve.

« Jack empruntait votre vélomoteur, dit Hazel. Et il vous accompagnait à la pêche, et quand vous vidiez les poissons les chiens en mangeaient la tête.

– Pouah ! fit Antoinette.

– Je suis contente qu'on ne la voie pas d'ici, dit Miss Dobie.

– La maison, expliqua Antoinette à mi-voix et à regret. Le couple qui y vit n'est pas marié. Ils l'ont remise en état mais ils ne sont pas mariés. » Et comme si cela lui venait tout naturellement à l'esprit, elle dit à Judy : « Comment va Tania ?

– Très bien », répondit Judy, qui ne prenait pas de vin. Elle souleva l'assiette de cake et la reposa. « Elle est au jardin d'enfants.

– Elle y va en car, dit Miss Dobie. Le car vient la chercher à la porte.

– Vous en avez de la chance ! dit Antoinette.

– Et il la ramène, continua Miss Dobie, solennelle. Oui, il la dépose à la porte.

– Jack m'a raconté que vous aviez un chien qui mangeait de la bouillie d'avoine, dit Hazel. Et qu'un jour il avait emprunté vos chaussures. Il s'agit de Jack, bien sûr, de mon mari. »

Miss Dobie sembla repasser ça dans sa tête, puis elle dit : « Tania a les cheveux roux.

– Elle a les cheveux de sa mère, dit Antoinette. Et les yeux bruns de sa mère. C'est Judy tout craché.

– Elle est illégitime, dit Miss Dobie avec l'air de quelqu'un qui désire écarter toutes sortes d'absurdités. Mais Judy l'élève bien. Judy est une fille travailleuse. Je suis heureuse de penser qu'elles ont un toit. Que voulez-vous, ce sont toujours les innocents qui se font avoir. »

Hazel pensa que cela achèverait Judy, la ferait filer à toute vitesse à la cuisine. Au lieu de cela, elle sembla parvenir à une décision : elle se leva et fit passer le cake. Son visage, son cou, la partie de sa poitrine qu'exposait sa robe de cocktail étaient toujours aussi rouges. Sa peau la brûlait comme si elle avait reçu une gifle et, tandis qu'elle se baissait devant chacune avec son assiette, elle avait l'air d'une enfant retenant furieusement, amèrement, avec mépris, un hurlement… Miss Dobie s'adressa à Hazel : « Pourrions-nous avoir droit à une récitation ? » lui dit-elle.

Hazel dut réfléchir pour se rappeler ce qu'était une récitation. Puis elle avoua qu'elle ne pourrait pas.

« Je vous en réciterai une, si vous voulez », dit Miss Dobie.

Elle posa son verre vide, redressa les épaules et rapprocha ses pieds.

« Pardonnez-moi de ne pas me lever », dit-elle.

Elle se mit à parler d'une voix qui, de lasse et mal assurée, devint vite résolue et préoccupée. Son accent écossais s'épaississait. Elle faisait moins attention au contenu de la poésie qu'à l'effort marathonien de la sortir en bon ordre – mot après mot, ligne après ligne, vers après vers. Son visage s'assombrissait davantage avec l'effort. Mais la récitation n'était pas totalement dépourvue d'expression, ce n'était pas comme ces présentations abrutissantes de « travail de mémoire » que Hazel se rappelait avoir eu à préparer lorsqu'elle était écolière. Cela ressemblait plutôt à la contribution du meilleur élève lors du concert de l'école, une sorte de martyre public empressé, dont la moindre inflexion, le moindre geste avait été répété, prescrit.

Hazel se mit à ramasser des bribes par-ci par-là. Un galimatias sur les fées, un garçon enlevé par les fées, une fille du nom de Belle Jennet tombe amoureuse de lui. Belle Jennet tient tête à son père ; enveloppée dans un manteau vert, elle part retrouver son amoureux. Il semblerait ensuite que ce soit Halloween, au plus profond de la nuit, et qu'une armée de fées arrive à cheval. Pas de ces gentilles petites fées toutes délicates, loin de là, mais une troupe sauvage qui cavalcade en pleine nuit en faisant un boucan de tous les diables.

Sans nul effroi, Belle Jennet
Sur la triste lande se tenait,
Et le bruit plus fort se faisait
Tandis que sur leurs montures elles avançaient !

Judy s'assit avec l'assiette à gâteau sur les genoux et dévora une grosse tranche de cake, puis elle en attaqua une autre – l'air non moins féroce et impitoyable. Quand elle s'était penchée pour en proposer à Hazel, cette dernière avait senti l'odeur de son corps – oh ! pas vraiment une mauvaise odeur, mais une odeur dont savons et déodorants ont fini par nous faire perdre l'habitude, effluves tout chauds d'entre les seins empourprés de la fille.

Antoinette, sans guère se soucier de faire du bruit, s'empara d'un minuscule cendrier en cuivre, sortit ses cigarettes de son sac et se mit à fumer. (Elle prétendait se permettre trois cigarettes par jour.)

D'abord guidée par l'étalon ébène,
Puis par le brun destrier,
Soudain elle s'agrippe à l'étalon blanc crème,
Dont elle désarçonne le cavalier !

Hazel pensa que cela ne servirait à rien de poser d'autres questions sur Jack. Il devait bien y avoir par ici quelqu'un qui se souvenait de lui – quelqu'un qui l'avait vu descendre la route en vélomoteur ou qui lui avait parlé un soir au bar. Mais comment trouver cette personne ? Il était sans doute exact qu'Antoinette l'avait oublié. Antoinette avait assez de choses en tête avec ce qui se passait pour le moment. Quant à ce que Miss Dobie, elle, avait en tête, cela semblait glané dans l'air, pure obstination, pur caprice. Dans sa mélopée, un lutin prenait maintenant la préséance.

Dans les bras de Jennet elles le muèrent
En cerf, en oiseau, en vipère,
Mais sous toutes ces formes elle l'étreignit
Afin qu'il soit un jour le père de son petit.

Une pointe de lugubre satisfaction dans la voix de Miss Dobie indiqua que la fin était peut-être en vue. Jennet enveloppait son amoureux dans sa cape verte, un « homme nu comme un ver », tandis que la reine des fées pleurait sa disparition et, au moment précis où l'auditoire aurait pu craindre un nouveau développement – car la voix de Miss Dobie était redevenue résignée et s'accélérait légèrement comme pour se préparer à une longue marche – ce fut la fin de la récitation.

« Bonté divine ! s'exclama Antoinette quand elle fut sûre qu'on était à la fin. Comment arrivez-vous à garder tout ça dans votre tête ? Dudley est bien comme vous ! Vous et lui, quelle paire vous faites ! »

Judy entreprit une bruyante distribution de tasses et de soucoupes. Elle commença à verser le thé. Antoinette la laissa aller jusque-là avant de l'arrêter.

« Il risque d'être un peu fort maintenant, vous ne croyez pas, ma chère ? dit Antoinette. Trop fort pour moi, je le crains. D'ailleurs, nous devrions songer à rentrer. Miss Dobie va vouloir se reposer après tout ça. »

Judy reprit le plateau sans protester et se dirigea vers la cuisine. Hazel la suivit, portant l'assiette sur laquelle il y avait le gâteau.

« Je crois que Mr Brown aurait voulu se joindre à nous, dit-elle doucement à Judy. Il n'a pas dû savoir que nous partions d'aussi bonne heure.

– Oh, j'vois », dit la fille amère et rose, tandis qu'elle vidait le thé dans l'évier en éclaboussant partout.

« Auriez-vous la gentillesse d'ouvrir mon sac, dit Antoinette, et d'y prendre une autre cigarette ? J'ai besoin d'une autre cigarette, et si je me baisse pour la prendre, je serai malade. Je sens un mal de tête qui couve après toutes ces lamentations ânonnantes. »

Le ciel s'était rembruni, elles roulaient sous une petite pluie fine.

« Elle doit se sentir bien seule, Judy, remarqua Hazel.

– Elle a Tania. »

La dernière chose qu'Antoinette avait faite en partant avait été de glisser quelques pièces dans la main de Judy.

« Pour Tania », avait-elle précisé.

« Elle aurait peut-être envie de se marier, dit Hazel. Mais rencontrera-t-elle là-bas quelqu'un qu'elle puisse épouser ?

– J'ignore s'il lui sera ou non facile de rencontrer quelqu'un où que ce soit, dit Antoinette. Vu la situation dans laquelle elle se trouve.

– De nos jours, on ne prête plus guère attention à ce genre de choses, dit Hazel. On commence par avoir des gosses, et puis un beau jour on se marie. Que vous soyez une star de cinéma ou une brave fille toute simple, ça revient au même. Tout le temps. C'est pas ça qui compte.

– J'oserais dire que ça compte pourtant, dit Antoinette. Que voulez-vous, par ici on n'est pas des stars… Un homme doit y penser à deux fois. Il doit penser à sa famille. Ça serait une insulte pour sa mère. Oui, ça le serait, même si sa mère était trop âgée pour en rien savoir. Et si dans votre métier vous êtes en rapport avec le public, vous devez en tenir compte également. »

Elle arrêta la voiture sur le bas-côté de la route. « Excusez-moi », dit-elle. Elle descendit et se dirigea vers le muret de pierres. Elle se pencha. Pleurait-elle ? Non. Elle vomissait. Ses épaules recroquevillées étaient secouées de spasmes. Elle vomissait bien proprement par-dessus le petit mur, dans les feuilles dont s'était débarrassées la forêt de chênes. Hazel ouvrit la porte de la voiture pour aller vers elle, mais Antoinette lui fit signe de ne pas descendre.

Le bruit désemparé, intime, de quelqu'un qui vomit, le calme de la campagne, la bruine.

Antoinette se pencha en avant et s'accrocha au mur un moment, puis elle se redressa, revint à la voiture et s'essuya le visage avec des mouchoirs en papier, d'une main tremblotante mais néanmoins minutieuse.

« Ça m'arrive, vu les maux de tête dont je souffre, dit-elle.

– Voulez-vous que je conduise ? demanda Hazel.

– Vous n'avez pas l'habitude de conduire de ce côté de la route.

– Je ferai très attention. »

Elles changèrent de place – Hazel était plutôt étonnée qu'Antoinette ait accepté. Hazel conduisit lentement ; pendant presque tout le trajet, Antoinette garda les yeux clos, les mains sur sa bouche. Sous son maquillage rose, sa peau paraissait grise. En approchant de la ville, elle ouvrit les yeux, laissa retomber ses mains et dit quelque chose comme : « Voici Cathaw… »

Elles longèrent un champ en contrebas, au bord de la rivière.

« C'est ici que dans ce poème », reprit Antoinette – parlant à toute allure, comme quelqu'un qui a peur de se remettre à vomir –, « la fille s'en va et perd son pucelage, etc. »

Le champ était brun, détrempé et entouré de bâtisses qui ressemblaient à des HLM.

Hazel fut étonnée de se souvenir d'un couplet tout entier. Elle pouvait encore entendre la voix de Miss Dobie le leur braillant…

À présent, jeunes filles,
Bagues en or pouvez acheter,
Et châles verts tisser,
Mais si pucelage perdez,
Jamais ne le retrouverez !

Elle avait des tonnes de mots, Miss Dobie, pour enterrer n'importe quoi…

« Antoinette n'est pas bien, dit Hazel à Dudley Brown en entrant dans le salon ce soir-là. Elle a un mal de tête épouvantable. Nous rentrons de chez Miss Dobie.

– Elle m'a laissé un mot m'expliquant ça », dit Dudley, sortant le whisky et l'eau.

Antoinette s'était mise au lit. Hazel l'avait aidée, car elle était trop faible pour se débrouiller seule.

Antoinette s'était couchée en slip, elle avait demandé un gant de toilette pour finir de se démaquiller afin de ne pas salir son oreiller. Elle se fit également apporter une serviette pour le cas où elle aurait encore mal au cœur. Elle pria Hazel de suspendre son tailleur – toujours le même et toujours aussi miraculeusement immaculé – sur son cintre rembourré. Sa chambre était un minable boyau qui donnait sur le mur de stuc de la banque d'à côté. Antoinette dormait sur un lit de camp. Sur la commode était exhibé l'attirail dont elle avait besoin pour se teindre les cheveux. Serait-elle vexée de se dire que Hazel avait dû le voir ? Probablement pas. Sans doute avait-elle déjà oublié ce mensonge. À moins qu'elle ne soit prête à s'enferrer dans le mensonge, comme une reine qui fait de tout ce qu'elle dit article de foi.

« Elle a chargé l'employée qui travaille à la cuisine de préparer le dîner, dit Hazel. Tout sera prêt sur le buffet, nous n'aurons plus qu'à nous servir.

– Et si nous commencions par un peu de ça ? dit Dudley qui avait apporté la bouteille de whisky.

– Miss Dobie n'a pas pu se souvenir de mon mari.

– C'est vrai ?

– Il y avait une fille, ou plutôt une jeune femme. Elle s'occupe de Miss Dobie.

– Judy Armstrong », précisa Dudley.

Hazel attendit de voir s'il arriverait à s'empêcher de poser d'autres questions, s'il arriverait à se forcer à changer de sujet. Il n'y arriva pas.

« A-t-elle toujours ses admirables cheveux roux ?

– Oui, répondit Hazel. Vous vous imaginiez qu'elle aurait tout rasé ?

– Les filles maltraitent leurs cheveux. Si vous voyiez ce que je vois tous les jours ! Mais je ne pense pas que ce soit le genre de Judy.

– Elle nous a servi un excellent cake aux fruits confits, reprit Hazel. Antoinette a dit que nous devrions bien vous en rapporter mais je crois qu'elle a oublié. À mon avis, elle devait déjà ne pas se sentir très en forme quand nous sommes parties.

– Peut-être que le cake était empoisonné, dit Dudley. Comme ça arrive souvent dans les histoires.

– Judy en a mangé deux tranches, Miss Dobie et moi en avons également mangé, j'ai donc du mal à le croire.

– Peut-être était-ce juste la part d'Antoinette…

– Antoinette n'en a pas pris. Elle s'est contentée d'un peu de vin et d'une cigarette. »

Après une pause, Dudley reprit : « Comment Miss Dobie vous a-t-elle reçue ?

– Elle nous a récité un long poème.

– Ouais, ça lui arrive de faire ça. Des ballades ça s'appelle, pas des poèmes. Vous souvenez-vous de laquelle il s'agissait ? »

Les lignes qui lui revinrent à la mémoire étant celles qui avaient trait au pucelage, Hazel les rejeta, les trouvant trop grivoises, et s'efforça d'en retrouver d'autres.

« D'abord plongez-moi dans un seau de lait ? hasarda-t-elle. Puis dans un seau d'eau ?

– Mais serre-moi contre toi, ne me laisse pas aller, s'écria Dudley ravi. Je serai le père de ton enfant ! »

Elles étaient presque aussi osées que les premières lignes qui lui étaient venues à l'esprit, mais cela lui semblait égal. De fait, il se renfonça dans son fauteuil, prit un air dégagé, releva la tête et d'une voix mâle, chaude, élégiaque, se lança, en y mettant le ton et avec une sereine délectation, dans le poème qu'avait récité Miss Dobie. Son accent s'amplifiait mais Hazel, qui était déjà imprégnée de ce poème, contre son gré ou presque, fut à même d'en saisir chaque mot. Ce gamin enlevé par les fées, qui mène une vie non dépourvue d'aventures ni d'avantages – n'est-il pas, entre autres, insensible à la douleur ? – devient de plus en plus méfiant avec l'âge, effrayé qu'il est d'avoir à « payer son écot à l'enfer ». Dans sa nostalgie du monde des humains, il décide de séduire une jeune intrépide et lui explique comment elle peut le libérer. Pour ce faire, elle devra s'accrocher à lui. Rester accrochée à lui, même si les fées le transforment en Dieu sait quelle horreur. Rester accrochée à lui jusqu'à ce que les fées aient épuisé leurs tours et le laissent repartir. Bien sûr, la façon de réciter de Dudley était désuète, bien sûr il prenait quelque peu plaisir à se ridiculiser. Mais ce n'était qu'en surface. Cette récitation évoquait un chant. Vous pouviez ainsi faire montre de votre désir sans crainte de vous ridiculiser.

Dans ses bras elles le posèrent,
Nu comme un ver,
En son manteau elle l'enveloppa
Et son amour sincère triompha !

Miss Dobie et vous, quelle sacrée paire vous faites !

« Nous avons vu l'endroit où elle allait le retrouver, dit Hazel. En rentrant, Antoinette me l'a montré. Au bord de la rivière. » Elle s'émerveillait d'être ici, au beau milieu de la vie de ces gens, de voir ce qu'elle avait vu de leurs manigances, de leur souffrances. Jack n'était pas là, Jack n'était pas là en fin de compte, mais elle, elle était là.

« Carterhaugh ? s'exclama Dudley, ironique et agacé. Mais ce n'est pas près de la rivière, voyons ! Antoinette ne sait pas ce qu'elle raconte ! C'est le champ en contre-haut, celui qui surplombe la rivière. C'est là que poussaient les mousserons, des champignons. S'il y avait une lune, nous pourrions aller faire un tour par là-bas. »

Hazel crut sentir quelque chose, comme si un chat avait sauté sur ses genoux. Le sexe. Elle sentit ses yeux s'écarquiller, sa peau se tendre, ses membres se décontracter, en éveil. Mais la lune ne serait pas de la partie – c'était l'autre chose que la voix de Dudley rendait claire. Il reversa du whisky, et ce n'était pas pour faciliter la séduction. Toute la confiance, l'énergie, l'art, l'insouciance nécessaires pour se permettre, ne serait-ce qu'une petite aventure de rien du tout – Hazel le savait bien, elle qui avait eu deux minuscules aventures, l'une lorsqu'elle était étudiante et l'autre lors d'un congrès de professeurs –, tout ça c'était du passé. Ils laisseraient le flux de l'attraction les envahir et se retirer. Antoinette se serait portée volontaire, Hazel en était persuadée. Antoinette aurait toléré quelqu'un de passage, un gars sans grande importance, un vague Américain. Le fait qu'Antoinette aurait accepté était une chose de plus qui les retenait. C'était assez pour les faire réfléchir, pour les rebuter. « Dites, la petite fille, reprit Dudley, plus calme, elle y était ?

– Non. Elle va au jardin d'enfants. » Hazel comprit qu'il en fallait bien peu – une récitation – pour lui donner envie d'apaiser plutôt que d'irriter.

« C'est vrai ? Affubler une enfant d'un nom pareil ! Tania…

– Ça n'a rien de si bizarre que ça, reprit Hazel. Pas de nos jours.

– Je sais… Ils ont tous des noms étrangement internationaux, du genre Tania, Natacha, Erin, Solange, Carmen. Pas un seul n'a un nom de famille. Ces filles avec une crête sur le crâne que je croise dans la rue, ce sont elles qui vous les choisissent, ces noms. Elles sont les mères.

– J'ai une petite-fille qui s'appelle Bretagne, dit Hazel. J'ai entendu parler d'une fillette qui s'appelle Cappuccino.

– Cappuccino ! Est-ce possible ! Pourquoi pas Cassoulet, Fettucini ou Alsace-Lorraine ?

– Il y en a sans doute…

– Schleswig-Holstein ! Tiens, ça vous irait bien !

– Mais quand l'avez-vous vue pour la dernière fois ? demanda Hazel. Je veux dire Tania.

– Je ne la vois pas, répondit Dudley. Je n'y mets jamais les pieds. Nous avons parfois à régler des questions d'ordre financier, mais je n'y vais jamais. »

Vous feriez bien d'y aller, faillit-elle lui dire. Oui, vous vous devez d'y aller, plutôt que de vous livrer à tous ces arrangements qui ne tiennent pas debout et qu'Antoinette peut mettre en l'air en y fourrant son nez, comme elle l'a fait aujourd'hui. C'est pourtant lui qui parla le premier. Il se pencha vers elle et lui parla avec une sincérité un tantinet émoustillée.

« Que faire ? Je ne peux pas rendre deux femmes heureuses. »

Une déclaration qui aurait pu paraître ridicule, prétentieuse, ambiguë.

Et pourtant c'était vrai. Hazel fut arrêtée dans son élan. C'était vrai. Au début les revendications semblaient toutes en faveur de Judy : son enfant, sa solitude, ses beaux cheveux… Mais en y repensant, pourquoi Antoinette devrait-elle y perdre pour la simple raison qu'elle était dans la course depuis longtemps, pouvait prévoir les défections et les assumer, s'évertuait à sauvegarder son apparence ? Antoinette avait dû être une femme utile à connaître, loyale. Une tendre, sans doute, dans l'intimité. Ce n'était même pas tout le cœur d'un homme qu'elle demandait. Elle fermerait les yeux sur une visite secrète par-ci par-là. (Elle n'en serait pas moins malade et tournerait la tête de l'autre côté pour vomir.) Judy, elle, ne tolérerait rien de tout ça. Elle se laisserait emporter par une ballade passionnée, bouillonnante de sorts et d'imprécations. Lui serait incapable de supporter cette souffrance, ces récriminations. Alors, ne valait-il pas mieux pour lui qu'aujourd'hui Antoinette ait fait échouer ses plans ? C'était comme ça qu'Antoinette devait voir les choses – comme ça qu'il finirait lui aussi par les voir au bout d'un moment. Même maintenant – peut-être – maintenant que la ballade l'avait touché, apaisé au profond de son cœur.

Jack avait dit un jour quelque chose de ce genre. Cette fois c'était non pas deux femmes, mais une seule, disons que c'était Hazel, qu'il s'agissait de rendre heureuse. Elle repensa à ce qu'il avait dit. *Je pourrais te rendre très heureuse*. Il voulait dire qu'il pourrait l'aider à atteindre un orgasme. C'était quelque chose que les hommes disaient alors, quand ils essayaient de vous persuader, et c'est ce qu'ils voulaient dire. Peut-être le disaient-ils encore... Peut-être n'étaient-ils plus aussi indirects ? Et il avait respecté ses promesses. Mais jusque-là, personne n'avait dit cela à Hazel, et elle en était tout ébaubie, prenant ces promesses pour argent comptant. Cela semblait irréfléchi, un coup de tête impétueux, éblouissant mais bien présomptueux. Du coup, elle devait essayer de se voir elle comme quelqu'un que l'on pouvait *rendre heureux*. Ce fatras d'inquiétudes, de révoltes qu'était Hazel, était-ce quelque chose que l'on pouvait simplement ramasser et *rendre heureux* ?

Un jour, quelque vingt ans plus tard, en descendant en voiture la grand-rue de Walley, elle aperçut Jack. Il regardait par la fenêtre de son magasin d'accessoires. N'étant pas tourné de son côté, il ne vit pas la voiture. C'était à l'époque où elle avait repris ses études à l'université. Elle avait des courses à faire, des cours à suivre, des mémoires à remettre, des travaux pratiques et des travaux ménagers. Elle ne remarquait les choses que si elle était forcée de s'arrêter une minute ou deux, comme en ce moment, en attendant le feu vert. C'est ainsi qu'elle remarqua Jack – comme il paraissait svelte et jeune en chandail et pantalon – comme il faisait terne, peu de chose. Rien ne lui fit clairement pressentir qu'il allait mourir là, dans le magasin. (Il mourut pourtant là ; il s'effondra tandis qu'il parlait à un client, mais ce fut des années plus tard.) Elle fit abstraction, tout à coup, de ce que sa vie était devenue : deux ou trois soirées par semaine à la Légion, les autres passées à boire devant la télévision, allongé sur le canapé, depuis l'heure du dîner jusqu'à celle du coucher. Trois ou quatre verres. Il ne levait jamais la main, ne haussait jamais la voix, ne perdait jamais connaissance. Il rinçait son verre dans l'évier de la cuisine avant d'aller se coucher. Une vie de devoirs, de routines, de saisons, de civilités. Tout ce qu'elle voyait, c'était son calme, cet air que vous auriez pu qualifier de spectral. Elle voyait que son charme – un charme, selon elle, propre à la Seconde Guerre mondiale, doublé d'un certain penchant pour les bons mots et d'une arrogante inertie – était encore intact mais sans effet. Une douceur de spectre, voilà ce qu'il lui montrait par-derrière son verre.

Peut-être fait-elle effort pour se rapprocher de lui, maintenant autant qu'alors. Pleine de ces espoirs qui peuvent faire mal, pleine d'ardeur, pleine d'accusations. À l'époque, elle ne se laissait pas aller, elle pensait à un examen, au marché. Et si elle se laissait aller aujourd'hui, cela reviendrait à désirer savoir si un membre que l'on a perdu vous fait encore mal :

un test rapide, un élancement qui évoque la forme. Cela suffirait.

À ce moment elle était elle-même un peu éméchée, et elle songea à dire à Dudley Brown qu'il *rendait* peut-être ces deux femmes heureuses. Qu'entendait-elle au juste ? Que, sans doute, il leur donnait un but. Cette limite rigide que vous pourriez, un jour, dépasser chez un homme, ce nœud dans son esprit que vous pourriez dénouer, cette sérénité en lui que vous pourriez ébranler, cette absence que vous pourriez lui faire regretter – des choses qui vous inciteront à faire attention, même si vous croyez que, de vous-même, vous avez appris à rester sur vos gardes. Oui, pourrait-on dire cela histoire de vous faire plaisir ?

En attendant, qu'est-ce qui rend un homme heureux ?

Sans doute quelque chose de complètement différent…

Oranges et pommes

« J'ai embauché une assistante, elle nous vient de Shawtown, annonça le père de Murray. C'est une Delaney, mais jusqu'ici elle ne semble pas avoir de trop mauvaises habitudes. Je vais la mettre au rayon Hommes. »

C'était au printemps 1955. Murray venait de terminer ses études à l'université. À peine rentré chez lui, il avait compris quel sort l'attendait. D'ailleurs, ça sautait aux yeux, c'était écrit sur le visage assombri et hâve de son père ; on la voyait qui grossissait, presque de jour en jour, dans l'estomac de ce dernier, cette masse inexorable qui le tuerait avant l'hiver. D'ici six mois, Murray aurait repris les affaires, on le verrait assis dans la petite guérite qui tenait lieu de bureau, suspendue telle une cage au fond du magasin, au-dessus du rayon Linos.

Zeigler s'appelait à l'époque les Grands Magasins Zeigler. La ville et les Grands Magasins Zeigler étaient à peu de chose près contemporains. Le présent immeuble – haut de trois étages, en briques rouges sur lesquelles le nom se détachait en briques grises, ce qui avait toujours paru à Murray bizarrement prétentieux et oriental – avait été construit en 1880 pour remplacer un bâtiment en bois. Le magasin n'avait plus ni rayon épicerie ni rayon quincaillerie, mais les rayons Hommes, Femmes,

Enfants, Nouveautés, Bottes et chaussures, Rideaux, Articles de ménage et Meubles avaient subsisté.

Murray alla faire un tour afin de voir à quoi ressemblait l'assistante. Il la trouva parquée derrière des rangées de chemises sous Cellophane. Barbara. Elle était grande et belle fille, comme son père l'avait dit en baissant la voix, presque à regret. Ses épais cheveux noirs, ni raides ni frisés, jaillissaient en crête de son grand front blanc. Fournis et noirs eux aussi, ses sourcils luisaient. Murray apprit qu'elle les enduisait de vaseline et épilait ceux qui tentaient de se rejoindre au-dessus de son nez. La mère de Barbara avait fait marcher une ferme de l'arrière-pays. À sa mort, la famille avait émigré à Shawtown, petit village bruyant et mi-rural à côté de Walley. Le père de Barbara était valet de ferme ; quant à ses deux frères, ils avaient eu maille à partir avec la police pour des histoires de voitures et de vols avec effraction. L'un avait disparu, l'autre avait épousé une espèce de virago et s'était un peu calmé. C'était celui-là qui traînait dans le magasin à ce moment-là, sous prétexte de rendre visite à Barbara.

« Tenez-le à l'œil, recommanda Barbara aux autres employés. C'est un idiot, mais pour faire main basse il est doué. »

En l'entendant, Murray fut frappé par son manque d'esprit de famille. Fils unique, comblé sans être pourri, il avait un sens profond du devoir, du respect d'autrui et des liens affectifs. Dès qu'il rentrait de l'université, il se dépêchait d'aller saluer les employés du magasin, qu'il connaissait pour la plupart depuis l'enfance. Il aimait s'arrêter pour bavarder dans les rues de Walley, avec la courtoisie d'un prince du sang.

On surprit le frère de Barbara avec une paire de chaussettes dans une poche et une pochette d'anneaux de rideaux dans l'autre.

« Pourquoi, à ton avis, voulait-il des anneaux de rideaux ? » demanda Murray à Barbara. Il avait à cœur de vite en plaisanter de manière à montrer à la jeune fille qu'il ne lui tenait nul grief des histoires de son frère.

« Comment le saurais-je ? répondit Barbara.

– Peut-être qu'il a besoin d'un soutien psychologique », reprit Murray, fort de quelques cours de sociologie suivis au temps où il caressait l'idée de devenir pasteur de l'Église unie.

Barbara répondit : « Peut-être qu'il a besoin qu'on le pende haut et court. »

C'est alors que Murray s'éprit d'elle, si toutefois il n'en était pas déjà amoureux… Quelle fille courageuse ! Un lis noir et blanc bravant les Irlandais des bas-fonds, une Lorna Doone qui ne mâche pas ses mots, qui ne ploie pas l'échine. Mère ne l'aimera pas, pensa-t-il, et à juste titre. Il n'avait jamais été aussi heureux depuis qu'il avait perdu la foi. (Une façon bien imparfaite de dire les choses. C'était plutôt comme s'il avait pénétré dans une pièce condamnée ou comme s'il s'était aperçu, en ouvrant un tiroir, que sa foi s'était desséchée, qu'elle était devenue un tas de poussière dans un coin.)

Il prétendit toujours qu'il s'était décidé sur-le-champ à s'assurer le cœur de Barbara, mais qu'il n'eut pas recours à d'autres tactiques que des marques évidentes d'adoration. Déjà lorsqu'il était lycéen, on avait pu noter chez lui sa propension au culte passionné, qui allait de pair avec sa gentillesse et certaine tendance à se lier d'amitié avec les défavorisés. Mais il était assez fort – ou plutôt il avait assez d'atouts de son côté – pour que cela ne lui ait jamais valu de se faire vigoureusement river le clou et, tant que l'attaque n'était pas trop violente, il était à même d'y faire face.

Lors de la fête du Dominion, Barbara refusa de monter sur un char en tant que candidate des Marchands du centre-ville à la couronne de Reine de la parade.

« Je suis bien de ton avis, dit Murray. Les concours de beauté ont quelque chose de dégradant.

– C'est à cause des fleurs en papier, rétorqua Barbara. Elles me font éternuer. »

Murray et Barbara habitent maintenant au Hameau Zeigler, à une trentaine de kilomètres au nord-ouest de Walley. Des terres incultes, escarpées, auxquelles les fermiers ont renoncé au début du siècle et qu'ils ont laissé retourner en friche. Le père de Murray en a acheté trois cents hectares, il y a bâti une cabane tout ce qu'il y a de primitif et a baptisé l'endroit son camp de chasse. Lorsque Murray a perdu le magasin de Walley ainsi que la grande et la petite maison sur le terrain qui s'étendait derrière le magasin, c'est là qu'il est venu s'installer avec Barbara et leurs deux jeunes enfants. Il est devenu chauffeur de car scolaire pour s'assurer un revenu, occupant le reste de son temps à bâtir huit autres cabanes et à refaire celle qui était déjà là, pour qu'elle serve à la fois de pavillon d'entrée et de quartiers d'habitation à sa famille. Il s'est fait menuisier, maçon, électricien, plombier. Il a abattu des arbres, il a construit un barrage sur la rivière dont il a nettoyé le lit, il a charrié du sable pour faire un étang où l'on puisse nager et aménager une plage. Pour des raisons évidentes, il le dit lui-même, Barbara est en charge des finances.

Murray prétend que c'est classique. Et d'ailleurs cela mérite-t-il même le qualificatif « classique » ? « Mon arrière-grand-père a démarré l'affaire, mon grand-père lui a donné ses jours de gloire. Mon père l'a préservée, et moi je l'ai fichue en l'air… »

Ça ne le dérange pas de le raconter aux gens. Oh, non qu'il les accroche au passage pour s'en libérer tout de go. Les hôtes ont l'habitude de le voir toujours à la tâche. Qu'il répare l'appontement, repeigne la barque, remonte les provisions ou creuse des caniveaux, il semble si compétent, tellement à son affaire, tellement aimer ce qu'il fait qu'on le prend pour un fermier reconverti dans l'accueil des vacanciers. Il a cette patience, cette amabilité discrète, ce corps qui, s'il n'a rien d'athlétique, n'en est pas moins aguerri et peut encore faire bon usage, ce visage tanné par le soleil, ces airs de gamin grisonnant auxquels on pourrait s'attendre chez un homme de la campagne.

Les mêmes hôtes réapparaissent chaque année, parfois ils deviennent des amis que l'on invite le dernier soir à partager le dîner à la table de famille. (Les habitués considèrent comme un exploit de se lier d'amitié avec la fière Barbara. Certains n'y parviendront jamais.) Après quoi, il leur arrive d'avoir droit à l'histoire de Murray.

« Mon grand-père grimpait sur le toit de notre magasin de Walley, raconte Murray. Une fois là-haut, il lançait des pièces de monnaie. Tous les samedis après-midi. Des pièces de vingt-cinq cents, de dix cents, de cinq cents, des nickels, comme on les appelle, si je ne me trompe. Cela attirait des foules. Les hommes qui ont fondé Walley étaient des types qui aimaient faire de l'esbroufe. Ces gars-là, ils n'avaient pas d'éducation, ce n'était pas la crème. Ils s'imaginaient qu'ils construisaient Chicago. »

Et puis les choses ont changé, poursuit-il. Oui, voilà que des dames et des ecclésiastiques firent leur apparition, suivis de l'école primaire. Adieu les cafés, vive les garden-parties… Le père de Murray fut un des doyens de Saint-Andrew. Il soutenait le parti conservateur.

« C'est drôle, nous disions "soutenait" le parti conservateur plutôt que "se présentait" pour le parti conservateur. À l'époque, le magasin faisait figure d'institution. Rien ne changea pendant des dizaines d'années. Les antiques présentoirs au sommet de verre arrondi, la monnaie qui tintait au-dessus de votre tête dans les cylindres métalliques. Toute la ville était comme ça, dans les années cinquante. Les ormes n'étaient pas encore morts, juste déjetés. Pendant l'été, la place se parait de vieux auvents de toile. »

Le jour où Murray décida de tout moderniser, il n'y alla pas de main morte. On était en 1965. Il fit enduire de stuc blanc tout le bâtiment ; il fit condamner les fenêtres, ne laissant que d'élégantes petites vitrines à hauteur des yeux, prévues, semblait-il, pour exhiber les joyaux de la Couronne ; enfin, sur le stuc, en lettres gracieuses de néon rose, le nom de Zeigler, c'est tout. Il se débarrassa des comptoirs qui vous arrivaient à la taille, vous recouvrit de moquette les parquets vernis, fit installer des éclairages indirects et des miroirs et encore des miroirs. Une magnifique coupole de verre au-dessus de l'escalier. (Elle laissait entrer la pluie, il fallut la réparer et on dut l'enlever avant l'hiver suivant.) Des arbres d'intérieur, des petits bassins, jusqu'à une espèce de fontaine dans les toilettes des dames.

Démence…

Pendant ce temps le centre commercial avait ouvert, au sud de la ville. Murray aurait-il mieux fait d'aller s'installer là-bas ? Il croulait trop sous les dettes pour bouger. De plus, il était devenu l'un des promoteurs du centre-ville. Il ne s'était pas contenté de changer l'image de Zeigler, il s'était lui-même transformé en une intarissable grande gueule de la scène municipale. Il faisait partie de diverses commissions, entre autres de la commission immobilière. C'est ainsi qu'il découvrit qu'un habitant de Logan, courtier et promoteur, soutirait des fonds au gouvernement pour soi-disant restaurer de vieux immeubles alors qu'en fait il les démolissait, ne conservant qu'une partie des fondations qu'il incorporait à ses immeubles d'appartements neufs, laids, mal construits mais d'un profit assuré.

« Tiens, tiens… De la corruption, dit Murray quand il évoque ça. Il faut que ça se sache ! ai-je tonitrué au journal. Je suis quasiment allé le hurler aux coins des rues. Qu'est-ce que j'en pensais ? Que les gens n'en savaient rien ? Ça doit avoir été une pulsion de mort. C'était une pulsion de mort. J'ai fini par devenir un énergumène, par être tellement considéré comme le bouffon municipal qu'on m'a évincé de la commission. J'ai perdu toute crédibilité. C'est ce qu'on disait. J'ai aussi perdu le magasin. Je l'ai perdu au profit de la banque. Tout comme la grande maison que mon père avait bâtie, avec, sur le même terrain, la petite maison que nous habitions, Barbara, les enfants et moi. La banque n'avait rien à voir là-dedans, je les ai vendus pour régler mes dettes, c'est comme ça que je voulais faire les choses. C'est une chance que ma mère soit morte avant toutes ces catastrophes. »

Parfois Barbara s'excuse pendant que Murray parle. Elle a dû aller refaire du café, peut-être réapparaîtra-t-elle dans un moment. À moins qu'elle n'ait emmené le chien, Sadie, faire un tour au bord de l'étang, entre les troncs pâles des bouleaux et les ifs languissants. Murray ne s'encombre pas d'explications, même s'il tend discrètement l'oreille pour s'assurer qu'elle est de retour. Quiconque devient leur ami doit comprendre la façon dont Barbara équilibre contact et absences, tout comme il lui faut comprendre que Barbara ne veut rien faire. Elle en fait plus qu'assez, bien entendu. Elle fait la cuisine, elle dirige le centre. Mais lorsque les gens s'aperçoivent de ce qu'elle a lu alors qu'elle n'a jamais mis les pieds à l'université, il leur arrive de lui dire qu'elle devrait y aller afin d'essayer d'y décrocher un diplôme.

« Pour quoi faire ? » demande Barbara.

Le fin mot de l'histoire, c'est qu'elle n'a nulle envie de devenir professeur, ni de jouer les érudites, ni de se retrouver bibliothécaire ou rédactrice d'une revue, ni de se lancer dans des documentaires pour la télévision, critiquer des ouvrages ou écrire des articles. La liste de ce que Barbara ne veut pas faire n'en finit pas. De toute évidence, elle veut faire ce qu'elle fait, lire, se promener dans la nature, faire bonne chère, tolérer quelque compagnie. Et à moins que les gens ne sachent apprécier ses mouvements de repli, son austère indolence (elle paraît indolente même lorsqu'elle est en train de préparer un excellent repas pour une trentaine de personnes), ils ne resteront pas longtemps au nombre de ceux qu'elle tolère.

Lorsque Murray était occupé à tout rénover, à emprunter de l'argent et à se mêler de la vie municipale, Barbara, elle, lisait. Elle qui avait toujours aimé lire s'y adonnait maintenant de plus en plus. Les enfants allaient en classe. Certains jours Barbara ne mettait pas le nez dehors. Il y avait en permanence près de son fauteuil une tasse de café et une pile de gros bouquins poussiéreux empruntés à la bibliothèque. *Souvenir des choses du passé*, *Joseph et ses frères*, ouvrages écrits par des Russes dont Murray n'avait jamais entendu parler. Barbara est une enragée de lecture, disait sa belle-mère, mais cela ne l'inquiète-t-il pas de rapporter chez elle tous ces livres de la bibliothèque ? Après tout, vous ne savez pas entre les mains de qui ils ont pu passer.

À force de lire des livres aussi épais, Barbara finit par épaissir à son tour. Disons qu'elle ne devint pas vraiment obèse, mais s'alourdit d'une dizaine ou d'une douzaine de kilos, d'ailleurs bien répartis sur sa grande carcasse qui n'avait jamais été particulièrement frêle. Son visage changea lui aussi, la chair en estompa les traits accusés, l'adoucissant et le rajeunissant. Ses joues regonflèrent, ses lèvres parurent encore plus sibyllines. Elle avait parfois, et a encore, l'air d'une petite fille égoïste et plutôt volontaire. Aujourd'hui, elle lit des bouquins maigrichons écrits par des Tchèques, des Japonais ou des Roumains, mais elle n'en est pas moins forte. Ses cheveux sont encore longs et noirs, sauf autour du visage où ils sont devenus blancs comme si on avait les avait couverts d'un bout de mousseline.

Murray et Barbara descendent des collines. Après des routes escarpées, en lacets, la voiture traverse la plaine quadrillée d'exploitations agricoles. Ils se rendent à Walley pour une raison bien spéciale. Il y a quinze jours, Barbara a découvert un nodule dans sa fesse. Elle était en train de s'essuyer après être sortie de l'étang, c'était son dernier bain, la dernière trempette de l'année par beau temps. Le nodule avait la taille d'une bille. « Si j'étais moins grosse, je l'aurais sans doute repéré plus tôt », commenta-t-elle, sans se lamenter ni s'alarmer outre mesure. Murray et elle parlaient du nodule comme ils auraient parlé d'une carie, un de ces trucs assommants dont il fallait s'occuper. Elle le fit enlever à l'hôpital de Walley. Il fallut procéder à une biopsie.

« Est-il possible d'avoir un cancer de la fesse ? demanda-t-elle au médecin. Quelle chose peu élégante ! »

Le médecin déclara que le nodule pouvait être une métastase, des cellules malignes en provenance d'une autre partie du corps. Un message scellé. Et elles pouvaient demeurer un mystère, des cellules malveillantes dont on ne trouverait jamais le foyer d'origine. Au cas, bien sûr, où elles se révéleraient des cellules malignes.

« L'avenir restera incertain jusqu'à ce que nous sachions ce qu'il en est », dit le médecin.

Hier, la réceptionniste du médecin a appelé pour dire que les résultats étaient arrivés. Elle a demandé à Barbara de passer au cabinet cette après-midi pour voir le médecin.

« C'est tout ? a demandé Murray.

– Tout quoi ?

– Tout ce qu'elle a dit ?

– Ce n'est que la réceptionniste. C'est tout ce qu'elle était censée dire. »

Ils passent entre des palanques de maïs, aux tiges de deux mètres cinquante à trois mètres de haut que les fermiers couperont un jour ou l'autre. Même en ce milieu d'après-midi, le soleil est assez bas pour briller à travers leurs tiges et les faire palpiter de reflets cuivrés. Des kilomètres et des kilomètres d'une méticuleuse splendeur.

Hier soir, ils se sont couchés tard ; ils ont regardé un vieux film, *The Trail of the Lonesome Pine*, que Murray avait vu enfant au Roxy Theatre de Walley. Il ne se souvenait que d'un seul passage, celui où Buddy se tue et où l'on voit Henry Fonda raboter le cercueil de pin.

En y repensant, il se met à chanter. « *Oh, ils ont abattu le vieux pin, à la scierie ils l'ont transporté.* J'ai toujours cru que cette chanson venait de ce film. »

Barbara reprend. « *Pour faire un cercueil en pin à ma bien-aimée.* » Puis elle ajoute : « Ne fais pas tant de manières.

– Je n'en faisais pas, répond Murray. J'avais simplement oublié ce qui venait après.

– Tu ne vas pas t'asseoir dans la salle d'attente, ces endroits-là, c'est épouvantable. Va plutôt m'attendre sur la plage. J'arriverai par les Marches du Couchant. »

Il leur faut longer la ferme où Beatrice Sawicky gardait ses chevaux. Elle y a même eu un manège, mais ça n'a pas duré très longtemps. Par la suite, elle a pris des chevaux en pension, elle devait pouvoir en vivre puisqu'elle a continué jusqu'à il y a quatre ou cinq ans, époque où elle a tout vendu et, croit-on, déménagé. Ils ignoraient où elle était allée. Une ou deux fois, ils l'avaient croisée en ville mais ne lui avaient pas parlé.

En apercevant de la voiture les chevaux dans les champs, l'un d'eux remarquait : « Je me demande ce qu'il est advenu de Victor… » Disons que cette remarque ne revenait peut-être pas chaque fois qu'ils passaient, mais environ une fois l'an, et l'autre de répondre : « Dieu seul le sait », ou quelque chose de ce genre. Mais, depuis le départ de Beatrice et des chevaux, ils ne s'étaient plus donné la peine d'ouvrir la bouche.

La première fois que Victor Sawicky vint au magasin, il fit déguerpir les employées, tel un chat au milieu des pigeons, c'est du moins ce que Murray rapporta à Barbara. En fait, beaucoup d'employées dont Murray avait hérité avec le magasin étaient de petites demoiselles grisonnantes que leur célibat n'avait pas empêché de prendre de l'assurance autant que du balcon. Il était aisé d'imaginer une rosée d'alarme suintant entre ces seins à la vue de Victor. L'une de ces dames gravit en trottinant la rampe qui menait au petit bureau de Murray : il y avait un étranger, haleta-t-elle, et personne n'arrivait à comprendre ce qu'il voulait.

Il voulait une tenue de travail, et ce n'était pas si difficile de comprendre ce qu'il disait. (Après tout, il avait passé plusieurs années en Angleterre.) Ce qui effarait les employés de Zeigler, c'était moins l'accent polonais de Victor que son allure. Si Murray le classa immédiatement dans la même catégorie d'êtres humains que Barbara, Victor lui parut toutefois le plus beau et le plus troublant des deux. Il avait pu regarder Barbara en pensant : C'est une fille comme on en fait peu. Mais c'était malgré tout une fille et il voulait coucher avec elle. (Cela faisait sept ans qu'il était marié.) Victor attira son attention comme le ferait une bête splendide au poil luisant, tel un alezan doré, hardi mais nerveux, gêné du remue-ménage qu'il créait. Vous auriez eu envie de lui dire un petit mot pour l'apaiser, un petit mot tout plein, bien sûr, de déférence, et de caresser son col luisant s'il vous le permettait.

« Une tenue de travail », reprit Murray.

Grand et élancé, Victor avait un air distingué. Au café du British Exchange Hotel, où Murray et lui prirent l'habitude d'aller, une serveuse lui dit un jour : « Voyez-vous, nous avons fait un pari entre nous, me permettriez-vous de vous poser une question ? Combien mesurez-vous ?

– Un mètre quatre-vingt-quinze, répondit Victor.

– C'est tout ? Nous allions jusqu'à vous accorder deux mètres dix. »

Il avait le teint légèrement olivâtre, les cheveux blond foncé. Ses yeux, d'un bleu clair et vif, étaient un peu saillants, ses paupières jamais relevées à fond. Ses grosses dents et ses doigts étaient jaunis par la nicotine, il fumait à longueur de journée. Il fumait tandis qu'il examinait d'un œil perplexe les salopettes du magasin Zeigler. Décidément, elles avaient toutes les jambes trop courtes…

Il expliqua que sa femme, d'origine anglaise, et lui avaient acheté une ferme à la sortie de la ville. Murray voulait lui parler sans qu'autour de lui les employés restent là, les yeux comme des soucoupes. Il l'emmena donc pour la première fois au bout de la rue, au British

Exchange. Il connaissait la ferme dont parlait Victor mais demeurait réservé à ce sujet. Victor précisa qu'ils n'avaient pas l'intention de se lancer dans l'exploitation agricole. Ils voulaient acheter des chevaux et monter un manège, aussi demanda-t-il à Murray s'il estimait que cela serait profitable. Y avait-il assez de petites filles riches dans les environs ? « Je pense que, pour monter un manège, il vous faut dans les parages des petites filles riches, car ce sont elles qui montent.

– Vous pourriez faire de la publicité dans les journaux locaux, elles pourraient venir pendant l'été, suggéra Murray.

– Excellent. Oui, un camp, un camp équestre. Ici et aux États-Unis, on les envoie toujours dans des camps pendant l'été, n'est-ce pas ? »

Victor semblait ravi de cette idée. Pour lui, tout était absurde, tout était acceptable. Les hivers : c'est vrai qu'il y a de la gelée d'octobre à mai ? C'est vrai que la neige atteint le rebord des fenêtres ? Peut-on boire l'eau du puits sans la faire bouillir, ou risque-t-on d'attraper la typhoïde ? Quels arbres donneront le plus de chaleur une fois dans le poêle ?

Murray ne put se rappeler par la suite quelles questions avaient surgi le premier jour, s'il y avait jamais eu une limite claire entre les questions d'ordre pratique et celles d'ordre plus général ou personnel. En fait, il ne le pensait pas : c'était un joyeux méli-mélo. Dès que Victor s'interrogeait sur quoi que ce soit, il n'hésitait pas à se renseigner. De quelle époque datent ces immeubles ? Quelle est la religion qui prédomine, les gens y tiennent-ils vraiment ? Qui est ce type qui se donne des grands airs ? Et cette femme qui a l'air triste ? À quoi travaillent les gens ? A-t-on affaire à des agitateurs, à des libres penseurs, à des gens très riches, à des communistes ? Quelle sorte de crimes commeton par ici ? À quand remonte le dernier ? L'adultère est-il fréquent ? Murray jouait-il au golf ? Possédait-il un bateau de plaisance ? Ses employés l'appelaient-ils Monsieur ? (Pas beaucoup, et non, et encore non.) Et les yeux bleus de Victor brillaient de plaisir, quelle que fût la question, quelle que fût la réponse. Ses grandes jambes allongées dans l'allée, entre les tables du café, les mains jointes derrière la tête, il était aux anges, il avalait ça, doux comme le lait… Murray ne tarda pas à lui raconter comment son grand-père lançait des pièces de monnaie dans la rue, enchaînant avec les histoires des complets sombres et des gilets à dos de soie de son père, pour en arriver à ses propres chatouillis de vocation de pasteur.

« Et vous n'y avez pas répondu ?

– J'ai perdu la foi. » Murray se sentait tenu de grimacer chaque fois qu'il disait ça. « C'est-à-dire…

– Je sais ce que c'est. »

Lorsqu'il venait trouver Murray au magasin, Victor ne demandait pas à l'un des employés s'il pouvait le voir, il se rendait tout droit au bureau de ce dernier, gravissait les quelques marches menant à la petite cage entourée d'une grille de fer forgé, à peu près de la taille de Murray, environ un mètre soixante-quinze de haut. Victor essayait l'approche à pas de loup, mais sa présence avait tôt fait de perturber le magasin, soulevant des remous d'attention, de soupçons, d'émoi. Murray savait, en général, quand il viendrait, mais il feignait de n'en rien savoir. Alors, pour lui faire une surprise, Victor passait une tête rayonnante au-dessus du mur et, tendant le cou entre deux lances décoratives, il ricanait de l'idiotie de l'effet produit.

Et Murray trouvait cela au plus haut point flatteur…

Bien entendu, Victor avait lui aussi son histoire. De dix ans l'aîné de Murray, il avait dix-neuf ans lorsque la guerre avait éclaté. Il était alors étudiant à Varsovie. Il avait pris des leçons de pilotage mais n'avait pas encore son brevet de pilote. Ce qui ne l'empêcha pas de se rendre sur la piste où étaient garés les avions de l'armée de l'air polonaise – des copains et lui s'y rendirent pour rigoler ou presque, au matin de l'invasion allemande. Toujours pour rigoler ou presque, ils emmenèrent quelques avions faire un tour dans les airs, et jusqu'en Suède... Après cela, il gagna l'Angleterre et s'engagea dans l'armée de l'air polonaise, rattachée à la Royal Air Force. Il participa à de nombreux raids et fut descendu en France. Il sauta de son avion, se cacha dans les bois, se nourrit de pommes de terre crues ramassées dans les champs. Grâce à des résistants, il parvint à la frontière espagnole et retourna en Angleterre. Il apprit alors, et à son grand regret, qu'il était interdit de vol. Il en savait trop. Au cas où il serait descendu, fait prisonnier et interrogé, il en savait trop. Il en fut terriblement déçu, bouleversé. En fait, il devint si pénible qu'on le chargea d'un autre travail ; on lui confia une mission plus ou moins secrète en Turquie, dans un réseau qui aidait les Polonais et autres ressortissants à s'enfuir à travers les Balkans.

C'est donc ce qu'il faisait à l'époque où Murray et ses amis construisaient des modèles réduits d'avions et aménageaient une espèce de cockpit dans le hangar à bicyclettes du lycée pour jouer à bombarder l'Allemagne.

« Et tu y crois vraiment, à tous ces machins-là ? demanda Barbara.

– On a envoyé des avions polonais en Suède avant que les Allemands ne les interceptent, s'entêtait Murray. Et il y en a qui se sont fait descendre au-dessus de la France et qui ont réussi à s'échapper.

– Tu crois vraiment que quelqu'un que l'on remarque autant que Victor réussirait à s'échapper ? Tu crois vraiment que quelqu'un que l'on remarque autant que Victor se verrait confier une mission secrète ? Mieux vaut ressembler à Alec Guinness si tu veux qu'on te confie une mission secrète.

– Peut-être qu'on le remarque tellement que ça l'innocente, dit Murray. Peut-être a-t-il l'air de la dernière personne à qui l'on confierait une mission secrète, et ce serait pour cette raison précisément qu'il n'éveillerait aucun soupçon. »

Il trouva, pour la première fois sans doute, que le cynisme de Barbara avait quelque chose d'automatique, d'irritant. C'était chez elle une sorte de faux-fuyant, un tic.

Ils eurent cette conversation après avoir reçu Victor et Beatrice à dîner. Murray avait attendu, non sans impatience, que Victor et Barbara se rencontrent. Il voulait les présenter l'un à l'autre, anxieux ou presque de les voir mutuellement s'épater. Hélas, lorsque l'occasion se présenta, ni l'un ni l'autre n'était vraiment en forme, on les sentait distants, indifférents, tendus, ironiques.

Le jour du dîner avait été, pour la fin mai, étrangement froid et pluvieux. Les enfants – Felicity avait alors cinq ans, Adam en avait trois – avaient dû rester à l'intérieur toute la journée, gênant Barbara, mettant sens dessus dessous le salon qu'elle venait de nettoyer. À l'heure du coucher, ils n'étaient pas encore assez fatigués pour se calmer. La longue soirée, la nuit qui tardait à tomber n'était d'aucune aide. Les enfants réclamaient à boire, se plaignaient de maux d'estomac, d'un chien qui avait failli mordre Felicity la semaine précédente… Enfin, Adam se précipita au salon accoutré de sa seule veste de pyjama et en braillant : « Je veux un bicky, je veux un bicky ! » « Bicky » était un mot du vocabulaire enfantin pour désigner un biscuit, un mot dont en principe il ne se servait plus. De toute évidence Felicity avait été l'instigatrice de ce numéro, sans doute le lui avait-elle fait répéter. Murray l'attrapa dans ses bras et l'emmena dans la chambre d'enfants où il put fesser tout à loisir le petit derrière nu. Vint ensuite le tour de Felicity, une seule et unique fessée, mais la bonne mesure, après quoi il retourna à la salle à manger en se frottant les mains, jouant ainsi un rôle qu'il détestait, celui du père énergique qui ne plaisante pas avec la discipline. La porte de la chambre resta fermée, mais elle ne pouvait étouffer d'interminables et vengeresses lamentations.

Les choses étaient d'ailleurs mal parties dès le début de cette visite. En ouvrant la porte, Murray avait déclamé : « Le châtaignier projette ses flambeaux, le vent emporte les fleurs qui ruissellent de l'aubépine ! » faisant ainsi référence au temps tout en se disant que Beatrice apprécierait ce poème anglais. Victor y alla d'un sourire distrait, ponctué d'un « Comment ? Que dites-vous ? » Ce à quoi Beatrice répondit : « C'est un poème », comme si quelqu'un lui avait demandé : « Qu'est-ce qui traverse la route en courant ? » et qu'elle eût répondu : « Une marmotte. »

La gaieté de Victor demeura en sourdine. Son grand sourire épanoui, son rire semblaient déplacés, forcés, sans énergie. Même sa peau, couleur mastic, manquait d'éclat. On aurait dit la statue d'un prince dans une histoire dont Murray se souvenait. Un conte pour enfants. Le prince se fait arracher ses yeux en pierres précieuses pour les vendre et soulager les miséreux, à qui il donnera même sa peau de feuilles d'or. La petite hirondelle qui lui vient en aide quand il est aveugle restera sa seule amie.

Il y avait des odeurs de cuisine dans toute la maison. Barbara avait préparé un rôti de porc. Elle avait inauguré une recette pour les pommes de terre, les avait coupées et passées au four dans un plat beurré. Murray les trouva grasses, pas assez cuites. Les autres légumes étaient en revanche trop cuits : les enfants avaient rendu la malheureuse cuisinière enragée en la dérangeant sans cesse. La tarte aux noix était un dessert trop lourd pour le repas, la croûte était trop brune. Beatrice n'y toucha même pas. Elle ne finit pas non plus ses pommes de terre. Elle ne rit pas lorsque Adam fit sa désastreuse apparition. Sans doute estimait-elle que les enfants doivent être dressés et obéir au doigt et à l'œil comme les chevaux.

Murray se dit que jamais jusqu'ici il n'avait rencontré une femme qui aimât les chevaux et eût également l'heur de lui plaire. C'étaient des bonnes femmes coincées, rigides, sans humour, et qui, de surcroît, n'avaient rien d'attirant. Beatrice avait un teint rosé, on aurait dit que la chair était à vif. Ses cheveux ternes et grisonnants étaient coupés sans chic. Elle ne mettait pas de rouge à lèvres, excentricité qui, chez une femme de cette époque, passait pour une déclaration publique de piété ou d'arrogante négligence. Sa robe couleur champignon, à la ceinture trop ample, annonçait qu'elle n'attendait rien de ce dîner et ne ferait aucun effort de son côté.

Avec sa jupe de percale dans les tons orangé et cuivre, sa ceinture noire bien serrée, son chemisier noir décolleté et ses gros anneaux en toc aux oreilles, Barbara contrastait. Une des choses que Murray ne comprenait pas au sujet de Barbara, et dont il n'était pas fier – par opposition à celles qu'il ne comprenait pas mais dont il était fier –, c'était son goût pour les tenues bon marché et provocantes. Décolletés généreux, ceinturons, pantalons corsaires. Elle allait se pavaner dans les rues de Walley avec ce corps certes splendide et au goût de l'époque, ou à l'un des goûts de l'époque, mais ni dans le style Audrey Hepburn ni dans le style Tina Louise, et l'embarras de Murray sur ce point était complexe, inavouable. Il sentait qu'elle faisait là quelque chose qui n'allait ni avec son sérieux, ni avec sa réserve, ni avec son ton caustique. Elle se comportait comme sa mère aurait pu le prédire. (« Écoute, je suis sûre qu'elle est adorable, ce dont je suis moins sûre c'est qu'elle ait été très bien élevée », avait déclaré sa mère, et même Murray pouvait comprendre qu'il ne s'agissait pas là des livres que Barbara avait pu lire ni des notes qu'elle avait pu obtenir en classe.) Le plus déroutant, c'est qu'elle se comportait d'une façon qui n'allait pas avec son appétit sexuel, ou du moins avec ce qu'en connaissait Murray, qui pourtant était censé être plus qu'au courant… Elle n'avait rien de réellement passionné. Il se disait parfois qu'elle affectait de paraître plus passionnée qu'elle ne l'était. C'était ce qu'évoquaient pour lui ces vêtements, c'était aussi pourquoi il ne pouvait lui en faire mention. Ils dénotaient un manque de confiance en soi, une certaine impudence, une certaine tendance à l'excès. Murray voulait bien voir toutes sortes de travers chez Barbara, son manque de charité, peut-être, ou son intransigeance, mais il se refusait à voir quoi que ce soit qui pût lui donner l'air tant soit peu ridicule ou triste aux yeux des autres.

Il y avait un bouquet de lilas au centre de la table. Ils gênaient le service, éparpillant leurs fleurs sur la nappe. N'y tenant plus, Murray finit par dire : « Dis-moi, Barbara, faut-il vraiment que nous ayons ces fleurs sur la table ? » (La voix du mari bien élevé qui en a marre…) « On ne peut même pas se voir quand on se parle ! »

Pourtant, à ce moment-là, personne ne parlait.

Barbara se pencha, exhibant, sans nulle honte, la naissance de ses seins. Sans mot dire, elle souleva le bouquet, arrosant la nappe et le plat de viande de fleurs de lilas. Une de ses boucles d'oreilles atterrit dans la compote.

Ils auraient dû en rire. Mais personne n'en fut capable. Barbara adressa à Murray un regard qui en disait long. Il pensa qu'ils pouvaient aussi bien se lever de table et abandonner les restes et la conversation, maintenant inerte. Tant qu'à faire, autant aller chacun de son côté…

À l'aide d'une fourchette, Victor repêcha la boucle d'oreille dans la compote. Il l'essuya avec sa serviette, la posa à côté de l'assiette de Barbara. « J'ai essayé de me rappeler à quelle héroïne de livre vous me faites penser. »

Barbara remit la boucle d'oreille en place. Beatrice admirait par-delà, ou à travers, la tête de son mari, le papier qui tapissait le mur, des médaillons crème sur fond ivoire, un papier que la mère de Murray avait choisi pour la cabane du jardinier et qui, s'il était joli, restait cependant d'un prix abordable.

« À Katerina Ivanovna Verkhovtsev, dit Victor, c'est la fiancée.

– Je sais qui c'est, reprit Barbara. Elle est casse… pieds. »

À la légère hésitation finale, Murray comprit que peu s'en était fallu que Barbara dise « casse-couilles ».

« C'est Beatrice », confia Murray à Barbara tandis qu'il l'aidait à faire la vaisselle. Il s'était déjà excusé pour les lilas. Il expliqua que c'était Beatrice qui l'avait poussé à bout, qui leur avait gâché la soirée. « Victor n'est pas lui-même quand elle est là, dit-il. Il avait bien caché sa lumière sous le boisseau. » Il imagina Beatrice fondant sur Victor pour l'éteindre. Les os de Beatrice qui craquaient. Ses jupes humides.

« Je peux très bien me passer de l'un et de l'autre », déclara Barbara. C'est alors qu'ils s'embarquèrent dans leur grande discussion sur les gens que l'on remarque par trop aisément et les missions secrètes. Ils terminèrent la soirée en réglant le sort de la bouteille de vin et en riant de la conduite de leurs rejetons.

Victor commença à venir faire un tour en fin de journée. De toute évidence, le dîner ne lui avait laissé percevoir ni cassure ni remous dans leur amitié mais semblait, en fait, l'avoir mis plus à l'aise. Il pouvait maintenant dire quelque chose au sujet de son ménage, sans se plaindre ni chercher à expliquer, quelque chose du genre « Beatrice veut… » ou « Beatrice croit… » et soyez sûr qu'on en comprenait long…

Au bout de quelque temps il en dit même davantage.

« Beatrice attend avec impatience que je termine l'écurie mais il faut que j'en finisse d'abord avec les problèmes d'écoulement, d'ailleurs les tuiles ne sont pas arrivées. Ce n'est donc pas toujours très drôle à la ferme. Enfin, nous avons un été magnifique. Je suis heureux ici. »

Il finit par dire : « C'est Beatrice qui a l'argent. Vous le saviez ? C'est à elle d'appeler le plombier, non ? Je me trompe ? »

Murray avait bien vu les choses.

« Il l'a épousée pour son fric et aujourd'hui c'est lui qui doit bosser, remarqua Barbara. Enfin, il a le temps de venir faire un tour par ici…

– Il ne peut quand même pas travailler jour et nuit, dit Murray. Il ne s'arrête plus pour une tasse de café dans la journée. »

C'était sur ce ton qu'ils continuaient à parler de Victor. Barbara ouvrait le feu, Murray contre-attaquait. C'était devenu un jeu. Murray était soulagé de voir que Barbara ne mettait pas Victor mal à l'aise, ses visites en fin de journée ne semblaient pas lui déplaire.

Victor arrivait, en général, au moment où Murray rangeait la tondeuse, ramassait les jouets des enfants, vidait leur petit bassin ou déplaçait le tourniquet d'arrosage sur la pelouse de sa mère. (Sa mère, comme à l'habitude, passait une partie de l'été là-bas, dans la vallée d'Okanagan.) Victor s'efforçait d'aider, se prêtant à ces tâches comme un brave robot engourdi. Ils installaient ensuite les deux chaises longues au milieu de la pelouse et s'asseyaient. Ils entendaient Barbara s'affairer dans la cuisine, sans allumer parce que, disait-elle, ça lui donnait chaud. Une fois qu'elle avait fini, elle prenait une douche et faisait son apparition dans le jardin pieds nus, jambes nues, ses longs cheveux mouillés, sentant le savon au citron. Murray entrait remplir trois verres de gin-tonic, de glaçons et de citron vert. Il s'obstinait à oublier que Barbara ne gardait pas les citrons verts dans le réfrigérateur et l'appelait pour lui demander où ils étaient ou si elle avait oublié d'en acheter. Victor abandonnait sa chaise longue et allait s'allonger sur l'herbe, sa cigarette rougeoyant dans la pénombre. Ils levaient la tête, essayant de repérer un satellite, un spectacle encore rare, qui vous laissait pantois. Ils entendaient les tourniquets d'arrosage, ponctués de cris dans le lointain, de sirènes ou de rires, relents d'un programme de télévision qui leur parvenait par les fenêtres ouvertes et les portes grillagées donnant sur la rue, ces portes que l'on claquait tandis que l'on abandonnait un instant le petit écran. Des jardins voisins, où des gens étaient assis, comme eux, à regarder le ciel, s'élevaient des bruits de voix confus. On avait l'impression de vies bien audibles mais solitaires, flottant sous le ciel de hêtres et d'érables au seuil des maisons, ou à l'arrière, dans les terrains vagues, tout comme des êtres qui devisent dans une même pièce flottent à l'orée du sommeil. Le bruit des glaçons qui tintaient sans qu'on les vît portait à la méditation, rassurait.

Il leur arrivait de jouer tous les trois à un jeu que Barbara avait inventé ou transformé. On appelait ça Oranges et pommes. Elle s'en servait pour garder les enfants occupés pendant les longs trajets en voiture. C'était un jeu où il fallait choisir, les choix variaient de très facile à très difficile. Vous pouviez partir de beurre de cacahuète ou bouillie d'avoine et, de là, parvenir à beurre de cacahuète ou compote de pomme, ce qui était déjà plus difficile. Les choix vraiment délicats pouvaient mettre en cause deux choses que vous aimiez beaucoup ou deux choses que vous détestiez franchement ou encore des choses qu'il était, pour l'une ou l'autre raison, presque impossible de comparer. Il n'y avait pas moyen de gagner. Tout le charme du jeu consistait à imaginer des choix torturants ou à se laisser torturer par ces choix. Pour que l'on envisage d'y mettre un terme, il fallait qu'un joueur gémisse : « J'y renonce. Cette fois, je n'en peux plus. C'est trop ridicule. Je ne veux même plus y penser ! »

Préféreriez-vous manger un épi de maïs que l'on vient de cueillir ou de la glace à la fraise faite à la maison ?

Préféreriez-vous plonger dans un lac bien frais par une journée torride ou pénétrer dans une cuisine bien chaude sentant bon le pain qui cuit après avoir pataugé dans un marécage sous une tempête de neige ?

Préféreriez-vous faire l'amour à Mme Khrouchtchev ou à Mme Eisenhower ?

Préféreriez-vous manger une tranche de graisse de porc froide ou avaler un discours à un déjeuner de Kiwanis ?

À la ferme, les choses allaient mal. L'eau du puits n'était pas potable. Les pommes de terre brunissaient et pourrissaient. Toutes sortes d'insectes envahissaient la maison, le système d'évacuation des eaux n'était pas achevé. Tout cela ne semblait pourtant rien à côté de la malveillance humaine. Un soir, avant que Barbara ne vienne se joindre à eux, Victor confia à Murray : « Je ne peux plus prendre mes repas à la ferme, je suis forcé de les prendre au café du coin.

– L'atmosphère est donc si pénible que ça ? demanda Murray.

– Non, voyez-vous, pénible ça l'a toujours été, mais ce que je viens de découvrir est bien plus que pénible. »

Du poison. Victor expliqua qu'il avait trouvé un flacon d'acide prussique. Il ignorait depuis combien de temps celui-ci était en la possession de Beatrice, mais il doutait que ce fût depuis très longtemps. À la ferme, on n'en utilisait pas. Il ne pouvait penser qu'à une seule et unique utilisation…

« Ridicule, commenta Murray. Elle ne ferait jamais ça. Elle n'est pas folle. Elle n'a rien d'une empoisonneuse.

– Mais vous n'avez aucune idée, non, aucune idée du genre de personne qu'elle est ni de ce qu'elle est capable de faire. Vous êtes persuadé qu'elle n'empoisonnerait jamais personne, que c'est une dame anglaise. En Angleterre il y a des meurtres à tous les coins de rues et il s'agit souvent de dames et de messieurs très bien, de maris et de leurs épouses. Non, je ne peux plus prendre mes repas chez elle. Je me demande même si je suis en sécurité quand je dors là-bas. Hier soir, je suis resté allongé auprès d'elle ; eh bien quand elle dormait, elle était aussi glacée qu'un serpent. Je me suis relevé et je suis allé m'étendre sur le plancher, dans l'autre pièce. »

Murray se rappela l'appartement du gardien, vide depuis des années. Il était au troisième étage du bâtiment du magasin, à l'arrière.

« Eh bien, si vous le pensez réellement, dit-il. Si vous voulez réellement déménager… » Après que Victor avait accepté, avec étonnement, soulagement et reconnaissance, Murray dit : « Barbara vous le nettoiera. »

Il ne lui vint pas à l'esprit que Victor ou lui-même pourrait le balayer et le nettoyer ; cela ne vint pas non plus à l'esprit de Barbara. Le lendemain, elle alla tout remettre en état, elle apporta draps et serviettes de toilette, casseroles et assiettes, tout en restant, bien sûr, sceptique au sujet du risque d'empoisonnement. « À quoi lui servirait-il, une fois mort ? »

Victor trouva immédiatement un travail comme gardien de nuit des installations de surface de la mine de sel. Il aimait travailler de nuit. N'ayant plus besoin de voiture, il se rendait à pied à son travail à minuit et regagnait son appartement le matin. Si Murray était au magasin avant huit heures et demie, il entendait Victor gravir l'escalier du fond. Comment arrivait-il à dormir en plein jour dans cette espèce de réduit sous ce toit tout plat, brûlant ?

« Je dors admirablement, répondait Victor. Je fais mon fricot, je mange, je dors. Je me sens soulagé. Soudain, c'est la paix. »

Un jour, Murray rentra à l'improviste, au milieu de l'après-midi.

Ces mots s'imprimèrent dans son esprit après coup. Des mots éculés, sinistres. *Un jour, je suis rentré chez moi à l'improviste*… A-t-on jamais entendu une histoire dans laquelle un homme rentre chez lui à l'improviste et trouve une merveilleuse surprise ?

Il rentra donc chez lui à l'improviste et il ne trouva – pas de Victor et Barbara au lit ensemble, pas de Victor dans la maison – personne dans la maison. Pas plus de Victor dans le jardin. Adam jouait à s'éclabousser dans la piscine en plastique, à côté de Barbara allongée sur le couvre-pieds passé, taché d'huile solaire, dont ils se servaient à la plage. Elle portait un maillot de bain noir sans bretelles qui ressemblait à un corset et que l'on ne considérerait plus comme attirant d'ici quelques années. Il lui sciait les cuisses, les serrait l'une contre l'autre, lui comprimait la taille, l'estomac, les hanches et lui remontait les seins en les faisant tellement ressortir qu'on aurait cru qu'ils étaient en quelque matière au moins aussi ferme que du polystyrène. Au soleil, bras, jambes, poitrine et épaules paraissaient blancs, même s'ils avaient l'air bronzés quand elle rentrait à la maison. Elle ne lisait pas, même si elle avait un livre ouvert à côté d'elle. Elle était allongée sur le dos, les bras le long du corps. Murray voulut l'appeler à travers la porte grillagée, mais il ne le fit pas.

Pourquoi ? Il la vit soulever le bras pour se protéger les yeux, puis soulever les hanches et changer légèrement de position. Le mouvement aurait pu sembler des plus naturels, fortuit, un de ces ajustements presque involontaires. Qu'est-ce qui fit croire à Murray qu'il n'en était rien ? Cette façon de s'arrêter, cette lenteur étudiée, ce manque de naturel, tandis que la chair se gonflait légèrement puis se relâchait, c'était, pour lui, un homme qui connaissait le corps de cette femme, le signe évident que la dame n'était pas seule. En pensée, du moins, elle n'était pas seule.

Murray alla à la fenêtre au-dessus de l'évier. Une haute haie de thuyas isolait le jardin de l'allée et des plates-formes de livraison situées au fond du magasin. On voyait toutefois le jardin, la partie du jardin où Barbara était allongée, depuis la fenêtre de l'appartement du troisième étage. Barbara n'avait pas mis de rideaux aux fenêtres de l'appartement. C'est ainsi que

Murray aperçut Victor, là-haut, assis à cette fenêtre. Victor avait apporté une chaise pour pouvoir ainsi s'asseoir et contempler tout à loisir. Son visage avait quelque chose de bizarre, on aurait dit qu'il portait un masque à gaz.

Murray alla dans la chambre, il prit les jumelles qu'il venait d'acheter avec l'idée de faire des randonnées et d'apprendre aux enfants à reconnaître les oiseaux. Il veillait à ne pas faire de bruit. Dehors, Adam se chargeait de faire assez de bruit pour distraire l'attention.

En regardant Victor avec ses jumelles, il vit un visage comme le sien, un visage en partie caché par des jumelles. Victor avait lui aussi les siennes. Victor regardait Barbara avec des jumelles.

Il en ressortit qu'il était nu, ou, du moins, que ce que vous aperceviez de lui était nu, et qu'il était assis sur un siège à dossier droit, à la fenêtre de sa chambre où il devait faire très chaud. Cette chaleur, Murray la sentait, tout comme il sentait le siège dur, gluant de sueur, l'excitation de l'homme, puissante certes, mais contrôlée et refoulée. En regardant Barbara il pouvait sentir ce feu qui folâtrait sur son corps, cette énergie qui bouillonnait sur sa peau tandis qu'elle se rendait à cet assaut. Elle n'était pas sans bouger, un frisson constant l'agitait, c'était de discrètes virevoltes, des soubresauts. Ça frémissait, ça se mouvait. C'était insupportable à regarder. En présence de son enfant, au beau milieu de la journée, chez elle, dans son jardin, là, allongée sur l'herbe, elle l'invitait. Promettant – non, elle la lui fournissait déjà – la plus exquise coopération… C'était obscène, c'était captivant, c'était insupportable.

Murray pouvait se voir… Un homme derrière des jumelles en train de regarder un homme derrière des jumelles en train de regarder une femme… Une scène de film. Une comédie.

Il ne savait où aller. Il ne pouvait pas aller dans le jardin mettre fin à tout ça. Il ne pouvait pas non plus retourner au magasin en sachant ce qui se passait dans son dos. Il sortit de la maison, prit la voiture, qu'il rangeait dans le garage de sa mère, et s'en fut faire un tour. Maintenant il avait quelque chose à ajouter à *Un jour je suis rentré chez moi à l'improviste... J'ai compris que ma vie avait changé.*

Mais il ne le comprenait pas. Il avait beau répéter : ma vie a changé, ma vie a été changée, il ne le comprenait pas du tout.

Il alla se promener dans les bas quartiers de Walley, traversa un passage à niveau et se retrouva en pleine campagne. La vie semblait comme à l'habitude mais n'était qu'une méchante imitation d'elle-même. Il conduisait fenêtres baissées, essayant de faire du courant d'air, mais il roulait trop lentement : hors des limites de la ville, il se contentait de la vitesse réglementaire en ville. D'un coup de klaxon, un camion le rappela à l'ordre devant la briqueterie. Le bruit du klaxon et le soleil que réfléchissaient les briques le firent sursauter, ce fut le coup de grâce : il se mit à geindre comme s'il avait la gueule de bois.

Et la vie quotidienne continua, cernée par le désastre comme par une joyeuse ligne de feu. Il sentait sa maison transparente, il sentait sa vie transparente – mais au moins ça tenait bon –, il se sentait lui-même l'étranger qui avance à pas feutrés et observe d'un œil malicieux. Apprendrait-il autre chose ? Au dîner, sa fille demanda : « Dis, maman, pourquoi on va jamais à la plage cet été ? » Il était difficile de croire qu'elle n'était pas au courant de tout.

« Tu y vas, répondit Barbara. Tu y vas avec la maman de Heather.

– Mais comment ça se fait qu'on n'y va jamais Adam, toi et moi ?

– Adam et moi nous sommes contents ici. » Barbara dit cela d'un ton arrogant, assuré. Mielleux. « J'ai fini par en avoir assez de parler avec les autres mères.

– Tu n'aimes pas la maman de Heather ?

– Bien sûr que si.

– Non, c'est pas vrai.

– Je te dis que si. Écoute, Felicity, je suis tout bonnement paresseuse. Je ne suis pas sociable.

– Ça c'est bien vrai », renchérit Felicity, satisfaite. Elle sortit de table et, comme pour distraire Murray, Barbara se mit à décrire le campement sur la plage qu'avaient organisé les autres mères. Transats, parasols, jouets gonflables, matelas pneumatiques, serviettes, vêtements de rechange, lotions, huiles, antiseptiques, pansements, chapeaux de soleil, citronnade, sirops, sucettes glacées fabrication maison, et toutes sortes de friandises, en principe bonnes pour la santé. « Qui sont censées empêcher ces petits monstres de pleurnicher pour qu'on leur achète des frites, expliqua Barbara. Elles ne regardent jamais le lac sauf si l'un de leurs gamins est dedans. Elles ne sont bonnes qu'à parler de l'asthme de leurs gosses ou de l'endroit où acheter les tee-shirts les moins chers. »

Victor continuait ses visites du soir. Ils s'asseyaient dans le jardin et buvaient du gin. Il semblait maintenant que, dans les jeux et les conversations sans objet, Victor et Barbara s'en remettaient à Murray, ponctuant plaisanteries ou annonces d'étoiles filantes d'un rire approbateur ou d'applaudissements. Il les laissait souvent seuls. Il allait à la cuisine rechercher du gin ou des glaçons, il allait jeter un coup d'œil sur les enfants, prétendant que l'un d'eux avait appelé. Il imaginait alors le long pied nu de Victor glissant de sa sandale, allant caresser puis pétrir le mollet qu'offrait Barbara, la cuisse étirée. Leurs mains iraient vers l'autre, vers ce qu'elles pourraient en effleurer. Pendant un instant bien risqué, leurs langues se toucheraient peut-être. Mais dès qu'on entendait le bruit de ses pas, ils étaient toujours prudemment séparés, occupés à de pervers babils de pluie et de beau temps…

Victor devait partir plus tôt qu'auparavant pour aller travailler à la mine de sel. « À la mine de sel ! » disait-il – comme tant de gens par ici, la plaisanterie que l'on pouvait prendre au pied de la lettre.

Murray faisait alors l'amour à Barbara. Jamais il ne s'était montré aussi brutal avec elle. Ni si libre. Il éprouvait un sentiment de désespoir, de dépravation. C'est de la destruction, pensait-il. Une autre phrase lui revenait : *C'est la destruction de l'amour*. Il s'endormait comme une masse, se réveillait et refaisait l'amour. On sentait en elle une nouvelle complaisance, une passivité nouvelle. En lui disant au revoir au petit déjeuner, elle l'embrassait avec ce qui lui paraissait une étrange et clinquante compassion. Le soleil brillait chaque jour et, le matin surtout, cela lui faisait mal aux yeux. Le soir, ils étaient passés de deux verres à trois ou quatre, et il y mettait davantage de gin.

Venait un moment, chaque après-midi, où il ne pouvait plus supporter de rester au magasin, alors il partait faire un tour en voiture dans la campagne. Il traversait des villes à l'intérieur des terres, Logan, Carstairs, Dalby Hill. Il poussait parfois une pointe jusqu'au terrain de chasse de son père qui, maintenant, lui appartenait. Il descendait alors de voiture et allait faire un tour ou s'asseoir sur les marches de la cabane abandonnée, dont les ouvertures étaient condamnées par des planches. Il lui arrivait, au milieu de tous ces tourments, de ressentir une terrible exaltation : on le spoliait. On le délivrait de sa vie.

Cet été, comme chaque été, Murray, Barbara, Adam et Felicity passèrent un dimanche à cueillir des mûres le long des sentiers. Sur le chemin du retour, ils s'arrêtèrent devant l'étal d'un fermier et achetèrent des épis de maïs. Barbara prépara le dîner traditionnel aux premiers épis de maïs de l'année, qu'accompagnait la première tarte aux mûres de l'année. Le temps avait changé pendant qu'ils ramassaient les mûres et au moment où ils arrivèrent, la fermière fermait boutique et rembarquait dans son camion ce qu'elle n'avait pas vendu. Ils étaient ses derniers clients. Le ciel s'assombrissait et un vent tel qu'ils n'en avaient pas connu depuis des mois soulevait les rameaux et arrachait les feuilles mortes.

Des gouttes de pluie tambourinèrent sur le pare-brise. Le temps d'arriver à Walley, la tempête battait son plein. Il faisait si froid que Murray alluma le chauffage central. Dès la première bouffée de chaleur, une odeur de cave emplit la maison, cette odeur oubliée de racines, de terre, de ciment humide qui rappelle celle des grottes.

Murray brava l'averse pour mettre à l'abri le système d'arrosage et le petit bassin en plastique, puis il expédia les chaises longues sous l'avant-toit.

« Alors, notre été est fini ? » demanda-t-il à Barbara en secouant la tête pour se débarrasser des gouttes de pluie.

Les enfants regardèrent l'émission de Walt Disney. En bouillant, le maïs embuait les vitres. Ils dînèrent. Barbara fit la vaisselle tandis que Murray mettait les enfants au lit. Lorsqu'il referma la porte de leur chambre, il trouva Barbara assise devant la table, dans la pénombre, en train de boire une tasse de café. Elle portait un tricot de l'hiver précédent.

« Et Victor ? » dit Murray. Il alluma. « As-tu pensé à lui laisser une couverture dans l'appartement ?

– Non », répondit Barbara.

– Dans ce cas, il aura froid ce soir. Ce n'est pas chauffé là-bas.

– Il est assez grand pour venir réclamer une couverture s'il a froid, répondit Barbara.

– Tu le connais, tu sais parfaitement qu'il ne le fera pas, dit Murray.

– Et pourquoi pas ?

– Ce n'est pas son genre, c'est tout. »

Murray se dirigea vers le placard du couloir, il y trouva deux grosses couvertures qu'il apporta à la cuisine.

« Tu ne crois pas que tu ferais bien de les lui porter ? » Il posa les couvertures sur la table, devant Barbara.

« Pourquoi n'irais-tu pas toi-même ? riposta Barbara. Après tout, qui te dit qu'il est là ? »

Murray se dirigea vers la fenêtre au-dessus de l'évier. « Il y a de la lumière chez lui, c'est donc qu'il y est. »

Barbara se leva, elle était toute raide. Elle frissonna, comme si elle était restée un moment recroquevillée et avait maintenant froid.

« Tu crois que ce tricot te tiendra assez chaud ? demanda Murray. Ne ferais-tu pas mieux de mettre ton manteau ? Tu ne te donnes pas un coup de peigne ? »

Elle alla dans la chambre et en ressortit en chemisier de satin blanc et pantalon noir. Elle s'était recoiffée et avait changé de rouge à lèvres, celui-ci était très pâle. Ses lèvres paraissaient décolorées, perverses, au milieu de son visage que l'été avait bronzé.

« Pas de manteau ? dit Murray.

– Je n'aurai pas le temps d'attraper froid. »

Il lui posa les couvertures sur le bras et lui ouvrit la porte.

« C'est dimanche, dit-elle. Les portes seront fermées.

– Tu as raison », répondit Murray. Il lui tendit le double du trousseau de clefs qui était accroché dans la cuisine et s'assura qu'elle savait ouvrir la porte de côté du bâtiment.

Il regarda s'évanouir la moire de son chemisier puis traversa très vite la maison, en respirant bruyamment. Il s'arrêta dans la chambre et ramassa les vêtements qu'elle venait de quitter. Son jean, son chemisier et son tricot. Il les porta à son visage pour les sentir, pensant : C'est comme un jeu. Il voulait voir si elle avait changé de slip. Il secoua son jean, mais il ne trouva pas de slip. Il regarda dans le panier du linge sale, il n'y était pas. Aurait-elle été assez rusée pour le glisser dans les affaires des enfants ? Et puis, à ce point, à quoi bon être rusée ?

Son jean avait l'odeur de tous les jeans qui ont été portés quelque temps sans qu'on les lave. Odeur du corps, odeur de ses labeurs. Odeur de poudre à récurer, vieilles odeurs de cuisine. Il restait un peu de farine, souvenir de la pâte à tarte de ce soir. Le chemisier sentait le savon, la transpiration et peut-être la fumée. Était-ce bien de la fumée ? De la fumée de cigarette ? En reniflant de plus près, il n'était plus sûr du tout que c'était de la fumée. Il pensa à sa mère qui disait que Barbara n'était pas bien élevée. Les vêtements de sa mère n'auraient jamais senti comme ça, ils n'auraient jamais senti son corps, ils n'auraient jamais senti sa vie… Elle avait voulu dire que Barbara manquait de bonnes manières, mais avait-elle aussi voulu dire qu'elle était… *légère* ? Une femme légère… Dès qu'il entendait ce mot, il voyait un chemisier déboutonné, des vêtements glissant le long d'un corps pour en signaler les appétits, la disponibilité. Et il pensait que ça voulait sans doute dire ça, légère. Une femme qui pouvait s'envoler, une femme qui n'avait pas d'attaches, une femme sur laquelle on ne pouvait compter, une femme qui pouvait se laisser entraîner.

Elle s'était détachée de sa famille. Elle les avait complètement abandonnés. N'aurait-il pas pu comprendre qu'elle pouvait tout aussi bien le laisser, lui ?

N'avait-il pas compris ça depuis toujours ?

Il avait compris qu'il y aurait des surprises.

Il retourna à la cuisine. *(Il entre en titubant dans la cuisine.)* Il se versa un demi-verre de gin, sans tonic ni glaçons. *(Il se verse un demi-verre de gin.)* Il pensa à d'autres humiliations : sa mère retrouverait toute sa vitalité. Elle reprendrait en main l'éducation des enfants. Les enfants et lui emménageraient chez sa mère. À moins que les enfants n'y aillent seuls et que lui reste ici à boire du gin. Barbara et Victor viendraient peut-être le trouver, désireux de lui témoigner leur amitié. Ils pourraient se mettre en ménage, lui demander de venir passer la soirée, et il accepterait.

Non. Ils ne penseraient pas à lui. Ils le banniraient de leurs pensées, ils s'en iraient.

Enfant, Murray n'était pas bagarreur. Il était diplomate et avait bon caractère. Il finit pourtant un jour par se battre dans la cour de l'école et fut terrassé par un coup de poing qui le laissa inconscient pendant environ une demi-minute. Allongé sur le dos, étourdi, il vit les feuilles d'une branche au-dessus de sa tête se transformer en oiseaux noirs que les frissons du vent pailletaient d'étincelles dès que le soleil se montrait. Le coup de poing l'avait envoyé dans un grand espace vide où soufflait une douce brise, où les formes étaient légères, changeantes, et où lui seul ne changeait pas. Allongé là, il se disait : *Ça m'est arrivé.*

On appelle Marches du Couchant l'escalier de soixante-dix-huit marches qui mène de la plage au parc situé au-dessus des falaises. À côté de ces marches, une pancarte indique l'heure quotidienne du coucher du soleil, depuis le début du mois de juin jusqu'à la fin du mois de septembre. « REGARDEZ LE SOLEIL SE COUCHER DEUX FOIS », annonce-t-elle, tandis qu'une flèche vous dirige vers les marches, l'idée étant que si vous remontez les marches en courant, vous verrez la dernière portion de soleil disparaître une seconde fois. Les visiteurs s'imaginent que ce phénomène et la coutume d'afficher l'heure du couchant font partie des vieilles traditions de Walley ; en fait, c'est une idée originale de la chambre de commerce.

La promenade est neuve. Le vieux kiosque du parc est également neuf : il n'y en avait jamais eu. Tous ces petits conforts, toutes ces inventions séduisent le visiteur – Murray ne saurait vraiment les dénigrer : n'est-il pas lui-même dans le tourisme ? – et font tout autant plaisir aux habitants. En cet été des années soixante, au cours duquel Murray a passé tant de temps à se promener dans la campagne, on aurait dit que l'on s'acharnait à détruire, faire disparaître, laisser pourrir, négliger tout vestige des temps jadis. Le nouveau système s'en prenait au principe des fermes, on coupait les arbres pour élargir les routes, on désertait les boutiques de village, les écoles, les maisons. Tout le monde attendait, semblait-il, avec impatience, des aires de stationnement, des centres commerciaux, des pelouses de banlieue aussi lisses que si elles étaient peintes.

Murray dut accepter le fait qu'il n'était pas dans le vent, qu'il avait tenu pour définitives des choses qui n'étaient que fortuites ou temporaires, d'où, sans aucun doute, cette folie à la fois destructrice et rénovatrice dans laquelle il devait sombrer quelques mois plus tard.

Et on dirait que le monde d'aujourd'hui a fini par revenir à la façon de voir de Murray. On restaure les vieilles maisons, on en construit de neuves dotées de vérandas à l'ancienne. Il est rare de rencontrer quelqu'un qui ne regrette pas ces arbres qui donnent de l'ombre, les bazars, ces bonnes vieilles pompes de village, les granges, les coins et les recoins. Murray lui-même a du mal à se rappeler le plaisir que tout cela lui procurait jadis, tout comme il a du mal à trouver où se réfugier.

Une fois au bout de la promenade, à l'endroit où les cèdres se pressent vers la plage, il s'asseyait sur un rocher. Il remarquait d'abord l'étrangeté et la beauté de ce rocher sillonné d'une ligne comme si, après l'avoir fendu en diagonale, on l'avait malhabilement recollé, décalant ainsi les veinures. Il s'y connaissait assez en géologie pour comprendre que la ligne était une faille et que le rocher devait provenir du bouclier précambrien à cent cinquante kilomètres de là. Ce rocher était antérieur à la dernière période glaciaire, il était beaucoup plus ancien que le rivage sur lequel il était posé. Il n'y avait qu'à voir la façon dont il était plissé, et tout aussi bien fendu, la façon dont la couche du dessus s'était figée en vagues, rappelant des volutes de crème.

Cessant de s'y intéresser, il allait s'asseoir sur le rocher. Maintenant il contemple le lac. Délicate ligne turquoise qui ourle l'horizon tel un trait de plume, il devient bleu pâle jusqu'à la jetée, nuancé de vagues vertes et argentées qui se brisent dans le sable. La mer Douce… Les Français l'avaient ainsi baptisé. Il peut, bien sûr, changer de couleur en l'espace d'une heure et devenir monstrueux, selon le vent et ce qui remonte de ses bas-fonds.

Même ceux qui n'ont jamais regardé onduler un pré ni un champ de blé viendront s'asseoir et contempler le lac. Pourquoi cela, puisque le mouvement est le même ? Ce doit être cet élan purificateur, destructeur, qui les attire. Cette eau qui sans cesse revient, cette eau qui ronge et façonne le rivage.

Il en est de même avec celui qui meurt de cette sorte de mort. Il a vu son père. Il a vu les autres. Ça s'en va, ça s'évanouit, par fines couches, jusqu'à l'os qui se retrouve à vif.

Même s'il ne regarde pas dans cette direction, il sait quand Barbara apparaît. Il se retourne et l'aperçoit en haut des marches. La grande Barbara, dans sa cape d'automne couleur des blés, en laine tissée à la main. Voici qu'elle descend, sans hâte ni hésitation particulière, sans se tenir à la rampe, avec son air habituel, circonspect mais indifférent. Rien de révélateur dans sa façon d'avancer.

Lorsque Barbara a ouvert la porte de service, ses cheveux dégoulinaient de pluie et son chemisier de satin criblé de taches n'était plus qu'une loque de luxe.

« Que fais-tu ? a-t-elle demandé. Que bois-tu ? Du gin pur ? »

Alors Murray a dit que ni l'un ni l'autre n'a jamais mentionné ni oublié. « Il n'a pas voulu de toi ? » a-t-il dit.

Barbara s'est approchée de la table, elle a pris la tête de Murray et l'a pressée contre le satin humide, contre les cruels petits boutons de son chemisier, elle l'a pressée sans merci contre ses seins tout durs. « Nous n'en parlerons jamais, a-t-elle dit. Jamais. D'accord ? » Il sentait l'odeur de cigarette, l'odeur de la peau étrangère. Elle le serra contre elle jusqu'à ce qu'il lui fît écho.

« D'accord. »

Et elle s'en tint à ce qu'elle avait dit, même lorsqu'il lui annonça que Victor s'en était allé par le car du matin, leur laissant un message à tous deux. Elle ne demanda ni à voir ni à toucher le message. Elle ne demanda pas ce qu'il disait.

(« Je vous suis profondément reconnaissant. J'ai maintenant assez d'argent pour me dire qu'il est temps d'aller vivre ailleurs. Je pense me rendre à Montréal où je serai heureux de parler français. »)

En bas des marches, Barbara se baisse pour ramasser quelque chose de blanc. Murray et elle vont à la rencontre l'un de l'autre le long de la promenade. Au bout d'une minute, Murray voit ce que c'est : un ballon blanc, souffreteux, ratatiné.

« Regarde », dit Barbara en s'approchant de lui. Elle lit une carte attachée à la ficelle du ballon. « Anthony Burler. Douze ans. Lycée de Joliet. Crompton, Illinois, 15 octobre. » Ça remonte à trois jours seulement. Pas plus de trois jours pour venir jusqu'ici ?

« Tout va bien, dit-elle alors. Ce n'était rien. Rien de méchant. Rien d'inquiétant.

– Parfait », dit Murray. Il la serre dans ses bras, il hume l'odeur de feuilles et de relents de cuisine de ses cheveux poivre et sel.

« Tu trembles ? » dit-elle.

Il ne le pense pas.

Facilement, sans honte, à la manière des vieux routiers du mariage, il annule le message qui clignotait quand il l'a aperçue en haut des marches : *Ne me déçois pas une nouvelle fois*…

Il regarde la carte qu'elle tient dans sa main et dit : « Ce n'est pas tout : « Livre préféré : *Le Dernier des Mohicans*. »

– Oh ! Ça c'est pour le professeur, dit Barbara avec son petit rire étouffé, à la fois désarmant et prometteur. C'est un mensonge. »

Images de glace

Trois semaines avant sa mort – il se noya dans un accident de bateau sur un lac dont personne n'avait jamais entendu parler – Austin Cobbett s'admirait dans une chemise sport bordeaux et un pantalon écossais, crème, marron et bordeaux, au fin fond d'un miroir à trois faces du rayon Hommes de chez Crawford, à Logan. Ni la chemise ni le pantalon ne se repassaient.

« Voyez-vous, lui dit Jerry Crawford en prenant la chemise la plus sombre et le pantalon le plus clair, vous êtes sûr de ne pas vous tromper. Ça fait jeune. »

Austin ricana. « Avez-vous déjà entendu l'expression "comme un mouton travesti en agneau" ?

– Ça se rapportait aux dames, dit Jerry. Et puis de toute façon, tout ça, ça a changé. Fini le rayon des vieux messieurs, fini le rayon des vieilles dames, tout le monde doit suivre la mode. »

Une fois qu'Austin se serait habitué à ses nouveaux vêtements, Jerry le persuaderait de s'acheter un cache-nez assorti et un pull-over crème. Austin tirerait utilement profit de tout le camouflage dont il pourrait bénéficier. En effet, depuis la mort de sa femme, un an plus tôt, et depuis qu'ils avaient fini par avoir un nouveau pasteur à l'Église unitaire (âgé de plus de soixante-dix ans, Austin était officiellement à la retraite mais il n'avait pas lâché, faisant des remplacements pendant qu'ils discutaillaient pour savoir s'ils embaucheraient ou non un nouvel employé et ce qu'ils le payeraient), il avait maigri, ses muscles avaient rétréci, sa bedaine se creusait comme chez les vieillards. Son cou était maintenant tout ridé, son nez s'était allongé, ses joues tombaient. C'était un vieux beau, maigre comme un clou mais costaud, prêt à s'équiper pour un second mariage.

« Il va falloir raccourcir le pantalon, remarqua Jerry. Vous nous donnerez bien un petit peu de temps pour ça, non ? Quand est l'heureux jour ? »

Austin prévoyait de se marier à Hawaï où vivait sa future épouse. Il confia que ce serait quinze jours plus tard.

Là-dessus entra Phil Stadelman, employé à la Toronto Dominion Bank. Il ne reconnut pas Austin de dos, bien que celui-ci ait été son ancien pasteur. Il ne l'avait jamais vu ainsi vêtu.

Phil y alla de sa blague sida, Jerry ne put l'en empêcher.

Pourquoi Newfie se mettait-il des préservatifs sur les oreilles ?

Parce qu'il ne voulait pas de prothèse auditive…

Austin se retourna et au lieu de dire : « Écoutez, les gars, je ne sais pas ce que vous en pensez, mais je n'arrive pas à comprendre que l'on puisse rire du sida », ou « Je me demande quel genre de plaisanteries on va raconter à Terre-Neuve sur les gens de Huron County », il dit : « Savoureuse celle-là ! » Il rit.

Savoureuse celle-là ! Il demanda alors à Phil ce qu'il pensait de ses vêtements.

« Vous croyez qu'ils vont se mettre à rire quand ils me verront débarquer à Hawaï ? »

Karine entendit cela en allant boire une tasse de café chez le marchand de beignets du coin. Assise au comptoir, elle entendit des hommes à une table derrière elle. Elle virevolta sur son tabouret et dit : « Écoutez, j'aurais pu vous le dire, ce n'est plus le même. Moi qui le vois tous les jours, j'aurais pu vous le dire. »

Karine a une silhouette élancée, la peau rêche, la voix non moins rêche et de grands cheveux blonds, aux non moins grandes racines noires. Elle a décidé de les laisser repousser dans leur couleur naturelle et elle est au point où elle pourrait les couper mais ne s'y résout pas. Jadis c'était une grande bringue blonde, timide et mignonne, qui se promenait sur le siège arrière de la moto de son époux. Disons qu'elle est devenue un peu bizarre, oh ! pas vraiment, sinon elle ne serait pas agent de police, même pistonnée par Austin Cobbett. Elle interrompt les conversations. On croirait qu'elle n'a que son jean et un vieux duffle-coat bleu marine à se mettre sur le dos. Elle a un air dur, soupçonneux, et tout le monde sait qu'elle a une dent contre son ex. Elle barbouille des choses sur la voiture avec son doigt : *Chrétien de pacotille. Baratineur lèche-cul. Brent Duprey est un salopard.* Personne ne sait qu'un jour elle a écrit *Lazare suce*, parce qu'elle est retournée (elle fait ça le soir) l'effacer avec sa manche. Pourquoi ? Parce que ça pouvait être dangereux – les ennuis pouvant être plus ou moins surnaturels, rien à voir avec une explication chez le commissaire de police – et que ce n'est pas au Lazare de la Bible qu'elle en veut mais au foyer Lazare, que dirige Brent et où il habite.

Karine vit là où elle a vécu avec Brent ces derniers mois, au-dessus de la quincaillerie, à l'arrière, dans une grande pièce avec une alcôve (celle du bébé) et une cuisine au bout. Elle passe beaucoup de temps chez Austin à lui faire son ménage et à tout préparer pour son départ à Hawaï. Il habite encore le vieux presbytère, rue de Pondichéry. L'Église a fait construire une maison pour le nouveau pasteur. Elle est agréable, avec son patio et son double garage ; en effet, les femmes de pasteurs travaillent souvent maintenant et cela aide bien si elles peuvent trouver un poste d'infirmière ou d'enseignante, ce qui nécessite deux voitures. Le vieux presbytère est une maison en briques grisâtres, un liseré bleu court sur la véranda et sur les pignons. Il a besoin de beaucoup de travaux. Il faut l'isoler, sabler la façade, repeindre, remplacer les châssis des fenêtres, recarreler la salle de bains. En rentrant chez elle, le soir, Karine s'amuse souvent à penser à ce qu'elle en ferait si c'était à elle et si elle en avait les moyens.

Austin lui montre une photo de Sheila Brothers, la femme qu'il va épouser. En fait, c'est une photo d'eux trois, Austin, son épouse et Sheila Brothers, devant une maison en rondins et des sapins. Un bungalow où il, ou, plutôt, ils ont fait la connaissance de Sheila. Austin porte sa chemise noire de fonction et son rabat. Il a l'air faux jeton avec son sourire gêné et pastoral. Son épouse ne regarde pas de son côté, mais le grand nœud de son écharpe fleurie voltige autour de son cou. Cheveux blancs flous, silhouette élégante. Elle a du chic. Sheila Brothers. Mrs Brothers, veuve de son état, regarde droit devant elle, c'est la seule qui paraisse vraiment joyeuse. Ses cheveux courts et blonds qui lui encadrent le visage lui donnent un air de femme d'affaires, elle porte un pantalon marron, un polo blanc sous lequel pointent de bonnes grosses bosses au niveau de la poitrine et de son estomac, elle affronte de plein fouet l'appareil photo, sans s'inquiéter outre mesure de ce qui en ressortira.

« Elle paraît heureuse, commente Karine.

– Disons qu'elle ne savait pas qu'elle m'épouserait, à cette époque. »

Il lui montre une carte postale de la ville où vit Sheila. La ville où il vivra lorsqu'il sera à Hawaï. Il lui montre aussi une photo de la maison de Sheila. Une rangée de palmiers se dresse au beau milieu de la rue principale, bordée de petits immeubles blancs ou roses et agrémentée de lampadaires auxquels sont suspendues des corbeilles débordantes de fleurs. Au-dessus, le ciel. Un ciel d'un bleu turquoise soutenu, sur lequel le nom de la ville, un nom hawaïen que vous n'avez aucun espoir de prononcer ni de jamais vous rappeler, court en lettres gracieuses comme du ruban de soie… Ce nom qui flotte dans le ciel là-bas n'avait rien d'étonnant. Quant à la maison, vous pouviez à peine en avoir une idée, un petit bout de balcon au milieu d'arbres et de buissons en fleurs, une gerbe rouge, rose et or. Mais, juste en face, il y avait la plage, le sable sur lequel les vagues, parées de leurs pierreries flamboyantes, venaient mourir. Austin Cobbett irait s'y promener avec la gentille Sheila. Pas étonnant qu'il lui fallût des habits neufs…

Ce qu'Austin veut, c'est que Karine l'aide à se débarrasser de tout. Même de ses livres, de sa vieille machine à écrire ou des photos de sa femme et des enfants. Son fils vit à Denver, sa fille à Montréal. Il leur a écrit, il les a appelés en leur demandant de lui faire savoir ce qu'ils aimeraient garder. Son fils veut les meubles de la salle à manger ; un camion de déménagement viendra les chercher la semaine prochaine. Sa fille a répondu qu'elle ne voulait rien. (Karine pense qu'elle pourrait bien changer d'avis : on veut toujours *quelque chose*.) Meubles, tableaux, rideaux, tapis, assiettes, batterie de cuisine finiront à la salle des ventes. La voiture d'Austin, sa tondeuse électrique et le chasse-neige que son fils lui a offert pour Noël aboutiront également sous le marteau du commissaire-priseur. La vente aura lieu après le départ d'Austin pour Hawaï, le profit en ira au foyer Lazare, qu'Austin a fondé au temps de son ministère et qu'il avait alors appelé foyer Volte-Face. Ils ont en effet décidé – Brent Duprey a décidé – que mieux vaudrait un nom qui fasse plus religieux, plus chrétien.

Au début, Austin devait simplement leur donner tout ça pour qu'ils s'en servent au foyer, mais il s'est dit qu'il serait plus délicat de leur donner l'argent, qu'ils pourraient dépenser comme bon leur semblerait, en achetant des choses qui leur plaisaient plutôt que de les contraindre à manger dans les assiettes de son épouse ou de les forcer à s'asseoir sur son canapé de chintz.

« Et s'ils empochent l'argent et vont acheter des billets de loterie ? demande Karine. Vous ne trouvez pas que c'est là une bien grosse tentation ?

– Vous n'irez jamais loin dans la vie sans rencontrer des tentations, reprend Austin, avec son petit sourire qui vous rend enragé. Et s'ils gagnent à la loterie ?

– Brent Duprey est un salopard. »

Brent a repris les rênes du foyer Lazare qu'Austin a fondé. Cet endroit où l'on accueillait ceux qui voulaient s'arrêter de boire ou changer de vie est devenu une espèce de foyer de renouveau avec des nuits entières de prières, de chants, de gémissements et de confessions. Si ça a échoué entre les mains de Brent, c'est qu'il est devenu plus religieux qu'Austin. Austin a aidé Brent à ne plus boire, il a fait tout ce qu'il a pu pour le tirer de là, le tirer de la vie qu'il menait ; il lui a permis de changer de vie en dirigeant ce foyer grâce aux subventions de l'Église, du gouvernement, etc. Austin a commis une grave erreur en imaginant que ce serait une façon de stabiliser Brent. À peine sur la route de la sainteté, Brent a commencé à s'en prendre au passé. Il a eu tôt fait de faire fi de la religion bien tranquille d'Austin, éloignant de lui les fidèles de son église sous prétexte qu'il leur fallait un christianisme plus strict, impitoyable. Austin fut évincé du foyer Lazare et de son église à peu près au même moment, et Brent n'eut aucun mal à mener le nouveau pasteur par le bout du nez. Et malgré cela, ou à cause de cela, Austin veut donner l'argent au foyer Lazare.

« D'ailleurs, qui peut prétendre que les chemins de Brent ne mènent pas plus sûrement à Dieu que les miens ? »

Karine a maintenant l'habitude de sortir pratiquement n'importe quoi à n'importe qui. « Ne me faites pas dégobiller », répond-elle à Austin.

Austin lui conseille de noter ses heures pour se faire payer, il ajoute que si quelque chose la tente elle n'a qu'à le lui dire, ils en parleront.

« Vous comprendrez, bien sûr, précise-t-il, que si vous me demandiez la voiture ou le chasse-neige, je serais obligé de vous dire non, parce que ce serait prendre quelque chose à ces braves gens du foyer. Que diriez-vous de l'aspirateur ? »

La voit-il vraiment comme ça ? Comme quelqu'un qui ne pense qu'à faire le ménage ? Et puis, de toute façon, l'aspirateur est antique.

« Je parie que je devine ce que Brent a dit quand vous lui avez annoncé que j'étais en charge de tout ça, dit-elle. Je l'entends d'ici : « Prendrez-vous un avocat pour garder l'œil sur elle ? » Il a dit ça ! N'est-ce pas ? »

Au lieu de répondre Austin reprend : « Pourquoi aurais-je davantage confiance en un avocat qu'en vous ?

– Vous lui avez répondu ça ?

– C'est à vous que je pose la question. À mon avis, soit vous faites confiance aux gens, soit vous ne leur faites pas confiance. Une fois que vous avez décidé de leur faire confiance, vous devez oublier le reste. »

Il est rare qu'Austin mentionne Dieu. Mais vous devinez néanmoins que cela lui brûle la langue et reste en périlleux points de suspension au bord de phrases comme celle-ci, et vous vous sentez si mal à l'aise – Karine en a des frissons dans le dos – que vous voudriez que ça sorte une bonne fois et que ça soit fini.

Il y a quatre ans, Karine et Brent étaient encore mariés, le bébé n'était pas né, ils n'avaient pas emménagé dans l'appartement situé au-dessus de la quincaillerie. Ils habitaient le vieil abattoir. Cet immeuble des plus modestes appartenait à Morris Fordyce et, dans le temps, il avait servi d'abattoir. Par temps humide, Karine sentait l'odeur de porc, qu'accompagnait toujours une autre odeur, qui lui rappelait celle du sang. Brent avait beau renifler les murs, renifler le sol, il n'arrivait pas à sentir l'odeur. En fait, comment pouvait-il sentir autre chose que ces relents d'ivrogne qui lui remontaient des boyaux ? Brent était alors un ivrogne, mais pas un abruti d'ivrogne. Il jouait au hockey avec les vieux de la vieille – il était pas mal plus âgé que Karine – et prétendait qu'il n'avait jamais joué à sec. Il avait travaillé pour la compagnie de construction Fordyce, puis pour la ville, à débiter des arbres. Dès qu'il le pouvait, il buvait en travaillant. Son travail terminé, il allait boire au Club des pêcheurs et des chasseurs ou au bar Mon Repos. Un soir, il s'empara d'un bulldozer garé devant l'hôtel et lui fit traverser toute la ville pour se rendre au Club des pêcheurs et des chasseurs. Bien entendu, il fut arrêté pour conduite en état d'ivresse, conduite… d'un bulldozer en état d'ivresse, de quoi faire rire toute la ville. Mais aucun de ceux qui riaient si fort ne se proposa pour payer l'amende. Et Brent ne fit que se déchaîner davantage. Un autre soir, il démonta l'escalier menant à l'appartement, non dans un accès de colère, mais en sachant pertinemment ce qu'il faisait. Il enleva méthodiquement marches et montants, un par un, en descendant à reculons, tandis que, là-haut, Karine jurait. Elle commença par en rire, ayant elle-même quelques bières derrière elle, mais lorsqu'elle se rendit compte qu'il était sérieux et qu'elle se retrouvait toute seule là-haut, elle se mit à lui hurler des injures. Des voisins poltrons passèrent timidement la tête derrière lui pour voir ce qui se passait.

Lorsque Brent revint, l'après-midi qui suivit, il fut abasourdi ou, du moins, prétendit l'être. « Bonté, mais qu'est-il arrivé à l'*escalier* ? » braillait-il. Il arpentait l'entrée d'un pas furieux, contorsionnant son visage ridé, épuisé, excité, grimaçant un sourire à la fois innocent et de connivence, ses yeux bleus dardant des flammes. « Au diable ce Morris ! Sa saloperie d'escalier a cédé. Je le poursuivrai jusqu'au dernier sou, celui-là ! Quel connard de nom de Dieu ! » Karine était là-haut avec pour toute pitance un demi-paquet de céréales mais pas de lait, et une boîte de haricots jaunes. Elle avait songé à téléphoner à quelqu'un de venir avec une échelle, mais elle était trop en colère et trop têtue pour le faire. Si Brent voulait la laisser crever de faim, elle lui donnerait une leçon. Elle jeûnerait, c'est tout.

Ce fut vraiment le début de la fin, le changement. Brent alla trouver Morris Fordyce pour lui flanquer une bonne rossée et lui faire également savoir qu'il prévoyait de le poursuivre en justice jusqu'à son dernier sou. Morris le raisonna, l'apaisa et finit par le dissuader de toute poursuite judiciaire ainsi que d'une éventuelle rossée, mais voilà que Brent décida de se suicider. Morris appela Austin Cobbett, ce dernier avait la réputation de savoir s'y prendre avec ceux qui étaient au bord du désespoir. Austin n'essaya pas de persuader Brent de ne plus boire, pas plus qu'il n'essaya de le persuader d'aller à l'église, mais il réussit à le persuader de ne pas se suicider. Aussi, deux ans plus tard, lorsque le bébé mourut, Austin se trouva-t-il être le seul homme d'Église à qui ils purent faire appel. Lorsqu'il arriva chez eux pour arranger l'enterrement, Brent, qui avait bu tout ce qu'il y avait à boire dans la maison, était sorti se réapprovisionner. Austin alla le rechercher. Au cours des cinq jours suivants il ne le quitta pas d'une semelle, le laissant même se soûler. Sa seule et brève pause fut pour enterrer le bébé. Il passa la semaine suivante à l'aider à s'en sortir, il consacra le mois d'après à lui parler, restant auprès de lui jusqu'à ce que Brent décide qu'il ne boirait plus, qu'il avait rencontré Dieu. Austin expliqua que Brent signifiait par là qu'il avait perçu la plénitude de sa propre vie et le pouvoir de son être le plus intime. Brent dit que lui-même n'y était strictement pour rien : c'était Dieu.

Pendant un temps, Karine accompagna Brent à l'église d'Austin ; ça ne l'ennuyait pas. Elle put ainsi se rendre compte que cela ne suffirait pas à stabiliser Brent. Elle le voyait bondir de son banc pour chanter les hymnes, balançant les bras, serrant les poings, tout son corps en effervescence. C'était la même chose que lorsqu'il avait bu trois ou quatre bières et qu'il ne parvenait pas à s'arrêter là. Il éclatait. Il ne tarda pas à se dégager de l'emprise d'Austin, entraînant derrière lui une bonne partie des fidèles. Beaucoup d'entre eux souhaitaient en effet une atmosphère moins austère, un peu d'animation, des prières, des chants et moins de tous ces sermons trop calmes, ils le réclamaient depuis longtemps.

Rien de cela n'étonnait Karine. Elle ne s'étonnait pas de voir que Brent avait appris à remplir des formulaires et à faire bonne impression afin de soutirer de l'argent au gouvernement ; elle ne s'étonnait pas non plus de voir que Brent avait repris la direction du foyer Volte-Face, foyer où Austin l'avait accueilli ; enfin elle ne s'étonnait pas de savoir qu'il en avait flanqué Austin à la porte. On pouvait lui faire confiance… Cela ne l'étonnait pas vraiment non plus de le voir dans tous ses états sous prétexte qu'elle avait bu une bière ou fumé une cigarette, elle avait connu ça au temps où elle voulait cesser de faire la bringue à deux heures du matin pour rentrer se coucher. Il lui dit qu'il lui donnait une semaine pour se décider. Plus question de boire, plus question de fumer : le Christ devait être son Sauveur. Une semaine. Karine lui répondit qu'il oublie cette histoire de semaine. Une fois Brent parti, elle cessa de fumer, elle cessa pratiquement de boire et cessa du même coup d'aller à l'église d'Austin. Elle renonça presque à tout, mais elle garda en elle un ressentiment à l'égard de Brent qui ne fit que croître lentement. Un jour, Austin l'arrêta dans la rue. Elle s'imagina qu'il allait lui dire un petit mot gentil, personnel, lui reprochant son ressentiment ou le fait qu'elle ait quitté l'Église, mais il se contenta de lui demander de venir s'occuper de son épouse qui rentrait de l'hôpital cette semaine.

Austin est en train de téléphoner à sa fille qui vit à Montréal. Elle s'appelle Megan. La trentaine, célibataire, elle est productrice à la télévision.

« La vie vous réserve toujours des tas de surprises dans son sac à malices, dit Austin. Tu sais que cela n'a rien à voir avec ta mère. C'est une vie entièrement nouvelle. Mais je regrette… Non, non. Je veux dire qu'il y a plus d'une façon d'aimer Dieu et profiter des choses de ce monde est certainement l'une d'elles. C'est une révélation qui m'est venue sur le tard. Trop tard pour que ta mère puisse en profiter… Non. Se culpabiliser est à la fois un péché et un luxe. Je l'ai dit à bien des malheureux qui s'y complaisent. Regretter, c'est autre chose. Comment peut-on y échapper si l'on arrive à un certain âge ? »

J'avais raison, se dit Karine, Megan veut quelque chose. Mais au bout de quelques instants – au cours desquels Austin avoue qu'il pourrait bien se mettre au golf, ne riez pas, et que Sheila appartient à un club où on lit des pièces de théâtre, il s'attend à briller dans cet art vu l'entraînement accumulé au cours de tant d'années de prédication – la conversation se termine. Austin sort de la cuisine – le téléphone est dans l'entrée, c'est une maison d'autrefois –, il regarde Karine qui nettoie les placards du haut.

« Ah ! Ma pauvre Karine ! Les parents et les enfants ! soupire-t-il et resoupire-t-il, en veine de plaisanterie. Quelle toile d'araignée nous tissons quand nous nous mettons à avoir des enfants ! Ils veulent que nous restions toujours les mêmes, ils veulent que nous restions parents, cela les bouleverse atrocement de nous voir faire quelque chose qu'ils estiment que nous ne devrions pas faire. Oui, atrocement.

– Elle finira par s'y faire, dit Karine, sans grande compassion.

– Oh ! bien sûr, bien sûr. Pauvre Megan… »

Là-dessus, il annonce qu'il part en ville se faire couper les cheveux. Il ne veut pas remettre ça à plus tard, parce que, avec des cheveux qui viennent d'être coupés, vous avez l'air, et vous vous sentez, un peu ridicule. Sa bouche se tord vers le bas tandis qu'il sourit, d'abord vers le haut puis vers le bas. Cette tendance à l'affaissement, on la retrouve dans ce visage qui disparaît dans la barbe, dans cette poitrine qui se creuse et soudain rebondit en un insolite petit bidon, dans ces rigoles à sec, dans ces sillons profonds. Ça n'empêche pas Austin de parler. C'est sa perversité, de parler. On dirait que ça vient d'un corps tout léger, agile, un vrai plaisir à promener partout.

Le téléphone sonne, Karine descend et répond.

« Karine ? c'est Megan !

– Votre père vient d'aller se faire couper les cheveux.

– Parfait, j'en suis ravie, comme ça je peux bavarder avec vous. J'espérais tellement avoir la chance de vous parler.

– Ah oui ? fait Karine.

– Karine. Écoutez-moi. Je sais que je me comporte comme des enfants adultes sont censés se comporter dans pareille situation. Je n'aime pas ça. Je n'aime pas me voir dans cette situation, mais je n'y peux rien. Je flaire anguille sous roche. Je me demande ce qui se passe. A-t-il toute sa tête ? Qu'en pensez-vous ? Que pensez-vous de cette femme qu'il veut épouser ?

– Tout ce que j'en ai vu c'est sa photo, répond Karine.

– En ce moment, je n'arrête pas : il m'est impossible de laisser tout en plan et de venir pour une grande conversation à cœur ouvert avec lui. D'ailleurs, il est très difficile de lui parler. Certes, il donne tout à fait l'impression d'être ouvert alors qu'en fait il est hermétiquement fermé à tout. Il n'a jamais été du genre chacun pour soi, vous voyez ce que je veux dire ? Jusqu'ici, il n'a jamais rien fait à des fins personnelles. Il a toujours fallu qu'il fasse telle ou telle chose *pour* quelqu'un. Il a toujours fallu qu'il trouve des gens qui *avaient besoin* que l'on fasse quelque chose pour eux, souvent même beaucoup de choses pour eux. Mais ça, vous le savez. Même quand il vous a fait venir à la maison, vous savez, pour vous occuper de Maman, ce n'était pas vraiment pour Maman ni même pour lui qu'il l'a fait. »

Karine croit voir Megan, cheveux noirs et raides tombant sur les épaules, raie au milieu, peau bronzée, lèvres rose pâle, bien mise et bien en chair. N'est-ce pas ainsi que vous l'imagineriez, rien qu'à l'entendre ? Un ton aussi velouté, une aussi éclatante sincérité. Chaque mot subtilement vernissé, ponctué de petites pauses appréciatives. Elle s'écoute parler. Un peu trop, en fait. Serait-elle ivre ?

« Voyons, Karine, il faut bien le dire, Maman était snob. (Aucun doute, elle est ivre.) Oui, il fallait qu'elle ait quelque chose qui ne tourne pas rond. Se laisser trimbaler d'un trou perdu à un autre trou non moins perdu sous prétexte de faire du bien ! Faire du bien c'était pas elle, pas du tout elle. Alors, maintenant, oui, maintenant, Monsieur renonce à tout, Monsieur plaque tout pour la belle vie ! À Hawaï ! Franchement, vous ne trouvez pas ça bizarre ? »

« Bizarre. » Karine a entendu ce mot à la télévision, elle a entendu des tas de gens le dire, surtout des adolescents. Elle sait très bien que Megan ne parle pas du Bazar, la vente annuelle au profit de l'Église, mais ce mot évoque néanmoins pour elle les ventes de charité qu'organisait la mère de Megan en s'efforçant de leur donner un peu de classe, d'y ajouter une pointe d'originalité. Des parasols rayés, une terrasse de café une année, un salon de thé du Devonshire et une tonnelle de rosiers une autre année. Elle revoit la mère de Megan sur le canapé de chintz du salon, faible et le teint jaunâtre après la chimiothérapie, un de ces fichus ouatinés, hauts en couleur autour de son crâne presque chauve. Elle regardait encore Karine entrer dans la pièce avec un léger étonnement un peu guindé. « Voulez-vous quelque chose, Karine ? » Ce que Karine était censée lui demander, c'était elle qui le demandait à Karine.

Bizarre. Bazar. Snob. Quand Megan a lancé cette pique, Karine aurait dû au moins répondre : « Je sais. » Tout ce qu'elle a pu trouver à dire c'est : « Megan. Ça vous coûte de l'argent.

– De l'argent ! Voyons, Karine, mais c'est de mon père qu'il s'agit ! Nous sommes en train de nous demander si mon père a toute sa tête ou s'il est complètement déboussolé ! »

Le lendemain, coup de téléphone de Denver. Don, le fils d'Austin, fait savoir à son père que mieux vaut oublier cette histoire de meubles de la salle à manger, les frais d'expédition sont trop élevés. Austin est de son avis. Il y a d'autres façons plus intelligentes de dépenser cet argent, dit-il. Après tout, qu'est-ce que c'est que des meubles ? Là-dessus, Austin se voit demander des explications au sujet de la vente aux enchères et du rôle que jouera Karine dans cette affaire.

« Bien sûr, bien sûr, aucun problème, répond Austin. Ils feront l'inventaire détaillé et noteront ce qu'aura rapporté chaque objet. Il leur est facile d'en envoyer une copie. Ils ont un ordinateur, à ce qu'on m'a dit. Ce n'est quand même plus le Moyen Âge par ici…

« Oui, dit Austin. J'espérais que tu verrais les choses comme moi pour ce qui est de l'argent. C'est un projet qui me tient à cœur. Et puis ta sœur et toi vous vous débrouillez très bien. J'ai beaucoup de chance avec mes enfants…

« L'allocation aux personnes âgées et ma retraite de pasteur, dit-il. Que pourrais-je désirer de mieux ?

Et cette dame, oui, cette dame, je puis vous garantir, Sheila, qu'elle a un bon oreiller, si vous voyez ce que je veux dire… » Il rit, d'un rire espiègle, à une remarque de son fils.

Après avoir raccroché, il se tourne vers Karine. « Tiens, tiens, dit-il, on dirait que mon fils s'inquiète de l'état de mes finances et que ma fille, elle, s'inquiète de l'état de ma tête ! Façon typiquement féminine et façon typiquement masculine d'exprimer son inquiétude… Si on gratte un peu, c'est du pareil au même. Les vieux s'en vont, place aux jeunes ! »

Don ne se rappellerait pas tout ce qu'il y a dans la maison. Comment le pourrait-il ? Il était là le jour de l'enterrement, sans son épouse dont la grossesse était trop avancée. Impossible par conséquent de compter sur elle. Les hommes ne se rappellent pas bien ce genre de choses. Il a demandé la liste pour faire croire qu'il savait tout ce qu'il y avait et que mieux valait ne pas le rouler. Ni rouler son père.

Il y avait encore des choses que Karine subtiliserait et personne n'avait besoin de savoir d'où elles venaient. Personne ne lui rendait jamais visite. L'assiette avec un saule. Les rideaux à fleurs bleu et gris. Un petit pichet rebondi en verre rouge avec un couvercle d'argent. Une nappe de damas blanc, qu'elle avait repassée jusqu'à ce qu'elle brille comme un champ de neige givré. Les gigantesques serviettes assorties. La nappe seule pesait aussi lourd qu'un enfant. Les serviettes s'épanouiront dans les verres à pied, comme des lis – encore fallait-il que vous ayez des verres à pied. Pour commencer, elle a rapporté six petites cuillères en argent dans la poche de son manteau. Elle est assez maligne pour ne toucher ni au service à thé en argent ni au beau service en porcelaine. En revanche, les coupes à dessert en verre rose lui font des clins d'œil. Voilà qui transformera ses modestes quartiers… Elle croit sentir la tranquille satisfaction qu'elle en tirera. Assise dans une pièce ainsi agrémentée, elle n'aura plus besoin de sortir. Elle ne pensera plus jamais à Brent ni à toutes les façons de lui rendre la vie impossible. Assis dans une pièce pareille, vous devez pouvoir clouer le bec aux importuns.

Que peut-on demander de plus ?

Le lundi de la dernière semaine d'Austin – il devait s'envoler pour Hawaï le samedi – éclata la première tempête de l'hiver. Le vent venait de l'ouest, traversant le lac. Toute la journée, toute la nuit, il avait neigé, une véritable tourmente. Le lundi et le mardi on avait dû fermer les écoles. Karine n'avait donc pas eu à faire traverser les enfants. Ne supportant pas de rester chez elle, elle enfila donc son duffle-coat, s'enveloppa le crâne et la moitié de la figure dans une écharpe de laine et se fraya un chemin jusqu'au presbytère.

La maison est glaciale, le vent se coule par les interstices autour des portes et des fenêtres. Dans le placard de la cuisine, contre le mur à l'ouest, on croirait que les assiettes sont de glace. Tout habillé, disparaissant sous édredons et couvertures, Austin est allongé sur le canapé de la salle de séjour. Autant qu'elle puisse en juger, il n'est ni en train de lire, ni en train de regarder la télévision, ni même en train de somnoler. Il est là, les yeux perdus dans le vague. Elle lui fait une tasse de café instantané.

« Vous croyez que ça s'arrêtera d'ici samedi ? » demande-t-elle. Elle sent que, s'il ne part pas samedi, il pourrait bien ne pas partir du tout. Toute cette histoire pourrait être annulée, tous les plans pourraient s'effondrer.

« Ça s'arrêtera en temps voulu, répond-il. Je ne suis pas inquiet. »

Le bébé de Karine est mort pendant une tempête de neige. L'après-midi, tandis que Brent buvait en compagnie de son copain Rob en regardant la télévision, Karine a dit que le bébé était malade et qu'elle avait besoin d'argent pour se rendre à l'hôpital en taxi. Brent l'a envoyée promener, persuadé qu'elle essayait seulement de l'agacer. Il avait en partie raison : le bébé n'avait rendu qu'une fois, il geignait mais il ne semblait pas avoir trop de fièvre. Mais voilà qu'à l'heure du dîner, une fois Rob parti, Brent a voulu prendre le bébé pour jouer avec lui, oubliant qu'il était souffrant. « Le bébé est brûlant ! » a-t-il hurlé à Karine. Pourquoi diable n'avait-elle pas appelé le médecin ? Pourquoi diable ne l'avait-elle pas emmené à l'hôpital ? « Tu as le culot de me demander pourquoi ? » a riposté Karine, et ils se sont mis à se quereller. « Tu m'as dit qu'il n'avait pas besoin d'y aller, dit Karine. Alors je me suis dit, bon, il n'a pas besoin d'y aller ! » Brent a appelé le taxi, pas de taxi à cause de la tempête, ce que Karine et Brent ignoraient. Il a appelé l'hôpital pour savoir ce qu'ils devaient faire, ils lui ont répondu de faire baisser la fièvre en enveloppant le bébé dans des serviettes de toilette humides, ce qu'ils ont fait. À minuit, la tempête s'était calmée et les chasse-neige déblayaient les rues. Ils ont emmené le bébé à l'hôpital. Mais il est mort. Il serait sans doute mort de toute façon : il avait une méningite. Même s'il avait été un de ces précieux chérubins nés dans un foyer où le père ne se soûle pas, où les parents ne se battent pas, il aurait tout aussi bien pu y passer, et y serait probablement passé, quoi qu'on y fît.

Brent voulait toutefois que ce fût sa faute. Même s'il lui arrivait de vouloir que ce fût leur faute. Pour lui, cette confession c'était comme sucer des bonbons… Karine lui disait de la fermer. De *la fermer*.

« Il serait mort de toute façon », disait-elle.

Mardi après-midi, la tempête calmée, Karine enfile son manteau et sort dégager l'entrée du presbytère. La température semble s'entêter à baisser ; le ciel est clair. Austin annonce qu'ils vont descendre jusqu'au lac regarder les effets de la glace. Lors de ces grosses tempêtes de début d'année, le vent rabat les vagues vers le rivage ; saisies par le gel, celles-ci se figent en formations des plus inattendues. Les gens viennent prendre des photos, souvent la presse locale publie les meilleures. Austin veut en prendre lui aussi ; ce sera, dit-il, quelque chose à montrer aux Hawaïens. Karine enlève à la pelle la neige qui recouvre la voiture, ils s'en vont. Austin avance avec précaution. Là-bas, pas un chat. Il fait trop froid. Austin s'accroche à Karine tandis qu'ils se battent pour ne pas déraper sur la digue ou, du moins, là où la digue devrait être, sous la neige. Des branches de saules alourdies, à l'ouest desquelles se glisse le soleil, se détachent des plaques de givre ; on dirait de grands murs de perles. La trame du givre transforme les barbelés de la haute clôture en un rayon de miel. Le temps qu'elles s'abattent sur le rivage, les vagues sont gelées en sommets ou en creuses vallées, paysage en folie qui s'étend presque jusqu'au large. La glace s'est saisie du terrain de jeux ; balançoires et barres d'escalade ont été ornées de tuyaux d'orgue ou enfouies dans ce qui ressemble à des statues à demi sculptées, des formes de glace qui rappellent des êtres humains, des animaux, des anges, des monstres inachevés.

Karine s'inquiète : Austin est en train de prendre des photos, il est tout seul. On croirait qu'il tremble. Et s'il allait tomber ? Il pourrait se casser une jambe, une hanche. Les vieilles gens se cassent une hanche et c'en est fini. Même enlever ses gants pour faire fonctionner l'appareil photo est dangereux. Un pouce gelé pourrait suffire à le retenir, à lui faire rater son avion.

De retour à la voiture, il se frotte les mains l'une contre l'autre en soufflant dessus. Il lui laisse le volant. Si une catastrophe lui arrivait, Sheila Brothers viendrait-elle s'occuper de lui, s'installerait-elle au presbytère, transgresserait-elle ses ordres ?

« Drôle de temps, remarque-t-il. Là-haut, dans le nord de l'Ontario, il fait un temps merveilleux, même les petits lacs sont accessibles et les températures chutent au-dessus de zéro. Et nous voici aux prises avec la glace et un vent venu tout droit des Grandes Plaines.

– Ça reviendra au même pour vous une fois que vous serez à Hawaï, dit Karine d'un ton assuré. L'Ontario du Nord, les Grandes Plaines ou ici, c'est du pareil au même, vous serez bien content d'en être sorti. Elle ne vous appelle jamais ?

– Qui ça ? demande Austin.

– *Elle*. Mrs Brothers.

– Oh ! vous voulez dire : Sheila ! Elle m'appelle tard le soir. Il est beaucoup plus tôt à Hawaï.

Le téléphone sonne. Karine est seule dans la maison, c'est le matin du départ d'Austin. Une voix d'homme, hésitante et lugubre.

« Il est sorti », répond Karine. Austin est allé à la banque. « Voulez-vous que je lui demande de vous rappeler à son retour ?

– Oh ! J'appelle de loin, reprend l'homme. J'appelle du lac Shaft.

– Du lac Shaft, répète Karine, cherchant à tâtons un crayon sur l'étagère du téléphone.

– Nous nous demandions… Nous voulions vérifier… Nous voulions être sûrs de son heure d'arrivée.

Quelqu'un descendra le chercher. Il arrive à Thunder Bay à quinze heures, n'est-ce pas ? »

Karine a renoncé à trouver un crayon. Elle finit par dire : « Ça doit être ça, autant que je sache. Rappelez donc vers midi, il devrait être là.

– Je ne suis pas vraiment sûr d'être près d'un téléphone vers midi. Pour le moment, je suis à l'hôtel, mais je vais en partir, aussi je préférerais vous laisser un message. Dites-lui que demain a quinze heures, quelqu'un ira l'accueillir à l'aéroport de Thunder Bay. D'accord ?

– D'accord, répond Karine.

– Vous lui direz aussi que nous lui avons trouvé un logement.

– Oh ! D'accord.

– Il s'agit d'une roulotte, mais il nous avait dit que ça ne le dérangeait pas. Que voulez-vous, ça fait longtemps que nous n'avons plus de pasteur.

– Entendu, dit Karine. Oui, je le lui dirai. »

À peine a-t-elle raccroché qu'elle cherche le numéro de Megan sur la liste au-dessus du téléphone et le compose. Ça sonne trois ou quatre fois puis elle entend la voix de Megan, plus guillerette que la dernière fois que Karine l'a entendue. Guillerette mais taquine.

« Madame regrette de ne pouvoir vous répondre, mais si vous voulez bien laisser votre nom, votre numéro de téléphone et préciser l'objet de votre appel, elle vous rappellera dès que possible. »

Karine a déjà commencé à dire qu'elle regrette mais que c'est important, quand soudain un bip l'interrompt. Comprenant que ce bip provient d'une de ces machines, elle recommence, respire à pleins poumons et parle rapidement mais distinctement.

« Je voulais juste vous dire. Je voulais juste vous faire savoir que votre père va bien, tant dans sa tête qu'autrement. Vous n'avez donc pas à vous faire de souci. Il part demain pour Hawaï. Je repensais, oui, je repensais à notre conversation téléphonique, alors je me suis dit que je devrais vous dire de ne pas vous inquiéter. C'est de la part de Karine. »

Et elle arrive à dire tout ça en temps voulu, car déjà elle entend Austin à la porte. Avant même qu'il ait pu lui demander ou se demander ce qu'elle fabrique dans le couloir, elle y va d'une série de questions. Est-il allé à la banque ? Le froid ne le fait-il pas souffrir de la poitrine ? Quand le camion de la vente aux enchères doit-il passer ? Quand doit-on remettre les clefs du presbytère au conseil pastoral ? Doit-il appeler Don et Megan avant de partir ou vaut-il mieux qu'il attende d'être arrivé, ou… ?

Oui. Non. Lundi pour le camion. Mardi pour les clefs. Mais rien ne presse, si elle n'a pas fini, mercredi sera parfait. Plus d'appels téléphoniques. Ses enfants et lui se sont dit tout ce qu'ils avaient à se dire. Il leur écrira de là-bas. Il leur enverra une lettre à chacun.

« Après votre mariage ? »

Oh ! Peut-être avant.

Il a posé son manteau sur la rampe. Elle le voit alors se retenir à la rampe. Il fait celui qui cherche quelque chose dans son manteau.

« Ça va ? dit-elle. Voulez-vous une tasse de café ? »

Il ne répond pas tout de suite. Son regard glisse au-dessus d'elle. Comment arriver à croire que ce vieillard chancelant, qui se ratatine de jour en jour, s'apprête à aller épouser une veuve au giron réconfortant et à passer ses journées à se promener sur des plages ensoleillées ? Faire ce genre de choses, ce n'est pas lui, ça n'a jamais été lui… Il préfère s'épuiser vite, trop vite, à s'occuper de gens ingrats comme il n'est pas permis de l'être, aussi ingrats que Brent. En attendant, il les mène tous en bateau en leur faisant croire qu'il a changé ses priorités, sinon l'un ou l'autre pourrait bien l'empêcher de partir. Il est là, qui leur file entre les pattes, qui leur joue un bon tour en s'en réjouissant…

Mais il cherche vraiment quelque chose dans son manteau. Il en extirpe un flacon de whisky.

« Versez-m'en un peu dans un verre, dit-il. Oubliez le café. C'est à titre de précaution. Contre la faiblesse. Due au froid. »

Il est assis sur les marches quand elle lui apporte le whisky. Il le boit en balançant la tête en avant et en arrière, comme s'il essayait de s'éclaircir les idées. Il se lève. « Ça va déjà mieux, dit-il. Oui, beaucoup mieux. Au fait, j'y pense, ces photos prises dans la glace, Karine. Je me demandais si vous pourriez passer les chercher la semaine prochaine ? Si je vous laissais de l'argent… Elles ne sont pas encore développées. »

Bien qu'il vienne de rentrer du froid, il est livide. Placez une bougie derrière son visage, vous la verrez briller par transparence, comme s'il était en cire ou en porcelaine fine.

« Il va falloir que vous me laissiez votre adresse, dit-elle. Afin que je sache où les envoyer.

– Gardez-les jusqu'à ce que je vous écrive, ce sera mieux. »

Elle s'est donc retrouvée avec un rouleau de photos d'effets de givre, et avec toutes ces autres choses qu'elle convoitait. Les photos montrent un ciel plus bleu que jamais, mais les guirlandes de la barrière, les tuyaux d'orgue ne sont pas si faciles à voir. Il manque une silhouette humaine pour donner une idée de la taille des choses. Elle aurait dû prendre l'appareil photo et capturer Austin – qui s'est évanoui. Il s'est évanoui aussi complètement que la glace, à moins que le lac ne rejette son corps au printemps. Dégel, noyade, et c'en est fait des deux. Karine regarde les photos de ces monstruosités de glace, pâles et informes, ces photos qu'Austin a prises. Elle les regarde si souvent qu'elle finit par avoir l'impression qu'il en fait partie, après tout. Qu'il est un vide, un vide étincelant.

Elle se dit qu'il savait. Qu'il a su au dernier moment qu'elle l'avait débusqué, qu'elle avait compris. Si seul que vous soyez, si retors et si décidé que vous soyez, n'avez-vous pas besoin qu'une personne soit au courant ? Et peut-être que, pour lui, c'était elle… Chacun d'eux savait ce que l'autre avait en tête mais se gardait bien de le laisser deviner, et c'était un lien au-delà des liens habituels. Chaque fois qu'elle y pense, elle se sent appréciée – une chose des plus inattendues.

Elle glisse l'une des photos dans une enveloppe et l'envoie à Megan. (Elle a arraché la liste d'adresses et de numéros de téléphone qui était sur le mur, on ne sait jamais.) Elle en envoie une autre à Don. Et une autre, timbrée, adressée à Brent, traversera la ville. Elle n'écrit rien sur les photos, elle n'y joint pas même un petit mot. Plus jamais elle ne les dérangera. À vrai dire, elle ne restera plus très longtemps dans les parages.

Elle veut simplement qu'ils se posent des questions…

Grâce et bonheur

Bugs dit adieu à la terre qui disparaissait, ce doigt bleu nuit du Labrador. Le bateau traversait le détroit de Belle-Isle, il avait quitté Montréal trois jours plus tôt.

« Il faut maintenant que j'arrive aux blanches falaises de Douvres », dit-elle. Elle fit une grimace, ouvrant de grands yeux et arrondissant sa petite bouche habile, sa bouche de chanteuse, comme s'il lui fallait accepter quelque désagrément. « Sans ça, je me retrouverai par-dessus bord à engraisser les poissons. »

Bugs était en train de mourir, mais comme c'était une femme très mince à la peau blanche avant que ça commence, cela ne se remarquait pas vraiment. Ses cheveux d'un gris argenté éblouissant avaient bénéficié d'une astucieuse coupe bouffante à la Jeanne d'Arc, œuvre de sa fille Averill. Sa pâleur n'avait rien d'effroyable, et les vestes amples et les châles qu'Averill avait confectionnés pour elle cachaient l'état de ses bras et le haut de son corps. Telle ou telle expression passagère de fatigue ou de détresse se confondait chez elle avec une de ses vieilles expressions – un air plaintif, plein d'humour, à toute épreuve. Elle ne paraissait pas du tout en mauvais état et sa toux était sous contrôle.

« C'est une plaisanterie », dit-elle à Averill, qui payait leurs frais de voyage avec de l'argent laissé par un père qu'elle n'avait jamais vu, mais désireux que l'on se souvienne de lui. Lorsqu'elles avaient fait les arrangements nécessaires, elles n'avaient aucune idée de ce qui allait se passer, ni que cela arriverait aussi vite.

« En fait, j'ai l'intention de prendre mon temps et de te rendre la vie impossible pendant des années… déclara Bugs. J'ai l'air en meilleure forme, tu ne trouves pas ? En tout cas, le matin, je mange. Je pense commencer à faire de petites promenades. Hier, quand tu n'étais pas là, je suis même allée jusqu'au bastingage. »

Elles avaient une cabine sur le pont ; en face de celle-ci, un transat attendait Bugs. Sous le hublot de la cabine, il y avait un banc qu'Averill occupait pour le moment. C'était là que venait s'asseoir chaque matin le professeur de l'université de Toronto que Bugs appelait son admirateur ou « ce farfelu de prof ».

Cela se passait sur un cargo norvégien transportant des passagers, à la fin des années soixante-dix, au mois de juillet. Pendant la traversée de l'Atlantique Nord, le temps resta ensoleillé tandis que la mer, toute calme, miroitait.

Bien sûr, le vrai nom de Bugs, c'était June. Son vrai nom et son nom de chanteuse c'était June Rodgers. Cela faisait un an et trois mois qu'elle n'avait pas chanté en public. Huit mois qu'elle n'avait pas donné de leçons au conservatoire. Le soir et le samedi, quelques étudiants venaient à son appartement de Huron Street pour qu'Averill les accompagne au piano. Averill travaillait dans les bureaux du conservatoire. Tous les jours, elle rentrait déjeuner à bicyclette, une façon de vérifier que Bugs allait bien. Elle ne disait pas que c'était pour ça qu'elle le faisait. Elle avait l'excuse de son régime, lait écrémé, germes de blé et banane passés au mixer. Averill cherchait éternellement à maigrir.

Bugs avait chanté pour des mariages, elle avait été rémunérée en tant que soliste dans des chœurs, elle avait chanté dans *Le Messie*, dans la *Passion selon saint Matthieu* ainsi que dans des opérettes de Gilbert et Sullivan. Elle avait chanté le second rôle dans des productions de l'opéra de Toronto, partageant l'affiche avec de célèbres vedettes étrangères. Au cours des années cinquante, elle avait même eu un programme de radio avec un ténor populaire dont la propension à lever le coude les avait fait flanquer tous deux à la porte… Le nom de June Rodgers était assez connu à l'époque où Averill grandissait. Assez connu, du moins, dans le milieu où Averill évoluait. Averill était toujours étonnée, et même plus étonnée que Bugs, de rencontrer des gens qui ne la connaissaient pas.

Sur le bateau le nom n'avait rien dit à personne. Près de la moitié de la trentaine de passagers étaient canadiens et de la région de Toronto pour la plupart, mais ils ne l'avaient pas reconnue. « Ma mère a chanté Zerlina, dit Averill au cours de sa première conversation avec le professeur. Elle a chanté dans *Don Juan* en 1964. » Âgée de dix ans à l'époque, elle se rappelait l'événement comme un jour de gloire. Appréhension, agitation, crise, une angine soignée par une séance de yoga. Un costume de paysanne avec une jupe à volants roses et dorés sur des monceaux de jupons. La gloire.

« Ma chérie, Zerlina n'est pas un nom si courant que ça, avait expliqué Bugs après coup. Et puis, dis-toi que tous les profs sont bêtes. Plus bêtes qu'il n'est permis. Je pourrais être gentille, dire qu'ils savent des choses que nous ignorons, mais en ce qui me concerne ils n'y connaissent que dalle. »

Elle laissait néanmoins le professeur venir chaque matin s'asseoir à ses côtés et lui raconter sa vie. Elle faisait part à Averill de ce qu'elle apprenait. Il arpentait le pont pendant une heure avant le petit déjeuner. Chez lui il faisait dix kilomètres par jour. Quelques années plus tôt, il avait causé un scandale à l'université en épousant une jeune femme (son andouille d'épouse, disait Bugs) du nom de Leslie. Son badinage amoureux, son divorce et son remariage avec cette fille qui avait un an de moins que l'aîné de ses enfants lui avaient fait des ennemis, car il avait ainsi avivé jalousies et frustrations chez ses collègues. Certains avaient donc décidé d'avoir sa peau, et c'est ce qui s'était passé. Biologiste de formation, il avait organisé une sorte de cours de sciences générales, qu'il avait intitulé cours scientifico-littéraire, pour étudiants en lettres. Un cours vivant, dont il n'y avait pas lieu de s'émouvoir, qu'il avait envisagé comme une façon bien modeste de se faire connaître. Il avait obtenu l'approbation de ses supérieurs académiques, mais le cours avait été sapé par ses propres collègues, qui auraient inventé toutes sortes de conditions d'admission aussi impossibles que ridicules. Il avait opté pour une retraite anticipée.

« Je pense qu'en gros c'était ça, dit Bugs. Je ne parvenais pas à me fixer là-dessus. En outre, une jeune femme peut être une compagne des plus frustrantes pour un homme plus âgé qu'elle. La jeunesse peut être ennuyeuse. Oh oui ! Avec une compagne plus âgée, un homme peut se détendre. Les rythmes de ses pensées et de ses souvenirs – oui, les rythmes de ses pensées et de ses souvenirs seront davantage en harmonie avec les siens. Pouah ! Écœurant ! »

Plus loin sur le pont, Leslie, la jeune femme en question, brodait un coussin pour une chaise de salle à manger. C'était le troisième. Il lui en faudrait six. Les deux femmes assises à côté d'elle s'extasiaient devant le motif, la rose Tudor. Elles parlaient des coussins qu'elles avaient brodés, décrivant la façon dont ils étaient assortis à leurs meubles. Leslie était assise entre elles, comme protégée. C'était une femme douce, toute rose et toute brune, dont la jeunesse s'épuisait. Elle invitait à la gentillesse, pourtant Bugs ne se montra guère aimable avec elle quand elle tira le canevas de son sac.

« Oh ! là là ! s'exclama Bugs en levant les bras au ciel et en agitant ses doigts décharnés. Ces mains, dit-elle en étouffant une quinte de toux, Dieu sait si elles en ont fait des choses dont je ne suis pas très fière, mais je dois reconnaître qu'elles n'ont jamais tenu ni une aiguille à tricoter, ni une aiguille à broder, ni un crochet, et jamais elles n'ont cousu un bouton si j'avais une épingle de nourrice à portée de la main. Je ne suis donc pas vraiment la personne idéale pour apprécier ça, chère madame… »

Le mari de Leslie se mit à rire.

Averill trouva que ce qu'avait dit Bugs n'était pas tout à fait exact : c'était Bugs qui lui avait appris à coudre. Bugs et Averill s'intéressaient beaucoup aux vêtements, s'amusant à suivre de près les audaces de la mode. Certains des meilleurs moments passés ensemble l'avaient été à couper du tissu, à l'épingler et à chercher des idées.

Les châles, les vêtements larges que Bugs portait sur le bateau étaient des patchworks de bouts de soie, de velours, de coton de couleurs vives ou de dentelles au crochet provenant de robes, de rideaux ou de nappes qui avaient fait leur temps et qu'Averill avait récupérés chez un brocanteur. Ces créations faisaient l'admiration de Jeanine, une passagère américaine, vraie fana de la course aux nouveaux amis.

« Dites-moi, où avez-vous dégoté ces petites merveilles ? » demanda Jeanine, et Bugs répondit : « C'est Averill, oui, c'est l'œuvre d'Averill. N'est-ce pas qu'elle en a, du talent ?

– Mais c'est un génie, cette fille ! reprit Jeanine. Oui, vous êtes un génie, Averill.

– Elle devrait se lancer dans les costumes de théâtre, dit Bugs. Je ne cesse de le lui dire.

– C'est vrai, ça. Pourquoi pas ? »

Averill rougit et ne sut trouver que répondre pour satisfaire Bugs et Jeanine, toutes souriantes.

« À vrai dire, je suis très contente comme ça. Tout aussi contente qu'elle soit ici. Averill, c'est mon trésor », dit Bugs.

En allant faire un tour sur le pont, s'éloignant ainsi de Bugs, Jeanine dit à Averill : « Je vous ennuierais si je vous demandais votre âge ? »

Averill répondit vingt-trois ans, Jeanine soupira en avouant qu'elle en avait quarante-deux. Elle était mariée, mais son mari ne l'avait pas accompagnée. Elle avait un visage long, bronzé, les lèvres vernies d'un rose tirant sur le mauve. Ses cheveux, aussi épais et lisses qu'un madrier de chêne, lui retombaient sur les épaules. Elle dit qu'on la prenait souvent pour une Californienne alors qu'en fait elle était du Wisconsin. Elle était originaire d'une petite ville du Wisconsin, où elle avait été animatrice d'une émission de radio à laquelle les auditeurs participaient par téléphone. Elle avait une voix basse, persuasive, toute joyeuse même quand elle dévoilait un problème, un malheur ou quelque sujet de honte.

« Votre mère est charmante, dit-elle.

– Ou bien on la trouve charmante ou bien on ne peut pas la supporter, répondit Averill.

– Elle est malade depuis longtemps ?

– Elle est en convalescence, répondit Averill. Elle se remet d'une pneumonie qui remonte au printemps dernier. » C'était ce qu'elles avaient décidé de dire.

Jeanine cherchait davantage à se faire une amie de Bugs que Bugs ne cherchait à être amie avec elle. Bugs se laissa néanmoins aller à cette semi-intimité dont elle avait l'art, se confiant par-ci par-là au sujet du professeur, révélant le surnom qu'elle avait concocté pour lui : le Docteur Faust. Le surnom de son épouse était Rose Tudor. Jeanine trouva que ces noms étaient parfaits et très drôles. Oh ! c'est admirable, gloussa-t-elle.

Elle ignorait le surnom dont Bugs l'avait affublée : Belle Minette.

Averill fit le tour du pont en écoutant les passagers. Elle se dit que les voyages en mer étaient censés être une façon de s'éloigner de tout, et que « de tout » voulait dire en principe de votre vie, de votre mode de vie, de la personne que vous étiez chez vous. Pourtant, dans chacune des conversations qu'elle surprit, les gens faisaient justement le contraire. Ils se situaient, ils parlaient travail, enfants, jardin, salle à manger. On échangeait des recettes de pain d'épice ou d'engrais, on épiloguait sur les relations avec les belles-filles ou les investissements, on ponctuait ça de contes de maladies, de trahisons et de récits d'aventures immobilières. *J'ai dit. J'ai fait. Je crois toujours. Disons, je ne sais pas ce qu'il en est pour vous, mais moi.*

Averill, qui passait le visage tourné vers la mer, se demandait comment on en arrivait là. Comment appreniez-vous à être aussi entêté et à revendiquer votre tour avec autant d'insistance ?

Je l'ai complètement refait l'automne dernier en bleu et en nacre.

J'ai bien peur de n'avoir jamais été capable de percevoir les charmes de l'opéra.

Cette dernière venait du professeur, qui s'imaginait pouvoir remettre Bugs à sa place. Pourquoi disait-il qu'il avait peur ?

Averill ne marcha pas longtemps seule. Son admirateur personnel la filait, il la devança au bastingage.

C'était un artiste, un artiste canadien de Montréal, qui était en face d'elle dans la salle à manger. Lorsqu'on lui demanda, au premier repas, quel genre de tableaux il peignait, il répondit que sa dernière œuvre était une silhouette de trois mètres de haut, enveloppée de bandes des pieds à la tête, et sur ces bandes on lisait des citations de la Déclaration de l'Indépendance américaine. Comme c'est intéressant ! commentèrent des Américains bien élevés, ce à quoi l'artiste rétorqua avec un sourire ironique et hermétique, je suis heureux de vous l'entendre dire.

« Mais pourquoi, dit Jeanine qui savait répondre à l'hostilité avec l'adresse d'une pro des interviews (une amabilité onctueuse et particulière dans la voix, un sourire plus alerte, intéressé), oui, pourquoi ne vous êtes-vous pas servi de citations canadiennes ?

– Je me le demandais aussi », reprit Averill. Il lui arrivait d'essayer de se frayer un chemin dans des conversations, elle tentait de faire écho à ce que disaient les autres, de développer leurs idées. En général, cela ne marchait pas bien.

Les citations canadiennes se révélèrent un sujet épineux pour l'artiste. Les critiques l'avaient précisément attaqué sur ce point, l'accusant de manquer de patriotisme, de passer à côté de l'objectif qu'il s'était fixé. Ignorant Jeanine, il suivit Averill lorsqu'elle sortit de table, la baratina pendant ce qui sembla des heures, et, ce faisant, s'en enticha furieusement. Le lendemain, il l'attendit pour le petit déjeuner. Celui-ci terminé, il lui demanda si elle avait déjà servi de modèle.

« *Moi ?* dit Averill. Mais je suis bien trop grosse ! »

Non, il ne voulait pas dire tout habillée, précisa-t-il. S'il avait été une autre sorte d'artiste, reprit-il (elle en déduisit que l'autre sorte, c'était la sorte qu'il méprisait), il l'aurait immédiatement choisie comme modèle. Ses grosses cuisses dorées (elle ne remit jamais le short qu'elle portait ce jour-là), ses longs cheveux couleur de sucre caramélisé, ses épaules carrées et sa taille non marquée. Une silhouette de déesse, des couleurs de déesse, une déesse de la moisson. Une moue innocente, gamine.

Averill pensa qu'elle devrait veiller à garder le sourire.

C'était un homme trapu, basané, qui paraissait irascible. Bugs l'avait surnommé Toulouse-Lautrec.

Il était déjà arrivé que des hommes tombent amoureux d'Averill. Par deux fois elle s'était promise en mariage, par deux fois elle avait dû y renoncer. Elle avait couché avec ses fiancés et deux ou trois autres. En fait, quatre. Elle s'était fait avorter une fois. Elle n'était pas frigide, du moins elle ne le pensait pas, mais dans sa participation à l'acte sexuel il y avait un je-ne-sais-quoi de poli, d'épouvanté, et c'était toujours un soulagement lorsqu'ils la relâchaient.

Elle vint à bout de l'artiste en lui accordant une conversation matinale, alors qu'elle se sentait en forme et le cœur presque joyeux. Elle évita de s'asseoir près de lui et garda ses distances au cours de l'après-midi et de la soirée. Sa stratégie consistait en partie à se lier d'amitié avec Jeanine. Tout serait parfait tant que Jeanine parlerait de sa vie et ne se mêlerait pas de la sienne.

« Votre mère est une femme qui a de la classe et qui est tout à fait charmante, déclara Jeanine. Mais les gens charmants peuvent vous mener par le bout du nez. Vous vivez avec elle, n'est-ce pas ? »

Averill répondit que oui, Jeanine ajouta : « Oh, pardonnez-moi, je ne suis pas trop indiscrète, j'espère ? Dites, je ne vous ai pas offensée ? »

En fait, Averill n'était qu'étonnée, elle était habituée à ce genre de choses. Pourquoi les gens la prenaient-ils d'emblée pour une imbécile ?

« Vous savez, à force d'interviewer des gens, reprit Jeanine, je finis par être nulle ou presque pour ce qui est des conversations toutes simples. Je ne sais plus communiquer dès que je me retrouve dans une situation non professionnelle. Que voulez-vous, je suis trop directe et je m'investis trop. J'ai besoin d'aide sur ce point. »

Le but même de ce voyage, poursuivit-elle, était de reprendre contact avec la réalité du quotidien et de découvrir qui elle était quand elle n'était pas en train de jacasser devant le micro. De découvrir qui elle était lorsqu'elle était seule, sans son mari. Ils avaient d'ailleurs décidé, et d'un commun accord, expliqua-t-elle, que de temps en temps ils feraient un petit voyage loin l'un de l'autre, une façon de vérifier la solidité des liens conjugaux.

Averill croyait déjà entendre ce que Bugs aurait à dire à ce sujet. « Une façon de vérifier la solidité des liens conjugaux, tu parles ! lancerait-elle. Elle veut dire une façon de se faire baiser sur un bateau. »

Jeanine avoua qu'elle n'écartait pas la possibilité d'une romance à bord. Ou plus exactement qu'elle ne l'avait pas écartée avant d'avoir jeté un coup d'œil sur les hommes disponibles. Mais une fois qu'elle eut jeté un coup d'œil, elle dut se résigner. Qui pouvait faire l'affaire ? L'artiste ? Il était petit, laid, et par-dessus le marché anti-américain. Voilà qui n'aurait peut-être pas suffi à l'éliminer entièrement, mais il s'était entiché d'Averill. Le professeur avait une épouse quelque part à bord, Jeanine n'allait tout de même pas jouer des pieds et des mains pour faire l'amour dans des placards. Ajoutez à cela que c'était un vrai moulin à paroles, qu'il avait de petites verrues sur les paupières et qu'il en pinçait pour Bugs. Quant aux autres messieurs, ils étaient hors jeu pour diverses raisons : ils étaient accompagnés de leur épouse, ils étaient trop âgés pour lui plaire, trop jeunes pour qu'elle leur plaise, ou encore ils s'intéressaient surtout les uns aux autres ou à des membres de l'équipage. Elle emploierait donc son temps à se remettre la peau en état et à lire un livre d'un bout à l'autre.

« Malgré tout, qui choisiriez-vous, demanda-t-elle à Averill, si vous deviez choisir à ma place ?

– Que diriez-vous du capitaine ? dit Averill.

– Brillant, dit Jeanine, Un coup long, mais brillant. »

Elle apprit que le capitaine était dans la moyenne d'âge souhaitée, il avait cinquante-quatre ans. Il était marié, mais son épouse vivait à Bergen. Il avait trois enfants, adultes ou presque, il n'était pas norvégien, mais écossais, né à Édimbourg. Il était parti pour la première fois en mer à seize ans et il était capitaine de ce cargo depuis dix ans. Jeanine apprit tout cela en le questionnant. Elle lui raconta qu'elle devait écrire un article pour un magazine au sujet des cargos transportant des passagers. (Elle pourrait fort bien le faire.) Il lui fit faire le tour du bateau et lui montra même sa cabine. Elle se dit que c'était bon signe.

Sa cabine était impeccable. Il y avait la photo d'une grande et belle femme portant un gros pull. Elle lisait un ouvrage de John Le Carré.

« Si tu t'imagines qu'il va la sauter… remarqua Bugs. Il est bien trop malin pour ça. Un Écossais malin. »

Averill n'y avait pas regardé à deux fois avant de révéler les confidences de Jeanine, si tant est que ce fussent des confidences. Que ce soit dans l'appartement de Huron Street ou dans la cabine sur le pont, elle avait l'habitude de rapporter à Bugs toutes sortes d'informations et de potins croustillants, qu'elles vous touillaient dans leur cocotte à cancans. Bugs n'avait pas sa pareille pour faire parler les gens, elle obtenait les révélations les plus extravagantes et compliquées des sources les plus improbables. Jusqu'ici, Averill le savait, elle n'avait jamais pu garder un secret.

Bugs déclara que Jeanine était un spécimen d'une espèce qu'elle n'avait encore jamais rencontrée : ça reluisait à la surface, mais dès qu'on grattait un peu, c'était la misère. C'était une erreur d'être à tu et à toi avec elle, confia-t-elle à Averill, tout en restant elle-même assez copine. Elle racontait à Jeanine des histoires qu'Averill avait déjà entendues.

Elle y alla de l'histoire du père d'Averill, mais cette fois elle ne le décrivit ni comme un farfelu ni comme un admirateur mais comme un vieux salopard méfiant. Vieux, selon elle, dans les quarante ans. Il était médecin à New York. Bugs vivait là-bas, elle était à l'époque une jeune chanteuse qui essayait de percer. Elle était allée le trouver pour une angine. Les angines, le cauchemar de sa vie…

« Un gars nez-gorge-oreilles, dit Bugs, comment aurais-je pu deviner qu'il ne s'en tiendrait pas là ? »

Il avait une famille. Bien sûr. Il se rendit un jour à Toronto pour un congrès médical. Il fit la connaissance d'Averill.

« Elle était debout dans son berceau, et dès qu'elle l'a vu elle s'est mise à hurler, comme la dame blanche. Je lui ai demandé s'il trouvait qu'elle avait ma voix, mais il n'était pas d'humeur à plaisanter. Elle l'a fait fuir. Un vieux salopard méfiant, celui-là… C'est la seule fois où il a dû se gourer…

« J'ai toujours été mal embouchée, dit Bugs. J'aime ça. J'aimais ça bien avant que cela ne devienne aussi à la mode. Quand Averill a fait ses débuts scolaires, la maîtresse m'a fait venir, étonnée qu'elle était par le vocabulaire d'Averill. Dès qu'Averill cassait son crayon ou autre chose, elle s'exclamait oh ! merde ! Ou même putain ! Elle répétait tout ce qu'elle m'entendait dire à la maison. Je ne l'avais pas mise en garde, je me disais simplement qu'elle s'en rendrait compte toute seule. Mais comment aurait-elle pu ? Pauvre Averill. J'étais une foutue mère. Et ce n'est pas le pire. Pensez-vous que j'allais avouer à la maîtresse qu'elle tenait ça de moi ? Bien sûr que non ! Je me conduisais comme une femme bien élevée. Oh ! mon Dieu ! Si vous saviez combien j'apprécie que vous me le disiez ! Oh ! mon Dieu ! que je suis horrible ! Averill l'a toujours su, n'est-ce pas, Averill ? »

Averill le reconnut…

Le quatrième jour, Bugs cessa de descendre à la salle à manger pour le dîner.

« J'ai remarqué que je n'avais pas très bonne mine, dit-elle. Je n'ai pas envie de décevoir le professeur. Il n'est peut-être pas aussi fana de vieilles bonnes femmes qu'il le prétend… »

Elle dit qu'elle avait suffisamment mangé au petit déjeuner et au déjeuner. « Le petit déjeuner a toujours été mon repas principal, et celui que je prends ici est conséquent. »

Averill revint du dîner avec des petits pains et des fruits.

« Adorable, dit Bugs. Pour plus tard… »

Il lui fallait plusieurs oreillers pour dormir.

« Peut-être que l'infirmière a de l'oxygène », dit Averill. Il n'y avait pas de médecin à bord mais une infirmière. Bugs refusa de la voir. Elle ne voulait pas d'oxygène.

« Ce n'est rien, ça, dit-elle en parlant de ses quintes de toux. Ça fait du bruit, c'est tout. C'est juste de petits spasmes. J'ai essayé de trouver ce pour quoi je suis punie. Étant donné que je n'ai jamais fumé, je me suis dit que peut-être c'était parce que j'avais fait partie de la chorale de l'église, pensez donc, une impie comme moi ! Mais ce n'est pas ça. Ça doit plutôt être *La Mélodie du bonheur*. Maria. Dieu déteste ce machin-là. »

Le soir, Averill et Jeanine jouaient au poker avec l'artiste et le second, qui était norvégien. Averill retournait de temps en temps sur le pont pour voir comment allait Bugs. Celle-ci dormait ou faisait semblant de dormir, les fruits et les petits pains à côté de son lit n'avaient pas été touchés. Averill abandonnait la partie de bonne heure. Elle n'allait pas au lit immédiatement, même si elle avait pris grand soin de montrer qu'elle n'arrivait pas à garder les yeux ouverts. Elle se glissait dans la cabine pour y subtiliser les petits pains encore intacts, puis sortait sur le pont et venait s'asseoir sur le banc sous la fenêtre, toujours grande ouverte à la nuit tiède et calme. Averill s'asseyait là et mangeait les petits pains en veillant à faire le moins de bruit possible, mordant avec précaution la croûte délicieusement croustillante. L'air marin donne faim, tout le monde le sait, mais peut-être y avait-il aussi le fait que quelqu'un était amoureux d'elle, la tension. Dans de telles circonstances, elle avait tendance à grossir.

Elle pouvait entendre Bugs respirer. Petits emballements, pauses brèves, accélérations chaotiques, hoquets, ronflement, alternant avec de grandes phases sans problèmes. Elle entendait Bugs qui, à demi éveillée, remuait, s'agitait et réarrangeait ses oreillers. Elle entendait le capitaine faire sa ronde. Elle ignorait s'il la voyait et lui n'en laissait rien paraître, ne regardant jamais de son côté mais droit devant lui. Il faisait son exercice, le soir, le meilleur moment s'il souhaitait éviter les mondanités. Des allers et retours le long du bastingage. Averill ne bougeait pas, elle se sentait renard dans un fourré. Un animal nocturne qui l'épiait. Toutefois, elle ne pensait pas qu'il serait étonné outre mesure si elle bougeait ou si elle appelait. À bord, il était toujours sur le qui-vive. Il savait qu'elle était là, mais il l'ignorait soit par courtoisie, soit parce qu'il était imbu de lui-même.

Elle pensa aux vues que Jeanine avait sur lui et tomba d'accord avec Bugs : elle courait droit à un échec. Averill serait d'ailleurs déçue si cela ne se soldait pas par un échec. Le capitaine ne semblait pas avoir besoin de grand-chose. Il n'avait besoin ni de vous déranger, ni de vous flatter, ni de vous provoquer, ni de vous accrocher au passage pour bavarder avec vous. Rien de ces *regardez-moi, écoutez-moi, admirez-moi, donnez-moi*. Non, rien de ça. Il avait d'autres choses en tête. Le bateau, la mer, le temps, le fret, son équipage, ses engagements. Les passagers, il les connaissait par cœur. Des marchandises d'une autre sorte, réclamant une autre sorte d'attention. Oisifs ou souffrants, lascifs ou affligés, curieux, impatients, espiègles, lointains, il les connaissait tous. Un jour ou l'autre il saurait des choses sur chacun d'eux, juste ce qu'il lui fallait savoir, rien de plus. Il en apprendrait sur Jeanine. Une vieille histoire.

Quand décidait-il d'y aller ? Choisissait-il son moment ? Comptait-il ses pas ? Il était grisonnant et se tenait très droit, avec un léger embonpoint au niveau de la taille et de l'estomac, reflétant non pas un amour de la table mais une autorité paisible. Bugs n'avait pas trouvé de surnom pour lui. Elle l'avait appelé « un Écossais méfiant », mais elle en était restée là. Pas la moindre petite étiquette à laquelle s'accrocher, ni même l'appât de la moindre fanfaronnade, pas de couches de vernis à écailler. C'était un de ces gars à l'ancienne, pas un de ces gars qui se fabriquent au jour le jour en se servant du premier venu qui leur tombe sous la main.

Un soir, avant l'apparition du capitaine, Averill avait entendu chanter. Elle avait entendu Bugs chanter. Elle avait entendu Bugs s'éveiller, se réinstaller dans son lit et se mettre à chanter.

Une fois ou deux au cours des derniers mois, Bugs avait chanté une phrase pendant une leçon. Elle l'avait chantée en sourdine, en faisant très attention, comme par nécessité, pour prouver quelque chose. Ce n'était pas de cette façon qu'elle chantait maintenant. Elle chantait doucement, comme lorsqu'elle répétait et voulait ménager ses forces pour le concert, mais elle chantait bel et bien, d'une voix qui n'avait rien perdu, ou presque, de sa suavité.

« *Vedrai carino* », chantait Bugs, comme elle le faisait lorsqu'elle mettait le couvert ou regardait par la fenêtre embuée de l'appartement tout en esquissant un vague croquis qu'elle complétait somptueusement selon son bon plaisir. Peut-être attendait-elle quelqu'un, peut-être était-elle en quête d'un bonheur improbable, peut-être se mettait-elle en voix pour quelque concert.

Vedrai carino,
Se sei buonino,
Che bel remedio,
Ti voglio dar.

La tête d'Averill s'était redressée en l'entendant chanter, son corps s'était raidi, comme si elle était en état de choc. Mais on ne l'appelait pas ; elle resterait donc où elle était. Après un premier moment d'inquiétude, elle éprouva ce qu'elle éprouvait toujours quand sa mère chantait. Les portes s'ouvraient tout à coup, sans effort. Au-delà, c'était l'espace, illuminé. Une vision de tendresse et de gravité. Joie désirable, joie bienheureuse. Gravité, tendre badinage qui n'attendait rien de vous. Rien sauf d'accepter ce radieux ordre des choses. Cela changeait tout et dès que Bugs s'arrêtait de chanter, c'était fini. Fini. On aurait dit que Bugs avait tout emporté. Bugs pouvait laisser croire que c'était un simple tour, rien d'autre. Elle pouvait laisser croire que vous étiez un peu ridicule d'y prêter tant d'attention. C'était un cadeau que Bugs se sentait tenue d'offrir. À tous.

Voilà. C'est tout. Je vous en prie.

Rien de particulier.

Bugs avait ce secret, qu'elle exposait au vu et au su de tous tout en le protégeant jalousement, aussi bien d'Averill que des autres.

Averill n'a pas beaucoup d'oreille, Dieu merci.

Le capitaine arriva sur le pont tandis que Bugs finissait de chanter. Peut-être en saisit-il les dernières notes, peut-être eut-il l'élégance d'attendre dans l'ombre que ce fût terminé ? Il se promena et, comme à l'habitude, Averill regarda.

Averill chantait parfois dans sa tête, mais même dans sa tête, elle ne chantait jamais les airs qu'elle associait à Bugs. Aucune des mélodies de Zerlina, ni des parties pour soprano tirées d'oratorios, ni même l'*Adieu à la Nouvelle-Écosse*, ni ces chansons folkloriques dont Bugs raillait la sentimentalité bébête mais qu'elle chantait d'une voix angélique. Il y avait un hymne qu'Averill fredonnait, elle savait à peine d'où il venait. Elle ne pouvait l'avoir appris de Bugs ; en effet, en règle générale, celle-ci détestait les hymnes. Averill devait l'avoir appris à l'église quand, enfant, elle devait y accompagner Bugs qui y chantait en solo.

C'était l'hymne qui commençait par « Le Seigneur est mon berger ». Averill ignorait qu'il provenait d'un psaume, n'ayant pas assez fréquenté l'église pour savoir ce qu'était un psaume. Elle en connaissait toutes les paroles, qui, devait-elle reconnaître, étaient empreintes d'un narcissisme opiniâtre, d'un triomphe sans mélange et, dans un verset surtout, d'une espèce d'exultation puérile.

Devant moi Tu apprêtes une table,
Face à mes Adversaires.

Avec quelle allégresse, quelle assurance, quelle légèreté Averill chantait ces mots dans sa tête, tout en regardant le capitaine arpenter le bateau ou, plus tard, quand elle atteignit le bastingage sans incident :

Grâce et bonheur m'accompagnent
Tous les jours de ma Vie ;
Ma demeure est la Maison du Seigneur
Pour les siècles des siècles.

Son chant silencieux emmitouflait l'histoire qu'elle se racontait et qu'elle allongeait un peu chaque soir quand elle était sur le pont. (Averill se racontait souvent des histoires, une activité qui lui paraissait aussi naturelle que le rêve.) Son chant était une barrière entre le monde de sa tête et le monde extérieur, entre son corps et l'assaut des étoiles, le sombre miroir de l'Atlantique Nord.

Bugs cessa de descendre à la salle à manger pour le déjeuner. Elle continua toutefois à venir prendre le petit déjeuner, elle était en forme alors, ainsi que pendant l'heure qui suivait. Elle prétendait qu'elle ne se sentait pas plus mal, mais qu'elle était simplement lasse d'écouter et de parler. Elle ne recommença pas à chanter, du moins Averill ne l'entendit pas.

Le neuvième soir, qui était la dernière nuit en mer avant d'arriver à Tilbury, Jeanine donna une soirée dans sa cabine, la plus grande et la plus belle du pont. Elle offrit du champagne qu'elle avait fait porter à bord pour l'occasion, du whisky et du vin, sans oublier du caviar, des raisins, des montagnes de saumon fumé et de steaks tartares, de fromages et de galettes, des ressources insoupçonnées de la cuisine. « Je claque tout ce que j'ai, disait-elle. Je suis au septième ciel. Je parcourrai l'Europe avec un sac à dos et je survivrai en chipant des œufs dans les poulaillers. Je m'en fiche. Je vais noter vos adresses à tous et le jour où je serai trop fauchée, vous me verrez débarquer. Ne riez pas ! »

En vue de se rendre à la soirée, Bugs avait passé sa journée au lit. Elle n'était même pas allée prendre son petit déjeuner afin d'épargner ses forces. Elle se leva, fit sa toilette, puis se cala sur ses oreillers pour se maquiller. Que ce soit les yeux ou le reste du visage, le résultat était admirable. Elle brossa ses cheveux, les crêpa et les laqua. Elle mit sa robe de soliste, l'œuvre d'Averill, une robe de soie pourpre, presque toute droite mais ample et longue, aux manches larges, doublées de soie aux reflets irisés rose et argent.

« Aubergine », dit Bugs. Elle se retourna pour que le bas de la robe s'évase. Le tour lui fit perdre l'équilibre, elle dut s'asseoir.

« Je devrais bien me faire les ongles, dit-elle. Mieux vaut que j'attende un peu, je suis tout étourdie.

– Je peux te les faire, proposa Averill qui relevait ses cheveux.

– Tu crois ? Mais en fin de compte, je ne pense pas que je vais y aller. À vrai dire, je préférerais rester ici à me reposer. Il faut que je sois en forme, car demain on arrive… »

Averill l'aida à se déshabiller, à se démaquiller, à passer sa chemise de nuit et à se mettre au lit.

« C'est un crime d'avoir une robe pareille et de ne pas y aller, dit Bugs. Elle mérite de sortir. Tu devrais la mettre. Oui, mets-la. S'il te plaît ! »

Averill ne pensait pas que le pourpre lui allait mais elle finit par enlever sa robe verte, passa celle de Bugs et se rendit à la réception, au bout du couloir. Elle se sentait mal dans sa peau, provocante, ridicule. C'était parfait, tout le monde s'était habillé, certains à outrance. Même ces messieurs s'étaient mis sur leur trente et un. Sur son jean, l'artiste arborait une veste de smoking qui n'était plus dans sa prime jeunesse. Quant au professeur, il flottait dans son costume blanc, on aurait dit un dandy des colonies. Jeanine portait une robe noire moulante et des bas noirs à couture. Elle y était allée de toute sa quincaillerie dorée. Leslie était roulée dans du taffetas crème égayé de roses rouges et roses. Sur son arrière-train bien roulé, le tissu était relevé en une énorme rose, dont le professeur ne cessait de tripoter, de pincer et de réarranger les pétales, cherchant l'effet le plus flatteur. On l'aurait cru en pleine extase, l'extase du tout beau tout neuf. Elle était soulagée, fière, timidement florissante.

« Votre mère ne viendra pas à la soirée ? demanda le professeur à Averill.

– Les soirées l'ennuient, répondit Averill.

– J'ai l'impression que bien des choses l'ennuient, reprit le professeur. J'ai déjà remarqué ça chez les artistes et je le comprends. Que voulez-vous, ils ont leur monde à eux…

– Mais qui va là ? La statue de la Liberté ? demanda l'artiste en caressant la soie de la robe d'Averill. Y a-t-il même une femme là-dedans ? »

Averill avait entendu qu'il venait de parler d'elle avec Jeanine : il se demandait si elle n'était pas lesbienne, si Bugs n'était pas sa riche et jalouse amante.

« Qu'y a-t-il, une femme ou du béton ? » dit-il en plaquant la soie sur la hanche de la jeune femme.

Averill s'en moquait. C'était le dernier soir où il lui faudrait le supporter. Elle buvait. Elle aimait boire. Surtout du champagne. Cela ne l'excitait pas mais l'étourdissait et la rendait pleine d'indulgence.

Elle bavarda avec le second, celui qui était fiancé à une fille des montagnes, et apprécia son manque d'intérêt amoureux.

Elle parla à la cuisinière, une belle femme qui avait enseigné l'anglais dans des lycées norvégiens et qui avait maintenant envie d'une vie plus aventureuse. Jeanine avait confié à Averill qu'on racontait que la cuisinière et l'artiste couchaient ensemble ; un côté provocateur et ironique dans les dispositions amicales de la cuisinière fit penser à Averill qu'il y avait peut-être du vrai là-dedans.

Elle parla à Leslie, qui lui confia qu'elle avait jadis joué de la harpe. Jeune, elle agrémentait de ses talents musicaux les dîners d'un hôtel et le professeur l'avait repérée par-derrière les fougères. Ce n'était pas une de ses étudiantes, comme on se l'imaginait. Ce n'est qu'après qu'ils s'étaient sentis attirés l'un par l'autre que le professeur l'avait incitée à s'inscrire à des cours pour s'ouvrir l'esprit. Elle gloussait en buvant son champagne et disait que ça n'avait pas servi à grand-chose. Elle avait eu la tête trop dure pour qu'on puisse lui ouvrir l'esprit et elle avait dû renoncer à la harpe…

Jeanine parla avec Averill d'une voix aussi basse et confidentielle que possible. « Comment vous débrouillerez-vous avec elle ? dit-elle. Que ferez-vous une fois en Angleterre ? Comment envisagez-vous de la faire voyager en train ? C'est sérieux.

– Ne vous inquiétez pas, répondit Averill.

– Je n'ai pas vraiment parlé à cœur ouvert avec vous, reprit Jeanine. Il faut que j'aille aux toilettes, mais j'aurai quelque chose à vous dire dès que je serai de retour. »

Averill espérait que Jeanine n'avait pas l'intention de faire d'autres révélations sur l'artiste ni de lui prodiguer d'autres conseils au sujet de Bugs. Jeanine se tint tranquille. Une fois sortie des toilettes, elle se mit à parler d'elle-même. Elle avoua qu'il ne s'agissait pas de petites vacances comme elle l'avait prétendu : elle avait été flanquée dehors. Par son mari. Il l'avait plaquée pour une espèce d'allumeuse dont les étincelles de génie étaient plus que rares. Cette dernière était réceptionniste à la station de radio, ce qui voulait dire qu'elle se faisait les ongles et répondait au téléphone le cas échéant. Le mari estimait que Jeanine et lui devraient rester amis : il continuerait à lui rendre visite, ferait un sort à ses bonnes bouteilles tout en lui décrivant les charmantes manières de son doux cœur. Comment elle s'asseyait sur son lit, dans la plus simple expression, et se faisait… les ongles, que pourrait-elle bien faire d'autre ? Il espérait que Jeanine rirait avec lui, le plaindrait même de cette toquade aussi irréfléchie que dégradante. Et c'est ce qui se passa. À de nombreuses reprises, elle se laissa avoir en écoutant son boniment et en regardant disparaître son vin. Il disait qu'il l'aimait, elle, Jeanine, comme si elle était la sœur qu'il n'avait jamais eue. Mais voici que Jeanine était décidée à l'extirper de sa vie. Ça y est, elle avait pris son essor. Elle voulait vivre.

Elle lorgnait toujours le capitaine, têtue coquette de la onzième heure. Il avait refusé une coupe de champagne et buvait du whisky.

La cuisinière avait apporté du café sur un plateau pour ceux qui ne buvaient pas ou qui désiraient se dégriser de bonne heure. Quelqu'un se décida à en prendre une tasse, mais la crème était mal en point, sans doute avait-elle attendu trop longtemps dans une pièce trop chaude. Imperturbable, la cuisinière la fit disparaître, avec la promesse d'en rapporter de la fraîche. « Juste ce qu'il nous faut pour les crêpes du petit déjeuner, dit-elle. Ça et du sucre brun. »

Jeanine lui raconta qu'on lui avait dit jadis que si le lait tournait on était en droit de soupçonner un cadavre à bord.

« J'ai cru que c'était une superstition, expliqua Jeanine. Mais cette personne m'a dit qu'il y avait une raison. La glace. Ils ont utilisé toute la glace pour préserver le corps, du coup le lait tourne ! On avait entendu dire que c'était arrivé sur un bateau qui passait le tropique. »

On demanda en riant au capitaine s'il y avait un problème de ce genre à bord.

Il répondit que non, pour autant qu'il le sût. « Et nous avons toute la place voulue dans les chambres froides, ajouta-t-il.

– De toute façon, vous les immergez, n'est-ce pas ? demanda Jeanine. On peut se marier ou se faire ensevelir quand on est en mer, non ? À moins que vous ne les congeliez carrément et que vous les réexpédiiez chez eux ?

– Nous faisons ce qui nous paraît le plus approprié », répondit le capitaine.

Mais avait-il eu lui-même à faire face à ce genre de situation, lui demanda-t-on, avait-on dû conserver des cadavres ? Avait-on déjà procédé à des immersions ?

« Un jour, un moussaillon est mort de l'appendicite. Il n'avait pas de famille, du moins à notre connaissance, nous avons donc immergé le corps.

– Somme toute, enterré en mer… Quand on y pense, l'expression est plutôt drôle… lança Leslie qui ricanait de tout.

– Une autre fois… reprit le capitaine. Une autre fois, ça a été une femme. »

Il se mit alors à raconter une histoire à Jeanine, Averill et aux quelques autres qui étaient là. (Pas Leslie, son mari l'avait emmenée.)

Deux sœurs voyageaient ensemble sur ce bateau, commença le capitaine. Ça se passait il y a plusieurs années, sur une route de l'Atlantique Sud. À première vue, on aurait donné à ces sœurs une vingtaine d'années de différence, pour la simple raison que l'une d'elles était très malade. Elle ne devait pourtant pas être beaucoup plus âgée, peut-être même n'était-elle pas l'aînée. Sans doute avaient-elles toutes deux une trentaine d'années. Aucune n'était mariée. Celle qui n'était pas souffrante était très belle.

« La plus belle femme que j'aie jamais vue », dit le capitaine d'un ton solennel, comme s'il décrivait un paysage ou un monument.

Elle était très belle, mais elle ne faisait attention à personne sauf à sa sœur, qui passait ses journées couchée dans la cabine, affligée de ce qui semblait être un problème cardiaque. Le soir, elle venait s'asseoir sur le banc face au hublot de leur cabine. Il lui arrivait de faire un aller et retour jusqu'au bastingage, mais elle ne s'écartait guère du hublot. Le capitaine en déduisit que c'était afin de pouvoir entendre sa sœur au cas où celle-ci aurait besoin d'elle. (Il n'y avait pas alors de personnel médical à bord.) Il l'apercevait assise sur son banc, quand il sortait faire sa ronde de nuit, mais il feignait de ne pas la voir, car il sentait qu'elle ne voulait pas être vue ni forcée de saluer.

Un soir, alors qu'il faisait sa ronde, il l'entendit qui l'appelait. Elle l'appelait si doucement qu'il l'entendit à peine. Il s'approcha du banc et elle lui dit, Capitaine, je suis navrée, mais ma sœur vient de mourir.

Je suis navrée, mais ma sœur vient de mourir.

Elle l'emmena dans la cabine. C'était vrai, sa sœur gisait sur le lit près de la porte, les yeux mi-ouverts. Elle venait de mourir.

« Les choses étaient un peu sens dessus dessous comme on pourrait s'y attendre dans ce genre de circonstances, poursuivit le capitaine. À sa façon de réagir, je perçus qu'elle n'était pas dans la cabine quand ça s'était passé, elle était à l'extérieur. »

Ni le capitaine ni la femme ne dirent mot. Ensemble, ils remirent de l'ordre, firent la toilette de la morte, redressèrent le corps, lui fermèrent les yeux. Une fois qu'ils eurent terminé, le capitaine demanda qui il devrait prévenir. Personne, répondit la femme. Personne. Nous n'avons personne au monde, dit-elle. Dans ce cas, voudriez-vous que l'on immerge le corps ? demanda le capitaine. Elle répondit oui. Demain, dit-il. Demain matin. Elle reprit alors : Pourquoi attendre ? On ne peut pas faire ça tout de suite ?

L'idée était bonne, bien sûr, mais le capitaine ne se serait jamais permis de la suggérer. En effet, moins les passagers, et même l'équipage, entendent parler d'une mort à bord, mieux ils s'en portent. De plus, il faisait chaud, c'était l'été et on se trouvait dans l'Atlantique Sud. Ils enveloppèrent donc le corps dans l'un des draps et le passèrent par le hublot que l'on avait ouvert pour aérer la cabine. La défunte ne pesait pas bien lourd, décharnée comme elle l'était. Ils la portèrent jusqu'au bastingage. Le capitaine voulut aller chercher de la corde pour maintenir le drap autour du corps afin qu'il ne se défasse pas au moment de l'immersion. Ne pouvons-nous pas nous servir de foulards, suggéra-t-elle, et elle courut à la cabine et en revint avec un très joli assortiment de foulards et d'échardes, à l'aide desquels il ligota le corps dans le drap. Il voulut ensuite aller chercher son livre de prières pour lire l'office des morts. La femme se mit à rire : « À quoi vous servira votre livre ? dit-elle. Il fait trop sombre pour lire. » Il comprit alors qu'elle redoutait de se retrouver seule avec le cadavre. Mais elle avait raison, il faisait trop sombre pour lire. Il aurait pu prendre une torche. Il ne savait pas s'il y avait seulement pensé. Il voulait avant tout ne pas la laisser seule. L'état dans lequel elle se trouvait ne présageait rien de bon.

Il lui demanda ce qu'il devrait dire. Des prières ?

Tout ce que vous voudrez, répondit-elle. Il récita alors un Notre Père, il ne se rappelait pas l'avoir entendue se joindre à lui, puis il ajouta quelque chose du genre : Seigneur Jésus-Christ, c'est en Votre nom que nous confions cette femme aux profondeurs de la mer. Ayez pitié de son âme. Quelque chose de ce genre. Ils prirent le corps et le firent passer par-dessus le bastingage. C'est à peine s'il fit floc…

Elle lui demanda si c'était fini, il lui répondit que oui. Il lui faudrait simplement remplir quelques papiers et établir l'acte de décès. De quoi est-elle morte ? demanda-t-il. Était-ce une crise cardiaque ? Il se demanda sous quel charme il pouvait bien être pour ne pas avoir pensé plus tôt à poser cette question.

Oh ! dit-elle, je l'ai tuée.

« Je le savais ! s'exclama Jeanine. Je le savais que c'était un meurtre ! »

Le capitaine ramena la femme jusqu'au banc sous le hublot de la cabine, tout éclairée comme si c'était Noël. Il lui demanda ce qu'elle avait voulu dire. Elle répondit qu'elle était assise là où elle était assise maintenant et qu'elle avait entendu sa sœur l'appeler. Elle savait que sa sœur avait un problème. Elle connaissait la nature du problème, sa sœur avait besoin d'une piqûre. Elle ne bougea pas. Elle essaya de bouger, ou plutôt elle pensa bouger. Elle se vit aller à la cabine et sortir l'aiguille, elle se vit le faire, mais elle ne bougea pas. Elle fit grand effort pour le faire, mais elle ne le fit pas. Elle resta là, comme pétrifiée. Aussi incapable de bouger que lorsque vous vous sentez menacé dans un cauchemar. Assise là, elle écouta jusqu'à ce qu'elle sût que sa sœur était morte. Le capitaine passait, elle l'appela.

Le capitaine lui dit qu'elle n'avait pas tué sa sœur. Sa sœur ne serait-elle pas morte de toute façon ? dit-il. Ne serait-elle pas morte d'ici peu ? Sinon ce soir, du moins d'ici très peu de temps ? Oh oui, répondit-elle, probablement. Ne dites pas probablement, reprit le capitaine, dites plutôt certainement. Il inscrirait crise cardiaque sur l'acte de décès et l'affaire serait close. Allons, calmez-vous, dit-il. Vous savez que tout se passera bien.

Oui, reprit la femme, elle savait que, dans un sens, tout se passerait bien. Je ne le regrette pas, dit-elle. Mais je crois qu'il faut se rappeler ce qu'on a fait.

« Là-dessus, elle se dirigea vers le bastingage, dit le capitaine. Bien entendu je l'accompagnai, n'étant pas sûr de ce qu'elle voulait faire. Elle chanta un hymne. Ce fut tout. Ce fut, je pense sa contribution au service funèbre. Elle chantait de telle façon que vous l'entendiez à peine, mais je connaissais cet hymne. Aujourd'hui je n'arrive pas à me le rappeler, mais je le connaissais par cœur.

– Grâce et bonheur m'accompagnent tous les jours de ma Vie », chanta Averill d'une voix délicate mais assurée, de sorte que Jeanine la prit par la taille et s'écria : « Allons-y, champagne, Sally ! »

Le capitaine en resta interloqué. Puis il dit : « Je crois que ça devait être ça. » Peut-être voulait-il laisser quelque chose, un bout de son histoire à Averill. « Oui, ça devait être ça. »

Averill reprit : « C'est le seul hymne que je connaisse.

– Et c'est tout ? demanda Jeanine. Il n'y avait pas des histoires d'héritage là-dessous ? Elles n'étaient pas toutes deux amoureuses du même homme ? Non ? Ça ne devait pas être un feuilleton télé… »

Le capitaine dit : que non, ce n'était pas un feuilleton télé.

Averill crut qu'elle connaissait la suite. Comment aurait-elle pu ne pas la connaître : c'était son histoire. Elle savait qu'après que la femme avait chanté l'hymne, le capitaine lui avait pris la main qu'elle avait posée sur le bastingage. Il avait porté cette main à ses lèvres, il l'avait baisée. Il en avait baisé le revers. La main qui venait de rendre hommage à la morte.

Dans certaines versions de l'histoire, c'était tout ce qu'il faisait. C'en était assez. Dans d'autres versions, il n'était pas satisfait à si bon compte. Elle non plus. Elle le suivait au bout du couloir, dans la cabine éclairée, et il lui faisait l'amour sur ce lit que, selon lui, ils venaient de défaire et de nettoyer en expédiant son occupant et l'un des draps au fond de l'océan. Ils atterrissaient sur ce lit, incapables qu'ils étaient de prendre le temps d'aller jusqu'à l'autre lit, sous le hublot. Incapables qu'ils étaient de repousser à plus tard ces ébats amoureux qu'ils poursuivirent bon train jusqu'à l'aube, il leur faudrait s'en contenter pour le reste de leur vie…

Tantôt ils s'éteignaient, tantôt ça leur était égal.

Le capitaine avait raconté ça comme si la mère et la fille étaient sœurs. Il avait transporté le bateau dans l'Atlantique Sud, il avait laissé la conclusion en suspens et ajouté divers détails, mais Averill était persuadée que c'était son histoire qu'il avait racontée. C'était l'histoire qu'elle se racontait chaque soir sur le pont, son histoire archi-secrète, qui lui revenait. Elle l'avait fabriquée, lui l'avait recueillie et racontée. Sans la flétrir.

Le simple fait de croire que pareille chose pouvait arriver la rendait toute légère, différente, rayonnante comme un poisson éclairé dans l'eau.

Bugs ne mourut pas ce soir-là. Elle mourut quinze jours plus tard, à la Royal Infirmary d'Édimbourg. Elle avait réussi à parvenir jusque-là en train.

Lorsqu'elle mourut, Averill n'était pas auprès d'elle. Elle était à une centaine de mètres de là, en train de manger une pomme de terre cuite au four dans une cafétéria.

Une des dernières remarques cohérentes de Bugs fut au sujet de la Royal Infirmary : « Tu ne trouves pas que ça fait suranné ? » dit-elle.

Averill, qui était sortie prendre quelque chose après avoir passé la journée dans la chambre d'hôpital, avait été étonnée de voir qu'il faisait encore jour et que dans les rues se pressait une foule animée, haute en couleur, parlant français, allemand et sans doute bien d'autres langues qu'elle ne reconnaissait pas. Chaque année à pareille époque, la ville natale du capitaine organisait un festival.

Averill ramena le corps de Bugs à Toronto pour des obsèques avec de la musique digne de ce nom. Dans l'avion, elle se retrouva à côté d'un jeune Canadien qui, comme elle, revenait d'Écosse, où il avait participé à un célèbre tournoi de golf amateur auquel, hélas, il n'avait pas brillé autant qu'il l'espérait. Échec et perte, ainsi qu'une mutuelle ignorance du monde de l'autre, fût-il celui du sport ou celui de la musique, rapprochèrent et charmèrent ces deux êtres. Habitant Toronto, le jeune homme put aisément assister à la cérémonie. Peu de temps après, Averill et lui se marièrent. Au bout d'un moment, tendresse et enchantement s'estompèrent, Averill commença à se dire qu'elle avait surtout choisi son époux parce que Bugs aurait trouvé ce choix absurde. Ils divorcèrent.

Averill fit la connaissance d'un autre homme, un professeur d'art dramatique de lycée, metteur en scène à ses heures, homme de talent sinon de bonne volonté – il vous traitait toujours avec désinvolture et vous confondait par ses manières cavalières et ironiques. Ou vous succombiez à son charme, ou vous ne pouviez pas le supporter. Il avait essayé de ne pas se laisser embarquer dans des affaires de cœur.

La grossesse d'Averill les incita cependant à se marier. Tous deux espéraient une fille.

Averill ne revit jamais aucun des autres passagers. Elle ne sut jamais ce qu'il était advenu d'aucun d'entre eux.

Averill accepte l'offrande du capitaine. Elle est absoute, elle est heureuse. Tel le poisson pailleté d'or, elle évolue dans sa robe de soie sombre.

Le capitaine et elle se disent bonsoir. Leurs mains s'effleurent cérémonieusement. Une étincelle jaillit lorsqu'elles se touchent.

À quoi bon ?

I. *Le borgne du quartier*

Elles sont dans la salle à manger. Sur le parquet ciré, juste un petit tapis devant la vitrine à porcelaines. Peu de meubles : une grande table, des chaises, le piano, la vitrine à porcelaines. À l'intérieur des fenêtres, les volets de bois sont clos. Ils sont d'un bleu triste, grisâtre, la peinture en est écaillée comme celle du châssis des fenêtres. Joan a encouragé cela, y allant même avec ses ongles.

À Logan, il fait très chaud. Derrière les volets, le monde flotte dans une lumière blanche. À l'horizon, arbres et collines sont devenus transparents. Les chiens recherchent les pompes et les mares autour des fontaines publiques.

Une amie de leur mère est là. Est-ce Gussie Toll, l'institutrice, ou serait-ce l'épouse du chef de gare ? Les amies de leur mère sont des femmes pleines d'entrain, qui souvent ne sont là que de passage – des êtres à la dérive, indépendants, ou du moins qui affectent de l'être.

Sur la table, sous le ventilateur, les deux femmes sont en train de se tirer les cartes. Elles parlent et rient d'une manière qui fascine Joan, ça sent la conspiration. Allongé par terre, Morris écrit sur un cahier. Il y reporte combien de magazines *New Liberty* il a vendus cette semaine, qui a payé et qui lui doit encore de l'argent. C'est un garçon robuste, d'une quinzaine d'années, jovial mais réservé, qui porte des lunettes dont un verre est fumé.

Un jour, Morris, alors âgé de quatre ans, se promenait dans le bas du jardin, le long du ruisseau, lorsqu'il trébucha sur un râteau qui traînait par terre, les dents tournées vers le haut. En tombant, il se lacéra sourcil et paupière, écorchant son œil. Joan, qui était encore un bébé quand c'est arrivé, ne l'a jamais connu sans sa cicatrice, son œil borgne et ses lunettes avec un verre fumé.

Un vagabond avait laissé le râteau en plan. C'est ce qu'a dit leur mère. Elle lui avait promis un sandwich s'il ratissait les feuilles mortes sous les noyers. Elle lui avait donné le râteau et, quand elle était revenue voir où il en était, l'homme avait disparu. Il avait dû s'en lasser, pensa-t-elle, à moins qu'il ne lui en ait voulu de lui avoir demandé de commencer par travailler. Elle avait oublié d'aller rechercher le râteau. Elle n'avait pas d'homme pour l'aider en quoi que ce soit. En un peu plus de six mois, elle dut ainsi faire face à la naissance de Joan, à la mort de son époux dans un accident de voiture (il avait dû boire, pensa-t-elle, mais il n'était pas ivre) et à l'accident de Morris.

Jamais elle n'emmena Morris consulter un spécialiste de Toronto, pour qu'il atténue la cicatrice ou lui donne un avis valable au sujet de l'œil endommagé : elle n'avait pas d'argent. Mais n'aurait-elle pu en emprunter ? (Une fois adulte, Joan s'était posé la question.) N'aurait-elle pu demander l'aide du Lions Club, qui, en cas d'urgence, dépannait souvent les pauvres ? Non, non et non, elle n'aurait jamais pu s'y résoudre. À l'en croire, ses enfants et elle n'étaient pas pauvres, ou du moins pas pauvres au point d'être aidés par le Lions Club. Ils habitaient une grande maison. Ils possédaient trois autres petites maisons, de l'autre côté de la rue, dont ils percevaient le loyer. Ils possédaient le chantier de bois, même si, à certaines époques, il n'y avait plus qu'un seul employé. (Leur mère aimait se faire appeler Ma Fordyce, d'après Ma Perkins, l'héroïne d'un feuilleton radiophonique, une veuve qui, elle aussi, possédait un chantier de bois.) Ils n'avaient pas la liberté d'action de ceux qui étaient pauvres, pauvres au sens strict.

Ce que Joan a encore plus de mal à comprendre, c'est pourquoi Morris n'a jamais rien fait à ce sujet. Ce n'est pourtant pas l'argent qui lui manque aujourd'hui, et ce ne serait d'ailleurs plus une question d'argent : Morris a les assurances sociales, comme tout le monde. Si l'on en croit Joan, Morris a des idées très orientées vers la droite, mettant en cause le protectionnisme de l'État, la responsabilité individuelle et l'abus de la plupart des impôts, qu'il paie malgré tout. Ne serait-il pas logique qu'il veuille en récupérer un peu ? Refaire sa paupière ? Adapter un de ces yeux artificiels comme on en fait maintenant, difficiles à repérer, car une sensibilité qui tient de la magie leur permet de suivre les mouvements de l'autre œil. Tout ce que cela nécessiterait serait un séjour en clinique, c'est-à-dire qu'il accepte de perturber légèrement sa routine, de se remuer et de sacrifier un peu de son temps.

Tout ce que cela nécessiterait serait que Morris reconnaisse qu'il aimerait que ça change. Qu'il n'y a aucune honte à vouloir essayer de vous débarrasser de la malédiction qui pèse sur vous.

Leur mère et son amie boivent du Coca-Cola au rhum. Il règne chez eux un laxisme qui étonnerait la plupart des camarades de classe de Morris et de Joan : leur mère fume et, lorsqu'il fait très chaud, elle se désaltère à coups de Coca-Cola au rhum. N'a-t-elle pas aussi permis à Morris de fumer et de conduire la voiture dès qu'il aurait douze ans ? Leur mère ne fait jamais allusion à la malchance. Elle raconte l'histoire du vagabond et du râteau, mais vous pourriez aussi bien croire que l'œil de Morris est une décoration des plus exclusives. Elle leur inculque l'idée qu'ils ne sont pas comme tout le monde. Non parce que leur grand-père a été à l'origine du chantier de bois – elle en rit, ajoutant qu'il n'était qu'un pauvre bûcheron qui a eu de la chance et qu'elle-même n'était qu'une rien-du-tout qui est allée à la ville pour travailler dans une banque –, non parce qu'ils possèdent cette grande baraque glaciale impossible à entretenir, mais parce que leur petite famille a un je-ne-sais-quoi qui lui est propre et qui vibre au plus profond d'elle-même. Cela tient à la manière dont ils plaisantent ou dont ils parlent d'autrui. Ils ont doté presque toute la ville de surnoms dont leur mère est, en général, l'auteur. Dieu sait qu'elle en connaît des poésies, récoltées sur les bancs de l'école ou ailleurs ! Elle vous accole deux ou trois rimes, et voilà un malheureux classé de façon aussi absurde qu'inoubliable. Elle regarde par la fenêtre, y va de quelques vers, et ils savent qui est passé par là. Parfois elle vous sort ça en remuant la bouillie d'avoine qui de temps en temps leur tient lieu de dîner ou de petit déjeuner parce que ça ne coûte pas cher.

Morris préfère les calembours. Il persévère dans cet art, avec toute la malice qui le caractérise, leur mère prétend qu'il la rend enragée. Un jour, elle lui a dit que s'il ne s'arrêtait pas elle lui viderait le sucrier sur sa purée. Il a refusé d'obtempérer, elle a agi en conséquence.

Chez les Fordyce, ça sent le plâtre et le papier peint dans les chambres désormais closes, ça sent aussi les oiseaux morts dans les cheminées désormais inutilisées, ou les souris qui vont semer leurs minuscules crottes dans l'armoire à linge. Les portes en bois du passage voûté entre la salle à manger et le salon sont closes elles aussi, on ne se sert plus que de la salle à manger. Une cloison bon marché sépare le couloir de l'entrée. On n'achète plus de charbon, on ne répare plus la chaudière, pourtant mal en point. Deux poêles qu'alimentent les restes du chantier de bois chauffent les pièces encore habitées. Mais ce n'est pas ça l'important. L'important, ce n'est ni leurs privations, ni leurs difficultés, ni leurs économies. Alors, qu'est-ce que c'est, l'important ? Humour et chance. Ils ont de la chance. La chance d'être les fruits d'un couple dont le bonheur a duré cinq années, un bonheur qui sautait aux yeux lors de soirées, de bals ou de merveilleuses fredaines. Des souvenirs et des souvenirs… Vieux disques, robes délicates, floues, en crêpe Georgette abricot ou en moiré de soie émeraude, panier de pique-nique avec gourde d'argent. Un tel bonheur n'était pas, par nature, tranquille. Cela sous-entendait qu'on levait facilement le coude, qu'on aimait à s'habiller, avec les amis, pour la plupart originaires d'autres endroits, et même de Toronto. Beaucoup de ces amis ont aujourd'hui disparu du tableau, beaucoup ont été affligés par la tragédie, par la pauvreté inattendue de ces années, par les difficultés de la vie.

On frappe à la porte d'entrée, d'une façon qu'aucun visiteur ayant reçu un semblant d'éducation ne se permettrait.

« Je sais, je sais qui c'est, dit leur mère. C'est Mrs Toc-Toc Buttler, on parie ? » Elle enlève ses chaussures de toile et ouvre doucement, sans faire de bruit, les portes du passage voûté. Elle se dirige sur la pointe des pieds jusqu'à la fenêtre de ce qui était le salon. De là, elle peut suivre à travers les persiennes ce qui se passe sous la véranda de l'entrée. « Zut de zut ! s'exclame-t-elle. C'est bien ça. »

Mrs Buttler habite l'une des trois maisons de béton situées de l'autre côté de la route. C'est une des locataires. Elle cache ses cheveux blancs sous un turban fait de morceaux de velours de couleurs différentes. Elle porte un grand manteau noir. Elle a l'habitude d'arrêter les enfants dans la rue et de leur poser des questions. Tu ne rentres de classe que maintenant ? Tu es collé ? Ta mère le sait, que tu mâchonnes du chewing-gum ? C'est toi qui as jeté des capsules de bouteille dans mon jardin ?

« Zut de zut, réitère leur mère. Il n'y a personne au monde que j'aie moins envie de voir ! »

Mrs Buttler ne fait pas partie des habitués de la maison. Elle apparaît à intervalles irréguliers, avec une litanie de doléances ponctuée de nouvelles aussi importantes qu'épouvantables. Des tas de mensonges. Et puis, pendant les semaines qui suivent, vous la voyez passer devant la maison sans daigner seulement jeter un coup d'œil, fonçant d'un grand pas rapide, la tête en avant, ce qui ôte toute dignité à son ensemble noir. Préoccupée, offensée, elle bougonne entre ses dents.

On frappe une nouvelle fois à la porte, leur mère se glisse à pas de loup vers la porte principale. Là, elle s'arrête. Un des panneaux en verre de couleur de la grande porte est décoré d'un motif si compliqué que l'on voit à peine au travers, quant à l'autre, dont un coin a été endommagé (un soir où nous avions un peu trop fait la fête, a expliqué leur mère), il a été renforcé par une planche. Dans l'entrée, leur mère se met à aboyer. *Yap, yap, yak*, aboie-t-elle comme un cabot furieux de se retrouver tout seul à la maison. La tête enturbannée de Mrs Buttler se presse contre la vitre, elle essaye de voir. Impossible. Et le petit chien de redoubler de véhémence. Un délire d'aboiements, un délire furibond dans lequel leur mère glisse des *Allez-vous-en, allez-vous-en, allez-vous-en*. Ou encore *M'dame Toc-Toc, M'dame Toc-Toc, M'dame Toc-Toc. Allez-vous-en, M'dame Toc-Toc, allez-vous-en.*

Mrs Buttler reste dehors encore quelque temps, il fait une chaleur d'enfer. Elle empêche le jour d'entrer à travers la vitre.

Lors de sa visite suivante, elle dit : « J'ignorais que vous aviez un chien.

– Nous n'en avons pas, répond leur mère. Nous n'avons jamais eu de chien. Je me dis souvent que j'aimerais bien en avoir un, mais nous n'en avons jamais eu.

– Pourtant, l'autre jour, quand je suis passée chez vous, il n'y avait personne, personne n'est venu m'ouvrir mais j'aurais juré qu'il y avait un chien qui aboyait.

– Vous avez peut-être un problème dans l'oreille interne, Mrs Buttler, reprend leur mère. Vous devriez consulter un médecin.

– Je crois que je pourrais facilement me transformer en chien, commente plus tard leur mère. On m'appellerait Finaude… »

Ils ont trouvé un surnom pour Mrs Buttler. Mrs Buncler, Mrs Boncle et enfin Mrs Furoncle. Ça lui va comme un gant. Sans trop savoir ce qu'est un furoncle, Joan a perçu que le nom pourrait lui aller, qu'il s'attacherait à jamais à cette espèce de loupe nécrosée, encombrante, opiniâtre, dans le visage et le caractère de leur voisine.

Mrs Furoncle avait une fille, Matilda. Pas de mari, juste une fille. Quand les Fordyce allaient s'asseoir sous la véranda après le dîner – leur mère fumant, Morris fumant aussi, en tant qu'homme de la maison –, ils voyaient Matilda tourner au coin de la rue, en route vers la pâtisserie ouverte jusqu'à une heure tardive, ou allant chercher un livre à la bibliothèque avant qu'elle ne ferme. Elle n'avait jamais d'amie pour l'accompagner. Qui aurait amené ses amis dans une maison régie par Mrs Furoncle ? Matilda ne paraissait pas pour autant esseulée, intimidée ou malheureuse. Elle était toujours admirablement vêtue. Mrs Furoncle avait des doigts de fée – d'ailleurs, c'est en taillant et en faisant des retouches pour Gillespie, le Magasin de Prêt-à-Porter pour dames et messieurs, qu'elle avait gagné le peu d'argent qu'elle avait. Elle préférait pour Matilda les couleurs pâles et lui faisait souvent porter de grandes chaussettes blanches.

« Rapunzel, Rapunzel, laisse flotter tes cheveux d'or, disait doucement leur mère en voyant passer Matilda. Comment peut-elle être la fille de Mrs Furoncle ? Ça me dépasse ! »

Leur mère raconte qu'elle flaire anguille sous roche. Non, elle ne serait pas étonnée outre mesure, et même pas du tout étonnée, d'apprendre que Matilda est en fait la fille de quelque riche héritière ou le fruit d'une passion adultère, que Mrs Furoncle est payée pour élever. Peut-être aussi que Matilda a été kidnappée alors qu'elle n'était qu'un bébé et qu'elle n'en a aucune idée. « Ce sont des choses qui arrivent », dit leur mère.

La beauté de Matilda, à l'origine de ces élucubrations, était typique du genre princesse captive. Cheveux longs châtains aux reflets mordorés, ondulés, flottant sur ses épaules, on les aurait qualifiés de blonds à l'époque qui précéda le règne des blondes artificielles les plus osées. Peau rose et blanche, grands yeux bleu tendre. « Le lait de l'humaine tendresse » était l'expression qui venait mystérieusement à l'esprit de Joan dès qu'elle pensait à Matilda. Et le bleu des yeux de Matilda, sa peau, sa beauté, bref tout en elle avait bien quelque chose de laiteux. De laiteux, de frais, de tendre. Et aussi quelque chose de stupide, peut-être. Un nuage de tendresse, un voile de stupidité n'estompent-ils pas les blonds attraits de ces princesses de conte de fées ? Ne retrouve-t-on pas en elles un air de sacrifice involontaire, de bienveillance impuissante ? Tout cela apparut chez Matilda vers douze ou treize ans. L'âge de Morris. Dans la salle de classe de Morris. Mais elle se débrouillait très bien là-bas, ce qui tendait à prouver qu'elle n'était pas du tout stupide. Elle avait la réputation d'être une championne en orthographe.

Et Joan de rassembler les moindres bribes de renseignements qu'elle pouvait glaner au sujet de Matilda. Elle connaissait chacune de ses tenues. Elle s'arrangeait pour se trouver sur son chemin, ce qui était fréquent puisqu'elles habitaient le même pâté de maisons. Éperdue d'affection, Joan remarquait la moindre variation dans l'apparence de Matilda. Aujourd'hui, ses cheveux retombaient-ils sur ses épaules ou les avait-elle tirés en arrière ? Avait-elle mis du vernis incolore sur ses ongles ? Portait-elle son corsage de rayonne bleu pâle au col discrètement souligné de dentelle qui lui donnait l'air tendre et fantasque ou portait-elle son chemisier de coton blanc empesé qui lui donnait l'air d'une écolière appliquée ? Matilda possédait un collier de perles de verre rose pâle ; rien que de le voir sur son cou blanc, Joan en avait de délicates gouttes de sueur le long des bras.

À une époque, Joan lui inventa des noms. « Matilda » évoquait des rideaux défraîchis, des volets de tente grisâtres, une vieille femme à la peau fripée. Pourquoi pas Sharon ? Lilliane ? Elizabeth ? Ainsi, et sans que Joan sût comment, le nom de Matilda fut-il transformé. Il devint aérien, sylphide. Le « il » de Matilda, c'était la grâce de la sylphide. Dans l'esprit de Joan le nom brillait comme satin.

La question des salutations était extrêmement importante, ça palpitait dans le cou de Joan tandis qu'elle attendait. Bien sûr, Matilda devait parler la première. Ce pouvait être un simple « Salut » enjoué, sympa, ou un « Bonjour » plus affectueux, plus personnel, ou encore un « Salut, Joan », marque d'attention tellement unique, respect si taquin que les yeux de Joan s'emplissaient de larmes et qu'elle ployait avec délices sous cet indigne fardeau de bonheur.

Cet amour s'affaiblit, bien sûr. Comme toute peine, comme tout enthousiasme, il passa, et l'intérêt de Joan pour Matilda Buttler redevint normal. Matilda changea, elle aussi. Le temps que Joan arrive au lycée, Matilda travaillait déjà comme petite employée chez un avocat. Maintenant qu'elle gagnait sa vie et qu'elle était en partie hors des griffes de sa mère, en partie seulement, puisqu'elle vivait encore sous le même toit, elle changea de style. Il semblait qu'elle voulait être beaucoup moins qu'une princesse et beaucoup plus comme tout le monde. Elle se fit couper les cheveux, une coupe élégante, à la mode. Elle commença à se maquiller, arborant un rouge à lèvres écarlate qui soulignait les contours de sa bouche. Elle se mit à s'habiller comme les filles de son âge, jupes-fourreaux longues et fendues, chemisiers à lavallière, ballerines. Elle perdit sa pâleur, elle perdit sa réserve. Joan, qui à l'époque prévoyait de demander une bourse afin de poursuivre des études d'art et d'archéologie à l'université de Toronto, accueillit cette nouvelle Matilda avec sérénité. Et les derniers vestiges de son adoration s'évanouirent lorsqu'on commença à voir Matilda en compagnie de son copain.

Bel homme, le copain en question était d'une dizaine d'années l'aîné de Matilda. Cheveux noirs clairsemés, fine moustache, on sentait un être froid, méfiant, déterminé. Très grand, il lui fallait se baisser pour passer son bras autour de Matilda lorsqu'ils se promenaient dans la rue. Et Dieu sait s'ils devaient se promener dans les rues, à en juger par la profonde aversion de Mrs Furoncle, qui refusait de le laisser pénétrer chez elle. Au début, il n'avait pas de voiture. Plus tard il en eut une. On le disait tantôt pilote d'avion, tantôt garçon dans un restaurant de luxe, et on ignorait où Matilda l'avait rencontré. Tandis qu'ils marchaient, son bras était en fait au-dessous de la taille de Matilda, ses doigts écartés s'assurant la hanche de la jeune fille. Joan trouvait que cette main audacieusement installée reflétait son air ténébreux, provocateur.

Mais avant cela, avant que Matilda ait son travail ou se fasse couper les cheveux, quelque chose survint qui fit découvrir à Joan – dont le grand amour s'était envolé depuis belle lurette – un aspect, ou un effet insoupçonné de la beauté de Matilda. Elle perçut que pareille beauté vous marquait – à Logan, c'était évident –, au même titre qu'une claudication ou qu'un défaut d'élocution. Elle vous isolait, plus sévèrement peut-être qu'une simple difformité, parce que les autres pouvaient l'interpréter comme un reproche. Ayant compris cela, Joan ne fut pas étonnée outre mesure, même si elle en fut affligée, de voir que Matilda ferait de son mieux, et au plus vite, pour se débarrasser de cette beauté ou, tout au moins, la camoufler.

Mrs Buttler, Mrs Furoncle, lorsqu'elle envahit leur cuisine comme elle a si souvent l'art de le faire, n'enlève jamais ni son manteau noir ni son turban de velours multicolore. C'est pour vous laisser quelque espoir, dit leur mère. Quelque espoir qu'elle va repartir, que vous en serez délivré dans moins de trois heures. Et aussi pour cacher le machin dégueulasse qu'elle a en dessous. Comme elle a ce manteau, et qu'elle le porte chaque jour que le bon Dieu fait, Mrs Furoncle n'a jamais besoin de changer de tenue. Il émane d'elle une odeur de camphre, de renfermé.

Elle débarque avec une histoire abracadabrante et elle fonce, ça défile : il lui est arrivé quelque mésaventure, Untel l'a offensée, et, bien sûr, vous êtes censé être au courant. Comme si sa vie faisait l'objet de bulletins d'informations et que vous ayez raté les deux derniers. Joan est toujours ravie d'écouter la première demi-heure de ce rapport, ou de cette tirade, de préférence depuis le couloir, car elle peut ainsi s'échapper discrètement quand la brave dame commence à trop se répéter. Si Mrs Furoncle vous surprend en train de filer en douce, elle est capable de vous demander sur un ton sarcastique où vous allez comme ça, ou même de vous accuser de ne pas la croire.

C'est ce que fait Joan, qui écoute d'une oreille ce qui se dit dans la salle à manger tout en faisant mine d'étudier son morceau de piano pour le récital de Noël de l'école. Joan est en troisième et Matilda en terminale. (Morris abandonnera ses études après Noël pour reprendre le chantier de bois familial.) C'est un samedi de la mi-décembre, le ciel est gris, il gèle à pierre fendre. Ce soir, il y a le bal de Noël du lycée, le seul bal de l'année, il a lieu à l'Arsenal.

C'est le proviseur du lycée qui n'est pas dans les bonnes grâces de Mrs Furoncle ! Cet homme, tout ce qu'il y a d'ordinaire, répond au nom d'Archibald Moore, mais ses élèves l'ont surnommé Archie Balls, Archie Balls More ou encore Archie More Balls. Mrs Furoncle prétend qu'il n'est pas à la hauteur.

Elle raconte qu'il est vénal et que tout le monde le sait. Vous n'aurez jamais votre bac si vous ne lui graissez pas la patte.

« Les examens sont pourtant corrigés à Toronto, non ? » remarque la mère de Joan comme si ça l'inquiétait vraiment. Et la voilà qui s'amuse à attiser les choses à coup de discrètes objections et questions.

« Je vous dis qu'il est de mèche avec eux, reprend Mrs Furoncle. Eh oui, eux aussi… » Elle poursuit en disant que si, de son temps, il n'y avait pas eu des dessous-de-table, il n'aurait jamais eu son bac lui non plus. Il est bête à pleurer. Ignare. Il n'est pas fichu de résoudre un problème au tableau ni de traduire deux mots de latin. Il lui faut un bouquin avec les mots anglais écrits au-dessus. Et puis, il y a quelques années, il a engrossé une fille.

« Celle-là, je ne l'avais pas entendue ! s'exclame la mère de Joan tout miel.

– On a tu l'affaire. Il a dû payer.

– Vous croyez que ça lui a coûté tout le fric qu'il s'était fait avec les examens ?

– On aurait dû lui flanquer une bonne cravachée. »

Joan joue pianissimo – *Jésus, que ma joie demeure* est son morceau préféré, mais il est très difficile –, elle espère ainsi saisir le nom de la fille, peut-être même apprendra-t-elle ce que l'on a fait du bébé. (Un jour, Mrs Furoncle avait décrit la façon dont un certain médecin de la ville se débarrassait des fruits de ses débordements licencieux.) Mais Mrs Furoncle fait volte-face et se raccroche à sa doléance première, quelque chose au sujet du bal, semble-t-il. Archibald ne l'a pas organisé dans les formes. Il aurait dû soit faire tirer au sort à ces demoiselles le nom de leur cavalier, soit les forcer à s'y rendre sans. L'un ou l'autre. Ainsi, Matilda aurait pu y aller. Matilda n'a pas de cavalier, aucun garçon ne l'y a invitée, et elle n'a aucunement l'intention de s'y rendre seule. Mrs Furoncle a décidé qu'elle irait. Si besoin est, elle la forcera. Pour la pure et simple raison que sa robe lui a coûté une fortune. Et Mrs Furoncle d'énumérer le tulle, le taffetas, les sequins, les baleines du bustier, la fermeture Éclair de quarante centimètres. C'est elle qui la lui a faite, cette robe, elle en a passé, des heures dessus ! Et Matilda ne l'a portée qu'une fois. Hier soir, pour la pièce de théâtre du lycée, à la salle des fêtes de la mairie. Une fois, c'est tout. Elle a déclaré qu'elle ne la porterait pas ce soir, qu'elle n'irait pas au bal parce que personne ne l'a invitée. Et tout ça, eh bien, c'est de la faute d'Archibald Moore, l'escroc, le fornicateur, l'ignare.

Joan et sa mère ont vu Matilda la veille au soir. Morris n'y était pas car, désormais, il refuse de les accompagner. Il préfère écouter la radio ou griffonner des chiffres concernant, sans doute, le chantier de bois, dans un carnet réservé à cet effet. Matilda jouait le rôle d'un mannequin dont s'éprend un jeune homme. En rentrant, leur mère a dit à Morris qu'il avait eu raison de ne pas y aller, la pièce était suprêmement stupide. Bien sûr, Matilda n'ouvrait pas la bouche, mais elle est restée longtemps sans bouger, offrant un charmant profil. La robe était une merveille : un nuage de neige givré de sequins d'argent.

Mrs Furoncle a dit à Matilda qu'elle devait y aller. Avec ou sans cavalier. Elle devra avoir revêtu robe et manteau et avoir quitté les lieux à neuf heures du soir. La porte sera fermée jusqu'à onze heures du soir, heure à laquelle Mrs Furoncle va se coucher.

Matilda s'entête, elle n'ira pas. Elle dit qu'elle ira, s'il le faut, s'asseoir dans la remise à charbon, au fond du jardin. Ce n'est d'ailleurs plus une remise à charbon, c'est juste une remise : Mrs Furoncle ne peut plus s'offrir de charbon, les Fordyce non plus.

« Mais elle va geler, dit la mère de Joan qui semble s'intéresser soudain à la conversation.

– Ça lui fera les pieds », répond Mrs Furoncle.

La mère de Joan regarde la pendule. Que Mrs Furoncle lui pardonne son impolitesse, mais elle vient de se souvenir qu'elle a un rendez-vous en ville. Une dent à plomber. Elle doit se dépêcher, elle la prie de bien vouloir l'excuser.

Voilà donc Mrs Furoncle qui se retrouve à la porte, non sans murmurer que c'est bien la première fois qu'elle entend parler d'un dentiste qui fait des plombages le samedi. Là-dessus, la mère de Joan s'empresse de téléphoner au chantier pour prier Morris de rentrer.

Alors éclate entre Morris et leur mère la première vraie dispute dont Joan ait le souvenir. Morris n'a pas l'intention de céder, il ne rentrera pas. Et ce que sa mère veut lui faire faire, il ne le fera pas. À l'entendre, rien ni personne ne le forcera à faire ce qu'il ne veut pas faire. Il n'a pas le ton d'un fils parlant à sa mère, plutôt celui d'un homme parlant à une femme. Un homme qui sait mieux qu'elle et qui est prêt à déjouer toutes les ruses qu'elle emploiera pour le faire céder.

« Figure-toi que je te trouve très égoïste, dit leur mère. Tu ne penses qu'à toi. Tu me déçois énormément. Mets-toi donc à la place de cette fille, tu crois que tu aimerais vivre avec sa cinglée de mère ? Assise dans la remise à charbon, tu imagines ? Il y a des choses qu'un galant homme accepte de faire. Ton père aurait su, lui, ce qu'il convenait de faire. »

Morris ne répond pas.

« Ce n'est tout de même pas la demander en mariage ou je ne sais quoi. Après tout, qu'est-ce que ça te coûtera ? se moque leur mère. Deux malheureux dollars pour chacun ? »

Morris répond en baissant le ton que ce n'est pas ça.

« Est-ce que je te force souvent à faire quelque chose que tu n'as pas envie de faire, dis-moi ? Je te traite en adulte. Tu as toute la liberté possible. Eh bien, pour une fois que je te demande de prouver que tu es capable de te conduire en homme et que tu es digne de cette liberté, c'est ça ce que tu oses me répondre ? »

Cela se poursuit encore un moment, Morris résiste. Joan ne voit pas comment leur mère en sortira vainqueur. Elle se demande pourquoi elle ne capitule pas.

« Pas besoin de t'excuser en racontant que tu as deux pieds gauches, parce que ce n'est pas vrai, c'est moi qui t'ai appris à danser. Tu danses même avec beaucoup d'élégance. »

Alors, si incroyable que cela puisse paraître, Morris a dû finir par accepter, voilà en effet que Joan entend leur mère dire à Morris de changer de pull-over. Les bottes de Morris martèlent l'escalier de service, Joan entend leur mère lui crier : « Tu seras heureux d'avoir fait ça ! Tu ne le regretteras pas ! »

Elle ouvre la porte de la salle à manger et dit à Joan : « Tu es plutôt discrète dans ta façon d'étudier. Te crois-tu donc si bonne que tu n'aies plus besoin d'étudier ? La dernière fois que je t'ai entendue jouer ce morceau, c'était épouvantable. »

Joan reprend depuis le début. Mais elle abandonne dès que Morris a descendu l'escalier, qu'il a claqué la porte et qu'elle entend leur mère s'agiter à la cuisine, mettre la radio, ouvrir les placards, concocter quelque chose pour le déjeuner. Joan délaisse la banquette du piano, traverse sans faire de bruit la salle à manger, franchit la porte du couloir et arrive à la porte d'entrée. Elle plaque son nez contre le verre coloré. Comme le couloir est plongé dans l'obscurité, on ne peut pas voir ce qui se passe dehors, mais si on place son œil au bon endroit on peut voir. C'est le rouge qui domine, elle choisit donc de voir les choses en rouge, mais elle sait s'accommoder de n'importe quelle couleur, que ce soit du bleu, de l'or ou du vert ; même s'il n'y a qu'une feuille microscopique, elle saura se débrouiller pour loucher au travers.

Ainsi, la maison d'en face, en béton gris, est-elle devenue mauve. Morris attend à la porte. Elle s'ouvre. Joan n'a pas pu voir qui l'avait ouverte. Matilda ? Mrs Furoncle ? Les arbres nus, raides, les lilas de l'entrée sont d'un rouge sombre, on dirait du sang. Le beau pull-over jaune doré de Morris est une tache de rouge, un stop devant la porte.

Au fin fond de la maison, la mère de Joan chante avec la radio. Elle ne pressent aucun danger. Entre la porte d'entrée, la scène au-dehors et leur mère qui chante dans la cuisine, Joan perçoit ce que ces hautes pièces à moitié vides de leur maison ont de terne, de glacial, de fragile, de précaire. Juste un endroit comme les autres. Rien de particulier. Ce n'est pas ça qui vous protège. Elle le perçoit parce qu'il lui vient à l'esprit que leur mère se trompe peut-être. En l'occurrence, et qui plus est, au plus intime de ses convictions et de ses suppositions, elle pourrait bien se tromper.

C'est Mrs Furoncle. Morris est reparti. Il redescend l'allée, elle le suit. Il descend les deux marches qui mènent au trottoir. Il se hâte de traverser la rue, sans même regarder. Il ne court pas. Il a les mains dans les poches. Son visage rose, aux yeux injectés de sang, sourit, pour bien montrer qu'il s'attendait précisément à ça. Mrs Furoncle porte sa grande blouse en loques, sa tignasse rose hirsute rappelle celle d'une sorcière. Du haut du perron, elle s'arrête et lui hurle, si fort que

Joan peut l'entendre de derrière sa porte : « Merci ! Je ne suis quand même pas fauchée au point de faire accompagner ma fille au bal par le borgne du quartier ! »

II. *Glaces de fond*

Quand elle le voit devant l'immeuble en train de tondre la pelouse, Joan trouve que Morris a tout du gardien avec sa salopette d'un vert triste, sa chemise écossaise et, bien sûr, ses lunettes dont un verre est fumé. On sent un homme compétent, qui a même de l'autorité, mais des comptes à rendre à quelqu'un. En le voyant au milieu de ses employés (il a diversifié ses activités commerciales, et du chantier de bois est passé à la construction), vous le prendriez pour le contremaître, un contremaître qui a le coup d'œil mais qui est équitable et doté d'une ambition solide, bien que limitée. Vous ne le prendriez pas pour le patron. Ni pour le propriétaire des appartements. Le visage poupin, il est en partie chauve et arbore un bronzage récent qui lui a moucheté de taches de rousseur le haut du crâne. Robuste, il a tendance à se voûter, à moins que ce ne soit le fait de le voir pousser sa tondeuse qui donne cette impression ? Y a-t-il un air commun aux célibataires, ou plus exactement aux fils célibataires qui ont pris soin de leurs parents âgés, et en particulier de leur mère ? Un air fermé, patient, proche de l'humilité. Elle croirait presque rendre visite à un oncle.

On est en 1972 et Joan paraît plus jeune qu'il y a dix ans. Ses cheveux noirs et longs sont relevés derrière les oreilles. Elle se maquille les yeux mais pas les lèvres. Elle porte des cotonnades mousseuses, douces et brillantes, ou des petites tuniques guillerettes qui ne lui couvrent que quelques centimètres de cuisse.

Grande, mince et la jambe bien faite, elle peut se le permettre ou, du moins, espère pouvoir se le permettre.

Leur mère est morte. Morris a vendu la maison. Il a construit, ou reconstruit, cet immeuble et d'autres immeubles. Les nouveaux propriétaires ont transformé la demeure en maison de repos. Joan a dit à son époux qu'elle veut rentrer chez elle, c'est-à-dire à Logan, afin d'aider Morris à s'installer, même si elle est sûre de le trouver déjà installé. Étant donné sa façon de voir les choses, Morris est de ceux qui semblent toujours et partout chez eux. Là où Joan peut lui être utile, c'est pour vider les cartons et une malle bourrée de vêtements, de livres, d'assiettes, de tableaux et de rideaux dont il ne veut pas ou pour laquelle il n'a pas de place et qu'il a provisoirement casée dans la cave de son immeuble.

Cela fait des années que Joan est mariée. Son époux est journaliste. Ils habitent Ottawa. Les gens connaissent son nom, ils savent même à quoi il ressemble, ou plutôt à quoi il ressemblait il y a cinq ans, grâce à une photo en haut de la dernière page d'un magazine. Que ce soit ici ou ailleurs, Joan a l'habitude d'être identifiée comme son épouse. Mais à Logan, cette identification ne va pas sans certaine fierté. Si la plupart des habitants de Logan se moquent pas mal de l'esprit du journaliste, qu'ils trouvent cynique, et se passent allégrement de ses opinions, ils sont néanmoins flattés de voir le destin d'une de leurs concitoyennes lié à celui d'un homme célèbre, ou semi-célèbre.

Joan a dit à son mari qu'elle passerait une semaine là-bas. Elle arrive le dimanche soir, un dimanche de la fin mai. Morris est en train de tondre le premier gazon de l'année. Elle prévoit d'en repartir vendredi et de passer samedi et dimanche à Toronto. Si jamais son époux apprenait qu'elle n'a pas passé toute la semaine avec Morris, elle a déjà une histoire dans son sac : quand elle a vu que Morris n'avait plus besoin d'elle, elle a décidé d'aller rendre visite à une ancienne camarade d'université. Peut-être devrait-elle raconter cette histoire de toute façon, simple précaution… Elle se demande si elle devrait ou non mettre l'amie en question dans le secret.

C'est la première fois qu'elle manigance quelque chose de ce genre.

L'immeuble occupe une grande partie du terrain. Les fenêtres donnent sur l'aire de stationnement ou sur l'église baptiste. Jadis, il y avait là un hangar où les fermiers laissaient leurs chevaux pendant le service. C'est une grande bâtisse en brique rouge. Pas de balcons. Simple, archi-simple.

Joan serre Morris dans ses bras. Il sent la cigarette, l'essence, la chemise douillette, élimée, imprégnée de sueur, et l'herbe fraîchement coupée. « Écoute, Morris, sais-tu ce que tu devrais faire ? crie-t-elle pour essayer de couvrir le bruit de la tondeuse. Tu devrais te mettre un bandeau sur l'œil, tu ressemblerais comme deux gouttes d'eau à Moshe Dayan ! »

Tous les matins, Joan se rend à la poste. Elle attend une lettre d'un homme de Toronto, un dénommé John Brolier. Elle lui a écrit, lui a donné le nom de Morris, celui de Logan, le numéro de boîte postale de son frère. Logan s'est agrandi, certes, mais pas assez pour que l'on vous apporte le courrier à domicile.

Le lundi matin, elle ose à peine espérer une lettre. Le mardi, elle en espère une. Le mercredi, elle estime avoir toutes les raisons d'en avoir une. Chaque jour, elle est déçue. Chaque jour, elle perçoit plus clairement qu'elle s'est ridiculisée, elle a le sentiment d'être isolée, de ne pas être désirée. Elle l'a pris au mot. Il a repensé…

Le bureau de poste est neuf. C'est un bâtiment bas, en briques rosâtres. L'ancien, qui rappelait un château, a été démoli. La ville a beaucoup changé. Presque toutes les vieilles maisons sont encore debout, mais la plupart ont été refaites : on a installé des panneaux d'aluminium, décapé les briques, inauguré des toits de couleurs vives, posé des fenêtres larges à double vitrage, transformé des vérandas en porches. Les grands terrains vagues, qui étaient en fait des lotissements doubles, ont disparu. On a vendu les lotissements ainsi récupérés et on a bâti. De nouvelles maisons s'entassent entre les anciennes. Longues, basses ou à mezzanine, on dirait des pavillons de banlieue. Les jardins sont bien tenus et intelligemment dessinés, avec des haies de buissons décoratifs, des massifs floraux circulaires ou en forme de croissant. Il semble que l'on ait oublié la vieille habitude de faire pousser les fleurs comme des légumes, en rangées, à côté des haricots ou des pommes de terre. Quant à ces arbres qui dispensaient une ombre merveilleuse, nombreux sont ceux qui ont été abattus. Avec l'âge, sans doute devenaient-ils dangereux. Les maisons délabrées, les herbes folles, les trottoirs crevassés, les rues de terre battue, poussiéreuses et balafrées de mares, toutes ces choses dont Joan se souvient, ne sont plus. Avec tant de maisons qui ont fait peau neuve, avec un plan d'aménagement aussi prémédité, la ville paraît encombrée, on dirait qu'elle a rétréci. La ville de son enfance, ce Logan semé au petit bonheur, rêveur, c'était Logan adolescent. Ces barrières lasses, ces murs écaillés par le soleil, ces mauvaises herbes qui s'en donnaient à cœur joie n'étaient pas l'image définitive de la ville. Et des êtres comme Mrs Buttler, costumés, obsédés, qui semblaient faire partie de cette vieille ville, paraîtraient désormais insolites.

L'appartement de Morris a une chambre à coucher qu'il a prêtée à Joan. Il dort sur le canapé de la salle de séjour. Un appartement de deux pièces serait certes plus pratique les jours où il a des visiteurs. Mais il n'a sans doute pas l'intention d'avoir beaucoup de visiteurs à la fois, ni d'en avoir souvent. Et il ne voudrait pas perdre le loyer du grand appartement. Il a dû envisager d'acheter un des studios du rez-de-chaussée afin de percevoir le loyer de cet appartement-ci, puis se dire que ce serait aller trop loin. Ça ferait chiche, ça attirerait l'attention. Mieux vaut éviter ce genre de petits plaisirs.

Les meubles de l'appartement proviennent de la maison où Morris vivait avec leur mère, mais rares sont ceux qui remontent à l'époque où Joan habitait encore avec eux. Tout ce qui avait l'air un tant soit peu ancien a été vendu et remplacé par des meubles relativement solides et confortables que Morris a achetés en gros. Joan repère des objets qu'elle lui a envoyés comme cadeaux d'anniversaire ou de Noël. Ils détonnent un peu ou n'égaient pas autant qu'elle l'aurait souhaité.

Une reproduction montrant l'église Saint-Gilles rappelle l'année que Joan a passée en Angleterre avec son mari ; on y perçoit un fâcheux mal du pays post-universitaire, ainsi que le témoignage de son affection outre-Atlantique. Et là, sur le plateau en verre de la table à café, trône poliment un livre qu'elle a envoyé à Morris. Une histoire des machines. On y voit des croquis de machines, des plans de machines, remontant aux jours d'avant la photographie, et même aux Grecs et aux Égyptiens. On y voit aussi des photographies du XIXe siècle à nos jours, prises de loin, à l'horizon, de près ou à ras du sol : machines pour construire des routes, machines agricoles, machines industrielles. Certaines photos montrent leur fonctionnement, aussi minutieux que prodigieux. D'autres veulent en faire quelque chose d'aussi fabuleux que des châteaux ou d'aussi effrayant que des monstres. « C'est le livre parfait pour mon frère ! » Joan se rappelle l'avoir dit à l'amie qui était avec elle dans la librairie. « Mon frère est fou de machines. » *Fou de machines* – c'est ce qu'elle a dit…

Elle se demande ce que Morris a, en fait, pensé de ce livre. L'a-t-il vraiment apprécié ? Disons qu'il n'a pas dû d'emblée le trouver à son goût, qu'il a pu s'en étonner, en faire peu de cas. Parce que ce n'était pas vrai, qu'il était fou de machines. Il se servait de machines, n'est-ce pas justement pour ça qu'il y a des machines ?

Morris l'emmène se promener en voiture par ces longues soirées de printemps. Ils vont faire un tour en ville et à la campagne. Devant elle s'étendent à perte de vue ces gigantesques champs de maïs, de haricots, de blé ou de luzerne que les fermiers doivent aux machines, ces immenses pelouses ressemblant à des parcs qui doivent leur existence aux tondeuses. Des bouquets de lilas fleurissent au-dessus des celliers de fermes abandonnées. On a regroupé les fermes, lui explique Morris. Il en connaît la valeur. Et pas seulement celle des maisons ou des immeubles, mais celle des champs, des arbres, des terrains boisés et des collines. Chaque chose surgit dans son esprit avec une valeur en numéraire et une histoire de valeur en numéraire qui lui est propre, tout comme chaque personne qu'il mentionne y est classée comme quelqu'un qui s'est débrouillé dans la vie ou qui ne s'est pas débrouillé. À cette époque, on n'apprécie guère cette façon de voir les choses, on la trouve simpliste, dépassée, racornie, destructrice. Morris n'en est pas conscient, il poursuit ses palabres sur l'argent avec une tranquille satisfaction, les épiçant d'un calembour par-ci par-là. Il glousse en citant telle ou telle transaction risquée, telle ou telle faillite extravagante.

Joan écoute Morris et parle un peu, mais ses pensées dérivent sur un courant familier, irrésistible, souterrain. Elle pense à John Brolier. Géologue de formation, ce dernier a travaillé jadis pour une compagnie pétrolière. Il enseigne maintenant les sciences et l'art dramatique dans une école médiocre. Lui, qui jadis savait se débrouiller dans la vie, est passé dans le camp de ceux qui ne savent pas se débrouiller. Joan l'a rencontré il y a deux mois, lors d'un dîner, à Ottawa. Il était de passage chez des amis communs. Sa femme ne l'accompagnait pas mais il avait avec lui deux de ses enfants. Il a dit à Joan que, si jamais elle arrivait à se lever tôt le lendemain, il l'emmènerait voir ce qu'on appelle les glaces de fond sur l'Ottawa.

Elle repense à ce visage, à cette voix, et se demande ce qui a bien pu l'inciter à vouloir cet homme. Il ne semble pas que cela ait grand-chose à voir avec son ménage où elle semble assez à l'aise : son mari et elle ont fini par s'agglutiner l'un à l'autre, développant un jargon, une histoire, une façon de voir les choses qui leur sont propres. Ils jacassent tout le temps, mais ils se fichent la paix. Les exaspérations et les taquineries des premières années se sont atténuées.

Ce qu'elle veut de John Brolier semble être ce qu'une personne qui ne s'est jamais manifestée ni dans son ménage, ni peut-être même dans sa vie, pourrait vouloir. Qu'a-t-il donc, ce John Brolier ? Elle ne le trouve pas particulièrement intelligent et elle n'est pas sûre qu'il soit honnête. (Son mari, lui, est à la fois intelligent et honnête.) Il n'est ni aussi bel homme que son mari, ni aussi « séduisant ». Et pourtant il a séduit Joan, qui d'ailleurs le soupçonne d'en avoir séduit d'autres.

Par son intensité, ses airs plutôt austères et son grand sérieux – tous focalisés sur le sexe. Son intérêt ne sera ni trop rapidement satisfait ni écarté à la légère. Elle le sent, elle en entrevoit la promesse, même si jusqu'ici elle n'est sûre de rien.

Son mari avait été lui aussi invité à aller voir les glaces de fond. Mais seule Joan s'est levée et rendue sur la rive du fleuve. Elle y a retrouvé John Brolier, ses deux enfants et les deux enfants de son hôte, dans cette aube d'hiver glaciale, rose et enneigée. Et il lui a vraiment parlé des glaces de fond. De la façon dont elles se forment sur les rapides sans jamais avoir tout à fait la chance de se solidifier, comment, lorsqu'elles sont entraînées au-dessus d'un endroit plus profond, elles s'amoncellent aussitôt en d'admirables formations. Il a dit que cela avait permis de repérer les fosses du lit du fleuve. Et il a ajouté : « Écoutez, si jamais un jour vous arrivez à vous échapper, si c'est possible, pourriez-vous me le faire savoir ? Je voudrais vraiment vous revoir. Vous le savez. Je le désire. Beaucoup. »

Il lui a donné un bout de papier qu'il avait dû préparer, sur lequel était écrit un numéro de boîte postale à Toronto. Il n'a même pas effleuré ses doigts. Ses enfants faisaient des pieds et des mains pour attirer son attention. Quand irons-nous patiner ? On ira au musée des avions de guerre ? On ira voir le bombardier Lancaster ? (Étant donné le zèle pacifiste de John Brolier, Joan a gardé ce détail pour son mari, il apprécierait.)

Elle l'a raconté à son mari. Celui-ci l'a taquinée : « Je pense que ce farfelu avec ses cheveux coupés au bol s'est entiché de toi », a-t-il dit. Comment son mari pouvait-il croire qu'elle s'éprendrait d'un homme qui cachait son front derrière une frange épuisée, qui avait les épaules étroites, un trou entre les dents de devant, cinq rejetons de deux épouses, des revenus insuffisants, d'un cuistre prompt à s'emballer et professant haut et fort son intérêt pour les œuvres d'Alan Watts ? (Même le jour où il dut se rendre à l'évidence, il ne pouvait toujours pas y croire.)

Dans sa lettre, elle a mentionné un déjeuner, un verre ou une tasse de café. Elle ne lui a pas dit de combien de temps elle disposerait. Peut-être ne se passera-t-il rien d'autre, se dit-elle, et qu'elle ira rendre visite à son amie, après tout. Elle s'est mise, avec précaution toutefois, à la disposition de cet homme. En se rendant à la poste, en se regardant dans les vitrines, elle se sent à la dérive, en péril. Elle a fait ça, et elle sait à peine pourquoi. Elle sait seulement qu'elle ne peut ni retourner à la vie qu'elle menait ni redevenir celle qu'elle était avant d'aller à la rivière ce dimanche matin-là. Sa vie de furet des magasins, de maîtresse de maison, d'amoureuse rangée, son travail partiel dans une galerie-librairie, les dîners, les vacances, les sports d'hiver à Camp Fortune, elle ne peut plus l'accepter comme sa seule vie. Elle ne peut plus l'envisager sans son secret qui la fait vivre. Elle croit qu'elle veut continuer à la vivre, et pour cela il lui faut… mener cette investigation. Car, en son for intérieur, elle voit cela comme une investigation.

Si l'on conçoit ainsi les choses, ce qu'elle se préparait à faire paraît évidemment sans pitié. Mais comment qualifier de sans pitié une personne qui se rend chaque matin à la poste en flageolant, qui tremble et retient son souffle en tournant la clef dans la serrure, puis qui revient chez Morris en se sentant épuisée, désorientée, abandonnée ? À moins que cela ne fasse également partie de ce qu'elle cherche à savoir.

Elle est, bien sûr, forcée de s'arrêter, de parler de son fils, de sa fille, de son mari, de sa vie à Ottawa. Il lui faut reconnaître ses camarades de lycée, se souvenir de son enfance, tout cela lui semble fastidieux, agaçant. Et même les maisons sur son chemin, avec leurs jardins proprets, flamboyants de coquelicots et de pivoines, lui paraissent insipides au point d'en devenir écœurantes. La voix de ceux qui lui adressent la parole lui paraît dure, sotte, suffisante. Elle a l'impression d'avoir été catapultée dans quelque coin du monde où rien de la vraie vie, ni des courants de pensée, ni de l'effervescence, ni du dynamisme des dernières années n'a encore pénétré. On ne saurait dire qu'ils aient vraiment pénétré Ottawa, mais là, au moins, les gens ont perçu des rumeurs, ils ont essayé d'imiter, ils ont eu vent de ces changements de mode que l'on pourrait qualifier de profonds autant que de futiles. (En fait, Joan et son époux se moquent de ces gens qui se mettent à suivre une mode avec ostentation, participent à des séminaires, vont consulter des guérisseurs de l'âme et du cœur et renoncent à la boisson pour prendre de la drogue.) Ici, on a à peine entendu parler de changements, si futiles soient-ils. La semaine suivante, de retour à Ottawa, et dans d'excellentes dispositions à l'égard de son mari, Joan dira : « J'aurais même dit merci si l'on m'avait donné un sandwich de luzerne. Non, franchement, c'était aussi désespérant que ça. »

« Non, je n'ai pas la place », répète Joan tandis que Morris fouille dans ses cartons. Il y a ici des choses qu'elle croyait vouloir mais qu'en fait elle ne veut pas. « Non, je ne vois pas où je mettrais ça. » Non, dit-elle, aux robes de bal de leur mère, en soie délicate et en crêpe Georgette arachnéen. Elles se déferaient la première fois qu'on les mettrait, et Claire, sa fille, ne s'intéressera jamais à ce genre de choses, elle veut dresser des chevaux. Non aux cinq verres à pied rescapés, non aux copies reliées en similicuir de Lever and Lover, George Borrow, A.S.M. Hutchinson. « Que veux-tu, j'ai trop de choses », dit-elle tristement tandis que Morris ajoute ça au tas qui va partir pour la salle des ventes. Il secoue le petit tapis qui paressait devant la vitrine à porcelaines, à l'abri du soleil, et sur lequel ils n'étaient pas censés marcher parce qu'il avait de la valeur.

« J'en ai vu un exactement comme ça, dit-elle. C'était chez un brocanteur, même pas chez un antiquaire. Je cherchais alors de vieilles bandes dessinées et des affiches pour l'anniversaire de Rob. J'en ai vu un juste pareil. Au début, impossible de me rappeler où je l'avais déjà vu. Et puis, ça m'a ahurie, sans doute me disais-je qu'il ne pouvait y en avoir qu'un au monde comme celui-là.

– Combien en voulaient-ils ? demande Morris.

– Aucune idée. Il était en meilleur état. »

Elle ne comprend pas encore qu'elle ne veut rien rapporter à Ottawa, car elle ne restera plus très longtemps dans la maison où elle vit en ce moment. Le temps où elle entassait, acquérait, arrangeait, le temps où elle rembourrait les coins et recoins de sa vie est arrivé à sa fin. (Mais il reviendra, et elle regrettera de ne pas avoir gardé au moins les verres à vin.) À Ottawa, en septembre, son mari lui demandera si elle a toujours l'intention d'acheter des meubles en osier pour le solarium et si elle aimerait aller au magasin où l'on vend ces meubles, car les soldes d'été y sont en cours. Elle frissonnera de dégoût à la seule pensée de regarder ces chaises et ces tables, de les payer, de les disposer dans la pièce, et elle en comprendra enfin la raison.

Le vendredi matin, il y a une lettre dans la boîte. L'enveloppe, adressée à Joan, a été tapée à la machine. Sans même regarder le cachet de la poste, Joan déchire l'enveloppe avec reconnaissance, parcourt la lettre goulûment des yeux, la lit sans en comprendre un mot. Il semble qu'il s'agisse d'une chaîne. D'une parodie de chaîne. D'une plaisanterie. Si elle rompt la chaîne, une CALAMITÉ ÉPOUVANTABLE s'abattra sur elle. Ses ongles pourriront, ses dents se couvriront de mousse. Des verrues grosses comme des choux-fleurs lui pousseront au menton, ses amis la fuiront. Qu'est-ce que cela peut être, se demande Joan. Un code dont John Brolier estime approprié de se servir pour lui écrire ? Il lui vient alors à l'idée de regarder le cachet de la poste, elle le fait et s'aperçoit que la lettre vient d'Ottawa. De son fils, sans aucun doute. Rob adore ce genre de plaisanteries. Son père aura tapé l'enveloppe pour lui.

Elle songe à la joie de son fils en cachetant l'enveloppe et à son état d'esprit à elle lorsqu'elle l'a ouverte.

Trahison et confusion.

Plus tard, cet après-midi-là, Morris et elle ouvrent le coffre qu'ils avaient gardé pour la fin. Elle en extirpe des habits de soirée enveloppés de plastique, comme s'ils n'avaient pas été portés depuis qu'ils ont été nettoyés. « Ça doit avoir appartenu à Père, dit-elle. Regarde les vieux habits de soirée de Père.

– Je regrette, mais c'est à moi », rectifie Morris. Il lui reprend le costume, le débarrasse de sa housse en plastique et exhibe le costume posé sur ses deux bras. « C'est mon vieux smoking, mieux vaudrait le pendre dans le placard.

– Pour quelle occasion l'as-tu acheté ? demande Joan. Un mariage ? » Certains employés de Morris mènent beaucoup plus grand train que lui et l'invitent à des mariages avec tout le tralala.

« Ça et des soirées où je dois accompagner Matilda. Des dîners dansants, des machins très habillés.

– Avec Matilda ? Matilda *Buttler* ?

– C'est exact. Elle ne se sert pas de son nom de femme mariée. » Morris semble répondre à une question légèrement différente, pas à celle que Joan voulait lui poser. « À vrai dire, je ne pense pas qu'elle ait seulement un nom de femme mariée. »

Joan réentend l'histoire dont elle se souvient tout à coup avoir déjà eu vent, ou peut-être même qu'elle l'a lue, dans les longues épîtres pleines de vie dont leur mère avait l'art. Matilda Buttler a filé de chez elle pour se marier avec son petit ami. L'expression « a filé de chez elle » est de leur mère, mais Morris semble s'en servir avec une emphase inconsciente, le respect d'un fils, comme si la seule façon dont il pouvait en parler de bon droit, ou même avoir le droit d'en parler, était de reprendre les mots de sa mère. Oui, Matilda a filé de chez elle pour épouser ce moustachu, et il s'est révélé que les soupçons et les accusations extravagantes de sa mère étaient quelque peu fondés. En fin de compte, le petit ami était bigame. Il avait une épouse en Angleterre, son pays d'origine. Cela devait faire trois ou quatre ans qu'il vivait avec Matilda – par bonheur, il n'y avait pas d'enfants – quand l'autre épouse, la légitime, le rattrapa. Son mariage avec Matilda fut annulé, et Matilda s'en retourna à Logan, où elle vécut avec sa mère et obtint un boulot au palais de justice.

« Comment a-t-elle pu faire ça ? demande Joan. C'était à coup sûr ce qu'elle pouvait faire de plus bête.

– Que veux-tu, elle était jeune, dit Morris, avec dans la voix une pointe de révolte ou de tristesse.

– Ce n'est pas ce que je veux dire. Je veux dire comment a-t-elle pu rentrer !

– Disons qu'elle avait sa mère, reprit Morris, apparemment sans ironie. Je pense qu'elle n'avait personne d'autre. »

Tandis qu'il se penche au-dessus de Joan avec ses lunettes au verre fumé, sa tenue de soirée sur les bras, raide comme un cadavre, il a l'air sinistre, préoccupé.

Un coup de sang a marbré de taches pourpres son visage et son cou. Son menton tremblote, il se mordille la lèvre inférieure. Sait-il la façon dont sa mine le trahit ? Lorsqu'il se remet à parler, le ton est réfléchi, précis. À son avis, poursuit-il, peu importait à Matilda où elle vivrait. À en croire cette dernière, en un certain sens sa vie était finie. Et c'était là que Morris était arrivé dans la course. En effet, de temps en temps Matilda devait participer à un événement mondain. Banquets politiques. Banquets de départ à la retraite. Réceptions. Ça faisait partie de ses fonctions. On eût trouvé étrange qu'elle n'y allât pas, et non moins étrange qu'elle y allât seule. Elle avait besoin d'être escortée. Et elle ne pouvait s'y faire escorter par un homme susceptible de se faire des idées ou de ne pas comprendre où elle en était. De ne pas comprendre que la vie de Matilda, ou tout au moins une partie de la vie de Matilda, était finie. Il lui fallait quelqu'un qui comprenne toute l'affaire et n'ait pas besoin d'explications. « C'est-à-dire moi, dit Morris.

– Pourquoi voit-elle les choses ainsi ? demanda Joan. Elle n'est pas si vieille que ça. Je parie qu'elle est encore jolie. Après tout, elle n'y était pour rien. L'aime-t-elle encore ?

– Je ne pense pas que ce soit à moi de lui poser la moindre question.

– Oh Morris ! reprend Joan d'une voix tendre, désireuse d'en rester là, qui l'étonne elle-même, elle ressemble beaucoup à sa mère. Je parierais que si. Je parierais qu'elle en est toujours amoureuse. »

Morris va pendre ses habits de soirée dans un placard de l'appartement, où ils attendront qu'il soit à nouveau réquisitionné comme cavalier auprès de Matilda.

Ce soir-là, dans son lit, en regardant les lumières de la rue qui scintillent à travers les feuilles toutes neuves, sur la tour carrée et trapue de l'église baptiste, Joan a de quoi s'appesantir sur autre chose que sur sa propre situation (à laquelle elle pense aussi, évidemment). Elle imagine Morris et Matilda en train de danser. Elle les voit évoluer dans la salle de bal de l'Holiday Inn ou glisser sur les parquets cirés des country-clubs, peu importe, là où l'on donne ce genre de réceptions. Dans leurs habits de soirée démodés, Matilda croulant sous une coiffure bouffante laquée, le visage de Morris miroitant de la sueur du galant effort. Après tout, ce n'est peut-être pas un effort, sans doute dansent-ils très bien ensemble. Ils sont si terriblement, si parfaitement faits l'un pour l'autre, avec ces travers auxquels ils s'accrochent et qu'ils acceptent de tout cœur. Des travers dont ils pourraient très bien ne pas s'inquiéter, des travers auxquels ils pourraient remédier. Ce qu'ils ne feraient pour rien au monde. Morris amoureux de Matilda – l'amour du genre sérieux, l'amour insatisfait, l'amour pour la vie –, et elle amoureuse de son bigame, obstinément obsédée par sa propre aberration et sa déchéance. Ils dansent dans l'imagination de Joan, sereins, absurdes, romantiques. En fin de compte, qui d'autre que Morris, avec sa tête bourrée d'hypothèques et de contrats, pourrait se révéler aussi romantique ?

Elle l'envie. Elle les envie.

Elle a pris l'habitude de s'endormir avec un souvenir de la voix de John Brolier, une voix précipitée, basse, qui lui disait : « Je le désire. Beaucoup. » Il lui arrive aussi de se représenter son visage, un visage médiéval, pense-t-elle, allongé, pâle, osseux, avec ce sourire qu'elle a classé comme stratégique, l'œil grave, luisant, sombre, que l'on ne saurait congédier. Ce soir, son imagination refuse de fonctionner, de la laisser pénétrer dans les tendres brumes de son domaine. Elle est incapable de se voir ailleurs que sur le petit lit dur de l'appartement de Morris, dans sa vie bien réelle et manifeste. Et rien de ce qui marche pour Morris et Matilda ne marchera pour elle. Ni le renoncement, ni l'exaltation de désirs refoulés, ni aucun de ces désarrois solennels. Elle ne s'estimera pas satisfaite à si bon compte.

Elle le sait, et elle sait aussi ce qu'il lui reste à faire. Elle laisse ses pensées glisser vers l'avenir – sans scrupule, sans vergogne. Elle les laisse glisser vers l'avenir, chercher à tâtons la silhouette de l'amant suivant.

Ce ne sera pas nécessaire.

Ce que Joan a complètement oublié, c'est que le samedi, le courrier parvient aux bureaux de poste des petites villes. Par ici, le samedi n'est pas un jour sans courrier. Morris est allé voir ce qu'il y a dans la boîte. Il lui tend la lettre. La lettre fixe une heure et un lieu. Très brève, elle n'est signée que des initiales de John Brolier. C'est plus sage, bien sûr. Un tel laconisme, une telle précaution ne satisfait pas tout à fait Joan mais, soulagée, transformée, elle ne s'attarde pas là-dessus.

Elle raconte à Morris l'histoire qu'elle avait prévue si la lettre était arrivée avant. Ayant appris qu'elle était dans les parages, une amie de l'université la supplie de venir la voir. Tandis qu'elle se lave les cheveux et prépare ses valises, Morris sort sa voiture et va faire le plein à la station-service qui vend de l'essence au rabais, au nord de la ville.

En adressant des signes d'adieu à Morris, elle ne lit pas le moindre soupçon sur son visage. Qui sait, juste une légère déception. Il a deux jours en moins à passer en compagnie de quelqu'un, deux jours de plus à vivre seul. Il n'admettrait jamais ce genre de sentiment. Peut-être l'imagine-t-elle. Elle l'imagine parce qu'elle a l'impression qu'elle dit tout aussi bien adieu à son mari, à ses enfants, à ceux qui la connaissent, à tous, sauf à l'homme qu'elle va retrouver. Les voilà tous si aisément, si impeccablement trompés. Certes, elle se sent envahir par le remords. Leur innocence lui serre le cœur, elle perçoit une déchirure irréparable dans sa vie. C'est sincère : son chagrin et sa culpabilité à ce moment sont sincères ; jamais ils ne disparaîtront complètement, mais ils n'interféreront pas non plus. Elle est plus qu'heureuse. Elle sent qu'elle n'a d'autre solution que de partir.

III. *Rose Matilda*

Ruth Ann Leatherby accompagne Joan et Morris au cimetière. Joan en est quelque peu étonnée, mais pour Morris et Ruth Ann cela semble aller de soi. Ruth Ann tient les comptes de Morris. Joan la connaît depuis des années, elle avait même dû la rencontrer avant qu'il ne l'embauche. Ruth Ann fait partie de ces femmes plaisantes à regarder, de taille moyenne, entre deux âges, dont vous avez du mal à vous rappeler à quoi elle ressemble. Elle habite un des studios du rez-de-chaussée dans l'immeuble de Morris. Elle est mariée, mais ça fait belle lurette que l'on n'a pas aperçu son époux. Elle est catholique, voilà pourquoi elle n'a pas demandé le divorce. On sent que sa vie a été marquée par une tragédie – un incendie, un enfant ? –, une tragédie qui a fini par se fondre dans la trame et que l'on ne mentionne jamais.

C'est Ruth Ann qui est allée chercher les oignons de jacinthes pour les planter sur la tombe de leurs parents. Elle avait entendu Morris dire que ce serait une bonne idée d'y faire pousser quelque chose. Voyant que les oignons de plantes étaient en promotion, elle en avait acheté au supermarché. Épouse et femme, pense Joan en l'observant. Les épouses et femmes sont attentionnées tout en étant impassibles, dévouées tout en étant froides. À quoi peuvent-elles se dévouer ?

Joan habite maintenant Toronto. Cela fait douze ans qu'elle a divorcé. Elle dirige une librairie spécialisée dans les livres d'art. C'est un travail agréable, bien que mal payé. Elle a eu de la chance. Elle a aussi de la chance (on dit, elle le sait, qu'elle a de la chance pour une femme de son âge) d'avoir un amant. Un copain-amant. Geoffrey. Ils ne vivent pas ensemble. Ils se voient pendant les week-ends et deux ou trois fois par semaine. Geoffrey est comédien. Il a du talent, il est drôle, il s'adapte à tout, il est pauvre. Il passe un week-end par mois à Montréal avec une ancienne compagne et leur enfant. Joan en profite pour aller voir ses enfants, ils ont grandi et lui ont pardonné. Son fils est comédien, lui aussi. En fait, c'est comme ça qu'elle a rencontré Geoffrey. La fille a suivi les traces du père, elle est journaliste. D'ailleurs, qu'y a-t-il à pardonner ? Beaucoup de parents divorcent, pour la plupart naufragés de galantes aventures à peu près contemporaines. Il semble que nombre de mariages, dans lesquels on s'était embarqué le cœur léger au cours des années cinquante ou, tout au moins, auxquels personne ne trouvait à redire, ont craqué au début des années soixante-dix, avec des répercussions spectaculaires et, semble-t-il, inutiles, extravagantes. Joan pense à son histoire d'amour, sans regret mais non sans quelque étonnement. Comme si un beau jour elle était allée faire du parachutisme, en chute libre.

Il lui arrive de venir rendre visite à Morris. Elle le fait parfois parler de ces choses qui lui paraissaient jadis incompréhensibles, assommantes, lugubres. La structure insolite des gains, pensions, hypothèques, prêts, investissements et successions que Morris voit sous-jacente à toute vie humaine, voilà qui l'intéresse. Elle a encore plus ou moins de mal à comprendre tout ça, mais son existence ne semble plus une piteuse illusion. En un sens, cela la rassure. Elle est curieuse de voir la façon dont les gens y croient.

Cette veinarde, Joan, qui cumule boulot, amant et beauté saisissante – que l'on remarque plus que jamais (elle est aussi mince aujourd'hui qu'elle l'était à quatorze ans, et une aile blanche, une queue-de-renard argenté éclaire ses cheveux très courts) –, pressent un danger tout neuf, une menace qu'elle n'aurait pu imaginer étant plus jeune, même si on la lui avait décrite. Et on peut dire que c'est difficile à décrire. Il s'agit d'un changement, mais pas d'un de ces changements dont on vous a prévenu. Joan a tendance à penser que ça vous tombe dessus. Comme ça. Aussi soudainement que ça. Sans crier gare. *Décombres*. Décombres. Regardez en bas de la rue, vous y verrez les ombres, la lumière, les murs de briques, le camion garé sous un arbre, le chien couché sur le trottoir, la bâche sombre dont on se sert pendant l'été ou la congère grisâtre. Vous verrez toutes ces choses dans leur unicité temporaire, invisiblement reliées d'une façon tellement troublante, convaincante, nécessaire, indescriptible. Ou vous verrez des décombres. Des états fugitifs. Une inutile multitude d'états fugitifs. Des décombres.

Joan refuse cette idée de décombres, aussi fait-elle attention aux divers subterfuges auxquels les gens ont recours pour l'écarter de leur vie. Jouer la comédie en est un excellent ; à force de vivre auprès de Geoffrey, elle a fini par s'en convaincre, même si la comédie a ses limites. Dans la façon de vivre de Morris, dans sa façon de regarder les choses, il semble que les limites soient moins immédiates.

Tandis qu'ils passent en voiture dans les rues, elle remarque que beaucoup de vieilles maisons réapparaissent ; portes et porches, innovations modernes judicieuses il y a quinze ou vingt ans, cèdent la place aux vérandas et aux impostes traditionnelles. Une bonne chose, c'est sûr. Ruth fait remarquer tel ou tel détail, Joan approuve tout en pensant qu'il y a là quelque chose d'affecté, de quasi maniaque.

Morris arrête la voiture à un carrefour. Une vieille femme traverse la rue au milieu du pâté de maisons qui se dresse devant eux. Elle y va à grandes enjambées, en diagonale, sans regarder, d'un pas décidé, insouciant, arrogant même, et, d'une certaine façon, familier. La vieille femme ne court aucun danger : ni voitures ni passants, juste deux fillettes sur leurs bicyclettes. En fait, la vieille femme n'est pas si vieille que ça. Ces jours-ci, Joan ne cesse de revenir sur ses impressions quant à savoir si les gens sont vieux ou pas si vieux que ça. Les cheveux blancs flottant sur les épaules, cette femme porte une chemise floue et un pantalon gris. À peine assez pour cette journée, belle mais fraîche.

« Voilà Matilda », dit Ruth Ann. À sa façon de dire « Matilda » – un ton indulgent, amusé, réservé, sans que s'ensuive un nom de famille – on perçoit que Matilda est un personnage.

« Matilda ! s'exclame Joan en se tournant vers Morris. C'est vraiment Matilda ? Bonté, mais que lui est-il arrivé ? »

C'est Ruth Ann qui répond, depuis le siège arrière. « Disons que c'est venu comme ça, elle a commencé à devenir bizarre, c'est tout. Quand était-ce ? Il y a deux ans ? Elle s'est mise à s'habiller comme une clocharde et puis elle s'est imaginé que ses collègues de travail lui prenaient des choses qui étaient sur son bureau. Vous lui disiez un mot parfaitement anodin et elle vous envoyait promener. Ça devait être en elle.

– *En elle ?* reprend Joan.

– L'hérédité… » dit Morris, et ils se mettent à rire.

« C'est ce que je voulais dire, reprend Ruth Ann. Avant de mourir, sa mère a passé des années dans la maison de santé, de l'autre côté de la rue. Elle avait complètement perdu la tête. Et même avant d'échouer là, vous la voyiez qui allait se cacher dans le jardin, vous auriez dit un fantôme. Toujours est-il que Matilda a eu droit à une petite pension quand ils n'ont plus eu besoin d'elle au greffe du tribunal. Elle se promène. C'est tout. Un jour, elle vous parle le plus gentiment du monde, et puis le lendemain pas un mot. Jamais elle ne s'arrange. Elle qui était toujours si bien mise ! »

Joan ne devrait pas être aussi étonnée, aussi décontenancée ; après tout, les gens changent. Ils disparaissent mais ils ne meurent pas tous pour autant. Il y en a qui meurent. John Brolier est mort. Joan a appris sa mort au bout de plusieurs mois, et ça lui a fait un coup, mais un coup moins violent que lorsqu'elle a entendu dire à une femme, lors d'une soirée : « John Brolier, c'est bien ça ? Dites, n'était-ce pas ce type qui essayait toujours de vous séduire en vous emmenant admirer une merveille de la nature ? Dieu qu'il en fallait, du courage ! »

« Sa maison lui appartient, dit Morris. Je la lui ai vendue ça doit faire cinq ans. Et puis elle a cette petite pension. Si elle peut se cramponner jusqu'à soixante-cinq ans, elle s'en sortira. »

Morris creuse la terre devant la pierre tombale. Joan et Ruth Ann plantent les oignons de jacinthes. La terre est froide, mais il n'a pas gelé. Entre les cèdres taillés de frais et les peupliers encore frémissants de feuilles dorées, de longues bandes ensoleillées raient la belle herbe verte.

« Écoutez, dit Joan en regardant les feuilles, on dirait de l'eau.

– Les gens aiment ça, reprend Morris. Disons que ça fait très peupl… ier… »

Joan et Ruth Ann gémissent en même temps. « Je ne savais pas que tu faisais encore ce genre d'astuces, Morris, dit Joan.

– C'est à jet continu », dit Ruth Ann.

Ils se lavent les mains à un robinet extérieur et lisent les noms sur les tombes.

« Rose Matilda », dit Morris.

Joan croit d'abord que c'est un nom qu'il a lu quelque part, mais elle finit par comprendre qu'il continue à penser à Matilda Buttler.

« Tu sais, ce poème que Maman récitait à son sujet, dit-il. Rose Matilda…

– Rapunzel, reprend Joan. C'est comme ça que Maman l'appelait. « Rapunzel, Rapunzel, laisse flotter tes cheveux d'or. »

– Je me souviens l'avoir entendue dire ça. Elle disait aussi « Rose Matilda ». C'était le début d'un poème.

– Ça fait penser à une lotion, remarque Ruth Ann. Ce n'est pas une lotion ? Une émulsion à base d'eau de roses ?

– « Oh, à quoi bon », reprend Morris d'un ton assuré. Ça commençait comme ça. « Oh ! à quoi bon. »

– J'avoue que je ne connais pour ainsi dire aucun poème », dit Ruth Ann, qui a l'art de retomber sur ses pieds et que rien ne déconcerte. Elle se tourne vers Joan : « Ça vous dit quelque chose ? »

Elle a vraiment de jolis yeux, pense Joan, des yeux bruns qui peuvent paraître doux et sévères à la fois.

« Oui, dit Joan. Mais je n'arrive pas à me rappeler ce qui vient après… »

Morris les a un peu escroquées, ces trois femmes. Joan, Ruth Ann et Matilda. D'habitude, Morris n'est pas malhonnête – ce n'est pas là son gros défaut –, mais il rognera sur les angles, un peu par-ci, un peu par-là. Il a escroqué Joan il y a longtemps, lorsqu'on a vendu la maison. Elle s'est retrouvée avec près de mille dollars de moins que son dû. Il s'est dit qu'elle se rattraperait sur les meubles et objets qu'elle déciderait d'emporter chez elle, à Ottawa. Et voilà qu'elle n'a rien voulu. Par la suite, lorsque son mari et elle se sont séparés et qu'elle s'est retrouvée seule, Morris a pensé lui envoyer un chèque accompagné d'un mot lui expliquant qu'il y avait eu erreur, mais elle avait trouvé du travail et ne donnait pas l'impression d'être gênée financièrement. D'ailleurs, elle n'a pratiquement aucune idée de ce qu'on peut faire avec de l'argent ni de la façon dont on peut le faire travailler. Il n'a donc pas donné suite à son idée.

La façon dont il a escroqué Ruth Ann est un peu plus compliquée : il l'a persuadée de se déclarer comme employée par lui à temps partiel, alors qu'elle ne l'était pas. Cela le dispensait de lui reverser certains bénéfices. Il ne serait pas si étonné qu'elle l'ait compris et ait procédé de son propre chef à certains petits ajustements. C'était tout à fait elle, ça : ne rien dire, ne pas discuter, mais récupérer, tout tranquillement… Et tant qu'elle se contenterait de récupérer son dû – et il aurait tôt fait de repérer s'il y avait davantage – il ne dirait rien non plus. Elle et lui sont persuadés que si les gens ne sont pas sur leurs gardes, tant pis pour eux. De toute façon, il veillera sur Ruth Ann si besoin est.

Si Joan s'apercevait de ce qu'il a fait, sans doute ne dirait-elle rien non plus. Ce qui l'intéresserait, elle, ce ne serait pas l'argent. Elle n'a pas l'instinct de l'argent. Ce qui l'intéresserait, ce serait de savoir pourquoi. Elle vous retournerait ça dans sa tête, en tirant un malin plaisir. Ce détail au sujet de son frère s'incrusterait dans son esprit comme un morceau de cristal de roche – un objet étrange, petit, réfringent, parcelle d'un trésor venu d'ailleurs.

Il n'a pas escroqué Matilda quand il lui a vendu la maison. Elle l'a eue à très bon prix. En revanche, il lui a raconté que le chauffe-eau qu'il avait installé un an plus tôt était neuf, alors qu'il ne l'était pas. Quand il refaisait un logement qui lui appartenait, il n'investissait jamais ni dans des appareils neufs ni dans des matériaux neufs. Lors d'un dîner dansant à l'auberge Valhalla, il y a eu trois ans en juin, Matilda lui avait dit : « Mon chauffe-eau a rendu l'âme, il a fallu que je le remplace… »

Ils ne dansaient pas à ce moment-là. Assis avec d'autres autour d'une table ronde, sous une voûte de ballons de baudruche, ils buvaient du whisky. « Ce n'est pas bien de sa part, avait commenté Morris.

– Non, surtout après que vous l'avez remplacé, reprit Matilda avec un sourire. Vous savez ce que j'en pense ? »

Il la regardait, tout en attendant.

« Eh bien, que nous devrions faire un autre tour de piste avant de reprendre un verre… »

Ils dansèrent. Ils avaient toujours été bons partenaires, y allant même souvent de quelques ronds de jambes pour faire de l'effet. Mais cette fois, Morris trouva le corps de Matilda plus lourd, plus raide que d'habitude, ses réactions étaient lentes, surfaites. N'était-il pas étrange que son corps parût aussi rétif alors qu'elle lui souriait et lui parlait avec tant d'animation, sa tête et ses épaules frissonnant de coquetterie ? Cela aussi était nouveau, ce n'était pas du tout ce à quoi elle l'avait habitué. Au fil des années elle avait dansé avec lui, avec une souplesse langoureuse et un visage sérieux, lui parlant à peine. Au bout de quelques verres, elle lui faisait part de ses soucis secrets. De son souci. Toujours le même. Ron, son Anglais. Elle espérait avoir un jour de ses nouvelles. Elle ne bougeait pas d'ici. Elle était revenue ici, comme ça il saurait où la trouver. Elle espérait, tout en doutant qu'il divorcerait. Il l'avait promis, mais elle n'avait pas confiance en lui. Elle finit par avoir de ses nouvelles : il était en voyage, il réécrirait. Et il le fit. Il dit qu'il passerait la voir. Les lettres étaient postées du Canada, de villes différentes, lointaines. Et puis silence. Elle se demanda s'il était encore en vie. Elle envisagea de faire appel aux services d'un détective. Elle disait qu'il n'y avait qu'à Morris qu'elle en parlait. Son amour, c'était sa détresse. Une détresse que seul Morris était autorisé à entrevoir.

Jamais Morris ne donnait de conseils, jamais il ne posait une main consolatrice, sauf quand c'était convenable, lorsqu'ils dansaient. Il savait exactement comment il devait prendre ce qu'elle disait. Il ne la prenait pas en pitié pour autant. Il respectait les choix qu'elle avait faits.

Il est vrai que le ton avait changé avant la soirée à l'auberge Valhalla. Il s'était acidifié, il avait pris une inflexion sarcastique qui le peinait et n'allait pas à Matilda. Mais c'est ce soir-là qu'il sentit que tout s'était écroulé, leur longue complicité, la paisible harmonie de leurs valses. Ils faisaient partie de ces couples entre deux âges qui affectent d'évoluer avec grâce et délices, anxieux de ne pas appesantir le moment. Elle ne mentionna pas Ron, et Morris se garda bien d'en demander des nouvelles. Il commença à s'imaginer qu'elle avait fini par le voir. Elle avait vu Ron ou elle avait appris qu'il était mort. Plus probablement revu.

« Je sais que vous pourriez me rembourser ce chauffe-eau, le taquina-t-elle. Vous pourriez me faire semer du gazon ! Quand mon gazon a-t-il été semé ? De quoi elle a l'air, ma pelouse, avec toute cette sanve ! J'avoue que ça ne me gênerait pas d'avoir une pelouse convenable… J'envisage de faire quelques travaux. J'aimerais faire poser des volets bordeaux pour compenser les effets de tout ce gris. J'aimerais une grande fenêtre sur le côté. J'en ai assez de regarder cette maison de santé. Oh ! j'y pense, Morris, vous saviez qu'ils avaient abattu vos noyers ! Ils ont nivelé le jardin et ils en ont séparé la rivière par une clôture ! »

Elle portait une robe bleu paon, longue et froufroutante. Des pierres bleues incrustées dans des disques argentés lui pendaient aux oreilles. Ses cheveux raides et pâles ressemblaient à de la barbe à papa. La chair du haut de ses bras était toute bosselée, son haleine sentait le whisky. Son parfum, son maquillage, son sourire lui redisaient son hypocrisie, sa détermination, sa détresse. Elle ne s'intéressait plus à sa peine de cœur. Elle avait perdu le courage de continuer. Et dans sa simple et aveuglante folie, elle avait perdu son amour.

« Si vous pouviez passer avec des graines de gazon la semaine prochaine et me montrer comment m'y prendre, je vous offrirais un verre, dit-elle. J'irai même jusqu'à vous préparer à dîner. J'ai honte de penser que pendant toutes ces années vous ne vous êtes jamais assis à ma table.

– Il faudra que vous retourniez tout ça et que vous repartiez.

– Alors allez-y, retournez-moi tout ça ! Pourquoi ne viendriez-vous pas mercredi ? À moins que ce ne soit votre soirée avec Ruth Ann Leatherby ? »

Elle était soûle. Sa tête retombait sur son épaule, il sentait la masse dure de ses boucles d'oreilles s'enfoncer dans sa chair, faisant fi de sa veste et de sa chemise.

Le lendemain, il expédia un de ses employés retourner la terre afin de semer le gazon de Matilda. Il en fut pour ses frais. L'homme ne resta pas longtemps. À l'en croire, Matilda sortit de chez elle en lui braillant de déguerpir : que croyait-il qu'il faisait là, elle était tout à fait capable de s'occuper de son jardin. Vous feriez mieux de foutre le camp, lui dit-elle.

« Foutez-moi le camp », c'était une expression que Morris se souvenait avoir entendu dans la bouche de sa mère et dont la mère de Matilda se servait elle aussi, dans la virulence agressive de ses vieux jours. Mrs Buttler. Mrs Furoncle. *Foutez-moi le camp d'ici.* Dick le Borgne.

Il resta quelque temps sans voir Matilda. Il ne la croisa même pas dans la rue. Dès qu'il y avait quelque chose à faire au tribunal, il y envoyait Ruth Ann. Il eut vent de certains changements, mais ils n'avaient rien à voir avec des volets bordeaux, ni même avec une remise à neuf de la maison.

« Las ! à quoi bon du sceptre la race ! » s'exclame soudain Joan tandis qu'ils rentrent à l'appartement. À peine arrivée, elle se précipite vers la bibliothèque, la bonne vieille bibliothèque avec ses vitrines. Morris ne l'a pas vendue, bien qu'elle soit un peu trop haute pour la salle de séjour. Elle y déniche l'*Anthologie de la poésie anglaise*, ouvrage qui appartenait à leur mère.

« Les premières lignes, dit-elle en feuilletant les dernières pages.

– Si vous commenciez par vous asseoir confortablement ? » suggère Ruth Ann qui apparaît avec des rafraîchissements de fin d'après-midi. Morris a droit à un whisky à l'eau, Joan et Ruth à un rhum blanc à la limonade. Leur faible pour cette boisson est devenu pour les deux femmes une plaisanterie, une complicité encourageante : elles vont avoir besoin de boire quelque chose et elles le savent.

Joan s'assied et boit. On la sent heureuse. Du doigt, elle parcourt la page. « Las, à quoi bon, las, à quoi… murmure-t-elle.

– Ah ! Que divine est la forme ! » dit Morris en poussant un grand soupir de soulagement et de satisfaction.

On leur a appris à apprécier le caractère unique des choses, pense Joan, et à ne pas avoir de regret particulier. La citation en vers, la première gorgée d'alcool, la lumière tardive d'un après-midi d'octobre peuvent contribuer à la rendre sereine, indulgente. On leur a donné un sens de la dignité à la fois raffiné et unique, qui les a incités à aller chercher ce qu'ils voulaient, que ce soit amour ou argent. Mais ce n'est pas tout à fait exact, n'est-ce pas ? Abstème, Morris s'est montré également discipliné dans sa vie amoureuse, voire frugal. De son côté, en matière d'argent Joan est restée maladroite, virginale.

Il y a pourtant un problème, un nuage voile son plaisir inattendu. Elle n'arrive pas à retrouver d'où est tirée cette citation. « Ce n'est pas là-dedans, dit-elle. Comment pourrait-elle ne pas être là-dedans ? » Tout ce que notre mère connaissait était là-dedans ! Elle reprend un autre verre, comme pour se poser en femme d'affaires, fixe la page puis elle s'exclame : « Je sais ! Je sais ! » Ça y est, quelques instants plus tard, elle l'a retrouvée. Elle la leur lit, la voix vibrante de joie et d'émotion.

Ah, what avails the sceptred race,
Ah, what the form divine !
What every virtue, every grace,
Rose Aylmer, Rose Matilda, all
Were thine !

Las, à quoi bon du sceptre la race
Ah ! que divine est la forme !
Que chaque vertu, chaque grâce,
Rose Aylmer, Rose Matilda
Soient tiennes !

Morris a enlevé ses lunettes. Maintenant, il fait ça devant Joan. Sans doute y a-t-il plus longtemps qu'il le fait devant Ruth Ann. Il frotte la cicatrice comme si elle le démangeait. L'œil est sombre, veiné de gris. Pas trop pénible à regarder. Sous ses couches de tissu cicatriciel, il est aussi inoffensif qu'un pruneau ou une pierre.

« C'est bien ça, s'exclame Morris. Je ne me trompais donc pas. »

Différemment

Georgia avait suivi jadis un atelier d'écriture, et ce que le professeur lui avait dit c'était : Trop de choses. Trop de choses en même temps. Trop de gens. Réfléchissez, lui avait-il dit. Qu'est-ce qui est important ? À quoi souhaitez-vous que nous fassions attention ? Réfléchissez.

Elle finit par écrire une histoire sur son grand-père qui tuait des poulets. Le professeur en parut satisfait. Georgia, elle, trouvait que ça sonnait faux. Elle dressa une longue liste de tout ce qui avait été laissé de côté et la mit en appendice à son histoire. Le professeur déclara qu'elle attendait trop et d'elle-même et du processus, et qu'elle l'épuisait.

La session ne fut pas un échec absolu, puisque Georgia et le professeur finirent par vivre ensemble, et qu'ils vivent toujours ensemble, dans une ferme de l'Ontario. Ils vendent des fraises et ils ont une petite agence de publicité. Dès que Georgia a assez d'argent de côté, elle va voir ses fils à Vancouver. En ce samedi d'automne, elle a pris le ferry jusqu'à Victoria, là où elle habitait avant. Elle a fait ça sur un coup de tête qui la tracasse un peu et, au milieu de l'après-midi, tandis qu'elle remonte l'allée de la splendide maison de pierre de taille où, autrefois, elle rendait visite à Maya, on sent qu'elle a connu des moments d'hésitation.

Lorsqu'elle a appelé Raymond, elle n'était pas sûre qu'il lui dirait de venir. Elle n'était pas sûre non plus de vouloir y aller. Elle n'avait pas la moindre idée de l'accueil qu'on lui réserverait. Et voici que Raymond ouvre la porte avant qu'elle n'ait eu le temps d'appuyer sur la sonnette, qu'il la prend par les épaules, l'embrasse sur les deux joues (il n'aurait jamais fait ça avant, non ?) et lui présente Anne, sa femme. Il ajoute qu'il lui a dit la grande amitié qui les unissait Georgia et Ben, Maya et lui. Une grande amitié.

Maya est morte. Georgia et Ben ont divorcé il y a longtemps.

Ils vont s'asseoir dans la pièce que Maya appelait avec une morne gaieté « la salle de famille ».

Un soir, Raymond avait confié à Ben et Georgia qu'il semblait que Maya ne pourrait pas avoir d'enfants. « Nous avons tout essayé, disait-il. Les oreillers, tout. Sans résultat, hélas !

– Écoute, mon vieux, ce n'est pas avec des oreillers qu'on s'y prend », avait tonitrué Ben. Tous quatre étaient un peu éméchés. « Je m'imaginais que tu étais expert en la matière, mais je sens que toi et moi nous allons avoir une petite conversation entre quat'z yeux. »

Raymond était obstétricien et gynécologue.

Georgia savait déjà tout de l'avortement que Harvey, l'amant de Maya, avait organisé à Seattle. Harvey était, lui aussi, médecin, et même chirurgien. L'appartement sinistre dans l'immeuble délabré, la vieille faiseuse d'anges grognon en train de tricoter un pull, le médecin apparaissant en bras de chemise, tenant à la main un sac en papier dans lequel Maya croyait désespérément qu'il avait les outils de son art. Il contenait en fait son déjeuner, un sandwich à l'œuf et à l'oignon, dont Maya recevait les relents en pleine figure tandis que Mme Defarge et lui travaillaient sur elle.

(Et Maya et Georgia d'échanger un sourire pincé tandis que leurs époux poursuivaient leur conversation enjouée.)

La tignasse brune et frisée de Raymond s'est argentée de flocons, son visage s'est ridé, mais rien de catastrophique : ni poches, ni bajoues, ni couperose alcoolique. Rien de la prostration sardonique de l'échec. Il est encore élancé, il a encore les épaules saillantes. Sa mise est toujours aussi impeccable et adaptée à la circonstance qu'auparavant, ses vêtements coûteux sentent toujours aussi bon. Il fera un jour un de ces vieillards fragiles et élégants au sourire obligeant et gamin. Ils ont tous deux cette espèce de verdeur, a dit un jour Maya, l'air maussade, en parlant de Raymond et de Ben. Peut-être devrions-nous les faire macérer dans du vinaigre, a-t-elle ajouté.

La pièce a changé davantage que Raymond. Un canapé de cuir ivoire a remplacé le divan que Maya avait recouvert d'une tapisserie. Disparus aussi, bien sûr, le bazar de la vieille fumerie d'opium, les coussins de Maya, les herbes de la pampa, le somptueux éléphant multicolore cousu de petits miroirs. Beige et ivoire, la pièce est douce et douillette comme la nouvelle et blonde épouse qui, assise sur l'accoudoir du fauteuil de Raymond, se tortille pour faire passer derrière elle le bras de son époux et lui faire poser la main sur sa cuisse. Parée de bijoux en or, elle porte un joli pantalon blanc et un pull blanc sur lequel sont appliqués des motifs crème. Raymond lui donne deux tapes cordiales et provocantes.

« Tu vas quelque part ? demande-t-il. Sans doute faire des courses ?

– Exact, répond l'épouse. Comme autrefois. » Elle sourit à Georgia. « Ça va, dit-elle. Il faut vraiment que j'aille faire des courses. »

Une fois qu'elle est partie, Raymond sert à boire à Georgia et lui. « Anne ne cesse de s'inquiéter au sujet de l'alcool, dit-il. Elle refuse même de mettre une salière sur la table. Elle a envoyé promener tous les rideaux pour se débarrasser de l'odeur des cigarettes de Maya. Je sais ce que tu dois penser : l'ami Raymond a mis le grappin sur une blonde voluptueuse. En fait, c'est une fille très sérieuse et très stable. Tu sais, je l'avais à mon bureau bien avant la mort de Maya. Je veux dire qu'elle *travaillait* pour moi à mon bureau. Ne prends pas ça au pied de la lettre, ce n'est pas ce que je veux dire ! Elle n'est pas non plus aussi jeune qu'elle le paraît. Elle a trente-six ans. »

Georgia lui en aurait donné quarante. Elle est déjà lasse de sa visite, mais il faut qu'elle parle d'elle. Non, elle n'est pas mariée. Oui, elle travaille. Elle et l'ami avec lequel elle vit possèdent une ferme et un bureau de publicité. Une affaire très hasardeuse, pas beaucoup d'argent. Intéressant.

« Je ne sais trop comment j'ai perdu la trace de Ben, dit Raymond. La dernière fois que j'ai eu de ses nouvelles, il vivait sur un bateau.

– Chaque été, sa femme et lui font le tour de la côte Ouest en bateau, reprend Georgia. L'hiver, ils vont à Hawaï. Dans la marine on peut prendre sa retraite à un âge relativement jeune.

– Ils en ont de la chance ! » dit Raymond.

En revoyant Raymond, Georgia s'est dit qu'elle n'avait pas la moindre idée de ce à quoi Ben ressemblait maintenant. Ses cheveux ont-ils blanchi ? A-t-il pris du ventre ? Elle a connu ces problèmes : elle est devenue une femme corpulente, huppée de cheveux blancs, dont la peau mate respire la santé, qui porte des vêtements amples et plutôt voyants. Quand elle pense à Ben, elle voit encore le bel officier de marine ; empressé, grave, discret, le parfait archétype. Il donne l'impression de quelqu'un qui attend, avec une impatiente élégance, qu'on lui donne des ordres. Ses fils doivent avoir des photos de lui. Tous deux le voient et passent leurs vacances sur son bateau. Peut-être font-ils disparaître les photos quand elle arrive. Peut-être souhaitent-ils protéger ces images de leur père de celle qui lui a fait du mal.

En se rendant chez Maya, c'est-à-dire chez Raymond, Georgia est passée devant une autre maison qu'elle aurait tout aussi bien pu éviter. Une maison d'Oak Bay. Pour la voir, elle a dû faire un détour.

C'est toujours la maison dont Ben et elle avaient lu les mérites dans les annonces immobilières du *Colonist* de Victoria. Un pavillon spacieux, sous des chênes pittoresques. Arbousiers, cornouillers, banquettes dans l'embrasure des fenêtres, cheminée, fenêtres en forme de losange, elle avait du cachet. Georgia est restée un moment derrière le portail, le cœur serré bien sûr. Par ici Ben avait coupé l'herbe, par là-bas les enfants s'étaient fait des allées et des cachettes dans les buissons, ils avaient même aménagé un cimetière pour les oiseaux et serpents victimes de Domino, le chat noir. Elle se rappelait dans les moindres détails l'intérieur de la maison, les planchers en chêne que Ben et elle avaient laborieusement poncés, les murs qu'ils avaient repeints, la pièce où elle avait souffert les affres de l'agonie après l'extraction de sa dent de sagesse. Ben lui avait lu des passages des *Gens de Dublin*. Elle n'arrivait pas à se souvenir du titre de la nouvelle. Il s'agissait d'un jeune homme timide, poète à ses heures, marié à une ravissante harpie. Le pauvre bougre, s'était exclamé Ben en terminant.

Ben avait un faible pour la fiction, ce qui peut paraître étonnant de la part d'un sportif jadis populaire parmi ses camarades du lycée.

Elle aurait mieux fait d'éviter ce quartier. Où qu'elle se dirigeât, que ce fût sous les châtaigniers aux feuilles lisses et dorées, sous les arbousiers aux bras écarlates ou sous les grands chênes qui évoquaient contes de fées, forêts européennes, bûcherons ou sorcières, ses pas scandaient un *mais pourquoi, mais pourquoi, mais pourquoi* lourd de reproche. Ce reproche, c'était précisément ce à quoi elle s'attendait – ce qu'elle recherchait –, il est exact qu'il y avait quelque chose d'indigne à le faire. Quelque chose d'indigne et d'inutile. Elle le savait. *Mais pourquoi, mais pourquoi, mais pourquoi, tu-te-trompes-et-tu-gâches, tu-te-trompes-et-tu-gâches*, ponctuaient ses pieds, sots et malveillants.

Raymond veut que Georgia voie le jardin qui, explique-t-il, a été fait pour Maya pendant les derniers mois de sa vie. Maya le dessinait, puis elle allait s'étendre sur le divan dont le couvre-pieds est en tapisserie (y mettant deux fois le feu en s'endormant avec une cigarette, a dit Raymond) et d'où elle voyait le tout prendre forme.

Georgia aperçoit une pièce d'eau, un bassin avec, au milieu, une île, et sur cette île la tête d'une bête – une chèvre des neiges ? – crache de l'eau. Taillée dans la pierre, elle a l'air féroce. Une jungle de marguerites de Shasta, de cosmos roses et mauves, de pins nains, de cyprès et autres arbres miniatures aux feuilles vermeilles et brillantes, entoure le bassin. En regardant de plus près, Georgia distingue sur l'île des murs de pierre couverts de mousse, les ruines d'une tour minuscule.

« Elle a fait appel aux services d'un jeune garçon, dit Raymond. Ça a pris tout l'été. Elle s'allongeait là et le regardait créer son jardin. Ensuite il rentrait prendre une tasse de thé et parler de ce qu'il avait fait. Tu sais, Maya ne s'est pas contentée de dessiner ce jardin. Elle l'a imaginé. Elle lui faisait part de ses idées et cela lui servait de point de départ. Je veux dire que, pour eux, ce n'était pas un jardin ordinaire. Le bassin était un lac dans ce pays pour lequel ils avaient un nom et tout autour du lac il y avait des forêts, des territoires où vivaient différentes tribus et factions. Tu vois le tableau ?

– Oui, dit Georgia.

– Maya avait une imagination éblouissante. Elle aurait pu se lancer dans la littérature fantastique ou dans la science-fiction. N'importe. Elle était créatrice par nature, cela ne fait aucun doute, mais il était impossible de l'inciter à se servir de sa créativité à des fins sérieuses. Cette chèvre était l'un des dieux de ce pays et l'île un endroit sacré où s'élevait un ancien temple. Tu peux en voir les ruines. Ils avaient élaboré toute la religion. Ajoutes-y la littérature, la poésie, les légendes, l'histoire, tout. Ils avaient une chanson que la reine chantait. Bien sûr, c'était censé être une traduction à partir de cette langue. Ils en avaient également imaginé quelque chose. Il y avait eu jadis une reine et elle avait été enfermée dans ces ruines, dans ce temple, je ne sais plus pourquoi. Elle devait être sacrifiée, sans doute. On devait lui arracher le cœur ou lui faire subir quelque atrocité. C'était compliqué, mélodramatique. Mais pense au mal qu'ils se sont donné ! À cet effort de créativité. Le jeune gars était un artiste professionnel. Il se considérait comme un artiste. En fait, j'ignore comment elle le dénicha. Elle connaissait des tas de gens. Il devait gagner sa vie en faisant ce genre de choses. Il a fait un bon boulot. Il a tout fait, posé les tuyaux, tout. Sa journée finie, il rentrait prendre une tasse de thé et bavarder avec elle. À mon avis, ils ne prenaient pas que du thé. Autant que je le sache, il n'y avait pas que du thé. Disons qu'il apportait un petit supplément… Ils fumaient un petit peu. J'ai dit à Maya qu'elle devrait écrire tout ça.

« Mais tu sais, à peine a-t-il eu terminé qu'il s'en est allé. Eh oui ! il s'en est allé. Je ne sais pas où. Peut-être avait-il trouvé un autre travail. Il ne m'a pas semblé que c'était à moi de poser des questions. Mais je me suis dit que, même s'il avait un autre travail, il aurait pu malgré tout revenir lui faire une petite visite de temps en temps, ou que, s'il était en voyage, il aurait pu lui écrire. C'était la moindre des choses. J'attendais ça de lui. Ce n'était pas l'écorcher vif. Du moins, je ne le pense pas. Il eût été gentil de sa part de lui faire croire que ce n'avait pas toujours été un simple cas d'amitié mercenaire, bref tu vois ce que je veux dire… »

Raymond sourit. Il ne peut réprimer ce sourire, peut-être ne s'en rend-il pas compte.

« Car ce doit être la conclusion à laquelle elle a dû aboutir, dit-il. Après tous ces bons moments passés à imaginer ensemble, à s'encourager mutuellement. Elle a dû être déçue. Vraiment. Même à ce stade, ce genre de chose comptait beaucoup pour elle. Tu le sais aussi bien que moi, Georgia. Il aurait pu la traiter avec un peu plus de ménagement. Il n'en aurait pas eu pour très longtemps… »

Maya est morte il y a eu un an cet automne, mais Georgia ne l'a appris qu'à Noël. Par la lettre de vœux de Hilda. Jadis l'épouse de Harvey, Hilda s'est remariée à un autre médecin, elle vit dans une ville située à l'intérieur de la Colombie britannique. Quelques années plus tôt, Georgia et elle, toutes deux en visite là-bas, se sont rencontrées par hasard dans une rue de Vancouver ; depuis, elles s'écrivent de temps en temps.

« Bien sûr, tu as connu Maya beaucoup mieux que moi, écrivait Hilda. Mais je suis étonnée de voir que je pense souvent à elle. Je nous revois, vraiment, comme nous étions il y a une quinzaine d'années, et je me dis que dans un sens nous étions aussi vulnérables que tous ces gosses avec leurs voyages a l'acide, que l'on prétendait marqués pour la vie. Bon sang, mais n'étions-nous pas tout autant marqués, nous qui fichions en l'air nos ménages et partions chercher l'aventure ? C'est vrai, Maya n'a pas fichu son ménage en l'air et s'il y en a une qui est restée ce qu'elle était, c'est bien elle, par conséquent ce que je dis ne rime pas à grand-chose. Mais Maya, si douée et si fragile, me semblait la plus vulnérable de nous tous. Je me rappelle que je pouvais à peine supporter de voir battre cette veine dans sa tempe, là où elle faisait sa raie. »

Bizarre, cette lettre de Hilda, pensa Georgia. Elle se rappelait les robes-chemisiers pastel de Hilda qui coûtaient si cher, elle se rappelait ses cheveux blonds et courts, toujours bien coiffés, ses bonnes manières. Hilda pensait-elle vraiment qu'elle avait fichu son ménage en l'air et qu'elle était partie chercher l'aventure sous l'influence de la drogue, de la musique rock et des accoutrements révolutionnaires ? Georgia avait plutôt l'impression que Hilda avait plaqué Harvey une fois qu'elle avait découvert ses activités ou, du moins, une partie de ses activités ; elle avait alors emménagé dans une ville à l'intérieur des terres, où elle avait eu le bon sens de reprendre son métier d'infirmière et, le moment venu, d'épouser un autre médecin, davantage digne de confiance, semble-t-il, que son époux précédent. Maya et Georgia n'avaient jamais vu dans Hilda une femme comme elles. Hilda et Maya n'avaient jamais été proches, elles avaient des raisons de ne pas l'être. Mais Hilda avait suivi les événements, elle avait appris la mort de Maya et, dans sa générosité, elle écrivait ces lignes. Sans Hilda, Georgia n'en aurait rien su. Elle aurait continué à se dire qu'un jour elle écrirait à Maya, qu'un jour leurs liens se renoueraient.

La première fois que Ben et Georgia se rendirent chez Maya, Harvey et Hilda étaient là. Maya avait organisé un dîner pour eux six. Georgia et Ben venaient de s'installer à Victoria, et Ben avait téléphoné à Raymond, ancien camarade d'université. Ben, qui n'avait jamais rencontré Maya, confia à Georgia qu'il avait ouï dire que c'était une femme intelligente et bizarre. Elle était réputée bizarre, mais comme elle était riche, que c'était une héritière, on lui pardonnait son excentricité.

Georgia gémit en apprenant que Maya était riche et elle poussa de nouveaux gémissements en voyant la maison, la grande maison de pierre de taille avec ses pelouses en terrasse, ses haies taillées, son allée circulaire.

Georgia et Ben étaient originaires de la même ville de l'Ontario, ils venaient du même milieu. C'était un hasard s'il avait été envoyé dans une bonne université privée, l'argent provenait d'une grand-tante. Même en ses années d'adolescence, quand elle était fière d'être la copine de Ben, et plus fière qu'elle ne voulait le laisser paraître d'être invitée aux bals de cette université, Georgia avait piètre opinion des filles qu'elle y rencontrait. Pour elle, les filles riches étaient toutes des écervelées pourries par le fric. Elle les traitait de nouilles. Elle se voyait comme une fille, puis comme une femme, qui n'aimait guère ni les autres filles ni les autres femmes. Elle appelait les autres épouses des officiers de marine *ces dames de la marine*. Ben s'amusait parfois de sa façon de voir les gens tout en se demandant à l'occasion s'il fallait vraiment être aussi critique.

Il avait l'impression, dit-il, qu'elle allait aimer Maya. Voilà qui ne prédisposa pas Georgia en faveur de Maya. Il se trouva toutefois que Ben avait raison. Il se réjouit donc de pouvoir offrir à Georgia une fille comme Maya, d'avoir trouvé un ménage avec lequel Georgia et lui pourraient volontiers se lier d'amitié. « Ça sera une bonne chose pour nous d'avoir des amis qui ne sont pas dans la marine, devait-il lui dire. Et pour toi de connaître une autre épouse avec laquelle tu pourras à l'occasion te crêper le chignon, une femme qui sort un peu de l'ordinaire. Car on ne peut franchement pas dire que Maya soit du genre conventionnel… »

Et Georgia ne put le dire non plus. La maison ressemblait plus ou moins à ce à quoi elle s'attendait, elle eut tôt fait d'apprendre que Maya l'appelait « la bienveillante forteresse du quartier », mais la surprise, ce fut Maya. Elle vint elle-même lui ouvrir, nu-pieds, dans une robe longue informe d'étoffe brune grossière qui rappelait de la bure. Ses cheveux longs et raides, séparés par une raie au-dessus de la tempe, étaient presque assortis au brun mélancolique de sa robe. Elle ne mettait pas de rouge à lèvres ; sa peau, rêche et pâle, semblait marquée de timides empreintes d'oiseaux au niveau des fossettes. Ce manque de couleur, cette grossièreté de texture semblaient une superbe façon d'affirmer sa valeur. Comme elle paraissait indifférente, arrogante et indifférente, avec ses pieds nus, ses ongles de pieds non vernis, sa tenue pour le moins bizarre ! La seule chose qu'elle avait faite à son visage avait été de se peindre les sourcils en bleu, en fait de les épiler complètement et de peindre en bleu la peau qui était au-dessous. Pas même une arcade, juste un petit barbouillis bleu au-dessus de chaque œil, comme une veine gonflée.

Georgia, dont les cheveux noirs étaient crêpés, les yeux peinturlurés au goût de l'époque et les seins coquettement protubérants, trouva cela étonnant, admirable.

Harvey fut l'autre personne dont l'allure fit impression sur Georgia. Petit, carré d'épaules, un tantinet bedonnant, des yeux bleus gonflés et l'air frondeur, il était originaire du Lancashire. Ses cheveux gris, clairsemés sur le dessus, étaient longs sur les tempes. Il les plaquait au-dessus des oreilles, ce qui le faisait ressembler à un artiste plutôt qu'à un chirurgien. « Il ne me paraît pas tout à fait assez net de sa personne pour être chirurgien, confia après coup Georgia à Ben. Tu ne le prendrais pas plutôt pour un sculpteur ? Avec ses ongles sales ? Je ne le vois pas traitant convenablement les femmes. » Elle se rappelait la façon dont il lui avait regardé la poitrine. « Ça change de Raymond. Raymond adore Maya. Et il est archi-propre, lui. »

(Raymond incarne le genre d'homme dont raffole toute mère qui a une fille à marier, devait glisser Maya à Georgia, avec une exactitude déconcertante, quelques semaines plus tard.)

Le menu de Maya ne surpassa pas celui d'un repas de famille et les couverts d'argent massif étaient ternis. Mais Raymond servit du bon vin dont il aurait aimé parler. Il ne parvint pas à interrompre Harvey, lancé dans ses histoires d'hôpital aussi scandaleuses qu'indiscrètes, et qui se montra carrément révoltant quand il aborda les chapitres nécrophilie et masturbation. On se retira ensuite au salon, où l'on prépara le café que l'on servit avec quelque cérémonie. Raymond attira l'attention de tous lorsqu'il moulut les grains dans un cylindre turc et vanta l'importance des huiles aromatiques. Harvey s'arrêta au milieu d'une anecdote, adressa à Hilda un sourire affecté et peu aimable, la gratifiant de son attention patiente et courtoise. Maya prodiguait à son mari de radieux encouragements. Pendue à ses basques comme un enfant de chœur, elle l'aidait mollement et gracieusement. Elle servit le café dans de jolies petites tasses turques que Raymond et elle avaient trouvées dans un magasin de San Francisco, en même temps que le moulin à café. Elle écouta pudiquement Raymond parler de la boutique, comme si elle pensait à d'autres plaisirs de vacances…

Harvey et Hilda partirent les premiers. Maya leur dit au revoir, accrochée à l'épaule de Raymond. À peine eurent-ils disparu qu'elle s'en détacha, envoyant promener sa grâce insaisissable et ses airs d'épouse rangée. Elle s'allongea sur le canapé avec une désinvolture embarrassante et dit : « Vous n'allez quand même pas partir tout de suite ! Dès que Harvey est dans les parages, personne n'a seulement la chance d'ouvrir la bouche, il faut attendre qu'il ne soit plus là pour pouvoir parler. »

Et Georgia comprit ce qui se passait. Elle vit que Maya espérait ne pas se retrouver seule en compagnie de l'époux qu'elle avait aguiché, à quelque fin que ce fût, par ses attentions démonstratives. Elle vit qu'à la fin de la soirée Maya était sombre, elle sentit en elle une angoisse familière. Raymond était heureux. Il s'assit au bout du canapé, soulevant les pieds de Maya peu disposés à céder la place ; il en prit un, le frotta entre ses mains.

« Quelle sauvage ! s'exclama Raymond. Que voulez-vous, c'est une femme qui refuse de porter des chaussures.

– Du brandy ! dit Maya en se levant d'un bond. Je savais bien qu'on faisait autre chose dans les dîners ! Voyons, on y boit du brandy ! »

« Il l'aime mais, elle, elle ne l'aime pas », commenta Georgia à Ben tout de suite après lui avoir fait remarquer les petits soins dont Raymond entourait Maya et la propreté méticuleuse de ce dernier. Ben, qui écoutait sans doute d'une oreille distraite, pensa qu'elle parlait de Harvey et de Hilda.

« Non, non et non. Dans leur cas, j'oserais avancer que c'est l'inverse, bien que ce soit difficile à dire avec les Anglais. Maya jouait la comédie pour eux. Je crois même savoir pourquoi.

– Tu crois toujours savoir pourquoi, en tout et pour tout », dit Ben.

Georgia et Maya devinrent amies à deux niveaux : en tant qu'épouses et en tant que femmes. En tant qu'épouses, elles se recevaient mutuellement à dîner. Elles écoutaient leurs maris parler de leurs jours à l'université, ponctués de plaisanteries et de bagarres, de cabales et de désastres, colorés de bravaches et de victimes, de copains et de professeurs terrifiants ou minables, de récompenses et d'humiliations. Maya leur demandait s'ils étaient sûrs de ne pas avoir lu cela dans un livre. « Ça m'a tout l'air d'une histoire, disait-elle. Une de ces histoires comme les garçons en racontent sur le temps où ils étaient étudiants. »

Ils répondaient que tout ce qu'ils avaient pu vivre là-bas, c'était dans les livres. Une fois qu'ils avaient épuisé le sujet université, ils parlaient cinéma, politique, gens célèbres, décrivaient les endroits où ils avaient voyagé ou aimeraient voyager ; Maya et Georgia pouvaient alors se joindre à eux. Ben et Raymond n'étaient pas partisans de tenir les femmes à l'écart de la conversation. Pour eux, les femmes étaient tout aussi intelligentes que les hommes.

Lorsqu'elles voulaient se retrouver entre femmes, Georgia et Maya se voyaient chez l'une ou chez l'autre, à la cuisine, autour d'une tasse de café. Sinon, elles déjeunaient en ville. Il y avait deux endroits, et seulement deux, où Maya aimait déjeuner. L'un d'eux s'appelait la Cour du Moghol, il s'agissait du bar louche et pompeux d'un hôtel de gare aussi grand que sinistre. La Cour du Moghol exhibait des rideaux de velours citrouille régal des mites, des fougères en mal d'eau et des garçons enturbannés. Pour y aller, Maya s'affublait de robes de soie à la grâce languissante, de gants blancs douteux et de galurins extravagants qu'elle dénichait chez les fripiers. Elle prétendait être une veuve qui avait vécu jadis aux colonies où son époux était en poste. Elle s'adressait d'une voix flûtée aux jeunes serveurs insolents : « Auriez-vous l'amabilité de… », ajoutant ensuite qu'ils avaient été terriblement, terriblement aimables.

Georgia et elle avaient concocté l'histoire de la veuve du fonctionnaire et Georgia était venue l'enjoliver en tant que dame de compagnie de la veuve en question. Grognon et socialiste sur les bords, elle répondait au nom de Miss Amy Jukes. La veuve s'appelait Mrs Allegra Forbes-Bellyea. Nigel Forbes-Bellyea, sir Nigel pour les intimes, était feu son époux. On avait dû passer presque tout un après-midi pluvieux à la Cour du Moghol pour imaginer les horreurs de la lune dite de miel des Forbes-Bellyea dans un hôtel tout suintant du pays de Galles.

L'autre endroit qu'affectionnait Maya était un restaurant hippie de Blanshard Street où, assis sur des coussins voluptueux et crasseux perchés sur des troncs d'arbres, vous mangiez du riz brun avec des légumes encore pleins de boue et buviez un cidre trouble. (À la Cour du Moghol, Maya et Georgia ne prenaient que du gin.) Lorsqu'elles déjeunaient au restaurant hippie, elles portaient ces saris indiens bon marché, en coton, et se faisaient passer pour des rescapées d'une communauté où elles avaient été les servantes ou concubines d'un chanteur folk répondant au nom de Bill Bones. Elles avaient composé plusieurs chansons pour lui, des chansons tendres et douces, fleur bleue, en flagrant contraste avec ses manières de rapace licencieux. Bill Bones avait des habitudes des plus curieuses.

Quand elles ne s'adonnaient pas à ces jeux, elles parlaient à bâtons rompus de leur vie, de leur enfance, de leurs problèmes, de leurs maris.

« Quel endroit, ce collège ! » disait Maya.

Et Georgia d'approuver.

« Que veux-tu, c'était des gosses pauvres dans une école pour gosses de riches. Il fallait donc qu'ils se donnent d'autant plus de mal, ils se devaient de faire honneur à leur famille. »

Georgia n'aurait pas qualifié de pauvre la famille de Ben, mais elle savait par expérience qu'il y a toujours différentes façons de voir les choses.

Maya raconta que, dès qu'ils avaient du monde à dîner ou pour la soirée, Raymond ramassait à l'avance tous les disques qu'il estimait appropriés et les rangeait dans un ordre qu'il estimait non moins approprié. « Un de ces jours je le vois à la porte en train de vous remettre des sujets de conversation », commenta Maya.

Georgia révéla que Ben écrivait chaque semaine à la grand-tante grâce à laquelle il avait pu faire des études.

« Une lettre gentille ? demanda Maya.

– Oui. Oh oui ! très gentille. »

Elles se regardèrent tristement puis elles éclatèrent de rire. Là-dessus elles annoncèrent ou, du moins, elles admirent, ce qui leur pesait, à savoir l'innocence de leurs maris. Une innocence solide, décente, à toute épreuve. Une innocence satisfaite. Une chose épuisante et en fin de compte décourageante, qui rend l'intimité un devoir.

« Mais n'as-tu pas honte de parler comme ça ? demanda Georgia.

– Bien sûr que si », répondit Maya, faisant une grimaçante parade de ses grandes dents parfaites, résultat de soins dentaires onéreux remontant au temps où elle n'avait pas à assumer ses frais d'ordre esthétique. « Figure-toi que j'ai même une autre raison d'avoir honte, poursuivit-elle. À vrai dire, je ne sais pas si, en fait, j'ai honte. Disons que j'ai honte et pas honte à la fois.

– Je le sais, dit Georgia qui, jusqu'ici, n'avait pas été trop sûre de savoir.

– Tu es très maligne, reprit Maya. À moins que ce ne soit moi qui sois trop transparente. Que penses-tu de lui ?

– Des tas d'ennuis », répondit judicieusement Georgia. Elle était ravie de cette réponse qui ne montrait ni combien elle était flattée par cette révélation ni combien elle trouvait que cette discussion lui montait au cerveau.

« Tu ne croyais pas si bien dire, reprit Maya, qui raconta l'histoire de l'avortement. Je vais rompre avec lui, dit-elle. N'importe quand. »

Elle continuait pourtant à voir Harvey. Elle épiçait leurs déjeuners de faits qui ternissaient l'image de ce dernier, puis elle annonçait qu'elle devait partir le retrouver dans un motel de Gorge Road ou dans son chalet au bord du lac Prospect.

« Il faut que j'aille nettoyer tout ça », disait-elle.

Un jour, elle avait quitté Raymond. Pas pour Harvey, mais avec, ou pour, un musicien. Un pianiste, un gars du Nord, à l'air ensommeillé mais doté d'un sale caractère, rencontré du temps où, bonne dame de la non moins bonne société, elle organisait des concerts de bienfaisance. Elle l'avait suivi pendant cinq semaines, après quoi il l'avait plaquée dans un hôtel de Cincinnati. Elle s'était retrouvée avec des douleurs thoraciques effroyables, appropriées bien sûr pour un cœur brisé, mais en fait ce dont elle souffrait, c'était d'une crise de coliques hépatiques. On fit quérir Raymond. Il arriva et la fit sortir de la clinique. Ils en profitèrent pour de petites vacances mexicaines avant de rentrer.

« On ne m'y reprendra pas, conclut Maya. C'était l'amour authentique et désespéré. Jamais plus. »

Et Harvey dans tout ça ?

« Simple exercice », répondit Maya.

Georgia trouva un emploi à mi-temps dans une librairie. Elle y travaillait plusieurs soirées par semaine. L'été se révéla plus chaud et plus ensoleillé qu'à l'ordinaire pour la côte Ouest. Georgia se mit à se coiffer, elle renonça à utiliser la plupart de ses produits de maquillage et investit dans deux robes bains de soleil. Perchée sur son tabouret à l'entrée du magasin, exhibant ses épaules nues et bronzées, on la prenait pour une étudiante intelligente, débordant d'énergie et savourant les prises de position audacieuses. Les gens qui entraient dans le magasin appréciaient d'y voir une fille, ou plutôt une femme, comme Georgia. Ils aimaient parler avec elle. La plupart y venaient seuls. Ils ne souffraient pas à proprement parler de solitude, mais ils se sentaient seuls lorsqu'ils avaient envie de bavarder avec quelqu'un des livres qu'ils avaient lus. Georgia branchait la bouilloire électrique derrière le comptoir et préparait des tasses de thé à la framboise. Certains clients privilégiés apportaient leurs tasses. Maya venait faire un tour puis repartait se cacher dans le fond de la boutique, amusée et envieuse.

« Tu sais ce que tu as ? disait-elle à Georgia. Mais tu as un vrai salon, ma belle ! Dieu que j'aimerais avoir un boulot comme le tien ! Je me contenterais même d'un boulot tout ce qu'il y a d'ordinaire, dans un magasin tout ce qu'il y a d'ordinaire, où tu déplies et replies des affaires, et où tu vas en chercher d'autres pour les clients, où tu fais de la monnaie et dispenses des merci beaucoup, des tenez, voici ou encore il fait plus frais aujourd'hui, va-t-il pleuvoir ?

– Tu pourrais trouver un boulot comme ça, l'assurait Georgia.

– Non, impossible. Je n'ai pas la discipline requise, que veux-tu, j'ai été trop mal élevée. Je n'arrive pas à tenir ma maison, même avec Mrs Hanna, Mrs Cheng et Sadie. »

C'était exact. Pour une femme moderne, Maya avait pléthore de servantes, même si celles-ci venaient à des heures différentes, faisaient des choses différentes et n'avaient rien des domestiques de l'ancien temps. Même ses dîners, qui semblaient montrer son côté je-m'en-fichiste, étaient préparés par quelqu'un d'autre.

Le soir, en général, Maya était occupée. Georgia ne s'en plaignait pas, car elle n'avait aucune envie de voir Maya débarquer dans le magasin en réclamant des titres invraisemblables qu'elle avait inventés, tournant en quelque sorte en dérision ce travail qu'elle-même prenait très à cœur. Elle avait pour le magasin une affection profonde, secrète, qu'elle ne savait expliquer. C'était une boutique en boyau dotée d'une entrée à l'ancienne en forme d'entonnoir entre deux vitrines qui formaient un angle. De son tabouret derrière le comptoir, Georgia voyait les vitrines se refléter l'une dans l'autre. Ce n'était pas une de ces rues endimanchées pour les touristes mais une artère assez large, allant d'est en l'ouest, où jouait en début de soirée une lumière légèrement jaune que reflétaient les immeubles de stuc pâle qui n'étaient pas trop hauts ; les devantures des magasins étaient toutes simples, les trottoirs presque déserts. Après les tours et détours des rues ombragées d'Oak Bay, ses cours fleuries et ses fenêtres ourlées de vigne vierge, Georgia trouvait cette simplicité libératrice. Ici les livres étaient reconnus à leur juste valeur, davantage même que dans aucune librairie de banlieue mieux agencée ou plus attirante. D'interminables rangées de livres de poche. (La plupart des Penguins arboraient encore leur couverture orange et blanc ou bleu et blanc, sans dessins ni photos, juste le titre, sans fioritures ni prière d'insérer.) Le magasin était la voie directe vers la munificence, aux promesses vraisemblables. Certains ouvrages que Georgia n'avait jamais lus, et ne lirait sans doute jamais, revêtaient quelque importance aux yeux de cette dernière en raison des échos grandioses ou ésotériques que suggérait leur titre. *L'Éloge de la folie. Les Racines de la coïncidence. L'Éclosion de la Nouvelle-Angleterre. Idées et intégrités.*

Parfois elle se levait et remettait les livres dans un ordre plus rigoureux. La fiction était classée alphabétiquement et par auteur, ce qui était rationnel mais n'avait guère d'intérêt. Toutefois les ouvrages d'histoire, de philosophie, de psychologie ou d'autres disciplines étaient rangés selon certains critères – aussi compliqués qu'enchanteurs, ayant à voir avec la chronologie et le contenu – que Georgia saisissait d'emblée et à partir desquels elle fondait son jugement. Pour connaître un livre, elle n'avait pas besoin d'en lire beaucoup. Elle en percevait le sens aisément, aussitôt ou presque, par flair aurait-on dit.

De temps en temps, lorsque le magasin était vide, elle éprouvait une impression de calme intense. Ce n'était même plus les livres qui importaient alors.

Assise sur son tabouret, elle observait ce qui se passait dans la rue, patiente et seule ; elle était attente, suspens subtilement mesuré.

Elle vit se réfléchir l'image de Miles – son spectre casqué garant la moto le long du trottoir – avant de le voir, lui. Elle cru avoir repéré, même dans la vitrine, son vaillant profil, sa pâleur, sa tignasse rousse et poussiéreuse (il enlevait son casque et secouait sa crinière avant d'entrer dans le magasin), sa manière brusque, négligée, insolente, d'occuper le terrain et de déambuler.

Personne ne s'étonna qu'il entamât aussi vite la conversation avec elle : tout le monde lui parlait. Il lui raconta qu'il était scaphandrier. Il recherchait des épaves, des avions perdus et des cadavres. Il avait été embauché par un couple de Victoria, des gens aisés qui organisaient une croisière du style course au trésor. Leur nom et la destination restaient secrets. Mettre sur pied des chasses au trésor était une activité qui avait ses hauts et ses bas. Il l'avait déjà fait. Il était de Seattle, où l'attendaient une épouse et une enfant en bas âge.

Tout ce qu'il lui raconta pouvait aussi bien avoir été inventé de toutes pièces.

Il lui montra des illustrations tirées d'ouvrages, des photos et des dessins de mollusques, méduses, physalies, sargasses, cestes de Vénus. Il lui fit remarquer que certaines étaient authentiques alors que d'autres ne l'étaient pas. Là-dessus il s'éloigna et ne fit plus attention à elle, profitant même de ce qu'elle était occupée avec un client pour s'éclipser du magasin. Pas le moindre au revoir. Mais il revint un autre soir et, tout en semblant s'intéresser à ce qui se passait au-dehors, de l'autre côté de la vitrine ruisselante d'eau, il lui parla d'un noyé que l'on avait retrouvé coincé dans la cabine d'un bateau. À force d'égards et de pirouettes, de conversations impersonnelles en intime proximité, d'une chasse insouciante, à force d'œillades graves, interminables et grises, il eut tôt fait d'éveiller chez Georgia un émoi qui n'était pas sans lui plaire. Il passa deux soirs sans s'arrêter, puis il entra et lui demanda tout de go si elle aimerait faire un tour sur sa moto.

Georgia répondit que oui. Jamais elle n'était montée sur une moto. Sa voiture attendrait sur le parking, elle devinait la suite.

Elle lui dit où elle habitait. « À quelques pâtés de maisons de la plage, précisa-t-elle.

– Dans ce cas, allons sur la plage, nous nous assiérons sur les rondins. »

Et c'est ce qu'ils firent. Ils s'assirent sur les rondins puis, bien que la plage ne soit ni tout à fait plongée dans l'obscurité ni tout à fait déserte, ils firent l'amour, protégés de façon bien précaire par des genêts. Lorsque Georgia rentra à pied chez elle, c'était une femme revigorée, soulagée, favorisée par l'univers.

« Ma voiture n'a pas voulu démarrer, dit-elle à la personne qui gardait les enfants, une grand-mère qui était sa voisine. J'ai dû rentrer à pied. C'était merveilleux de marcher, une vraie joie. Oui, une joie. Je peux dire que j'ai apprécié cette promenade. »

Elle était échevelée, ses lèvres étaient gonflées, ses vêtements pleins de sable.

Sa vie s'emplit de ce genre de mensonges. Sa voiture était garée près de plages isolées, le long de chemins forestiers que l'on déboisait et que leur proximité de la ville rendait bien commodes, au bord de petites routes sinueuses de la péninsule de Saanich. La carte de la ville qu'elle avait eue en tête jusqu'ici, et dont les routes menaient aux magasins, au travail ou chez les amis, disparaissait sous une autre carte, dont les routes, en tours et en détours que l'on suivait avec angoisse (mais sans honte), le cœur battant, étaient semées d'abris rudimentaires, de cachettes d'un soir où Miles et elle faisaient l'amour, et où leur parvenait le bruit des voitures qui passaient, de randonneurs en excursion ou les échos d'un pique-nique familial. En cette Georgia qui surveillait ses enfants sur les chevaux de bois ou qui, au supermarché, tâtait un citron, vibrait une autre femme qui, seulement quelques heures plus tôt, avait gémi et s'était roulée sur les fougères, sur le sable, à même le sol ou, s'il pleuvait à verse, dans sa voiture, une femme à qui l'on avait complètement et carrément fait perdre la tête, mais qui, ayant repris ses esprits, était rentrée chez elle. Était-ce là une histoire ordinaire ? Georgia observait les autres femmes au supermarché, guettant un penchant romantique ou un besoin de s'afficher, un côté théâtral dans leur façon de s'habiller, un rythme caractéristique dans leurs mouvements.

Combien, demanda-t-elle à Maya.

« Dieu seul le sait, répondit Maya. Tu n'as qu'à faire une enquête. »

Les ennuis commencèrent dès qu'ils se dirent qu'ils s'aimaient. Pourquoi éprouvèrent-ils le besoin de se l'avouer, définissant, boursouflant, assombrissant ainsi ce qu'ils pouvaient ressentir ? Cela semblait faire partie du jeu, c'est tout, comme dans l'acte d'amour lui-même les changements, les variations, les préliminaires peuvent faire partie du jeu. C'était une façon d'aller plus loin. Ils se le dirent et, cette nuit-là, Georgia ne put dormir. Elle ne regrettait pas ce qui avait été dit, n'y voyait pas un mensonge, mais elle savait que c'était absurde. Elle pensait à la manière dont Miles veillait à ce qu'elle le regardât dans les yeux quand ils faisaient l'amour, ce que Ben refusait de faire, elle pensait à la façon dont son regard, brillant et provocateur au début, s'embrumait avant de devenir calme et sombre. Comme ça, et uniquement comme ça, elle avait confiance en lui. Elle s'imaginait qu'on la menait sur une mer grise, profonde, maléfique, magnifique. L'amour.

« Je n'avais aucune idée que ça m'arriverait », avoua-t-elle dans la cuisine de Maya le lendemain, en buvant son café. Il faisait chaud, mais elle avait mis un tricot pour s'y pelotonner. Elle se sentait ébranlée, résignée.

« C'est vrai. Et tu n'en as pas davantage idée maintenant, reprit Maya d'un ton plutôt cassant. Il l'a dit lui aussi ? Dis-moi, il l'a dit lui aussi, qu'il t'aimait ? »

Oui, répondit Georgia, bien sûr que oui.

« Alors, fais gaffe. Fais gaffe la prochaine fois. Une fois qu'ils ont dit ça, la fois suivante c'est toujours piégé. »

Et c'est ce qui arriva. La fois suivante, ils perçurent une fêlure. Ils se contentèrent d'abord de la tester, curieux de voir si elle existait vraiment. C'était pour eux comme une nouvelle distraction. Mais voici qu'elle allait en s'accentuant. Avant même que des mots en confirment la présence, Georgia put sentir que cette fêlure s'élargissait ; elle la regarda s'élargir d'un air détaché, pourtant elle aurait tout donné pour la voir se refermer. Et lui, vivait-il les choses de la même façon ? Elle l'ignorait. Lui aussi semblait indifférent, pâle, circonspect, pétillant de quelque nouvel éclair de malice.

Ils étaient assis, insouciants, à une heure tardive, dans la voiture de Georgia, au milieu des autres amoureux de Clover Point.

« Tous ceux qui sont dans ces voitures font la même chose que nous, avait remarqué Miles. Ça ne t'excite pas, rien que d'y penser ? »

Il avait dit cela à ce moment précis de leur rituel où, la dernière fois, ils s'étaient sentis poussés à parler de l'amour à coups de mots entrecoupés et solennels.

« Ça ne t'arrive jamais d'y penser ? reprit-il. Vois-tu, on pourrait commencer avec Ben et Laura. Tu n'as jamais imaginé ce que ça pourrait donner entre Ben, Laura, toi et moi ? »

Laura, c'était sa femme, à la maison, à Seattle. Il ne l'avait pas mentionnée jusque-là, sauf pour dire son nom à Georgia. Il avait parlé de Ben en des termes que Georgia n'avait guère appréciés, mais elle avait fermé les yeux. « Qu'est-ce qu'il s'imagine que tu fais pour t'amuser, Ben, reprit-il, quand il part en croisière sur le bel océan ? »

« Dis-moi, Ben et toi, en général vous célébrez les retrouvailles ? »

« Est-ce que Ben aime cette robe autant que moi ? »

À l'entendre, on aurait cru que Ben et lui étaient en quelque sorte amis, ou tout au moins partenaires. Copropriétaires.

« Ben, Laura, toi et moi, dit-il d'un ton qui parut à Georgia instamment et artificiellement sensuel, hypocrite, ironique. On devrait partager le plaisir. »

Il essaya de la câliner tout en feignant de ne pas remarquer combien elle était offensée, combien elle avait été amèrement atteinte. Il décrivit les généreux échanges qui prendraient place au lit, entre eux quatre. Il lui demanda si cette perspective la stimulait. Elle répondit que non, écœurée. Bien sûr que si, mais tu t'y refuses, dit-il. Sa voix, ses caresses se firent brutales. Et puis, qu'est-ce que tu as de mieux que les autres, demanda-t-il avec un mépris doucereux en lui pinçant vigoureusement les seins. Écoute, Georgia, pourquoi te prends-tu pour une reine ?

« Tu es cruel et tu le sais, reprit Georgia en essayant de se débarrasser de ses mains. Pourquoi te conduis-tu comme ça ?

– Voyons, ma chérie, mais je ne suis pas cruel, répondit Miles, patelin, jouant les tendres. Que veux-tu, j'ai la trique. C'est tout. » Il se mit à malmener Georgia pour la mettre en position. Elle lui intima l'ordre de descendre de la voiture.

« Madame a des scrupules, dit-il de cette voix haineusement tendre, comme s'il savourait avec délices quelque chose de répugnant. Tu n'es qu'une petite pute qui fait des façons. »

Georgia le prévint que s'il n'arrêtait pas elle se coucherait sur le klaxon. Oui, elle se coucherait sur le klaxon s'il ne descendait pas de la voiture. Elle hurlerait pour qu'on appelle la police. Elle se coucha donc sur le klaxon pendant qu'ils se bagarraient. Il l'en délogea en émettant un juron dolent, de ceux qu'elle l'avait entendu proférer en d'autres occasions, mais cette fois dans un sens différent. Il sortit.

Elle avait du mal à croire à un si brusque débordement d'agressivité, à un revirement aussi spectaculaire de la situation. En y repensant, après que bien de l'eau avait coulé sous les ponts, elle se disait qu'il avait peut-être agi pour apaiser sa conscience, pour la démarquer de Laura, à moins que ce ne soit pour effacer ce qu'il lui avait dit la dernière fois. Pour l'humilier parce qu'il avait peur. C'est possible. Tout comme il n'était pas impossible qu'il ait pressenti là une nouvelle orientation pour leurs ébats amoureux, une orientation méritant vraiment qu'on s'y intéresse.

Elle aurait aimé reparler de tout ça avec Maya. Hélas, il n'y avait plus moyen de reparler de quoi que ce soit avec Maya : leur amitié était soudain arrivée à un terme.

La nuit après l'incident de Clover Point, assise par terre dans la salle de séjour, Georgia jouait aux cartes avec ses fils avant de les envoyer se coucher. Le téléphone sonna, elle fut sûre que c'était Miles. Toute la journée elle s'était dit qu'il appellerait, il fallait qu'il appelle pour s'expliquer, pour la supplier de lui pardonner, pour lui dire qu'il avait voulu en quelque sorte la mettre à l'épreuve, ou qu'il avait été temporairement dérangé par des circonstances qu'elle ignorait. Elle ne lui pardonnerait sans doute pas tout de suite, mais elle ne lui raccrocherait pas au nez non plus.

C'était Maya.

« Il m'est arrivé un truc franchement bizarre, devine ! Figure-toi que Miles m'a téléphoné. Oui, ton Miles. Je m'en fiche, Raymond n'est pas là. Comment diable connaît-il mon nom ?

– Je n'en ai pas la moindre idée », répondit Georgia.

Elle le lui avait dit, évidemment. Elle lui avait proposé la fougueuse Maya pour le divertir ou, qui sait, pour lui montrer combien elle, Georgia, était novice à ce genre de jeux. Une valeur relativement chaste…

« Il dit qu'il a l'intention de venir me parler, reprit Maya. Qu'en penses-tu ? Qu'est-ce qui lui prend ? Vous vous êtes disputés ? Oui ? Oh ! je pige, il doit vouloir que je te pousse à la réconciliation. J'avoue qu'il a bien choisi sa soirée : Raymond est à l'hôpital. Il est auprès de cette bonne femme qui n'arrive pas à se décider à accoucher, sans doute va-t-il être forcé de rester là-bas pour lui faire une césarienne. Je te rappellerai pour te dire où on en est. D'accord ? »

Au bout d'environ deux heures, alors que les enfants dormaient à poings fermés, Georgia commença à attendre le coup de téléphone de Maya. Elle regarda les nouvelles à la télévision pour ne plus y penser. Elle vérifia la tonalité du téléphone. Elle éteignit la télévision après les nouvelles, la ralluma. Elle commença à regarder un film et parvint à rester jusqu'à la troisième interruption publicitaire sans aller jeter un coup d'œil à l'horloge de la cuisine.

À minuit et demi, elle grimpa dans sa voiture et alla chez Maya. Elle n'avait pas idée de ce qu'elle y ferait. Et elle n'y fit pas grand-chose. Phares éteints, elle prit l'allée circulaire. La maison était plongée dans l'obscurité. Elle vit que le garage était ouvert et que la voiture de Raymond n'était pas là. Pas de moto à l'horizon non plus.

Elle avait laissé les enfants seuls et n'avait pas fermé la porte à clef. Il ne leur arriva rien. Ils ne se réveillèrent pas et ne s'aperçurent donc pas qu'elle avait déserté. Ni cambrioleur, ni rôdeur, ni assassin ne la surprit à son retour. Une chance qu'elle n'apprécia même pas. Elle était sortie en laissant porte ouverte et lumières allumées et, en rentrant, elle se rendit à peine compte de son imprudence, même si elle verrouilla la porte, éteignit les lumières et alla s'allonger sur le canapé de la salle de séjour. Elle passa une nuit blanche. Elle resta immobile comme si le moindre mouvement risquait d'accentuer sa douleur, jusqu'à ce qu'elle vît poindre le jour et qu'elle entendît les oiseaux s'éveiller. Elle était toute courbatue. Elle se leva et se dirigea vers le téléphone pour en vérifier une nouvelle fois la tonalité. Elle se rendit à la cuisine, raide comme la justice, brancha la bouilloire électrique tout en se répétant les mots : *la paralysie du chagrin*.

La paralysie du chagrin. À quoi pensait-elle donc ? C'était ce qu'elle ressentirait, c'était la façon dont elle pourrait décrire ce qu'elle ressentirait si l'un de ses enfants venait à mourir. Le chagrin, ça se garde pour des raisons sérieuses, des pertes importantes. Elle le savait. Elle n'aurait pas troqué une heure de la vie de ses enfants pour entendre sonner le téléphone à dix heures du soir la veille et que Maya lui dise : « Écoute, Georgia, il est désespéré. Il est navré de ce qui s'est passé. Il t'aime beaucoup, tu sais. »

Non. Mais il lui semblait qu'un appel de ce genre lui aurait procuré un bonheur qu'aucun regard ni aucun mot de ses enfants n'aurait pu lui procurer. Que rien d'autre ne pourrait jamais lui procurer.

Elle téléphona à Maya avant neuf heures. En composant le numéro, elle se dit qu'il était encore temps de prier pour certaines éventualités. Le téléphone de Maya avait peut-être été en dérangement. Maya avait peut-être eu un malaise pendant la soirée, Raymond avait peut-être été victime d'un accident de voiture en rentrant de l'hôpital.

Toutes ces éventualités s'évanouirent aux premiers échos de la voix ensommeillée de Maya (et si ces accents ensommeillés étaient feints… ?), empreinte d'une suave hypocrisie. « Georgia ? C'est toi, Georgia ? Moi qui croyais que c'était Raymond ! Il a dû passer la nuit à l'hôpital à côté de cette pauvre femme qui avait besoin d'une césarienne. Il devait m'appeler…

– Tu m'as dit ça hier soir, dit Georgia.

– Il devait m'appeler… J'y pense, Georgia ! Mais c'est vrai que je t'avais promis de t'appeler ! Et c'est maintenant que je me le rappelle. Oui, je devais t'appeler, mais je me suis dit que c'était sans doute trop tard. Que la sonnerie du téléphone réveillerait les enfants. Je me suis dit que je ferais mieux d'attendre demain matin !

– Dis-moi, il était tard ?

– Non, pas terriblement tard. Mais je me suis dit que c'était trop tard quand même.

– Qu'est-ce qui s'est passé ?

– Qu'est-ce qui s'est passé ? Que veux-tu dire par là ? » Maya se mit à rire comme ces nanas de pièces de boulevard. « Dis-moi, Georgia, tu te sens en forme ?

– Que s'est-il passé ?

– Oh ! Georgia, reprit Maya en émettant un gémissement magnanime qui laissait percevoir qu'elle était à cran. Georgia, je suis désolée. Il ne s'est rien passé. Non, rien du tout. J'ai été moche, et pourtant je n'en avais pas l'intention. Je lui ai offert une bière. N'est-ce pas ce que l'on doit faire quand quelqu'un débarque chez vous sur une moto ? Tu lui offres une bière, oui. Mais lui s'est redressé, grand seigneur, et il m'a signalé qu'il ne buvait que du scotch. Et qu'il ne boirait du scotch que si j'en prenais un avec lui. Je l'ai trouvé du genre tyrannique. J'ai trouvé qu'il prenait des airs plutôt tyranniques. Mais je me suis dit que je faisais ça pour toi, Georgia. Je voulais savoir ce qu'il avait derrière la tête. Alors je lui ai dit de mettre sa moto derrière le garage et d'aller s'asseoir dans le jardin qui est derrière la maison, de façon à pouvoir l'expédier par l'allée de derrière et qu'il puisse retrouver sa moto en bas de l'allée si jamais j'entendais la voiture de Raymond. Tu comprends bien que, pour le moment, je ne vais pas ajouter un *nouveau* souci à ceux de Raymond. Même s'il s'agit de quelque chose d'aussi innocent, puisque c'est comme ça que tout a commencé. »

Claquant des dents, Georgia raccrocha. Jamais elle ne reparla à Maya. Bien sûr, quelques instants plus tard, Maya apparut sur le pas de la porte. Georgia dut la laisser entrer, car les enfants s'amusaient dans le jardin. Maya s'assit, contrite, à la table de la cuisine et demanda la permission de fumer, espérant que cela ne dérangerait pas. Georgia ne répondit pas. Maya annonça qu'elle fumerait de toute façon, et qu'elle espérait que cela ne la dérangerait pas. Georgia fit comme si Maya n'était pas là. Tandis que Maya fumait, Georgia nettoya la cuisinière, en démonta les éléments et les remit en place. Elle nettoya les comptoirs, astiqua les robinets, rangea le tiroir de l'argenterie. Elle passa la serpillière autour des pieds de Maya. Elle y allait résolument, à fond, sans jamais regarder vraiment Maya. Au début, elle n'était pas trop sûre d'y arriver mais cela finit par devenir plus facile. Plus Maya devenait de bonne foi, plus elle s'écartait des protestations raisonnables, des aveux semi-amusés et montrait un regret authentique et inquiet, plus Georgia était déterminée et savourait certaine lugubre satisfaction dans le fond de son cœur. Elle veillait toutefois à ne pas paraître sombre, évoluant avec grâce, chantonnant presque.

Armée d'un couteau, elle s'attaqua à la graisse qui s'était insinuée entre les carreaux de céramique qui étaient autour de la cuisinière. Elle avait vraiment négligé trop de choses ces temps-ci…

Maya fumait cigarette sur cigarette, les écrasant dans une soucoupe qu'elle était allée se chercher dans le placard. « Georgia, disait-elle. Cette histoire est franchement ridicule, je peux te garantir qu'il n'en vaut pas la peine. Il ne s'est rien passé. Un peu de scotch, une occasion, c'est tout. »

« Je te demande pardon, reprenait-elle, sincèrement pardon. Je sais que tu ne me crois pas. Que puis-je te dire pour que tu me croies ? »

Ou encore : « Georgia, écoute, tu m'humilies. Bon, si tu veux, c'est vrai, peut-être que je le mérite. D'accord, je le mérite. Mais une fois que tu m'auras assez humiliée, pourrons-nous redevenir amies et rire de cette histoire ? Quand nous serons deux petites vieilles, je te jure que nous en rigolerons. Nous ne pourrons même plus nous souvenir de son nom. Nous l'appellerons le cheik à la moto. Je te le parie. »

Puis : « Écoute, Georgia, que veux-tu que je fasse ? Que je me roule par terre à tes pieds ? Je suis prête à le faire. J'ai beau essayer de ne pas y aller de ma petite larme, je n'y arrive pas. Ça y est, je pleure, Georgia. Tu comprends ? »

Elle s'était mise à pleurer. Georgia enfila ses gants de caoutchouc et entreprit de nettoyer le four.

« Cette fois tu peux dire que tu as gagné, dit Maya. Je prends mes cigarettes et je rentre chez moi. »

Elle téléphona plusieurs fois. Georgia lui raccrocha au nez. À son tour Miles téléphona, Georgia lui raccrocha au nez. Elle le sentit cauteleux mais suffisant. Il rappela, sa voix tremblotait, comme s'il faisait effort pour être candide et humble, quasi fleur bleue. Georgia raccrocha sur-le-champ. Elle se sentait violée, ébranlée.

Maya lui écrivit une lettre dans laquelle elle disait, entre autres choses : « Tu as sans doute appris que Miles s'en retournait à Seattle et aux ardeurs domestiques qu'il prend soin d'attiser là-bas. Il semble que ses histoires de chasse au trésor aient sombré. Tu devais bien te douter qu'il repartirait un jour et que tu en souffrirais, te voici donc en quelque sorte soulagée. Alors, tu ne te sens pas mieux ? Je ne prends pas cela comme excuse, je reconnais que j'ai manqué de caractère et que j'ai été au-dessous de tout. Mais ne pouvons-nous pas une fois pour toutes enterrer cette histoire ? »

Elle continuait en disant que Raymond et elle partaient pour la Grèce et la Turquie, des vacances prévues depuis longtemps. Elle espérait recevoir un petit mot de Georgia avant son départ, mais si elle n'en recevait pas, elle essayerait de comprendre le message silencieux de Georgia et ne l'importunerait plus en lui réécrivant.

Elle tint parole. Elle ne réécrivit pas. De Turquie elle lui envoya un joli morceau d'étoffe rayée de la taille d'une nappe. Georgia le plia et le rangea. Elle laissa à Ben le soin de le découvrir quand elle déménagea, plusieurs mois plus tard.

« Je suis heureux, dit Raymond à Georgia. Et même très heureux. Pour la simple raison que je suis ravi d'être une personne ordinaire qui mène une vie tout ce qu'il y a de plus paisible et ordinaire. Je ne cours ni après les grandes révélations, ni après les grandes catastrophes, ni après les messies du sexe opposé. Je ne me balade pas partout en essayant de voir comment épicer ma vie. Je puis te garantir, et en toute honnêteté, qu'à mon avis Maya a commis une erreur. Pour moi, il ne fait aucun doute que c'était une femme dotée d'un tas de talents, intelligente, créatrice et j'en passe, mais, vois-tu, elle cherchait quelque chose, et peut-être ce quelque chose n'était-il tout simplement pas là, c'est tout. Du coup, elle avait tendance à mépriser ce qu'elle avait. C'est vrai. Elle ne voulait pas des privilèges qui étaient les siens. Tiens, par exemple, lorsque nous voyagions, elle refusait de descendre dans un hôtel convenable. Il n'y avait rien à faire. Il fallait qu'elle s'embarque dans une de ces expéditions à dos de misérables baudets, où vous buviez du lait tourné au petit déjeuner. Je dois paraître très vieux jeu. Bon, je l'admets. Je suis vieux jeu. Si tu avais vu sa belle argenterie. Une splendeur, cette argenterie. Une chose qu'on se passait de génération en génération dans sa famille. N'allant pas s'embêter à la polir, et n'allant pas non plus demander à la femme de ménage de la polir, elle l'enveloppa dans du plastique et la fit disparaître. Eh oui, elle l'a cachée, comme si c'était une honte d'avoir ça. Comment crois-tu qu'elle se voyait ? Comme une espèce de hippie ? Comme une non-conformiste ? Elle ne se rendait même pas compte que c'était grâce à son fric qu'elle surnageait. Je peux t'assurer que certains de ces non-conformistes que j'ai vus défiler dans cette maison ne l'auraient pas fréquentée très longtemps s'il n'y avait pas eu son fric.

« J'ai fait tout ce que j'ai pu, dit Raymond. Moi, au moins, je n'ai pas pris mes cliques et mes claques comme son prince des Mille et Une Nuits. »

Georgia prit un plaisir vengeur à rompre avec Maya. Elle savourait le calme avec lequel elle l'avait fait. La sourde oreille. Elle fut heureuse de voir qu'elle avait autant de maîtrise d'elle-même, et qu'elle était capable de tenir bon lorsqu'elle punissait. Elle punissait Maya. Elle punissait Miles à travers Maya. Autant que cela était en son pouvoir. Ce qu'elle devait faire, elle le savait, c'était se flageller, c'était exorciser en elle toute inclination pour ce que ces deux sinistres prodiges pouvaient lui apporter. Miles et Maya. Deux vieux renards qui vous en mettent plein la vue, menteurs, séducteurs, fricoteurs. Vous auriez cru qu'après avoir été aussi échaudée elle se serait précipitée au bercail du foyer, aurait verrouillé sa porte et apprécié plus que jamais ce qu'elle avait…

Eh bien détrompez-vous ! Elle rompit avec Ben. Une année ne s'était pas écoulée qu'elle était partie. Sa façon de rompre fut aussi énergique que cruelle. Elle lui parla de Miles, non sans veiller à sauver la face, passant sous silence le chapitre entre Miles et Maya. Elle ne fit rien pour l'épargner ; à vrai dire, elle ne le souhaitait guère. Le soir où elle attendait l'appel de Maya, une maligne aigreur avait fermenté en son sein. Elle se vit alors comme un être à la fois victime d'impostures et vivant d'impostures. Parce qu'elle avait été si prestement infidèle, son ménage était une imposture. Parce qu'elle s'en était aussi vite et autant éloignée, c'était une imposture. Si elle craignait qu'une vie comme celle de Maya lui pendît au nez, elle craignait tout autant de retrouver une vie du genre de celle qui était la sienne avant que tout cela n'arrivât.

Elle ne pouvait que détruire. Une telle énergie froide s'accumulait en elle qu'elle ne pouvait que flanquer en l'air son propre ménage.

Elle était entrée avec Ben, quand ils étaient tous deux si jeunes, dans un monde formel, sécurisant, où tout n'est que frime et cachotteries. Simples apparences. Plus que des apparences : de pures manigances. (Elle s'était dit qu'en le quittant c'en serait fini de toutes ces manigances.) Un monde dans lequel elle avait parfois été heureuse. Morose, agitée, désorientée, heureuse. Même si elle s'en défendait avec toute la véhémence possible et imaginable. Jamais. Jamais. Je n'ai jamais été heureuse, répétait-elle.

Tout le monde dit ça.

Les gens évoluent de façon importante, sans pour autant changer autant qu'ils l'imaginent.

Ainsi Georgia sait-elle que ses remords sur la façon dont elle a changé de vie ne sont pas honnêtes. Ils sont réels, mais ils ne sont pas honnêtes. En écoutant Raymond, elle sait que tout ce qu'elle a fait, elle le referait. Elle le referait, si elle était celle qu'elle était alors.

Raymond ne veut pas laisser repartir Georgia. Il ne veut pas se séparer d'elle. Il propose de l'emmener en ville. Quand elle ne sera plus là, il ne pourra plus parler de Maya. Selon toute vraisemblance, Anne a dû lui dire que le sujet Maya était clos.

« Merci d'être venue, lui dit-il sur le seuil de la porte. Es-tu sûre que tu n'auras pas de problème pour rentrer ? Es-tu sûre que tu ne peux pas rester pour dîner ? »

Georgia lui rappelle qu'elle doit se dépêcher pour prendre son autobus puis le dernier ferry. Elle lui redit que non, elle préfère vraiment y aller à pied. Ça ne fait que trois kilomètres. La fin d'après-midi est si agréable, Victoria si belle. J'avais oublié tout ça, ajoute-t-elle.

« Merci d'être venue, dit encore une fois Raymond.

– Merci pour les rafraîchissements, répond Georgia. Merci aussi pour ce que tu es. Dans le fond, nous ne croyons jamais que nous mourrons un jour.

– Voyons, voyons, dit Raymond.

– C'est pourtant vrai. Je veux dire que nous ne nous conduisons jamais… que nous ne nous conduisons jamais comme si nous savions que nous allons mourir. »

Raymond sourit. Un sourire qui va s'épanouissant. Il pose la main sur son épaule. « Et comment devrions-nous nous conduire ? demande-t-il.

– Différemment », répond Georgia. Elle affuble le mot d'une intonation ridicule pour bien montrer que sa réponse est nulle et qu'il ne faut y voir qu'une plaisanterie.

Raymond la serre contre lui, puis l'entraîne dans un baiser interminable et glacial. Il se cramponne à elle avec un appétit douloureux mais peu convaincant. Une parodie de passion dont ni l'un ni l'autre n'essaieront à coup sûr de comprendre l'intention.

Elle ne pense pas à ça tandis qu'elle retourne en ville par les rues jonchées de feuilles jaunes, fleurant l'automne et ouatant ses silences. Au-delà de Clover Point, les falaises couronnées de genêts, les montagnes sur l'autre rive. Les montagnes de la péninsule Olympique, plantées là comme une espèce de toile de fond indiscrète, comme un découpage en papier de soie aux couleurs de l'arc-en-ciel. Elle ne pense ni à Raymond, ni à Miles, ni à Maya, ni même à Ben.

Elle se revoit assise dans le magasin, la nuit tombée. Lumière dans la rue. Écheveaux de reflets dans les vitrines. Clarté accidentelle.

Perruque, perruque

Voyant que sa mère se mourait à l'hôpital de Walley, Anita décida de rentrer prendre soin d'elle, bien qu'elle n'exerçât plus comme infirmière. Une femme courte sur pattes, large d'épaules, à la hanche généreuse et aux cheveux bruns grisonnants frais tondus l'arrêta un jour dans le couloir.

« Salut, Anita, j'ai entendu dire que tu étais dans les parages, dit la femme avec un rire mi-agressif mi-gêné. Voyons, mais ne me regarde pas avec des yeux ronds comme des soucoupes ! »

C'était Margot. Cela faisait plus de trente ans qu'Anita ne l'avait pas vue.

« Il faut que tu passes à la maison, reprit Margot. Trouve donc un moment, bonté ! Allons, dépêche-toi de venir. »

Anita prit une journée pour aller la trouver. Margot et son mari s'étaient fait construire une maison qui avait vue sur le port, à un endroit où il n'y avait jadis qu des ajoncs rabougris et ces sentiers secrets qu'affe tionnent les enfants. En briques grises, elle était lon et basse, mais assez haute pour faire tordre bien nez dans les belles villas centenaires à la vue si qui trônaient de l'autre côté de la rue.

« Les bougres, dit Margot. Penses-tu qu'il une pétition contre nous. Ils sont allés jusqu' mission ! »

Mais le mari de Margot avait la Commission dans sa poche…

Le mari de Margot s'était bien débrouillé dans la vie. Anita avait déjà entendu ça quelque part. Il possédait des autocars qui emmenaient les gosses en classe ou les personnes âgées vers les arbres en fleurs du Niagara et les feuilles d'automne de Haliburton. Il leur arrivait d'entraîner des clubs de célibataires ou d'autres vacanciers dans des voyages plus aventureux, à Nashville ou Las Vegas.

Margot lui fit les honneurs de la maison. La cuisine, couleur amande, qu'Anita commit l'erreur d'appeler crème, avec des moulures vert sarcelle et jaune beurre. À en croire Margot, tout ce côté « bois naturel » était dépassé. Ils n'entrèrent pas dans la salle de séjour, avec son tapis rose et ses fauteuils de soie rayée ensevelis au milieu de kilomètres de tentures brochées vert pâle. Elles l'admirèrent depuis la porte, tout y était exquis, ténébreux, inviolé. La chambre de maître et sa salle de bains étaient en blanc, or et rouge coquelicot. Il y avait un jacuzzi et un sauna.

« J'aurais sans doute préféré quelque chose d'un peu moins vif, avoua Margot. Mais que veux-tu, on ne peut pas demander à un homme de dormir dans des tons pastel. »

Anita lui demanda si elle avait jamais envisagé de se mettre à travailler.

Rejetant la tête en arrière, Margot éclata de rire. « Tu plaisantes ? D'ailleurs, j'ai un travail. Attends donc de voir les gros ballots que je dois nourrir. Et puis, on ne peut pas dire que cet endroit fonctionne vraiment par l'opération du Saint-Esprit… »

Elle sortit du réfrigérateur un pichet de sangria qu'elle posa avec deux verres sur un plateau. « Tu aimes ça ? Parfait ! Allons nous asseoir sur le balcon. »

Margot portait un short vert à fleurs et un haut assorti. Ses grosses jambes étaient marbrées de veines gonflées, la chair du haut de ses bras formait des bourrelets, sa peau basanée, mouchetée de grains de beauté, paraissait tannée par le soleil. « Comment se fait-il que tu sois toujours aussi mince ? » demanda-t-elle en riant. Elle passa les doigts dans les cheveux d'Anita. « Comment se fait-il que tu ne sois pas toute grise ? Un petit coup de pouce du coiffeur ? Tu es jolie comme tout. » Elle avait dit cela sans la moindre pointe de jalousie, comme si elle s'adressait à quelqu'un de plus jeune qu'elle, que la vie n'avait pas encore mis à l'épreuve ni aguerri.

On aurait dit que cette maison était toute sa vie, toute sa fierté.

Margot et Anita avaient toutes deux grandi dans des fermes du canton d'Ashfield. Anita habitait alors dans une espèce d'abri en briques, plein de courants d'air, dont le papier mural et le linoléum dataient d'une vingtaine de printemps, mais dont la pièce principale était dotée d'un poêle que l'on pouvait allumer et auprès duquel elle venait s'asseoir pour faire ses devoirs en paix et au chaud. Quant à Margot, elle faisait souvent ses devoirs assise dans le lit qu'elle partageait avec deux jeunes sœurs. Anita n'allait que rarement chez Margot, en raison de cette impression d'entassement et de pagaille, en raison aussi du tempérament impossible du père de cette dernière. Un jour, Anita était arrivée tandis que l'on préparait les canards pour aller les vendre au marché. Des plumes flottaient par-ci, des plumes flottaient par-là. Des plumes surnageaient dans le pot à lait. Jusqu'à une horrible odeur de plumes grillant sur le fourneau. Le sang formait des mares sur la toile cirée ou gouttait par terre.

Margot n'allait pas plus souvent chez Anita. En effet, sans le dire ouvertement, la mère d'Anita désapprouvait leur amitié. En regardant Margot, la mère d'Anita semblait additionner le tout : le sang et les plumes, le tuyau du fourneau défonçant le toit de la cuisine, le père de Margot en train de brailler qu'il tannerait le cul de tel ou tel.

Mais elles se retrouvaient tous les matins, bravant tête baissée les rafales de neige en provenance du lac Huron, ou se hâtant autant qu'elles le pouvaient à travers les champs tout blancs, les marais glacés, le ciel rose, les étoiles pâlissantes, le froid meurtrier d'un monde qui s'éveillait à l'aube. Au loin, au-delà de la glace qui givrait le lac, elles voyaient s'étirer un ruban d'eau libre, bleu roi ou pastel selon la lumière. Elles pressaient contre elles cahiers, livres et devoirs. Leurs jupes, blouses et tricots avaient été acquis non sans peine (par le biais de subterfuges ou par voie de fait, dans le cas de Margot), on les gardait en état au prix de grands efforts. Ils portaient l'écusson de Walley High School, le lycée où elles se rendaient. Elles se saluaient avec soulagement. Elles s'étaient levées dans l'obscurité, dans des chambres glaciales dont les fenêtres étaient blanches de givre, elles avaient enfilé leurs sous-vêtements sous leurs vêtements de nuit tandis que les rondelles du poêle, dont on fermait le tirage, claquaient à la cuisine et qu'à l'étage du dessous les jeunes frères et sœurs se dépêchaient d'aller s'habiller. Margot et sa mère se relayaient pour traire les vaches et retourner le foin dans la grange. Le père les menait tous à la baguette, Margot racontait qu'ils le croyaient malade s'il n'avait pas frappé l'un d'eux avant le petit déjeuner. Anita pouvait s'estimer heureuse, car elle avait des frères pour faire le travail de la grange et un père qui, en principe, ne frappait personne. Mais ces matins-là, elle avait malgré tout l'impression que la vie était loin d'être rose.

« Pense au café », se disaient-elles l'une à l'autre en se dirigeant péniblement vers le magasin sur la grand-route, un refuge délabré. Du thé fort, infusé noir à la paysanne, voilà ce qu'on buvait chez elles.

Teresa Gault ouvrait le magasin avant huit heures afin de les laisser entrer. Le nez contre la porte, elles voyaient s'allumer les lampes au néon, des étincelles bleues giclaient du bout des tubes, vacillaient, perdaient presque courage avant de vous éblouir de leur blancheur. Teresa arrivait souriante, comme une hôtesse. Elle se faufilait le long de la caisse, tenant bien fermée à la gorge sa robe de chambre de molleton de soie rouge, comme pour se garantir de l'air glacial quand elle ouvrirait la porte. Des ailes noires dessinées au crayon lui tenaient lieu de sourcils et elle avait recours à un autre crayon, un rouge, pour souligner sa bouche. On aurait dit que l'arcade de la lèvre supérieure avait été découpée à l'aide de ciseaux.

Quel soulagement, quelle joie pour elles d'entrer au chaud, de retrouver la lumière, de sentir l'odeur du poêle à mazout, de poser leurs affaires de classe sur le comptoir, d'enlever leurs moufles et de frotter leurs doigts endoloris. Elles se baissaient pour se frotter les jambes, en ranimer les deux ou trois malheureux centimètres encore gourds et en passe de geler. Elles ne portaient pas de collants, car ce n'était pas la mode, elles se contentaient de socquettes, invisibles dans leurs bottes (leurs mocassins restant en classe). Leurs jupes avaient beau être longues – c'était l'hiver 1948-1949 –, un morceau crucial de mollet n'en était pas moins exposé. Quelques filles de la campagne avouaient des chaussettes sous leurs socquettes. Certaines allaient jusqu'à dissimuler des pantalons de skis qui bouffaient peu élégamment sous leurs jupes. Margot et Anita ne feraient jamais ça. Elles préféreraient geler ou presque plutôt que d'encourir le risque que l'on se moquât d'elles pour leurs façons paysannes.

Teresa leur apportait des tasses de café, du café bien chaud, bien noir, aussi sucré qu'il était fort. Elle s'émerveillait de leur courage. Elle passait le doigt sur leurs joues ou leurs mains, poussait un petit cri, y allait d'un léger frisson. « De la glace ! On dirait de la glace ! » Elle était toujours ahurie que l'on ose affronter l'hiver canadien, qui plus est à pied et sur une distance de près de deux kilomètres. Ce qu'elles faisaient chaque jour pour se rendre en classe les rendait héroïques et quelque peu bizarres a ses yeux.

D'autant plus que c'était des filles. Elle voulait savoir si pareille exposition au froid pouvait avoir des répercussions sur leurs règles. « Ça va pas vous geler les œufs ? » disait-elle. Margot et Anita finirent par comprendre et veillèrent par la suite à se rappeler mutuellement de ne pas laisser geler leurs œufs. Teresa n'était pas vulgaire, elle était étrangère, c'est tout. Reuel l'avait rencontrée et épousée outre-mer, en Alsace-Lorraine. Il était rentré au pays, elle avait suivi par bateau avec les autres fiancées de guerre. En cette année qui avait vu les dix-sept ans de Margot et d'Anita et leur passage en terminale, c'était Reuel qui conduisait le car scolaire. Il commençait sa course au magasin-station-service que les Gault avaient acheté sur la grand-route de Kincardine et que l'on apercevait du lac.

Teresa racontait ses deux fausses couches. La première avait eu lieu à Walley, avant qu'ils ne viennent s'installer ici et ne possèdent une voiture. Reuel vous l'avait ramassée dans les bras et l'avait transportée à l'hôpital. (L'idée de se voir ramassée par les bras de Reuel faisait frissonner Anita d'un émoi si plaisant qu'elle se sentait presque disposée à vivre l'agonie par laquelle Teresa affirmait être passée à seule fin de connaître ce précieux moment.) La seconde fois c'était ici, au magasin. Reuel travaillait dans le garage, il n'entendit pas ses bien faibles appels tandis qu'elle gisait par terre, dans son sang. Un client était entré, il l'avait trouvée dans cet état. Dieu merci, disait Teresa, et pour Reuel encore plus que pour moi. Reuel ne se le serait jamais pardonné. Et ses paupières de frémir, ses yeux d'effectuer un pudique plongeon dès qu'elle mentionnait Reuel et leur vie intime…

Tandis que Teresa parlait, Reuel entrait et sortait du magasin. Il allait mettre le moteur en marche, laissait le car se réchauffer et rentrait dans les quartiers domestiques sans les saluer ni même répondre à Teresa qui s'interrompait pour lui demander s'il n'avait pas oublié ses cigarettes ou s'il voulait une autre tasse de café ou lui conseiller de mettre des gants plus chauds. Il tapait des pieds pour secouer la neige de ses bottes d'une façon qui exprimait davantage le souci de signaler sa présence que des égards pour les planchers. Vu sa taille, ses enjambées engendraient un courant d'air froid, et les basques de son anorak toujours ouvert avaient le chic pour attraper quelque chose au passage – boîtes de Jell-O ou conserves de maïs que Teresa avait disposées avec art. Il ne se retournait même pas pour regarder les dégâts.

Teresa avouait vingt-huit printemps. Le même âge que Reuel. Tout le monde la croyait plus âgée, on lui donnait jusqu'à dix ans de plus. Margot et Anita l'examinèrent de près et décidèrent qu'elle devait avoir été brûlée. Quelque chose dans sa peau, surtout à la limite du cuir chevelu, et tout autour de la bouche et des yeux, vous faisait penser à une tarte oubliée au four : on ne pouvait pas dire qu'elle était brûlée, disons qu'elle était bien brune sur les bords. Ses cheveux étaient clairsemés comme s'ils avaient été affectés par cette chaleur desséchante ou par une fièvre et ils étaient trop noirs, Margot et Anita étaient persuadées qu'ils étaient teints. Elle était petite et menue, avec deux minuscules poignets et des pieds de poupée, mais son corps paraissait gonflé au-dessous de la taille, comme si elle ne s'était jamais remise de ces deux sinistres et brèves grossesses. Son odeur tenait de celle de la cuisine trop sucrée, de la confiture trop épicée.

Elle vous demandait n'importe quoi, tout comme elle vous sortait n'importe quoi. Elle demandait à Margot et Anita si elles fréquentaient déjà.

« Et pourquoi pas ? C'est vos parents qui vous laissent pas. J'les attirais, moi, les garçons, à quatorze ans, mais mon père y m'laissait pas. S'y venaient siffler sous ma fenêtre, y vous les envoyait promener. Vous devriez vous épiler les sourcils. Toutes les deux. Comme ça vous seriez plus belles. Les garçons apprécient une fille quand elle s'arrange. C'est quelque chose que j'oublie pas, moi. Su'le bateau, quand je traversais l'Atlantique avec les autres fiancées, j'ai passé mon temps à me préparer pour mon mari, y en avait de ces femmes qui s'asseyaient là à jouer aux cartes toute la journée. Pas moi ! J'me lavais les cheveux, je mettais d'la bonne huile pour m'adoucir la peau, je frottais et frottais avec une pierre pour enlever là où qu'c'était rêche sur mes pieds. J'sais plus comment qu'ça s'appelle ces machins tout rêches sur mes pieds. Et j'me faisais les ongles et j'ai épilé mes sourcils et j'me suis maquillée comme si que j'étais un prix. Ouais, pour quand mon mari me retrouverait à Halifax pendant que les autres ça restait là assis à jouer aux cartes et à cancaner et à cancaner. »

Elles connaissaient une autre version de la seconde fausse couche de Teresa. Elles avaient entendu dire que c'était de la faute de Reuel qui lui avait dit qu'il en avait assez d'elle et qu'il voulait qu'elle reparte pour l'Europe. Désespérée, elle s'était précipitée contre une table et avait ainsi délogé le bébé.

Au coin des petites routes et aux portails de fermes, Reuel s'arrêtait pour prendre les élèves qui attendaient en tapant des pieds pour se réchauffer ou en se bagarrant le long des bas-côtés enneigés. Cette année-là, Margot et Anita étaient les deux seules filles de leur âge à se rendre au lycée en car. La plupart des passagers étaient des garçons de troisième et de seconde. Ils auraient pu poser problème mais Reuel vous les matait à la minute où ils grimpaient dans le car.

« Ça suffit ! Allons, secoue-toi ! Monte si tu dois monter. »

Sitôt que couvait le moindre chahut dans le car, sitôt que ça piaillait, que ça se bousculait ou que ça bataillait, sitôt que l'on allait de siège en siège ou que l'on faisait trop de bruit en riant ou en parlant, Reuel hurlait : « Tenez-vous tranquilles, si vous ne voulez pas y aller à pied ! Oui, toi, là-bas, fais gaffe ! » C'est comme ça qu'un jour il avait fait descendre, à des kilomètres de Walley, un garçon qui fumait. Reuel, lui, fumait cigarette sur cigarette. Le couvercle d'un pot de mayonnaise placé sur le tableau de bord lui tenait lieu de cendrier. Quoi qu'il fît, personne ne le défiait jamais. On connaissait son caractère. On pensait que la nature l'avait assorti à ses cheveux roux.

On le disait roux, mais Margot et Anita avaient remarqué que seuls sa moustache et les cheveux au-dessus de ses oreilles étaient roux. Si les tempes étaient dégarnies, le reste des cheveux, surtout la nuque, cette nuque qu'elles connaissaient par cœur, étaient épais, ondulés et de couleur fauve, comme la fourrure de ce renard qu'elles avaient vu un beau matin traverser la route blanche. Quant à ses sourcils épais ou aux poils sur ses bras ou sur ses mains, ils étaient d'une couleur encore plus décolorée, s'ils prenaient certains reflets à la lumière. Comment sa moustache avait-elle réussi à garder son feu ? Elles en parlaient, elles le dépeçaient en détail, froidement, tout y passait. Était-il ou non bel homme ? Il avait la peau congestionnée et mouchetée qu'ont les roux, le front haut et brillant, des yeux pâles qui paraissaient féroces mais indifférents. Pas bel homme, avaient-elles conclu. Bizarre, en fait.

Mais dès qu'Anita était tant soit peu près de lui, elle percevait un désespoir contenu qui lui donnait la chair de poule. On aurait dit les lointaines prémices d'un éternuement. Cette impression était à son comble quand elle devait descendre du car et qu'il se tenait à côté de la marche. Une tension fugitive lui parcourait la poitrine et le dos tandis qu'elle passait devant lui. Elle n'en parlait jamais à Margot, dont le mépris des hommes semblait encore plus solidement enraciné que le sien. La mère de Margot redoutait les ardeurs amoureuses du père tout autant que les enfants redoutaient taloches et coups de pied paternels. Un soir, n'avait-elle pas passé la nuit dans le grenier, portes verrouillées, pour y échapper ? Pour Margot, faire l'amour c'était « folichonner ». Elle parlait avec mépris de Teresa qui « folichonnait » avec Reuel. Anita en vint à penser que cette morgue de Margot, son arrogance, son dédain pouvaient être précisément ce que les hommes trouvaient d'attirant chez elle. Margot les attirait peut-être d'une façon dont elle, Anita, ne les attirait pas. Cela n'avait rien à voir avec le charme. Anita se croyait la plus jolie, même s'il était évident que Teresa ne leur aurait donné de bonnes notes ni à l'une ni à l'autre. Cela avait à voir avec une lassitude effrontée que Margot affichait parfois dans ses mouvements, avec l'ampleur imposante de ses hanches et la courbe déjà féminine de son estomac, avec cet air qui envahissait ses grands yeux bruns, cet air à la fois provocant et désemparé qui n'allait en rien avec ce qu'Anita lui avait jamais entendu dire.

Le temps qu'elles atteignent Walley, le jour s'était levé. Plus une étoile ni la moindre trace de rose dans le ciel. La ville, avec ses bâtiments, ses rues et la toile de fond de la vie quotidienne, se dressait comme une barricade face au monde agité par la tempête ou paralysé par la glace, dans lequel elles s'étaient réveillées. Bien sûr, leurs maisons étaient, elles aussi, des barricades, le magasin aussi, mais ce n'était rien comparé à la ville. Un îlot en pleine ville, comme si la campagne n'existait pas. Les congères au bord des routes qui permettaient de si bien s'amuser, le vent qui arrachait tout sur son passage et hurlait entre les arbres, ça n'existait pas. En ville, il vous fallait vous comporter comme si vous aviez toujours vécu en ville. Les élèves de la ville qui se pressaient dans les rues autour du lycée menaient des vies privilégiées, faciles. Ils se levaient à huit heures du matin dans des maisons dont les chambres et les salles de bains étaient chauffées. (Ce n'était sans doute pas toujours le cas, mais Margot et Anita en étaient néanmoins persuadées.) Il était probable qu'ils ne connaissaient pas votre nom, mais ils s'attendaient, eux, à ce que vous connaissiez le leur, et vous le connaissiez.

Avec ses fenêtres étroites et ses remparts d'opérette en briques rouge sombre, avec ses interminables escaliers, ses portes intimidantes et ce *Scientia Atque Probitas* inscrit dans la pierre, le lycée ressemblait à une forteresse. Le matin, quand elles franchissaient ces portes, vers huit heures quarante-cinq, elles avaient déjà derrière elles tout le trajet depuis la maison, et la maison autant que les diverses étapes du voyage semblaient difficiles à imaginer. Les effets du café s'étaient évanouis, cédant la place à des bâillements nerveux, sous les plafonniers sans merci de la salle des rassemblements. Priorité était donnée à l'ordre du jour : latin, anglais, géométrie, chimie, histoire, français, géographie, éducation physique. La cloche sonnait dix minutes avant l'heure, leur accordant quelques minutes de répit. En haut, en bas, serrant leurs livres et leurs bouteilles d'encre, elles se frayaient anxieusement un chemin sous les lustres et les portraits de la famille royale ou d'éducateurs défunts. Les lambris, revernis chaque été, avaient le même reflet impitoyable que les lunettes du proviseur. L'humiliation leur pendait au-dessus de la tête, leurs estomacs noués menaçaient de protester tandis que la matinée s'épuisait. Elles appréhendaient des taches de transpiration sous les bras ou de sang sur leurs robes. Elles tremblaient à l'idée d'assister au cours d'anglais ou de géométrie, non parce qu'elles ne réussissaient pas dans ces matières (à vrai dire, elles se débrouillaient honorablement en tout ou presque tout), mais parce qu'il y avait le risque qu'on leur demande de se lever pour lire quelque chose, de réciter un poème ou d'écrire au tableau, devant la classe, la solution d'un problème. *Devant la classe*, des mots qu'elles redoutaient.

Et puis, trois fois par semaine, il y avait l'éducation physique, un problème pour Margot qui n'avait pu obtenir de son père de quoi acheter une tenue de sport. Elle était forcée soit de raconter qu'elle avait oublié chez elle ses affaires de sport, soit d'en emprunter à une fille dispensée de gymnastique ce jour-là. Mais une fois qu'elle avait une tenue, elle se détendait, courait dans tous les sens dans la salle de sport, en hurlant pour qu'on lui envoie le ballon de basket, tandis qu'Anita passait par de telles crises de timidité qu'elle laissait le ballon atterrir sur sa tête.

Il y avait de meilleurs moments. À midi, elles allaient faire un tour en ville pour regarder les vitrines d'un beau magasin, dont le plancher disparaissait sous un tapis. Ce magasin était spécialisé dans les robes de mariée et les tenues de soirée. Anita prévoyait un mariage de printemps, avec des demoiselles d'honneur en soie rose et verte et des froufrous d'organdi blanc. Celui de Margot aurait lieu en automne, les demoiselles d'honneur porteraient des robes de velours couleur abricot. Chez Woolworth, elles regardaient rouges à lèvres et boucles d'oreilles. De là, elles couraient à la parfumerie où elles s'aspergeaient d'eau de Cologne avec les flacons de démonstration. Quand elles avaient de l'argent pour faire des courses pour leur mère, elles trichaient un peu sur la monnaie pour s'offrir un Coca à la cerise ou des caramels. Elles n'étaient jamais vraiment malheureuses, car elles étaient persuadées que quelque chose d'extraordinaire leur arriverait. Elles pouvaient devenir des héroïnes, sait-on jamais... L'amour et le prestige, quels qu'ils fussent, les attendaient sûrement quelque part.

À leur retour, Teresa les accueillait avec du café ou du chocolat chaud à la crème. Puisant dans un paquet de biscuits qu'elle gardait au magasin, elle leur donnait biscuits aux figues ou boules de guimauve saupoudrées de noix de coco colorée. Elle jetait un coup d'œil sur leurs livres de classe et leur demandait ce qu'elles avaient à faire. Quoi qu'elles répondent, elle l'avait, elle aussi, étudié. En chaque matière elle avait brillé.

« En anglais, j'étais la meilleure de la classe ! Pourtant, j'avais pas idée que j'tomberais amoureuse et que j'viendrais habiter au Canada. Au Canada ! Y a qu'les ours polaires qui peuvent y vivre, au Canada ! »

Reuel n'entrait jamais. Il fallait toujours qu'il soit à trifouiller quelque chose dans le car ou au garage. Il était en général de bonne humeur quand elles montaient dans le car. « À bord tous ceux qui doivent monter à bord ! annonçait-il. Attachez vos ceintures ! Ajustez vos masques à oxygène ! Dites vos prières ! Nous prenons la grand-route ! » Une fois sortis de la ville, il chantonnait, d'une voix que le bruit du car couvrait à peine ; tandis qu'ils se rapprochaient du bercail, son humeur du matin refaisait surface, teintée de certaine distance et d'un vague mépris. Il pouvait tout aussi bien dire : « Vous y voici, Mesdames, une bien belle journée qui se termine », tandis qu'elles descendaient, ou ne rien dire du tout. Et pendant ce temps-là, dans son magasin, Teresa jacassait et jacassait. De ses jours de lycée, on passait au récit de ses aventures de guerre : un soldat allemand caché dans le jardin, à qui elle avait apporté une assiette de soupe aux choux, puis les premiers Américains qu'elle avait vus – des Noirs américains –, qui arrivaient sur des chars, donnant la folle et merveilleuse impression qu'en quelque sorte chars et hommes ne faisaient qu'un. On en arrivait ensuite à la petite robe de mariée de temps de guerre faite à partir de la nappe en dentelle de sa mère. Des roses roses épinglées dans ses cheveux. Hélas, la robe avait été mise en lambeaux, on en avait fait des chiffons dont on se servait dans le garage. Comment Reuel aurait-il pu deviner ?

Parfois Teresa était en grande conversation avec un client. Alors ni friandises ni boissons chaudes, elles avaient juste droit à un geste de la main, comme si, grande dame, elle passait en calèche. Elles entendaient des bribes de ces éternelles histoires. Il y avait celle du soldat allemand, des Noirs américains, d'un autre Allemand soufflé par l'explosion, sa jambe, restée dans la botte, avait abouti sur le seuil de l'église et tout le monde faisait le détour pour l'admirer. Les mariées sur le bateau. L'ahurissement de Teresa en pensant au temps qu'il fallait pour venir en train de Halifax. Les fausses couches…

Elles l'avaient entendue dire que Reuel avait peur qu'elle ait un autre bébé.

« Alors, maintenant, il se protège. »

Certains disaient qu'ils ne remettraient plus les pieds dans ce magasin parce que vous ne saviez jamais ni ce qu'il vous faudrait entendre ni quand vous sortiriez.

Il fallait vraiment qu'il fasse bien mauvais pour que Margot et Anita ne traînassent pas à l'endroit où il leur fallait se séparer. Elles prolongeaient un peu la journée en bavardant. N'importe quel sujet faisait l'affaire. Le prof de géographie était-il mieux avec ou sans moustache ? Teresa et Reuel folichonnaient-ils encore, comme Teresa l'avait laissé entendre ? C'étaient d'interminables conversations, si naturelles qu'elles semblaient aborder tous les sujets. Il y en avait pourtant certains qu'elles passaient sous silence.

Anita passait sous silence deux de ses ambitions, qu'elle n'avait avouées à personne. L'une d'elles, devenir archéologue, paraissait farfelue, et l'autre, devenir modèle, faisait prétentieux. Margot disait son ambition : devenir infirmière. Vous n'aviez pas besoin d'argent pour faire vos études, ce n'était pas comme si vous étiez étudiante à l'université. Votre diplôme en main, vous étiez sûre d'avoir du travail. Où que vous alliez. New York, Hawaï, vous pouviez aller aussi loin que vous le souhaitiez.

Ce que taisait Margot, pensait Anita, c'était comment cela se passait en fait chez elle, avec son père.

À l'en croire, ça tenait d'une comédie portée à l'écran. Son père hors de lui, infortuné Paillasse, tournant en rond et poursuivant en vain une Margot aussi leste que provocatrice, cognant aux portes verrouillées (le grenier), proférant des menaces monstrueuses et brandissant au-dessus de sa tête tout ce qui pouvait lui servir à frapper, que ce soit une chaise, une cognée ou un morceau de bois. Il s'empêtrait dans ses pieds, s'embrouillait dans ses accusations. Et quoi qu'il fît, Margot riait. Elle riait, elle le méprisait, elle anticipait ses moindres gestes. Jamais, jamais elle ne versa une larme, jamais elle ne hurla de terreur. Pas comme sa mère. Du moins, c'est ce qu'elle disait.

Son diplôme d'infirmière en poche, Anita alla travailler dans le Yukon. Elle y rencontra un médecin qu'elle épousa. Son histoire aurait dû s'arrêter là, c'était une bonne fin, c'est comme ça qu'on voyait les choses à Walley. Mais voici qu'elle divorça et déménagea. Elle se remit à travailler, mit de l'argent de côté et partit étudier l'anthropologie à l'université de Colombie britannique. Lorsqu'elle revint pour s'occuper de sa mère, elle venait d'achever son doctorat. Elle n'avait pas d'enfants.

« Alors, que comptes-tu faire maintenant que tu as fini ? » dit Margot.

En général, ceux qui approuvaient la voie qu'avait choisie Anita le lui disaient. Souvent une femme plus âgée s'exclamait « Félicitations ! » ou encore : « Si seulement j'avais eu le courage de faire ça quand j'étais encore assez jeune pour que ça me serve à quelque chose ! » L'approbation provenait parfois de là où on l'attendait le moins. Mais elle n'était pas unanime, bien sûr. La mère d'Anita n'était pas d'accord, c'est pourquoi pendant de nombreuses années Anita n'était pas retournée chez elle. Si prostrée, si égarée fût-elle, sa mère l'avait reconnue et avait rassemblé toutes ses forces pour murmurer : « Aux chiottes ! »

Anita s'était baissée pour mieux l'entendre :

« *La vie*, avait repris sa mère, *aux chiottes !* »

Mais, une autre fois, après qu'Anita avait pansé ses blessures, elle avait dit : « J'suis contente, si contente d'avoir *une fille.* »

Margot ne semblait ni approuver ni désapprouver. Elle semblait se demander avec nonchalance ce qui convenait. Anita commença à lui parler de divers projets, mais elles étaient sans cesse interrompues. Les fils de Margot rentrèrent avec des copains. Ses fils étaient de grands gaillards dont les cheveux présentaient toutes les variations de roux. Deux étaient lycéens, le troisième, étudiant, passait quelques jours à la maison. Un autre, plus âgé, était marié, il habitait dans l'Ouest. Margot était grand-mère. Les échanges tonitruants que ses fils eurent avec elle se rapportèrent à des vêtements qu'ils ne retrouvaient plus, aux provisions, aux réserves de bière et de boissons non alcoolisées à la cave, ou aux destinations et horaires des voitures familiales. Là-dessus, ils allèrent nager dans la piscine, contre la maison. « Que personne n'entre dans la piscine après s'être enduit de cette fichue lotion pour bronzer ! » dit Margot.

« Personne n'en a ! » répondit l'un de ses fils avec une patiente et évidente lassitude.

« En tout cas, il y en a un qui en a mis hier et qui est allé se baigner sans s'en faire, répondit Margot. Enfin, ça doit être quelqu'un qui s'est invité après la plage, non ? »

Sa fille Debbie rentrait de son cours de danse. Elle leur montra le costume qu'elle porterait le jour du spectacle que donnerait son cours de danse au centre commercial. Elle devait représenter une libellule. Elle avait dix ans, était brune et rondelette comme Margot.

« Une jolie et solide libellule », dit Margot en se renversant paresseusement dans son transat. Sa fille n'éveillait pas en elle l'énergie combative que suscitaient ses fils. Debbie trempa les lèvres dans la sangria. D'une tape, Margot la fit déguerpir.

« Va plutôt prendre quelque chose à boire dans le réfrigérateur, dit-elle. Écoute, pour une fois que nous nous retrouvons toutes les deux… Compris ? Si tu téléphonais à Rosalie ? »

Debbie s'en alla, traînant sa gémissante ritournelle : « J'aimerais que pour une fois ça soit pas de la limonade *rose*, pourquoi faut-il toujours que tu prépares de la limonade *rose* ? »

Margot alla fermer les portes coulissantes qui donnaient sur la cuisine. « La paix, dit-elle. Bois ça. Dans un moment, j'irai chercher des sandwiches. »

Dans cette partie de l'Ontario, le printemps s'installe sans crier gare. La glace éclate en blocs qui se bousculent en grinçant dans les rivières et au bord du lac ; elle glisse sous l'eau de la mare et fait virer l'eau au vert. La neige fond, les ruisseaux débordent, et bientôt vous fourrez cache-nez et moufles dans vos poches. De la neige s'attarde dans les bois, les mouches noires s'en donnent à cœur joie et le blé de printemps s'annonce.

Teresa n'aimait pas mieux le printemps que l'hiver. Le lac était trop grand, les champs trop vastes, les voitures allaient trop vite sur l'autoroute. Maintenant qu'il faisait bon le matin, Margot et Anita n'avaient plus besoin de l'abri qu'offrait le magasin. Elles en avaient assez de Teresa. D'ailleurs, Anita avait lu dans un magazine que le café vous décolore la peau. Un des sujets de leurs grandes discussions était de savoir si les fausses couches étaient ou non susceptibles d'entraîner certaines modifications chimiques dans votre cerveau. Elles se tenaient devant le magasin, se demandant si elles devaient entrer, histoire d'être polies. Teresa apparaissait à la porte et leur faisait un signe, un coucou, coucou. Elles y répondaient par un petit signe du genre de celui dont Reuel les gratifiait chaque matin, sa main abandonnant brièvement le volant, au dernier moment, avant de s'engager sur l'autoroute.

Un après-midi, après avoir déposé les autres passagers, Reuel chantait dans le car. « Il savait que le monde était rond, rond, rond, chantait-il. Et qu'on y trouvait du hum hum hum. »

Il chantait si doucement un mot de la deuxième ligne qu'elles n'arrivaient pas à le saisir. Il le faisait exprès, taquin. Puis il rechanta le tout, haut et fort, de sorte qu'il ne planait plus d'équivoque.

Il savait que le monde était rond, rond, rond,
Et qu'il y avait du cul, cul, cul.

Elles ne se regardèrent et ne se dirent quelque chose que lorsqu'elles se retrouvèrent en train de marcher sur la grand-route. Margot rompit le silence : « Il en a, un foutu culot, celui-là, de chanter une chanson comme ça devant nous. Ouais, un foutu culot », dit-elle en recrachant le mot comme le ver d'une pomme.

Mais ce n'est que le lendemain, peu avant que le car ne parvienne au bout de sa course, que Margot se mit à son tour à chantonner. Elle invita Anita à se joindre à elle, en lui donnant des coups de coude et en roulant les yeux. Elles commencèrent par fredonner la chanson de Reuel, puis elles y glissèrent des paroles, étouffant un mot puis attaquant le suivant net et clair jusqu'à ce qu'elles s'arment de courage et chantent la strophe d'une voix aussi douce et suave que si elles chantaient « Jésus m'aime ».

Il savait que le monde était rond, rond, rond,
Et qu'il y avait du cul, cul, cul.

Reuel n'ouvrit pas la bouche. Il ne les regarda pas. Il descendit du car avant elles et ne les attendit pas. Pourtant, moins d'une heure plus tôt, sur le parking du lycée, il s'était montré d'excellente humeur. Apercevant Margot et Anita, l'un des autres chauffeurs commenta : « T'en as là, une belle cargaison, mon vieux ! » ce à quoi Reuel répondit : « Tu ferais mieux de regarder devant toi, mon pote ! » s'arrangeant même pour que son collègue ne puisse pas les regarder monter dans le car.

Le lendemain matin, avant de démarrer, il les harangua : « J'espère que c'est deux demoiselles que j'ai à bord et pas comme hier. Parce qu'une fille qui dit certaines choses, c'est pas comme si c'était un homme qui les disait. Pareil pour une femme ivre. Une femme qui se soûle ou qui dit des choses sales, elle a tôt fait d'avoir des problèmes. Réfléchissez-y. »

Anita se demanda si elles n'avaient pas été sottes Seraient-elles allées trop loin ? Elles avaient déplu à Reuel, peut-être même l'avaient-elles dégoûté, et maintenant, rien que de les voir il en avait la nausée, c'était comme avec Teresa. Anita avait honte, elle regrettait mais trouvait Reuel injuste. Elle essaya de faire comprendre ça à Margot à l'aide d'une grimace en abaissant les coins de sa bouche. Mais Margot ne remarqua rien. Elle fit claquer ses doigts, montrant avec un air de sainte-nitouche et une pointe de cynisme la nuque de Reuel.

Anita se réveilla au milieu de la nuit avec une douleur atroce. Elle crut d'abord qu'elle avait été réveillée par quelque calamité, comme un arbre s'abattant sur la maison ou des flammes jaillissant entre les lattes du plancher. Cela se passait vers la fin de l'année scolaire. La veille au soir, Anita s'était sentie mal en point, mais toute la famille se sentait mal en point et mettait cela sur le compte de l'odeur de peinture et d'essence de térébenthine. En effet, comme chaque année, la mère d'Anita repeignait le linoléum.

Encore dans un demi-sommeil, Anita hurla de douleur, éveillant ainsi toute la maisonnée. Son père trouva malséant d'appeler le médecin avant l'aube, mais sa mère le fit malgré tout. Le médecin demanda que l'on emmène Anita à l'hôpital de Walley. Là, il l'opéra d'un appendice perforé qui aurait pu la tuer en quelques heures. Elle fut très malade pendant les jours qui suivirent l'opération et dut passer trois semaines à l'hôpital. Jusqu'à la fin de son séjour, ou presque, elle eut peu de visites excepté celles de sa mère.

C'était une catastrophe pour la famille. Le père d'Anita n'avait de quoi payer ni l'opération ni le séjour à l'hôpital. Il lui faudrait vendre sur pied la récolte de ses érables à sucre. Sa mère s'attribua le mérite, et à juste titre d'ailleurs, d'avoir sauvé Anita. Jusqu'à la fin de ses jours elle raconterait cela, précisant souvent qu'elle était allée à l'encontre des ordres de son époux. (C'était, en fait, à l'encontre de l'avis de ce dernier.) En proie à un besoin d'indépendance et à celui de se sentir reconnue, elle se remit à conduire une voiture, ce qu'elle n'avait pas fait depuis des années. Elle allait ainsi rendre visite à Anita chaque après-midi et lui rapportait des nouvelles de la maison. Elle avait fini de peindre le linoléum, l'avait décoré à l'éponge d'un motif blanc et jaune sur fond vert. Ça ressemblait à une prairie lointaine parsemée de fleurs minuscules. L'inspecteur sanitaire l'avait félicitée à ce sujet, le soir où il était resté dîner chez eux. Un veau un peu tardif était né de l'autre côté du ruisseau et personne n'avait pu comprendre comment la vache s'était retrouvée là-bas. La haie de chèvrefeuille était en fleur, elle en apporta donc un bouquet et ordonna aux infirmières de lui trouver un vase. Anita ne l'avait jamais vue aux petits soins comme ça avec aucun membre de la famille.

Anita était heureuse, même si elle était encore faible et si la douleur persistait. On en avait fait, des histoires, pour l'empêcher de mourir ! Même la vente des érables n'était pas sans lui plaire, ça lui donnait l'impression d'être unique et précieuse. On était aimable avec elle, on ne lui demandait rien. Elle s'imprégnait de toute cette gentillesse, l'appliquant à ce qui l'entourait. Elle pardonna à tous ceux qui lui venaient à l'esprit, que ce soit le proviseur dont les lunettes dardaient des éclairs, les garçons du car qui sentaient mauvais, Reuel l'injuste et Teresa à la langue trop bien pendue, les filles riches avec leurs pulls en pure laine d'agneau, sa famille ou le père de Margot qui devait souffrir de ses accès de violence. Elle ne se lassait pas de regarder toute la journée les rideaux de voile jaunâtre ou la branche et le tronc d'un arbre qu'elle seule voyait. Il s'agissait d'un frêne, dont l'écorce rappelait un velours côtelé rigide et dont les délicates feuilles en pétales s'aguerrissaient, assombrissant l'audace de leur vert printanier tandis que montait la sève de la maturité estivale. Tout ce qui existait en ce monde, tout ce qui grandissait en ce monde lui paraissait digne de félicitations.

Elle se dit par la suite que cet état d'âme devait provenir de ces cachets qu'on lui donnait pour combattre la douleur. Mais pas complètement.

On l'avait mise en chambre particulière en raison de son état. (Son père avait dit à sa mère d'essayer de savoir combien on leur compterait en plus, mais sa mère ne pensait pas qu'on leur réclamerait un supplément, puisqu'ils ne l'avaient pas demandé.) Les infirmières lui apportaient des revues, elle les regardait sans pouvoir les lire, étant encore trop abrutie et douillettement hors circuit. Elle n'aurait pu dire si le temps passait vite ou lentement, ça lui était égal. Il lui arriver de rêver ou d'imaginer que Reuel lui rendait visite. Il faisait preuve d'une sinistre tendresse, d'une passion muette. Il l'aimait mais renonçait à elle, lui caressait les cheveux.

Deux jours avant la date prévue pour son retour, sa mère apparut, le visage vernissé par les ardeurs de l'été, qui maintenant était bien là. On y lisait aussi certaine contrariété. Au pied du lit d'Anita, elle commença : « J'ai toujours trouvé que ce n'était pas bien de ma part... »

Anita avait déjà senti quelques coups portés à son bonheur. Elle avait reçu la visite de ses frères, qui s'étaient escrimés à cogner contre son lit, celle de son père, étonné qu'elle s'attende à l'embrasser, et celle de sa tante, qui avait déclaré qu'après une opération de ce genre vous grossissiez toujours. Et voici que le visage et la voix de sa mère la menaçaient, comme d'un poing enveloppé de gaze...

Sa mère parlait de Margot. Anita le savait rien qu'à une grimace de sa bouche.

« Tu m'as toujours trouvée injuste à l'égard de ton amie Margot. Je n'ai jamais fait d'histoires au sujet de cette fille, et pourtant tu me trouvais injuste. Je le sais. Eh bien, figure-toi, oui, figure-toi que je ne me trompais pas tant que ça. Je le sentais en elle depuis qu'elle était toute petite, qu'elle avait un côté sournois et qu'elle pensait trop au sexe. »

Sa mère séparait bien chaque phrase. Elle y allait d'une voix forte, intrépide. Anita ne la regardait pas dans les yeux. Elle fixait le petit grain de beauté brun sous la narine. Il paraissait de plus en plus repoussant.

Sa mère se calma un peu et dit que Reuel avait emmené Margot à Kincardine dans le car scolaire au retour de la dernière tournée de l'année scolaire. Bien sûr, depuis qu'Anita était tombée malade, ils avaient été seuls au début et à la fin des trajets. Tout ce qu'ils avaient fait à Kincardine, avaient-ils dit, c'était de manger des frites. Quel culot ! Se servir d'un car scolaire pour leurs escapades et leurs frasques ! Ils étaient rentrés ce soir-là, mais Margot n'avait pas reparu chez elle. Et elle n'était toujours pas de retour. Son père était allé au magasin, il avait cogné sur les pompes à essence, les avait démolies, jonchant la route d'éclats de verre. Il avait appelé la police au sujet de Margot, Reuel avait lui aussi appelé la police, mais au sujet des pompes. Les gendarmes étaient des copains de Reuel, aussi le père de Margot dut-il s'engager sous caution à ne se livrer à aucune voie de fait. Margot resta au magasin, sous prétexte d'échapper à une rossée.

« Et c'est tout ? dit Anita. Quels stupides commérages de nom de Dieu !

– Mais non. Mais non. Et tu ne vas pas te mettre à m'injurier, jeune fille. »

Sa mère ajouta qu'elle avait fait exprès de ne rien lui mentionner. Pensez donc que tout cela était arrivé et qu'elle ne lui en avait rien dit ! Elle avait accordé à Margot le bénéfice du doute. Mais maintenant, il n'y avait plus aucun doute. Aux dernières nouvelles, Teresa avait tenté de s'empoisonner. Elle s'en était remise. Le magasin était fermé. Teresa y habitait toujours, mais Reuel avait emmené Margot avec lui et ils vivaient ici, à Walley. Dans une chambre donnant sur une cour, chez des amis à lui. Ils vivaient ensemble. Reuel allait tous les jours travailler au garage, ce qui fait que vous pouviez dire qu'il vivait avec les deux. À l'avenir, l'autoriserait-on à conduire le car scolaire ?

C'était peu probable. On racontait partout que Margot devait être enceinte. Du Javex, c'était ce qu'avait avalé Teresa.

« Et Margot ne s'est jamais confiée à toi, reprit la mère d'Anita. Elle ne t'a jamais envoyé ni un mot ni quoi que ce soit pendant tout le temps que tu as été à l'hôpital. Et ça se dit ton amie… »

Anita avait l'impression que sa mère lui en voulait non seulement d'avoir été l'amie de Margot, une fille qui s'était déshonorée, mais aussi pour une autre raison. Elle sentait que sa mère voyait la même chose que ce qu'elle voyait : Anita, une propre-à-rien, piétinée, méprisée, pas seulement par Margot, mais par la vie. Sa mère n'avait-elle pas ressenti une déception rageuse que ce ne soit pas elle, Anita, qui ait été choisie, qui ait été nimbée par le drame, transformée en femme et emportée par une lame de vie aussi fougueuse ? Elle ne l'admettrait jamais. Pas plus qu'Anita n'aurait pu admettre qu'elle éprouvait un sentiment de grand échec. C'était une enfant, une ignorante, trahie par Margot, qui, elle, avait prouvé qu'elle en savait long. « Je suis lasse de parler », dit-elle maussade. Elle fit semblant de s'endormir pour que sa mère s'en aille.

Puis elle resta allongée sans dormir. Toute la nuit. L'infirmière du matin, lui dit : « Bonté ! Vous avez une de ces têtes ! C'est la cicatrice qui vous fait mal ? Voulez-vous que je regarde si on ne peut pas vous redonner des cachets ?

– Je déteste être ici, dit Anita.

– C'est vrai ? Plus qu'un jour et vous serez chez vous !

– Ce n'est pas de l'hôpital que je parle, dit Anita. C'est d'ici. Je veux aller vivre ailleurs. »

L'infirmière ne parut pas s'étonner outre mesure. « Vous avez votre bac ? demanda-t-elle. C'est une bonne chose. Ça vous permet d'entreprendre une formation. Devenez donc infirmière. Tout ce que ça vous coûtera, c'est d'acheter vos instruments. Parce qu'on peut vous faire travailler à l'œil quand vous êtes en formation. Après ça, vous trouverez du boulot où vous voudrez. Vous pouvez aller n'importe où dans le monde. »

C'était ce qu'avait dit Margot. Et voilà que ce serait Anita qui deviendrait infirmière, et non pas Margot. Elle prit sa décision ce jour-là. Mais elle sentit que c'était son second choix. Elle aurait préféré malgré tout être choisie. Elle aurait préféré se sentir retenue par un homme, par son désir, par l'avenir qu'il avait arrangé pour elle. Elle aurait préféré être objet de scandale.

« Tu veux savoir ? dit Margot. Tu veux vraiment savoir comment je l'ai eue, cette maison ? Attention, je n'ai pas cherché à l'avoir avant que nous en ayons les moyens. Mais, vois-tu, avec les hommes il y a toujours quelque chose qui passe avant, non ? J'ai assez vécu dans des dépotoirs. Nous avons vécu dans un endroit où il y avait juste ce machin, tu sais, ce machin qu'on met sous les tapis, à même le plancher. Ce truc marron tout poilu qui ressemble à une peau d'animal ? Tu n'as qu'à le regarder et tu sens des bestioles ramper sur toi. De toute façon, j'étais malade tout le temps, j'attendais Joe. C'était à l'arrière du dépôt Toyota, seulement ce n'était pas Toyota, à ce moment-là. Reuel connaissait le propriétaire. Bien sûr. On l'a eue pour trois fois rien. »

Mais un beau jour, dit Margot. Un beau jour, il y a environ cinq ans. Debbie n'allait pas encore à l'école. On était en juin. Ce week-end-là, Reuel avait prévu d'aller pêcher dans le nord de l'Ontario. Là-haut, dans la French River, dans le nord de l'Ontario. Margot reçut un coup de téléphone dont elle ne parla à personne.

« Madame Gault ? »

Margot répondit que oui, c'était elle.

« C'est bien Madame Reuel Gault ? »

Oui, répondit Margot, et la voix, une voix de femme ou de jeune fille, étouffée, ponctuée de petits gloussements, lui demanda si elle désirait savoir où trouver son époux le week-end suivant.

« Dites toujours, répondit Margot.

– Pourquoi ne jetteriez-vous pas un coup d'œil du côté des Georgian Fines ?

– Entendu, dit Margot. Où est-ce ?

– Oh ! C'est un terrain de camping, reprit la voix. Un coin splendide. Vous ne connaissez pas ? C'est du côté de Wasaga Beach. Regardez sur une carte. »

C'était à environ cent cinquante kilomètres de là. Margot s'arrangea pour se libérer ce dimanche. Il lui fallut trouver quelqu'un pour garder Debbie. Impossible de faire appel à Lana, la jeune fille qui gardait habituellement Debbie, parce qu'elle avait prévu d'aller passer le week-end à Toronto avec l'orchestre de son lycée. Elle finit par dénicher une amie de Lana qui ne faisait pas partie de l'orchestre. Elle était tout aussi contente que les choses se soient arrangées ainsi, car c'était la mère de Lana, Dorothy Slote, qu'elle redoutait de trouver avec Reuel. Dorothy Slote tenait les livres de comptes de Reuel. Divorcée, ses nombreuses liaisons défrayaient la chronique de Walley, à tel point que les garçons du lycée la hélaient s'ils l'apercevaient dans la rue lorsqu'ils passaient en voiture : « Dorothy Slote, elle trotte, elle trotte ! » Parfois on l'appelait Dorothy Pute. Margot en était triste pour Lana, c'est pourquoi elle avait commencé à faire appel à ses services pour garder Debbie. Lana ne serait jamais aussi belle femme que sa mère, qui plus est elle était timide et pas très maligne. Margot lui faisait toujours un petit cadeau au moment de Noël.

Le samedi après-midi, Margot se rendit à Kincardine. Ne s'absentant que deux heures, elle laissa Joe et sa petite amie emmener Debbie à la plage. À Kincardine, elle loua une autre voiture. Le hasard voulut que ce soit une fourgonnette, une vieille guimbarde bleue, du genre de celles que conduisaient les hippies. Elle acheta aussi des vêtements bon marché et une perruque plutôt onéreuse mais qui faisait vraiment naturel. Elle laissa le tout dans la fourgonnette, garée sur le parking d'un supermarché. Le dimanche matin, elle prit sa voiture, la gara à cet endroit, monta dans la fourgonnette, se changea, se coiffa de la perruque, accentua son maquillage et reprit la route vers le nord.

La perruque, d'un joli châtain, était ondulée sur le dessus et raide sur la nuque. Margot portait un jean rose moulant et un haut rayé rose et blanc. À l'époque, elle était plus mince, mais pas vraiment *mince*. Ajoutez à cela des sandales en peau de bison, des boucles d'oreilles qui ballottaient avec frénésie, de grosses lunettes de soleil, roses elles aussi. Bref, tout le bazar.

« Je n'avais rien oublié, dit Margot. Je m'étais fait les yeux à la Cléopâtre. Je ne pense pas que mes propres gosses m'auraient reconnue. L'erreur c'était ce pantalon, trop étroit et trop chaud. La perruque et lui m'ont pratiquement achevée, n'oublie pas qu'il faisait une chaleur d'enfer. Et j'ai eu aussi un peu de mal pour garer la fourgonnette parce que je n'en avais jamais conduit. À part ça, aucun problème. »

Elle prit la nationale 21, la Bluewater. Elle baissa la vitre pour profiter de la brise du lac, laissa flotter ses longs cheveux et se mit à écouter une station de rock, histoire de se mettre dans l'ambiance. Dans l'ambiance pour quoi ? Elle n'en avait pas idée. Elle fumait cigarette sur cigarette, cherchant à apaiser ses nerfs. Les hommes qui la voyaient ainsi passer ne cessaient de la klaxonner. Bien sûr, il y avait du monde sur la grand-route, bien sûr à Wasaga Beach on s'écrasait, pensez, un dimanche de juin aussi beau et chaud que celui-ci. Autour de la plage, impossible d'avancer, l'odeur des frites et des barbecues du déjeuner s'appesantissait comme une couverture. Il lui fallut un moment pour trouver le terrain de camping. Une fois là, elle paya pour la journée et entra. Elle fit plusieurs fois le tour du parking, espérant ainsi repérer la voiture de Reuel. Ne la voyant pas, elle se dit que cette aire devait être réservée à ceux qui ne venaient là que pour la journée. Elle se gara et décida de faire à pied une reconnaissance des lieux.

Elle commença par se promener dans la partie camping : bornes de raccordement pour les caravanes, tentes, des gens assis à côté des caravanes et des tentes à boire de la bière, jouer aux cartes ou préparer le barbecue du déjeuner – somme toute, ce qu'ils auraient fait s'ils étaient restés chez eux. Les balançoires et les toboggans du terrain de jeu ne chômaient pas. Des gosses lançaient des Frisbees, des bébés s'amusaient au tas de sable. Il y avait une buvette, Margot s'offrit un Coca. Elle ne pouvait avaler quoi que ce soit, elle avait l'estomac noué. Elle se sentait toute drôle de se retrouver là, dans cet endroit prévu pour des activités familiales, alors qu'elle ne faisait partie d'aucune de ces familles.

Personne ne la héla, personne ne lui fit de remarques. Il y avait dans les parages des flopées de filles aux cheveux longs qui en exhibaient plus qu'elle et il faut admettre que leurs avantages étaient en meilleure condition que les siens.

Elle alla faire un tour dans les sentiers sablonneux sous les pins, loin des caravanes. Elle parvint ainsi à une partie du terrain qui ressemblait à l'un de ces centres de vacances du temps jadis, qui devait être là bien avant que l'on ait jamais pensé à brancher des caravanes. Elle accueillit avec soulagement l'ombre des gros pins. Leurs aiguilles brunissaient le sol. La poussière du sol s'était adoucie, se faisant fourrure. Il y avait des cabanes pour deux personnes et des cabanes pour une personne ; toutes étaient peintes en vert foncé. À côté de celles-ci, des tables de pique-nique. Des cheminées en pierre. Des corbeilles où s'épanouissaient des fleurs. C'était joli comme tout.

Des voitures étaient garées près de certaines cabines, mais celle de Reuel n'était pas là. Elle regarda autour d'elle et ne vit personne : ceux qui louaient ces cabanes étaient peut-être ceux qui allaient sur la plage. De l'autre côté de la route, il y avait un banc, une fontaine et une poubelle. Elle s'assit sur le banc pour se reposer.

Et il sortit. Reuel. En personne. Il sortit de la cabine située juste en face de l'endroit où elle était assise. Là, sous son nez. En maillot de bain bleu, avec deux serviettes de toilette jetées sur son épaule. Sa démarche était engourdie, indolente. Un pneu de graisse blanche retombait par-dessus la ceinture de son maillot. « Redresse-toi au moins ! » aurait voulu lui crier Margot. Se traînait-il ainsi parce qu'il se sentait honteux et confus ? Était-il tout simplement épuisé après tant de joyeux exercices ? Ou était-il ainsi voûté depuis longtemps sans qu'elle s'en fût rendu compte ? Les chairs de ce gros gaillard robuste tournaient au flan.

Il tendit la main pour prendre quelque chose dans la voiture garée à côté de la cabine, elle devina que c'étaient ses cigarettes. Elle le devina, car au même moment elle se surprit à chercher les siennes dans son sac. Si c'était un film, se dit-elle, il traverserait la route d'un bond, avec une lampe, par trop heureux de se porter au secours de cette charmante égarée. Ne la reconnaissant pas, bien entendu, tandis que la salle retenait son souffle. Puis une impression de déjà-vu se faisait jour, et c'était l'horreur. L'incrédulité et l'horreur. Tandis qu'elle, l'épouse, restait là, assise, imperturbable et satisfaite, tirant consciencieusement sur sa cigarette. Mais rien de cela n'arriva. Bien sûr que rien n'arriva. Il ne regarda même pas de l'autre côté de la route. Elle resta là, assise, à transpirer dans son jean. Ses mains tremblaient tellement qu'elle dut abandonner sa cigarette.

La voiture n'était pas celle de Reuel. Quel genre de voiture conduisait Dorothy Pute ?

Peut-être était-il avec une autre ? Une autre totalement inconnue de Margot. Une complète étrangère. Une étrangère qui se disait qu'elle le connaissait aussi bien que sa femme.

Non, non. Ni une inconnue ni une étrangère. Pas le moins du monde une étrangère. La porte de la cabine s'ouvrit à nouveau et voici qu'apparut Lana Slote. Lana. Qui était censée être à Toronto avec l'orchestre de son lycée. Qui n'avait pas pu garder Debbie. Lana, pour qui Margot avait toujours éprouvé certaine pitié, avec qui elle veillait à se montrer particulièrement gentille, pensant que la pauvre fille était un peu seule ou n'avait guère de chance dans la vie. Elle trouvait en effet que l'on voyait que Lana avait surtout été élevée par des grands-parents âgés. Lana avait un air vieux jeu, on sentait une fille prématurément réfléchie sans être pour autant intelligente, et dont la santé laissait à désirer, comme si on la laissait se nourrir de Coca, de céréales sucrées et de ces bouillies de maïs en boîte, pommes de terre frites et macaronis au fromage que ces vieilles gens lui servaient aux repas. Elle attrapait souvent de mauvais rhumes à complications asthmatiques, elle avait le teint terne et pâle. Sa petite silhouette trapue était malgré tout séduisante, avec un avant-train et un arrière-train bien développés, des joues d'écureuil quand elle souriait, et des cheveux soyeux, lisses et naturellement blonds. Elle avait si peu de caractère que même Debbie la menait par le bout du nez et qu'elle était la risée des garçons.

Lana portait un maillot de bain que sa grand-mère avait dû choisir pour elle. Un haut froncé sur ses petits seins bien fermes et une jupe à fleurs. Elle avait de grosses jambes toutes blanches. Elle se tenait là sur le seuil, comme si elle avait peur de sortir, peur de se montrer en maillot de bain, peur de se montrer, c'est tout. Reuel dut aller lui donner une tendre petite fessée pour la faire bouger. À grand renfort de caresses languissantes, il lui arrangea une des serviettes de toilette autour des épaules. Il effleura sa joue contre sa tête blonde et plate puis il frotta son nez sur ses cheveux, sans aucun doute pour inhaler son odeur de bébé. Margot n'en perdit rien.

Ils s'éloignèrent, prirent le chemin de la plage, en veillant à garder entre eux une honorable distance. Un père et son enfant…

Margot remarqua alors que la voiture avait été louée. À un garagiste de Walkerton. Comme cela aurait été drôle, s'il l'avait louée à Kincardine, à l'endroit où elle avait loué sa fourgonnette. Elle voulut glisser un mot sous l'essuie-glace, mais elle n'avait pas de papier. Elle avait un crayon mais pas de papier. Sur l'herbe, à côté de la poubelle, elle repéra un sac de Poulet Frit Kentucky. Sans taches de graisse ou presque. Elle le déchira en morceaux, et écrivit sur ceux-ci, en caractères d'imprimerie, les messages suivants :

TU FERAIS MIEUX DE FAIRE GAFFE,
TU POURRAIS TE RETROUVER EN TAULE.

*

LA MONDAINE TE PIQUERA
SI TU FAIS PAS ATTENTION.

*

LES PERVERS NE FONT JAMAIS FORTUNE.

*

TELLE MÈRE TELLE FILLE.

*

TU FERAIS MIEUX DE REMETTRE CELLE-LÀ
DANS LA RIVIÈRE, ELLE N'EST PAS ADULTE.

*

HONTE.

*

HONTE.

Elle en écrivit un autre qui disait : « ESPÈCE DE GROS CONNARD AVEC TON ABRUTIE À LA FACE DE POUPON », mais elle le déchira, elle n'en aimait pas le ton. Hystérique. Elle plaça les messages à des endroits où elle était sûre qu'on les trouverait. Sous l'essuie-glace, dans l'entrebâillement de la porte, sur la table de pique-nique en posant des pierres dessus pour qu'ils ne s'envolent pas. Puis elle s'éclipsa, le cœur battant la chamade. Dans son affolement, elle manqua de tuer un chien avant de sortir du parking. Ne se sentant pas d'attaque pour la nationale, elle prit les petites routes, des routes gravillonnées, en surveillant sans cesse sa vitesse. Elle voulait aller vite. Elle voulait décoller. Elle se sentait prête à exploser, à être réduite en miettes. Était-ce normal ou était-ce inadmissible d'éprouver ce qu'elle éprouvait ? Elle ne pouvait le dire. Elle sentait qu'elle avait été remise en liberté, rien ne lui importait, elle était aussi légère qu'un brin d'herbe.

Mais elle se retrouva à Kincardine. Elle se changea, enleva sa perruque, essuya le maquillage de ses yeux. Elle enfouit vêtements et perruque dans la poubelle du supermarché, non sans se dire que c'était bien dommage, et rendit la fourgonnette. Elle aurait voulu aller boire quelque chose au bar de l'hôtel, mais elle avait peur d'éventuelles répercussions sur sa façon de conduire. Tout comme elle avait peur de sa réaction si, la voyant en train de boire seule, un homme s'approchait d'elle et lui faisait la moindre remarque. Un simple « Il fait chaud ! », et elle aurait pu se mettre à japper ou à lui griffer le visage.

De retour. Les enfants. Payer la jeune fille qui les a gardés. Une amie de Lana. Pourrait-elle être celle qui a téléphoné ? Aller chercher un repas tout préparé. Pizza, sûrement pas de Poulet Frit Kentucky, elle ne pourrait jamais en revoir sans y repenser. Puis elle alla s'asseoir et attendit jusqu'à une heure tardive. Elle avait un peu bu. Certains concepts menaient grand sabbat dans sa tête. Avocat. Divorce. Punition. Ils retentissaient en elle comme des gongs, puis s'évanouissaient sans lui donner la moindre idée de la façon dont elle devait procéder. Par quoi devrait-elle commencer ? Que devrait-elle faire ensuite ? Comment sa vie devrait-elle continuer ? Chaque enfant avait quelque chose de prévu, les garçons avaient un travail d'été, Debbie devait avoir une petite opération à l'oreille. Impossible de les emmener, il faudrait qu'elle se débrouille toute seule, au beau milieu des commérages, dont elle avait déjà eu son compte jadis. Par ailleurs, elle devait accompagner Reuel à une grande soirée d'anniversaire le week-end suivant, elle était en charge du cadeau. Et il y avait cet homme qui devait venir vérifier les canalisations.

Reuel tarda tellement à rentrer qu'elle commença à craindre un accident. Il avait dû passer par Orangeville pour ramener Lana chez sa tante. Il s'était fait passer pour un prof du lycée qui avait emmené en voiture un des membres de l'orchestre. (On avait raconté au vrai prof que la tante de Lana était souffrante et que Lana avait dû se rendre auprès d'elle, à Orangeville.) Naturellement, Reuel était dans tous ses états, après ces messages. Il s'assit à la table de la cuisine et se mit à mâchonner des cachets et à boire du lait. Margot fit du café pour se dégriser avant la bagarre.

Reuel déclara que c'était tout innocent. Une petite sortie pour la demoiselle. Comme Margot, il avait eu pitié d'elle. Innocent.

Margot avait ri. Elle riait encore en le racontant.

« J'ai bondi : « Innocent ! » À d'autres ! Je la connais ton innocence ! À qui crois-tu donc que tu parles ? je lui ai dit. « À Teresa ? » Et il a dit : « Qui ? » Je te le garantis ! Pendant une minute il est resté là, l'air ahuri, avant de se souvenir. Il a dit : « Qui ? » »

Margot se mit alors à réfléchir. Quelle punition ? Et pour qui ? Il épousera sans doute cette fille et il y aura des bébés, c'est sûr, et bien vite pas assez d'argent pour tout le monde.

Avant d'aller se coucher, à Dieu sait quelle heure du matin, elle obtint la promesse qu'elle garderait sa maison.

« Parce que, avec les hommes, il arrive un moment où ils en ont plein le dos de toutes ces histoires. Ils préfèrent se rétracter. J'ai marchandé avec lui, il y a presque laissé sa chemise. J'ai eu tout ce que je voulais ou presque. Et par la suite, dès qu'il ruait dans les brancards, tout ce que j'avais à dire, c'était : « Perruque, perruque ! » Je lui ai tout raconté, la perruque, la fourgonnette, l'endroit où j'étais assise, tout, tout, tout. Je pouvais dire ça devant les gosses ou n'importe qui, ils n'y comprenaient que dalle. Mais lui, il comprenait ! Reuel comprenait. *Perruque, perruque !* Ça m'arrive encore de le dire quand cela me paraît de circonstance. »

Elle repêcha une tranche d'orange qui était dans son verre et la suça en la mordillant. « J'ai mis un petit quelque chose d'autre là-dedans en plus du vin, dit-elle. Un soupçon de vodka. Tu as remarqué ? »

Elle allongea ses bras et ses jambes au soleil.

« Dès que cela me paraît de circonstance. »

Anita se dit que la vanité de Margot avait dû en prendre un coup, mais que cette dernière n'avait sans doute pas renoncé au sexe. Maintenant, Margot était peut-être à même d'envisager le sexe sans la panoplie corps parfait-sentiments bienveillants. Une saine canonnade.

Et Reuel, à quoi avait-il renoncé ? Qu'importe, il faudrait attendre qu'il y soit prêt. Et c'était précisément la pierre d'achoppement de l'âpre marchandage de Margot : Reuel était-il prêt ou non ? C'était là quelque chose qu'il ne se sentirait jamais obligé de lui dire. Ainsi donc, une femme comme Margot peut encore se faire avoir par un homme comme Reuel, pensait Anita, non sans plaisir éphémère ni quelque douillette perfidie…

« À ton tour, maintenant, dit Margot avec une satisfaction démonstratrice. Je t'ai raconté quelque chose, moi. À ton tour de raconter. Raconte-moi comment tu t'es décidée à quitter ton mari. »

Anita lui raconta ce qui s'était passé dans un restaurant de Colombie britannique. Anita et son époux étaient en vacances. Ils s'arrêtèrent dans un restaurant situé au bord de la route. Anita y vit un homme qui lui rappela un autre dont elle avait été amoureuse ou, peut-être devrait-elle dire, dont elle s'était entichée, des années et des années plus tôt. Le teint blafard, les traits grossiers, l'homme du restaurant avait un air méprisant et fuyant, son visage aurait pu être une pâle copie de celui de l'homme qu'elle aimait et son corps haut sur pattes aurait pu être lui aussi une copie du corps de cet homme, s'il avait été frappé de léthargie. Quand vint le moment de quitter le restaurant, Anita eut peine à s'en arracher, au sens propre de cette expression : elle sentit qu'elle laissait là une part d'elle-même, des lambeaux de son cœur. Tout au long du trajet qui les menait à l'autoroute de l'Île, à l'ombre sévère de la haie serrée que formaient les grands pins et les épicéas, puis sur le ferry pour Prince Rupert, elle éprouva une absurde douleur de séparation. Elle décida que si elle éprouvait davantage de sentiments pour un fantôme qu'elle n'en éprouverait jamais pour son mari, elle ferait mieux de s'en aller. Du moins, c'est ce qu'elle dit à Margot. Ce n'était pas si facile que ça, bien sûr, ni aussi clair. « Alors, tu es partie retrouver cet autre homme ? demanda Margot. – Non, c'était unilatéral. Je ne pouvais pas. – Un autre ? – Et un autre et encore un autre », reprit Anita avec un sourire. L'autre soir, assise au chevet de sa mère en attendant de lui faire une piqûre, elle avait pensé à tous ces hommes, les énumérant comme pour passer le temps, comme vous énuméreriez les grands fleuves du monde, les capitales ou les enfants de la reine Victoria. Si elle éprouvait du regret pour certains, elle n'éprouvait pas de remords. En fait, une sensation de chaleur s'élevait de ce crescendo bien ordonné. Une satisfaction qui allait s'accumulant. « Disons que c'est une façon de voir les choses, remarqua Margot sans s'émouvoir, mais cela me semble quand même étrange. Franchement. Je veux dire je ne vois pas à quoi ça te servira si tu ne les épouses pas. » Elle s'arrêta. « Tu sais ce qu'il m'arrive de faire ? »

Elle se leva prestement et se dirigea vers la porte coulissante. Elle écouta, ouvrit la porte, passa la tête puis revint s'asseoir. « Histoire de vérifier que Debbie n'est pas en train de se rincer les oreilles, dit-elle. Avec les garçons, tu peux raconter toutes les horreurs que tu voudras sur ta vie privée, vu ce qu'ils écoutent tu pourrais tout aussi bien parler chinois. Mais les filles, elles écoutent. Debbie écoute…

« Je vais te le dire ce que je fais, dit-elle. Eh bien figure-toi que je vais rendre visite à Teresa.

– Elle est toujours là-bas ? dit Anita non sans étonnement.

– Toujours au magasin ?

– Quel magasin ? dit Margot. Oh ! mais non, mais non. Il n'y a plus de magasin. Plus de station-service. Il y a des années que ça a été démoli. Teresa vit dans la maison de santé du comté, ils ont ce qu'ils appellent un service de psychiatrie. Le plus curieux c'est qu'elle a travaillé là-bas pendant des années. Elle apportait les plateaux-repas, elle mettait de l'ordre et elle faisait des tas de petites choses pour eux. Et puis elle s'est mise à avoir des crises bizarres. Alors, maintenant, disons qu'elle est vaguement employée là-bas ou qu'elle *est* là-bas, au choix, si tu vois ce que je veux dire. Quand elle débloque, elle n'embête personne. Elle perd un peu la tête, c'est tout. Et ça jacasse, et ça jacasse, et ça jacasse. Comme elle l'a fait toute sa vie. La seule chose qui l'intéresse, c'est de jacasser et de se pomponner. Quand tu vas la voir, elle veut toujours que tu lui apportes de l'huile pour le bain, un flacon de parfum ou de quoi se maquiller. La dernière fois que j'y suis allée, je lui ai apporté de ce machin qui donne des reflets à ses cheveux. Je me suis dit que je prenais un risque, que c'était trop compliqué pour elle de s'en servir. Mais elle a lu le mode d'emploi et elle s'en est très bien tirée. Elle n'en a pas fichu partout. Ce que je veux dire quand je te dis qu'elle débloque, c'est qu'elle s'imagine qu'elle est sur un bateau. Le bateau qui ramène au Canada les petites fiancées de guerre.

– Les petites fiancées de guerre », reprit Anita. Elle les a vues, féroces et immaculées, empanachées de blanc. Elle pensait aux parures de guerre des Indiens.

Elle n'avait pas besoin de le voir. Pendant des années elle n'avait pas eu la moindre envie de le voir. Un homme ébranle votre vie pendant un temps qu'il est difficile d'évaluer et puis un beau jour, plus rien, un vide, c'est tout, si incompréhensible que cela puisse sembler.

« Tu sais ce qui me vient juste à l'esprit à l'instant ? dit Margot. Ce à quoi le magasin ressemblait le matin. Et nous qui arrivions à moitié gelées. »

Puis elle ajouta d'une voix plate, comme si elle y croyait à peine : « Elle venait cogner sur la porte. Sors de là ! Sors de là ! criait-elle quand Reuel était avec moi dans la pièce. C'était horrible. Je ne sais pas. Je ne sais pas, tu crois que c'était de l'amour ? »

D'ici, sur le pont, les deux grands bras du brise-lames ressemblent à des allumettes flottantes. Les tours, les pyramides et les convoyeuses à bandes de la mine de sel ressemblent à de gros jouets à toute épreuve. Le lac miroite comme de l'aluminium. Tout paraît radieux, net, inoffensif. Envoûté.

« Nous sommes toutes sur le bateau, dit Margot. Elle s'imagine que nous sommes toutes sur le bateau. Mais c'est elle que Reuel viendra accueillir à Halifax, la veinarde. »

Margot et Anita en sont arrivées là. Elles ne sont pas prêtes à s'arrêter de parler. Elles sont bel et bien heureuses.

Table

RÉALISATION : NORD COMPO À VILLENEUVE-D'ASCQ
IMPRESSION : CPI BRODARD ET TAUPIN À LA FLÈCHE
DÉPÔT LÉGAL : NOVEMBRE 2013. N° 116552 (3002906)
Imprimé en France